Hermann-Hesse-Jahrbuch

—

Band 17

Hermann-Hesse-Jahrbuch
Band 17

Herausgegeben von
Michael Limberg
im Auftrag der
Internationalen Hermann-Hesse-Gesellschaft

Königshausen & Neumann

Das Hermann-Hesse-Jahrbuch, Band 17,
wird mit freundlicher Unterstützung der
Sparkasse Pforzheim Calw herausgegeben.

Bibliografische Information der Deutschen Nationalbibliothek

Die Deutsche Nationalbibliothek verzeichnet diese Publikation in der Deutschen Nationalbibliografie; detaillierte bibliografische Daten sind im Internet über http://dnb.d-nb.de abrufbar.

Leistenstraße 7
D-97082 Würzburg
info@koenigshausen-neumann.de

Umschlag: skh-softics / coverart

Druck: Jelgavas tipogrāfija, Jelgava, Lettland
Printed in the EU

ISBN 978-3-8260-9313-5
eISBN 978-3-8260-9314-2

www.koenigshausen-neumann.de
www.ebook.de
www.buchhandel.de
www.buchkatalog.de

HERMANN-HESSE-JAHRBUCH

Band 17

Inhaltsverzeichnis

Vorwort

„Kraftquelle Natur“ lautete das Thema der 24. Silser Hesse-Tage im Juni 2024, und der Themenbereich Natur bildet den Schwerpunkt des 17. Hermann-Hesse-Jahrbuchs.

Nach der Einführung in die Thematik durch den Hesse-Herausgeber Volker Michels spricht Rüdiger Safranski davon, dass es neben der Natur für Hesse noch eine andere Kraftquelle gibt, die in einem selbst liegt. Es ist der Glaube an sich selbst, der einen dazu treibt im Sinne Nietzsches, der zu werden, der man ist. Hesses Kraftquelle, so Safranski, war sein Wille zum Dichtertum.

Als Hesse 1931 in das ihm von seinem Gönner H.C. Bodmer zu Verfügung gestellte Haus einziehen konnte, besaß er auch wieder einen Garten wie schon in Gaienhofen und Bern. Hier konnte er der „knäbischen Lust am Zündeln“ frönen und „Holz und Kraut zu Asche“[1] umwandeln. Die Beschäftigung mit Erde und Pflanzen hatte für ihn eine ähnliche Wirkung wie die Meditation, wie Volker Michels in seinem Beitrag aufzeigt.

Der Schriftsteller Michael Kleeberg, Preisträger des Hesse-Preises der IHHG 2025, beschäftigt sich mit Hesses Gaienhofener Zeit, einer Epoche, in der das Leben stark von der Lebensreformbewegung geprägt war. Hesse und seine Frau wollten in Gaienhofen ein einfaches, naturnahes Leben führen. Dazu gehörte auch das Nacktbaden im Bodensee oder das Nacktklettern in der Natur. Mit der Freikörperkultur kam Hesse auch auf dem Monte Verità in Berührung, als er 1907 dort eine Kur machte.

Wasser spielt in Hesses Werken eine große Rolle, sei es als Todbringer wie in *Unterm Rad* oder der Erzählung *Die Marmorsäge*, sei es als ‚sor aqua‘, als ‚Schwester Wasser‘. Karl-Josef Kuschel konzentriert sich in seinen Ausführungen auf den Taoismus und das *Tao te king*, die sowohl bei Hesse im *Siddhartha* als auch in Brechts *Lao Tse*-Gedicht zentrale Themen sind.

Bereits in seinem ersten Roman *Peter Camenzind* fiel Hesse durch eindrucksvolle Naturschilderungen auf, was auch von Kritikern immer wieder hervorgehoben wurde. „In reinen Naturschilderungen ist Hesse stimmungsvoll und hinreißend“, schreibt zum Beispiel die *Hamborner Volkszeitung* vom 13.1.1914, und bei seiner Lesung im November 1905 in Prag lobt der Rezensent des *Prager Tagblatts* die „prächtigen Naturschilde-

---

[1] SW9, S. 610.

rungen, in denen Hesses meisterhaft beobachtender Blick Bilder von wahrhaft plastischer Anschaulichkeit schafft".[2]

Ingo Cornils von der University of Leeds behandelt in seinem Beitrag das Naturerlebnis in Hesses Roman *Narziß und Goldmund*, wobei er – ausgehend von der Baumsymbolik – sich auf die Welt der Blumen und Kräuter konzentriert und auf die Beziehung des Menschen zur Natur.

Auch in Jule Spindlers Aufsatz geht es um Bäume, aber sie fokussiert sich dabei auf Hesse indische Dichtung *Siddhartha.* Sie weist auf die Besonderheit des Baummotivs hin und zeigt, dass immer dann, wenn Siddhartha eine neue Entwicklungsstufe betritt, ein Baum eine besondere Rolle spielt. Die Erscheinung einer neuen Baumart geht also der Entscheidung Siddharthas voraus, eine neue Art der Lebensführung auszuprobieren, eine Feststellung, die bisher in der Hesse-Forschung nicht beachtet wurde.

Im Vorwort zum *Glasperlenspiel* taucht er auf: der Name des Theologen und Philosophen des Mittelalters Abaelard. Zusammen mit Leibniz und Hegel habe er zweifellos den Traum gekannt, „das geistige Universum in konzentrische Systeme einzufangen und die lebendige Schönheit des Geistigen und der Kunst mit der magischen Formulierkraft der exakten Disziplinen zu vereinigen"(SW5, S. 12). In einer Sammelrezension im *März* vom 20.4.1912 bespricht Hesse den Briefwechsel zwischen Abaelard und Heloise (SW17, S. 103), und in der Besprechung der *Summe der Theologie* des Thomas von Aquin (SW19, S. 465) wird Abaelard kurz erwähnt. Nicht viel also, könnte man meinen. Die Schriftstellerin Maren Bohm ist dagegen anderer Ansicht. Ihre Intention ist es, die Verbindung zwischen dem geistigen Universum Abaelards und dem *Glasperlenspie*l zu analysieren und somit einen neuen aufschlussreichen Zugang zu Hesses Werk zu eröffnen.

Ein weiterer Aufsatz untersucht die tief sitzenden Antipathien Hesses gegenüber den Vereinigten Staaten von Amerika, für die er nur ‚Sympathien in den Jahren der Knabenzeit' hatte.

2024 fand in Gaienhofen das 19. Internationale Hermann Hesse-Kolloquium statt. Aus Platzgründen können leider dieses Mal nur zwei der Vorträge abgedruckt werden.

Die Kunstwissenschaftlerin Katharina Lange, deren Dissertation über Hesses Doppelbegabung als Schriftsteller und Maler in diesem Jahrbuch besprochen wird, beschäftigt sich mit der Malfreundschaft zwischen Hesse und der Malerin Anny Bodmer, die von 1919 bis zu Bodmers frühem Tod im Jahr 1930 dauerte und von gegenseitiger Unterstützung und Ermutigung geprägt war.

---

[2] Limberg, Michael: *Hermann Hesse und seine Lesungen. Eine Dokumentation*. 3. verb. u. erweiterte Auflage. Düsseldorf 2019 (Privatdruck).

„Ich bin zur Erkenntnis der geschichtlich-politischen Wirklichkeit während des Ersten Weltkriegs erwacht und habe seither die Schlafmütze nie mehr benützt“[3], ließ Hesse 1951 einen Leser wissen, der glaubte ihn über die Zustände im Osten Deutschlands aufklären zu müssen. ‚Während des Ersten Weltkriegs erwacht', das ist dem durchschnittlichen Hesse-Leser bekannt. Aber wie war es davor? Wie verlief seine politische Sozialisation, als es noch ein Königreich Württemberg gab? Dieser Frage geht Andreas Solbach nach.

Von Ende März 2024 bis Anfang Februar 2025 fand im Hesse-Museum in Montagnola die Ausstellung „Wo Hermann Hesse, da Volker Michels“ statt. Aus diesem Anlass gab es ein Werkstattgespräch mit dem Hesse-Herausgeber, das hier abgedruckt ist, gefolgt von einem Aufsatz von Volker Michels über sein Editionsarchiv in Offenbach.

Unter dem Titel *Hermann Hesses weltweite Wirkung* gab der Hesse-Forscher Martin Pfeifer zwischen 1977 und 1991 drei Bände zur internationalen Rezeptionsgeschichte heraus. Die Liste der dort behandelten Länder kann nun durch ein weiteres Land ergänzt werden: Usbekistan. Abdulaziz Qosimov schreibt über die Hesse-Rezeption in seinem Land.

Helga Esselborn-Krumbiegel rezensiert die Dissertation von Katharina Lange *„Aus demselben Empfinden her“. Hermann Hesses Doppelbegabung als Schriftsteller und bildender Künstler im kunstwissenschaftlichen Kontext*, die 2023 im Rombach Verlag erschien.

Die Mitteilungen aus der Hesse-Gesellschaft durch die Geschäftsführerin der IHHG, Isabel Götz, sowie das Autorenverzeichnis beschließen das 17. Jahrbuch.

M.L.

[3] SW15, S. 753.

I Kraftquelle Natur

Volker Michels

„Kraftquelle Natur“ Einführung in die 24. Silser Hermann-Hesse-Tage

Manche Künstler, Schriftsteller und Maler sind Seismographen. Ihre Sensibilität ermöglicht es ihnen, künftige Gefahren schon zu einem Zeitpunkt zu wittern, während die meisten sich noch in argloser Sicherheit wiegen. Einer dieser seltenen Indikatoren war Hermann Hesse, der auf die bevorstehenden politischen und zivilisatorischen Heimsuchungen in seinen Schriften wie auch im eigenen Leben früh und weitblickend reagiert hat und ihnen mit konstruktiven Impulsen vorzubeugen versuchte. Sie alle verweisen auf die regenerativen Ressourcen der Natur, der wir ja auch selber entstammen. Schon früh warnte er:

> Wir sehen, daß keine Zivilisation möglich ist ohne Vergewaltigung der Natur, daß der zivilisierte Mensch allmählich die ganze Erde in eine langweilige und blutlose Anstalt aus Zement und Blech verwandelt, daß jeder noch so gute und idealistische Anlauf unweigerlich zu Gewalt, zu Krieg und Schmerzen führt.[1]

Denn der sogenannte Fortschritt sei immer zu kurzatmig, man stoße so schnell auf seinen Antrieb, auf Habsucht und Eitelkeit, und überall brächten die angeblich so progressiven Errungenschaften „einen langen Schweif von Krieg, von Tod, von verheimlichtem Elend: „Hinter der Zivilisation her“ sei

> die Erde voll von Schlackenbergen und Abfallhaufen, die nützlichen Erfindungen haben nicht nur hübsche Weltausstellungen und elegante Automobilsalons zur Folge, sondern es folgen ihnen auch Krankheiten und Verödung: und daß die Menschheit Dampfmaschinen und Turbinen hat, dafür zahlt sie mit unendlichen Zerstörungen im Bild der Erde und des Menschen (SW14, S. 151f.).

Statt der Dampfmaschinen und Turbinen vom Beginn des letzten Jahrhunderts sind es heute die Auswirkungen der Kernspaltung, der Klimakollaps durch den überhandnehmenden Einsatz fossiler Energien, die Verödung der Vegetation durch Abholzung der Wälder zugunsten landwirtschaftlicher Monokulturen und das damit einhergehende Artenster-

[1] Hermann Hesse: *Gedanken über Lektüre.* In: Hermann Hesse: *Sämtliche Werke.* Hrsg. v. Volker Michels. Frankfurt/M.: Suhrkamp 2001–2007. Band 19, S. 11f. – Im Weiteren zitiert als SW mit Bandangabe und Seitenzahl.

ben. Hinzu kommt das Überhandnehmen der Menschen auf der kleingewordenen Erde, die Einengung unsres Wohn- und Atemraums, die Hesse trotz vollzogener „Rückkehr aufs Land“ schon 1927 beklagte:

> Wohin ich blicke neue Häuser, neue Hotels, neue Bahnhöfe, alles vergrößert sich, überall wird ein Stockwerk aufgebaut, irgendwo auf der Erde eine Stunde lang spazieren, ohne auf Menschenscharen zu stoßen, scheint nicht mehr möglich. Auch nicht in der Wüste Gobi, auch nicht in Turkestan (SW14, S. 18).

Dazu die Minderung der Lebensqualität durch Hektik, Beschleunigung und reizüberflutende Digitalisierung, ganz zu schweigen von den zweischneidigen und oft entmündigenden Möglichkeiten „Künstlicher Intelligenz“.

Keine Generation hat gegen das ökologische Gleichgewicht auf unsrem Planeten hemmungsloser gehaust und dabei das Zusammenspiel der sinnvoll aufeinander abgestimmten Ordnungen der Natur bedenkenloser beschädigt und geplündert. Was wir dabei verlieren, hat Hermann Hesse unmissverständlich thematisiert, zuletzt 1960 mit der bitteren Bilanz:

> Wir leben im Spätherbst eines Äons, in einer untergehenden, sich auflösenden Welt [...] Wir sehen sie hinsiechen in hypertrophischen Staatsgebilden, sinnlosen Materialschlachten, in der Ausrottung unzähliger Tier- und Pflanzenarten, dem Hinwelken des Schönen und Wohltuenden im Bild der Städte und Länder, im Gestank der Fabriken, dem Erkranken der Gewässer und nicht minder im Erkranken und Hinwelken der Sprachen, der Werte, der Worte. Und daß diesem still und rasch sich beschleunigenden Zerfall eine blendende Hochentwicklung der technischen Intelligenz und Leistung gegenübersteht, daß wir uns von der Zentrifuge unseres mechanisierten Daseins in den Weltraum schleudern lassen können, das scheint mehr den Massen als den Denkenden ein Trost zu sein (SW20, S. 350f.).

Bereits sein erster, 1903 entstandener Roman *Peter Camenzind* ist ein einziger Hymnus „auf das großzügige stumme Leben der Natur“ und ein Appell

> am Leben des Ganzen teilzunehmen und im Drang unsrer kleinen Geschicke nicht zu vergessen, daß wir nicht Götter und von uns selber geschaffen, sondern Kinder und Teile der Erde und des kosmischen Ganzen sind (SW2, S. 97).

Seine Wertschätzung der Kraftquellen des Lebens, sein Bedürfnis, sich mit allem Lebendigen, Schaffenden, Wachsenden verbunden zu fühlen, entspricht nicht nur unserem Selbsterhaltungstrieb, es öffnet zugleich ein verschüttetes Potential an Lebensqualität. Für Hesse waren die Gaben der

Natur, der Kunst und des Geistes „die einzigen, die uns nicht im Stich lassen, wenn es wirklich ernst wird“[2]. Seine Fähigkeit, die Sprache der Natur so eindringlich zu vermitteln, dass wir sie sinnlich spüren und uns ihr zugehörig fühlen, enthüllt nachhaltiger als alle Proklamationen, mit welchen Einbußen unsre vom Zweckdenken getrübte Wahrnehmung erkauft wurde. Einem vorwiegend auf Ausbeutung bedachten Verhalten gegenüber den Bauplänen des Lebens setzt Hesse ein zuträglicheres Weltbild entgegen.

Angesichts der anachronistischen, auch heute wieder Leben und Umwelt vernichtenden Kriege sei an seine bereits im Ersten Weltkrieg entstandenen Verse erinnert:

> Was Menschen wollen,
> Das führt zu Blut, Schuld und Schlachtenrollen.
> Wer dich, Natur, erst fand,
> Dem wird zur Heimat jedes Land
> Und jeder Mensch verwandt.
> [...]
> Miss keine Schuld an andrer Schuld!
> Miss dich und deinen Schritt
> An der Natur unendlicher Geduld,
> Sie trägt dich mit (SW10, S. 237f.).

---

[2] undatierter Brief an Erna Klärner, etwa 40er Jahre. Editionsarchiv Volker Michels, Offenbach.

Rüdiger Safranski

Kraftquelle Natur – Kraftquelle Hesse

Gewiss gehörte Hesse zu denjenigen, die schon sehr früh daran erinnerten, dass unsere Zivilisation Raubbau treibt an dem, wie es im *Camenzind* heißt, „großzügigen stummen Leben der Natur“[1], zu der wir selbst gehören, und dass wir damit zugleich an der Zerstörung unserer eigenen inneren Natur arbeiten, dass wir uns wie „Götter“ aufführen, obwohl wir doch nichts anderes sind als winzige „Teile der Erde und des kosmischen Ganzen“ (SW2, S. 97). In der Einladung und im Programm zu dieser Tagung finden sie eindrucksvolle Zitate dazu.

Zweifellos finden wir bei Hesse schon sehr früh eine ökologische Sensibilität. Ihm waren aber auch die Grenzen des Naturverstehens bewusst. In dem Gedicht mit dem Titel *Kein Trost* heißt es: „Es ist nicht Baum, noch Fluß, noch Tier / Dem Herzen zu erreichen; / Trost wird im Herzen dir /Allein bei deinesgleichen.“ (SW10, S. 177)

Tatsächlich, die Natur ist zwar nicht stumm, aber sie spricht eine Sprache, die nicht die unsere ist. Und deshalb kann es geschehen, dass man sich von ihr allein gelassen fühlt. Dann ruft einen die Natur zu sich selbst zurück und dazu, die Verantwortung für die eigene Existenz zu übernehmen. Sie spendet dann nicht das Glück der pränatalen Geborgenheit, sondern fordert einen heraus. Wozu fordert sie heraus? Sich in das Ganze einzufügen, wäre die naheliegende Antwort. Es ist auch wirklich manches Mal die Antwort Hesses, aber dabei bleibt es nicht.

Denn Hesse findet auch beim Blick in die Natur sein eigentliches Thema, nämlich dieses: ein Einzelner zu sein – gegen die Anfechtungen und Bedrohungen durch den Kollektivismus. Er hat sich dazu deutlich genug in einem späten Rückblick auf sein Werk geäußert:

> Meine Dichtungen sind alle ohne Absicht, ohne Tendenz entstanden. Wenn ich aber nachträglich nach einem gemeinsamen Sinn in ihnen suche, so finde ich allerdings einen solchen: von „Camenzind“ bis zum „Steppenwolf“ und „Josef Knecht“ können sie alle als eine Verteidigung (zuweilen auch als Notschrei) der Persönlichkeit, des Individuums gedeutet werden. Der einzelne einmalige Mensch mit seinen Erbschaften und Möglichkeiten, seinen Ga-

[1] Hermann Hesse: *Sämtliche Werke*. Hrsg. v. Volker Michels. Frankfurt/M.: Suhrkamp 2001-2007. Band 2, S. 84. – Im Weiteren zitiert als SW mit Bandangabe und Seitenzahl.

> ben und Neigungen ist ein zerbrechliches Ding, er kann wohl einen Anwalt brauchen. Und so wie er alle großen und starken Mächte gegen sich hat: den Staat, die Schule, die Kirchen, die Kollektive jeder Art, die Patrioten, die Orthodoxen und Katholiken aller Lager, die Kommunisten und Faschisten nicht minder, so habe ich und meine Bücher immer alle diese Mächte gegen sich gehabt und bekamen ihre Kampfmittel [...] zu spüren. Es wurde mir tausendmal bestätigt, wie gefährdet, schutzlos und angefeindet der Einzelne, der nicht Gleichgeschaltete in der Welt steht, wie sehr er des Schutzes, der Ermutigung, der Liebe bedarf (SW15, S. 771f.).

Der Sinn für das Einzelne und den Einzelnen, darum geht es. Und überraschenderweise findet Hesse in der Natur eine Bestätigung, sogar Ermunterung für diese Tendenz, ganz man selbst zu sein. Es gibt auf der einen Seite die ganzheitliche Naturerfahrung, das Verlangen, sich in ihr aufzulösen, sich zu lösen vom Prinzip der Individuation, das „ozeanische Gefühl", wie es Freud genannt hat, – und es gibt auf der anderen Seite im Gegensatz zu dieser Entgrenzung die ganz anders beschaffene Lust an den Grenzen des Einmaligen, des Besonderen, eine Ermunterung, sich zu individualisieren und ein Gefühl für seine Eigenheit zu gewinnen. Und das geschieht eben auch beim Blick in die Natur.

In der autobiographischen Schrift *Wanderung* von 1919 findet sich dazu die folgende wunderbare Passage:

> Bäume sind für mich immer die eindringlichsten Prediger gewesen. Ich verehre sie, wenn sie in Völkern und Familien leben, in Wäldern und Hainen. Und noch mehr verehre ich sie, wenn sie einzeln stehen. Sie sind wie Einsame. [...] In ihren Wipfeln rauscht die Welt, ihre Wurzeln ruhen im Unendlichen; allein sie verlieren sich nicht darin, sondern erstreben mit aller Kraft ihres Lebens nur das Eine: ihr eigenes, in ihnen wohnendes Gesetz zu erfüllen, ihre eigene Gestalt auszubauen, sich selbst darzustellen (SW11, S. 20).

Bäume erinnern ihn also daran, dass es eine Kraftquelle gibt, die in einem selbst liegt, nämlich das individuelle Gesetz, das einen antreibt, die *eigene Gestalt* zu entwickeln und darzustellen. In der Entstehungszeit des *Demian*, 1917, entwickelt Hesse unter dem Titel *Eigensinn* seine Gedanken zum „individuellen Gesetz"; es geht um das Aufspüren der eigenen, eigentlichen Kraftquelle und um die Bereitschaft, sich von ihr treiben zu lassen. In knappen, fast programmatischen Sätzen skizziert Hesse hier sein existentielles Bekenntnis.

Tugenden, schreibt er, sind auf Gehorsam gegründet. Die Frage ist nur, wem man gehorcht. Meistens sind es Gesetze, die einem von den anderen Menschen, von der Gesellschaft gegeben werden.

> Einzig der Eigensinn ist es, der nach diesen Gesetzen nicht fragt. Wer eigensinnig ist, gehorcht einem anderen Gesetz, einem einzigen, unbedingt heiligen, dem Gesetz in sich selbst, dem ‚Sinn' des ‚Eigenen' (SW12, S. 101).

Gehorsam also dem eigenen Gesetz gegenüber, dem individuellen Gesetz, das durchaus in einer Spannung, ja sogar in einem Gegensatz zum allgemeinen Gesetz steht oder stehen kann.

Dieses Postulat wäre nicht nötig, wenn der Mensch von sich aus, ganz natürlich, zu seinem eigentlichen Wesen finden und es entwickeln könnte. Doch der Mensch ist, schreibt Hesse, „dazu verurteilt, nicht der Stimme des Lebens und Wachstums" (ebd., S. 101) unmittelbar folgen zu können. Es drängen sich ihm die Gesetze und Üblichkeiten der jeweiligen Gesellschaft auf, die ihn von sich selbst ablenken und von sich selbst entfremden.

Auf die Stimme des eigenen Lebens zu hören, erweist sich aber als schwierig. Denn wie soll man die eigene Stimme aus dem Stimmengewirr um sich herum, das unablässig auf einen einredet, heraushören und unterscheiden? Bei aller Ungewissheit darüber, wer man eigentlich ist, bleibt einem zuletzt nichts anderes übrig, als – an sich zu glauben.

Woran glaubt man denn, wenn man an sich glaubt?

Man glaubt an etwas, was man zwar noch nicht ist, doch was man werden kann. Bei diesem Werden-Können geht es indes nicht so zu, wie sonst in der Natur, wo etwas im Keim, in der Anlage schon da ist, sich aber erst noch entfalten muss. Zwischen Keim und Blüte gibt es eine unvermeidliche Notwendigkeit. Das Noch-Nicht – also vom Keim her gesehen die Blüte – stellt sich naturnotwendig ein. Dazwischen liegt keine Freiheit. Anders beim Menschen. Wenn er an sich glaubt, also daran, dass sich da etwas bei ihm noch entwickeln kann, dann ist dieser Glaube an sich selbst erforderlich, damit es sich überhaupt entwickelt. Statt Naturnotwendigkeit ist es der Glaube an sich selbst, der aus dem Keim die Blüte macht. Erst mit diesem Glauben wird man zur Kraftquelle für sich selbst. Man wird das, was man von der Anlage her schon ist. Man wird es durch den Glauben an sich und durch eigene Anstrengung. Nietzsche hat diesen Zusammenhang prägnant in dem Wort zusammengefasst: „Werde, der du bist."

Im *Kurzgefaßten Lebenslauf* schreibt Hesse: „Von meinem dreizehnten Jahr an war mir das eine klar, daß ich entweder ein Dichter oder gar nichts werden wollte" (SW12, S. 48). Er fühlt sich bereits als Dichter und weiß doch auch, dass er es erst noch werden will. Es bleibt ihm nichts anderes übrig, als an sich selbst zu glauben. Ein Glaube, der so wie er Berge versetzen kann, ihn zum Dichter machen würde.

Der Dreizehnjährige, glaubt man seiner späteren Selbstdarstellung, versteht es also bereits, sich selbst als Kraftquelle zu nehmen, genauer: Kraft zu schöpfen aus dem, was er erst noch werden will, aber irgendwie schon ist. Von allen verlassen, verlässt er sich auf sich selbst, denn sonst ist offenbar keiner da, der ihn in seinem Vorhaben unterstützt. Er quält sich durch die Schulen, wo zwar die Dichter geschätzt werden, aber erst wenn sie tot sind. Die Bibliothek des Großvaters war zwar reich bestückt, aber es waren eben auch fast nur die toten Dichter dort zu finden. Für den, der selbst ein Dichter sein und werden wollte, fehlte es überall an Ermunterung. So wie es Hesse darstellt, konnte er sich also nur auf sich selbst verlassen. Seine Kraftquelle war sein Wille zum Dichtertum. Hesse wollte Hesse werden.

Als er dann mit seinem erfolgreichen *Peter Camenzind* sich einen Namen gemacht hatte, als er nun also begann, ein „zufriedener Mann" (SW12, S. 50) zu werden, kam der Krieg und eine Lebenskrise. Er verlor die „Zufriedenheit" mit sich selbst.

Damals, es war im Jahr 1919, schrieb er zurückblickend an Carl Seelig:

> Mir ist es so gegangen, daß ich unter dem Einfluß von Vorbildern wie Goethe, Keller etc. als Dichter eine schöne, harmonische, aber im Grunde verlogene Welt aufbaute, indem ich alles Dunkle und Wilde in mir verschwieg und im Stillen erlitt, das ‚Gute' aber, den Sinn fürs Heilige, die Ehrfurcht, das Reine betonte und allein darstellte. Das führte zu Typen wie Camenzind und der ‚Gertrud', die sich zugunsten einer edlen Anständigkeit und Moral um tausend Wahrheiten drücken, und brachte mich schließlich, als Mensch wie als Dichter, in eine müde Resignation, die zwar auf zarten Saiten Musik machte, keine schlechte Musik, die aber dem Leben abgestorben war.[2]

Hesse hält Gerichtstag über sich selbst. Er hatte Dichter sein wollen, das war der Wunsch vom zarten Knabenalter an. Aber sein Dichtertum, gerade da, wo es besonders erfolgreich war, habe sich, so sein geradezu vernichtendes Urteil, darin erschöpft, eher das „Gute, das Heilige, das Reine" zur Darstellung zu bringen, eine „edle Anständigkeit und Moral" habe vorgeherrscht. Er sei nicht radikal genug, nicht an die Wurzel gehend, mit sich umgegangen. Vor dem „Dunklen und Wilden" in sich sei er zurückgewichen.

Eine wirkliche Selbstbegegnung steht noch aus, das ist seine Diagnose im Augenblick der Krise von 1918/19. Der vermeintliche Hesse, der sich inzwischen einen Namen gemacht hat, ist nicht der wirkliche Hesse. „Der Glaube an mein Dichtertum und an den Wert meiner literarischen Arbeit

[2] *„Eine Bresche ins Dunkel der Zeit" Hermann Hesse. Die Briefe, Band 3, 1916–1923* Hrsg. v. Volker Michels, Berlin: Suhrkamp 2015, S. 264.

war [...] in mir entwurzelt“ (SW12, S. 57) schreibt er. Er hat das Gefühl, sich neu erfinden zu müssen. Wieder, wie einst als Knabe, gilt es, sich selbst als Kraftquelle zu ergreifen, um aus dieser Krise herauszufinden. Und tatsächlich entwirft er sich neu und gibt sich den Namen Emil Sinclair.

Unter diesem Namen veröffentlicht er den *Demian*, einen Roman, der von nichts anderem handelt als von diesem Vorgang der Neugeburt. „Ach, das weiß ich heute“, sagt der Erzähler, „nichts auf der Welt ist dem Menschen mehr zuwider, als den Weg zu gehen, der ihn zu sich selbst führt“ (SW12, S. 289). Das Symbol dieses Vorgangs der Selbstgeburt oder Neugeburt ist der Vogel, der sich aus dem Ei herauskämpft und dieses Ei ist die Welt, die ihn umgibt. „Wer geboren werden will, muß eine Welt zerstören“ (ebd., S. 313, heißt es.

Das klingt aggressiv und ist es auch. Es sind offenbar Befreiungsschläge nötig. Damals trennte sich Hesse von seiner Frau, zeitweilig auch von den Kindern, er zog sich nach Montagnola zurück und wurde, wie er das nennt, Einsiedler. Er suchte auch psychotherapeutische Hilfe bis er dann bald wieder in der Lage war, sich selbst zu helfen, indem er zum Beispiel zu malen begann, ohne sich freilich, wie er ausdrücklich bemerkt, für einen Maler zu halten.

Von seinem bisherigen Dichtertum fühlt er sich „entwurzelt“ (SW12, S. 57). Der *Demian*-Roman ist selbst noch nicht eine solche neue Verwurzelung, sondern eher das Programm dazu. Erst im *Steppenwolf*, insbesondere im Traktat, kommt das „Dunkle und Wilde“[3] zum Ausdruck. Was genau zeigt sich darin? Es ist das „Freie, Wilde, Unzähmbare, Gefährliche und Starke“ (SW4, S. 47). Ein Verlangen nach ungehemmter Freiheit und Intensität. Es kommt darauf an, so Hesse, in diese durchaus vitalen aber eben auch gefährliche Abgründe zu blicken und ehrlich sich selbst gegenüber und illusionslos der Politik und dem gesellschaftlichen Leben gegenüber zu sein.

> Die Wirklichkeit ist das, womit man unter gar keinen Umständen zufrieden sein, was man unter gar keinen Umständen anbeten und verehren darf, denn sie ist der Zufall, der Abfall des Lebens. Und sie ist, diese schäbige, stets enttäuschende und öde Wirklichkeit, auf keine andere Weise zu ändern, als [...] indem wir zeigen, daß wir stärker sind als sie (SW12, S. 58).

Hesse will über die Wirklichkeit, so wie sie ist, hinauskommen. Die politischen Mittel aber sind ihm fragwürdig geworden. Er schreibt diese Sätze nicht aus einer Weltfremdheit oder einer Weltabkehr heraus. Er hatte sich ja im Ersten Weltkrieg als jemand gezeigt, der sich politisch einmischt und

[3] Siehe Fußnote 2.

sich dabei so exponierte, dass man ihn bei der Novemberrevolution von 18/19 für einen Arbeiter- und Soldatenrat in München gewinnen wollte. Hesse aber lehnt ab. Seine Begründung, formuliert in der Flugschrift *Zarathustras Wiederkehr*:

> Die Welt ist nicht da, um verbessert zu werden. Auch ihr seid nicht dazu da, um verbessert zu werden. Ihr seid aber da, um ihr selbst zu sein (SW15, S. 240).

Daran soll man arbeiten, rücksichtslos gegen sich und die anderen. Diejenigen, die solches tun, nennt Hesse die „ernstlich und wahrhaft Selbstsüchtigen" (ebd.).

Diese Art *Selbstsüchtigkeit* nannte sein Freund der zwanziger Jahre, Hugo Ball, Hesses „Wucht nach Innen"[4].

Diese „Wucht nach Innen" bringt Hesse wieder zurück in sein Dichtertum, aus dem er sich in der Krise zeitweilig entwurzelt gefühlt hatte. Eine Wiedereinwurzelung in sein Dichtertum wird ihm nur gelingen, das weiß Hesse, wenn er sich frei macht von dem, was Gesellschaft und Politik von der Kunst fordert. Er muss aufhören, sich in ihrem Sinne nützlich machen zu wollen. Privat bleibt er selbstverständlich weiterhin hilfsbereit und teilnehmend an dem, was um ihn herum geschieht. Aber sein Dichtertum soll sich davon nicht ablenken lassen.

Flaubert schrieb einmal in einem Brief: „Wer bist du denn, O Gesellschaft, um mich zu irgendetwas zu zwingen? Welcher Gott hat dich zu meinem Herrn gemacht?"[5] Genau diese empörte Zurückweisung gesellschaftlicher Normierungen liegt auch bei Hesse dem Versuch zugrunde, sich wieder in seinem Dichtertum zu verankern.

Wohin kommt man, wenn man sich in seinem Dichtertum wieder verwurzelt? Nabokov schrieb einmal:

> Ein Werk der Erfindung existiert für mich überhaupt nur, soweit es mir, das will ich ganz unverblümt sagen, ästhetisches Hochgefühl verschafft, also die Empfindung, irgendwie, irgendwo, mit anderen Seinszuständen zusammenzugehören.

Nabokov formuliert hier etwas, das schwer zu fassen ist. Es ist etwas an der Kunst, wodurch sie über das bloß Realitätstüchtige hinausgeht. Sie verliert sich gerne im Spiel und im Verlangen, in den eigenen Bildern zu verschwinden. Es gibt die schöne chinesische Legende von einem Maler, der alt geworden war und einsam über der Arbeit an einem einzigen Bilde.

---

[4] Hugo Ball: *Hermann Hesse. Sein Leben und sein Werk*. Hrsg. v. Volker Michels. Göttingen: Wallstein 2006, S. 105.

[5] Gustav Flaubert: *Briefe*. Herausgegeben und übersetzt von Helmut Scheffel. (Neue Bibliothek der Weltliteratur beim Verlag Goverts) Stuttgart 1964, S. 379.

Schließlich wurde es doch fertig. Er lud die verbliebenen Freunde ein. Sie umstanden das Bild: ein Park war darauf zu sehen, ein schmaler Weg zwischen Wiesen führte zu einem Haus auf der Anhöhe. Als die Freunde, fertig mit ihrem Urteil, sich dem Maler zuwenden wollen, ist der nicht mehr da. Sie blicken ins Bild: Dort geht er auf dem Weg die sanfte Anhöhe hinauf, öffnet die Tür des Hauses, steht einen Augenblick still, dreht sich um, lächelt, winkt noch einmal und verschwindet, sorgfältig die gemalte Tür hinter sich verschließend.

Die Kunst kennt das Verlangen, in den eigenen Bildern zu verschwinden. Sie will den anderen Zustand, vielleicht auch die Weltfremdheit. Das ist ihr ekstatisches Element, das sich nicht in die Pflicht nehmen lässt vom schlichten Realitätsprinzip.

Auch Hesse träumte davon, im eigenen Werk zu verschwinden. Im *Kurzgefassten Lebenslauf* spinnt er seinen Lebensfaden über den gegenwärtigen Zeitpunkt – 1924 – hinaus in die Zukunft und stellt sich vor, wie er, von der Gesellschaft schließlich hinter Schloss und Riegel gesetzt, sich ganz der Malerei zuwenden würde. Eines seiner Bilder zeigt eine Eisenbahn vor einem Berg mit Tunnel. Als die Gefängniswärter wieder einmal nach ihm sehen, „da machte ich mich klein", so heißt es in dem Text,

> und ging in mein Bild hinein, stieg in die kleine Eisenbahn und fuhr mit der kleinen Eisenbahn in den schwarzen kleinen Tunnel hinein. Eine Weile sah man noch den flockigen Rauch aus dem runden Loch kommen, dann verzog sich der Rauch und mit ihm das ganze Bild und mit ihm ich. In großer Verlegenheit blieben die Wärter zurück (SW12, S. 62f.).

Hesses letzter großer Roman *Das Glasperlenspiel* hat auch etwas von dieser Sehnsucht, im eigenen Werk zu verschwinden, wie in einem „hortus conclusus", einem Arkadien des Geistes oder einer pädagogischen Provinz. Die Arbeit an diesem Werk beginnt in dem Moment, als er mit der NS-Machtergreifung die Fortexistenz der kulturell-geistigen Sphäre überhaupt in Gefahr sieht.

> Dies war nun der Augenblick, in dem ich alle rettenden Kräfte in mir aufrufen und alles, was ich an Glaube besaß, nachprüfen und festigen mußte.[6]

Diese rettenden Kräfte in sich selbst sind die Kräfte des Glaubens an diese geistige Sphäre.

In der *Morgenlandfahrt* hatte er kurz zuvor bereits geschildert, wie es zugeht, wenn der Glaube an den Geist verschwindet. Der platte Realitäts-

---

[6] Brief an Rudolf Pannwitz, [13.1.1955] In: *„Umgaukelt von westlichen und östlichen Ködern" Die Briefe, Band 8, 1951–1957.* Hrsg. v. Volker Michels. Berlin: Suhrkamp 2023, S. 360

sinn mit seinen Ideologien und Nützlichkeitserwägungen wirkt dabei, so heißt es dort, als „Erbfeind", der die ganze Sphäre des Geistes auflösen kann. Diesen Augenblick der Anfechtung wird dort so geschildert:

> jetzt spürte ich zum ersten Mal im Herzen etwas wie Traurigkeit und Zweifel [...] drohte alles seinen Sinn zu verlieren: unsere Kameradschaft, unser Glaube, unser Schwur, unsere Morgenlandfahrt, unser ganzes Leben.

Die Arbeit am *Glasperlenspiel* ist Hesses erneuerte Morgenlandfahrt. Er nennt sie auch bisweilen seine *Burg*, die ihm gegen die katastrophalen Zeitläufte einen gewissen Schutz bietet. Doch es bleibt eine zerreißende Spannung. In einem Brief von 1941 heißt es:

> Die Belastung durch das Weltelend und die immer neue, oft so erfolglose Arbeit für die Opfer der Weltherrscher drückt so sehr, daß die Konzentration zur Weiterarbeit am Glasperlenspiel eine fast übermenschliche Leistung wird.[7]

Und trotzdem arbeitet er weiter an diesem Roman, wo das Spielen nicht als nutzlose Vergeudung des Lebens erscheint, sondern als seine Steigerung. Verteidigt wird im Medium des Spiels die Würde des Geistes.

Als er die Arbeit am *Glasperlenspiel* beginnt, entsteht das geradezu programmatische Gedicht *Besinnung*, in dem es heißt: „Göttlich ist und ewig der Geist / Ihm entgegen, dessen wir Bild und Werkzeug sind / Führt unser Weg [...] Hold zwar und mütterlich warm umhegt uns Natur [...] Doch befriedet Natur uns nicht / Ihren Mutterzauber durchstößt / Des unsterblichen Geistes Funke..." (SW10, S. 324f.).

Ausdrücklich bekennt sich Hesse zu seiner „logozentrischen Anschauungsweise" in Abgrenzung zur „biozentrischen". Sicherlich gibt es die Kraftquelle der Natur, aber sie genügt nicht, sie „befriedet" nicht.

Die Briefe aus der Zeit der Arbeit am *Glasperlenspiel* lassen deutlich erkennen, wie sehr die Arbeit an diesem Roman ihm zum Lebenselixier wurde. Er findet darin eine „Art Lebensluft, Trost und Religiönchen"[8] Er fühlt sich eingehüllt von der Atmosphäre dieser von ihm geschaffenen geistigen Welt, er fühlt sich selbst zu Josef Knecht werden, wenn er, ruhig meditierend, in seinem Garten vertrocknetes Gras verbrennt und die Asche über die Blumen streut, da „spreche er mit ihm und atme mit seiner Lunge"[9] und schaue die Welt an mit seinen Augen. Kein Zweifel, die Ar-

---

[7] *Materialien zu Hermann Hesses „Das Glasperlenspiel"*. Hrsg. von Volker Michels. Bd. 1: Texte von Hermann Hesse. Frankfurt/M.: Suhrkamp 1973, S. 219.

[8] *„In den Niederungen des Aktuellen" Hermann Hesse. Die Briefe, Band 5, 1933–1939.* Hrsg. v. Volker Michels. Berlin: Suhrkamp 2018, S. 286.

[9] *Die Briefe 5*, a.a.O., S. 321.

beit am Roman wirkt wie ein Immunschutz, aus ihm gewinnt er Kraft des Überlebens in schwerer Zeit.

Dieser Roman gilt als eine Art Utopie, aber das meiste daran ist gar nicht utopisch. Es ist die gewöhnliche, bekannte und durchaus nicht zukünftige Welt mit allem, was dazugehört: Ökonomie, Wissenschaftsbetrieb, Produktion, Konsum. Darin eingebettet die pädagogische Provinz Kastalien, die eher an Vergangenheit denken lässt, eine Art Vatikan des Geistes oder das idealisierte goldene Zeitalter der Bildungswelten von Maulbronn bis Weimar.

Utopisch ist wohl nur, dass dieses ganze System gipfelt in etwas pragmatisch gesehen Nutzlosem, das seinen Zweck in sich selbst hat: Das Glasperlenspiel. Es ist der höchste Zweck des Ganzen, seine Sinngebung. Hier muss man innehalten, was hier geschieht und was damit gesagt ist, ist eigentlich etwas Ungeheuerliches: Diese Spielkultur besetzt den Raum, den einst das Göttliche einnahm, von woher die Sinngebung erfolgte. Jetzt ist dort das Spiel. Die alte religiöse Andacht und Ehrfurcht ist noch da, auch der Habitus der Frömmigkeit, der Askese, der liturgischen Disziplin – alles das ist noch da, umkreist aber nun die geistige Mitte des Glasperlenspiels. Das ist die eigentliche Provokation des Romans, die zu denken gibt: Der alte Gott ist tot, es lebe das heilige Spiel!

Und was ist das für ein Spiel? Es ist ein Spiel mit der unendlichen Bedeutungsfülle der bisher geschaffenen Kultur. Eigentlich entsteht nichts Neues sondern immer nur Kombinationen des bereits Geschaffenen. Mit Hilfe von Symbolzeichen werden in einer Art Notenschrift die jeweiligen Inhalte der Kultur aufgerufen, angedeutet und neu miteinander kombiniert, immer neue Konfigurationen aus der Welt des Wissens, der Musik, der Literatur, der Religion usw. Das Glasperlenspiel enthüllt überall Parallelen, Muster, Verknüpfungen, Assoziationen, Anspielungen. Es ist von seinen Inhalten her universell. Es spielt mit allen Kulturen. Es ist aber auch die Vision eines Endes: Kultur deckt ihr Betriebsgeheimnis auf, indem sie mit sich selbst spielt.

In der spielerischen Selbstbezüglichkeit des Glasperlenspiels spürt man nicht nur die Sehnsucht, im eigenen Werk zu verschwinden. Es ist nicht nur ein Verschwinden in der Subjektivität. Sondern – und das ist das Überraschende und eigentlich Neue im Werk Hermann Hesses – es gibt hier einen emphatischen Willen zur Objektivität. Es geht nun nicht mehr primär darum, die eigene Subjektivität zum Ausdruck zu bringen, sondern teilzunehmen an der Sphäre des objektiven Geistes, mit strenger Zucht und Disziplin und doch auch spielend. Der subjektive Reichtum entfaltet sich in der strengen, objektiven Form, wie bei einer Fuge. Ganz ausdrücklich spricht Hesse in diesem Zusammenhang von dem „Gehorsam gegen den Geist“ (SW5, S. 333).

Es ist etwas Größeres, etwas Objektives, in das ein Subjekt in seiner Entwicklung hineinwächst und so zu einem Individuum im höheren, gesteigerten Sinne wird. Bei dieser Objektivität geht es um Dinge, welche, wie es im Vorspruch zum Roman heißt, nur dadurch,

> daß fromme und gewissenhafte Menschen sie gewissermaßen als seiende Dinge behandeln, dem Sein und der Möglichkeit des Geborenwerdens um einen Schritt näher geführt werden (SW5, S. 7).

In der Idylle *Stunden im Garten*, entstanden während der Niederschrift des *Glasperlenspiels*, schildert Hesse die Vision, die ihn dabei begleitet,

> ich höre Musik und sehe vergangene und künftige Menschen, sehe Weise und Dichter und Forscher und Künstler einmütig bauen am hunderttorigen Dom des Geistes (SW9, S. 614).

Das alles geschieht in der bescheidenen Haltung des Dienens. Es kommt nicht darauf an, dass der Einzelne sich exponiert, heraustritt, sich allzu wichtig nimmt.

Im *Glasperlenspiel* hat Hesse für sich selbst diesen Punkt erreicht, von wo aus er in gelassener, souveräner und versöhnter Weise sich selbst durchsichtig wird als Mitwirkender beim Bau des „hunderttorigen Doms des Geistes", diesem großen Spiel, für das ein Leben sich lohnt.

Vortrag im Rahmen der 24. Silser Hesse-Tage 2024

Volker Michels

Wie eine verlorene Heimat
Freude am Garten mit Hermann Hesse

Wenn wir nicht auf dem Land leben, ist ein eigener Garten ja die nächstliegende und erholsamste Verbindung, die wir zur Natur haben können. Und auch für Hermann Hesse, der überzeugt davon war, dass die Beziehung des Menschen zur Natur auch eine Quelle der Kunst sei, war der Garten eine zuverlässige Kraftreserve. Noch 1961, ein Jahr vor seinem Tod hat er einem der vielen tausend Menschen, die nach der Lektüre seiner Bücher solches Vertrauen zu diesem Autor gefasst haben, dass sie ihm schrieben und um Rat in ihren eigenen Lebenskrisen fragten, geraten:

> Es tut gerade in schwerer Zeit nichts so wohl als sich der Natur hinzugeben, aber nicht passiv, genießend, sondern schaffend.[1] [...] Die Beschäftigung mit Erde und Pflanzen kann der Seele eine ähnliche Entlastung und Ruhe geben wie die Meditation.[2] [...] Neben den Gaben des Geistes und der Kunst sind die der Natur die einzigen, die uns nicht im Stich lassen, wenn es wirklich ernst wird.[3]

Hinzu kam seine Freude an den kreativen Möglichkeiten, die den Künstler in ihm bei der Anlage seines Gartens gereizt haben. „Es ist", schrieb er bereits im Alter von knapp 30 Jahren,

> ja etwas von Schöpferlust und Schöpferübermut beim Gartenbau. Man kann ein kleines Stück Erde nach seinem Kopf und Willen gestalten, man kann sich für den Sommer Lieblingsfrüchte, Lieblingsfarben, Lieblingsdüfte schaffen. Man kann ein kleines Beet, ein paar Quadratmeter nackten Boden zu einem lachenden Gewoge von Farben machen.[4]

---

[1] Brief vom Nov. 1961 an Maria Treu. Editionsarchiv Volker Michels, Offenbach.

[2] Brief an Johanna Attenhofer, Herbst 1955. In: *„Umgaukelt von westlichen und östlichen Ködern" Die Briefe, Band 8, 1951–1957*. Hrsg. v. Volker Michels. Berlin: Suhrkamp 2023, S. 445.

[3] undatierter Brief an Erna Klärner, etwa 40er Jahre. Editionsarchiv Volker Michels, Offenbach.

[4] Hermann Hesse: *Im Garten*. In: Ders.: Hermann Hesse: *Sämtliche Werke*. Hrsg. v. Volker Michels. Frankfurt/M.: Suhrkamp 2001–2007. Band 13, S. 167 – Im Weiteren zitiert als SW mit Bandangabe und Seitenzahl.

Aber auch die damit verbundenen Schattenseiten werden nicht unterschlagen. Sie verfolgten ihn mitunter bis in den Schlaf. Davon zeugt eines seiner Scherzgedichte mit dem Titel *Der Gärtner träumt*:

> Was hat die Traumfee in der Wunderbüchse?
> Vor allem ein Gebirg von bestem Mist!
> Dann einen Weg, auf dem kein Unkraut wüchse,
> Ein Katzenpaar, das keinen Vogel frisst
>
> Ein Pulver auch, mit dem bestreut, alsbald
> Blattläuse sich in Rosenflor verwandeln,
> Robinien sich in Palmenwald,
> Mit dessen Ernte wir gewinnreich handeln.
>
> O Fee, und mache, daß uns Wasser flösse
> An jedem Ort, den wir bepflanzt, besät;
> Gib uns Spinat, der nie in Blüten schösse
> Und einen Schubkarrn, der von selber geht!
>
> Und eines noch: ein sichres Mäusegift,
> Den Wetterzauber gegen Hageltücken,
> Vom Stall zum Hause einen kleinen Lift,
> Und jeden Abend einen neuen Rücken. (SW10, S. 594)

Leider gilt es immer noch, insbesondere bei den Tonangebern des Kulturbetriebs, für ausgemacht, dass Künstler, die sich mit der Natur oder gar dem Inbegriff von Begrenztheit und Rückzug: mit ihrem Garten befassen, auf der Flucht vor den Realitäten des Lebens seien, um sich in behaglicher Beschaulichkeit den Forderungen des Tages entziehen zu können. Das war denn auch der Tenor einer millionenfach verbreiteten Titelgeschichte, die vier Jahre vor Hesses Tod in Deutschlands meinungsbildendem Nachrichtenmagazin *Der Spiegel* erschien, die ihn unter dem Motto *In der Gartenlaube* als eine Art Gartenzwerg unter den Nobelpreisträgern lächerlich zu machen und sein Werk zu demontieren versuchte. Mit souveräner Gelassenheit hat er auf Zuschriften von Lesern, die sich bei ihm darüber empörten, reagiert:

> Daß in Deutschland, das sich wieder stark und kriegerisch fühlt, erneut Schmähartikel über mich erscheinen, ist nach den übermäßigen Ehrungen und Feiern beinah erfrischend ... Den Spiegel und andre Anpöbelungen dürfen Sie nicht zu ernst nehmen, das sind unschöne, aber natürliche Reaktionen der Jugend auf die Alten, der Streber auf die allzu Erfolgreichen. Es bedarf keines Kampfes, nur des Beharrens.[5]

---

[5] Hermann Hesse: *„Noch lacht der Tag, noch ist er nicht zu Ende". Die Briefe 1958–1962.* Berlin: Suhrkamp. Geplanter Erscheinungstermin 19.5.2025.

Schon um 1900 drängte, wer etwas gelten wollte, in die Metropolen, nach Berlin und Paris, um, wie man meinte, den sogenannten Puls der Zeit nicht zu verpassen. Hesse dagegen hat den umgekehrten Weg eingeschlagen. Er kam aus der Großstadt, aus Basel in die Provinz, an den stillsten und entlegensten Teil des Bodensees, um den Gegenbeweis anzutreten und zu zeigen, dass gerade die Energien, die der Umgang mit der Natur zu aktivieren vermag, uns resistenter machen, um den Schattenseiten der Zivilisation, der hektischen Beschleunigung, der Reizüberflutung, und Massenpsychosen widerstehen zu können.

Schon sein erster 1903 entstandener Roman *Peter Camenzind* war eher das Gegenteil dessen, was man in den Gründerjahren der Industrialisierung und Automation für progressiv und wünschenswert hielt. Das Buch war ein Hymnus auf die von der Verstädterung bedrohte Natur und auf ein Leben, das sich im Einklang mit Ordnungen befand, über die sich nicht ungestraft hinwegsetzen kann, wer selber dem organischen Leben entstammt. Es war ein Aufbegehren gegen die Einäugigkeit des Fortschritts, gegen das Diktat maschineller Fremdbestimmung, gegen die Versklavung des Lebens durch Stechkarte und Stoppuhr. Auch die viel gerühmten Vorteile der Technologie waren Hesse nicht geheuer, weil dem Zuwachs an Tempo ja nur in seltenen Fällen ein Gewinn an Lebensqualität entspricht. Es sei damit wie mit allem, schrieb er bereits 1907, also noch ein Jahrhundert vor der Digitalisierung und globalen Vernetzung: „Die paar guten und freien Menschen werden gefördert, doch den Millionen Gaunern wird ihr Betrieb ebenfalls erleichtert“. Im Gegensatz dazu war die Welt seines Peter Camenzind ein Kontrastprogramm. Naturschilderungen von ganz unsentimentaler Kraft und Anschaulichkeit, erinnern uns daran, was alles von den sogenannten Prioritäten des Erwerbstrebens übertönt und verschüttet wird. Schon hier, wie auch in späteren Büchern Hesses kommt es zu Wort in Schilderungen von einer Sinnlichkeit über die Kurt Tucholsky sagte:

> Hesse kann, was nur wenige können. Er kann einen Sommerabend und ein erfrischendes Schwimmbad und die schlaffe Müdigkeit nach körperlicher Anstrengung nicht nur schildern – das wäre nicht schwer. Aber er kann machen, dass uns heiß und kühl und müde ums Herz wird.[6]

Und das, ohne jede Sentimentalität und Naturschwärmerei der Sonntagsspaziergänger. „Viele sagen“, heißt es bereits in diesem ersten Roman,

---

[6] Peter Panter (Kurt Tucholsky): *Die* Schaubühne v. 23.4.1914. In: Hsia, Adrian (Hrsg.): *Hermann Hesse im Spiegel der zeitgenössischen Kritik*. Bern/München: Francke 1975, S. 127.

> sie lieben die Natur, das heißt, sie sind nicht abgeneigt sich gelegentlich ihre Reize gefallen zu lassen. Sie gehen hinaus und freuen sich über die Schönheit der Erde, zertreten die Wiesen und reißen schließlich eine Menge Blumen und Zweige ab, um sie daheim verwelken zu lassen. So lieben sie die Natur. Sie erinnern sich dieser Liebe am Sonntag, wenn schönes Wetter ist, und sind dann gerührt über ihr gutes Herz. (SW2, S. 81)

Ein anderes Beispiel für Hesses Art der Naturliebe ist auch erwähnenswert. 1997 erreichte mich ein Anruf aus Italien. Es meldete sich das Umweltministerium von Venedig. Ob ich mir dort eine Hesse-Veranstaltung zur Rettung der Lagune vorstellen könne und mitwirken würde? Dass nicht das Goethe-Institut, ein germanistisches Hochschulseminar, sondern ausgerechnet eine südeuropäische Umweltbehörde sich für diesen Autor interessierte, war bezeichnend. Als ich nach den Gründen fragte, sagte man mir: kein anderer Schriftsteller habe den Farbenzauber des ehemals noch intakten Gewässers, die Lichteffekte der Lagune, die durch die submarine Vegetation des Brackwassers entstehen, so eindrucksvoll geschildert. Deshalb wolle man Hesses Reisetagebuch von 1901 vortragen, es durch eine Dokumentation historischer Bilder und sachkundige Referate begleiten, um in der Bevölkerung ein Bewusstsein zu wecken, dass nun endlich etwas getan werden müsse, um die Lagune zu retten, die mittlerweile so stark durch Schadstoffe beeinträchtigt sei, dass sie umzukippen drohe. Die Veranstaltung fand statt, großzügig plakatiert in ganz Venedig unter dem Motto *Hermann Hesse e i colori della lagune* und hatte erstaunlichen Zulauf. Ob es etwas genutzt hat, darf man bezweifeln, nachdem inzwischen Kreuzfahrtschiffe dem Gewässer zusetzen. Aber solche Impulse von Literatur sind immerhin vitaler als philologische Debatten über die Bedeutung des Kommas bei Kafka.

Lassen wir es bei diesen Streiflichtern bewenden. Seine Naturschilderungen füllen fünf ganze Themenbände über die Freude am Garten, die Jahreszeiten und seine wahlverwandte Beziehung zu Wolken, Bäumen und Schmetterlingen. In einer Welt, die oft nur noch aus Radau und Angst zu bestehen scheint, war ihm das immer wiederkehrende Wachstum der Vegetation ein Trost. Und wenn einmal die Erde vollends mit Betonkästen bedeckt sein werde, würden wenigstens die Wolkenspiele noch immer da sein und vielleicht da und dort auch noch Menschen sich mit Hilfe der Kunst eine Tür zum Geistigen offenhalten. Inzwischen in Zeiten des Baumsterbens und des durch skrupellose Rodungen der Regenwälder verursachten Klimawandels, ist es gut, sich an seine Wertschätzung der Bäume zu erinnern:

> Ich verehre sie, wenn sie in Völkern und Familien leben, in Wäldern und Hainen. Und noch mehr verehre ich sie, wenn sie einzeln stehen. Sie sind wie Einsame. Nicht wie Einsiedler, die aus irgendeiner Schwäche und Not sich davongestohlen haben, sondern wie große, vereinsamte Menschen, wie Beethoven und Nietzsche. In ihren Gipfeln rauscht die Welt, ihre Wurzeln ruhen im Unendlichen; allein sie verlieren sich nicht darin, sondern erstreben mit aller Kraft ihres Lebens nur das Eine: ihr eigenes, in ihnen wohnendes Gesetz zu erfüllen, ihre eigene Gestalt auszubauen, sich selbst darzustellen. Nichts ist vorbildlicher als ein schöner starker Baum. Ein Baum spricht: Meine Kraft ist das Vertrauen. Ich weiß nichts von meinen Vätern, ich weiß nichts von den tausend Kindern, die in jedem Jahr aus mir entstehen. Ich lebe das Geheimnis meines Samens zu Ende, nichts anderes ist meine Sorge.
>
> Wenn ein Baum umgesägt worden ist und seine nackte Todeswunde der Sonne zeigt, dann kann man auf der lichten Scheibe seines Stumpfes und Grabmals seine ganze Geschichte lesen: in den Jahresringen und Verwachsungen steht aller Kampf, alles Leid, alle Krankheit, alles Glück und Gedeihen treu geschrieben, schmale Jahre, üppige Jahre, überstandene Angriffe, überdauerte Stürme. Und jeder Bauernjunge weiß, dass das härteste und edelste Holz die engsten Ringe hat, daß hoch auf Bergen und in immerwährender Gefahr die unzerstörbarsten, kraftvollsten und vorbildlichsten Stämme wachsen (SW11, S. 20).

Und in einem vor 125 Jahren entstandenen Gedicht beim Anblick einer gestutzten Eiche nimmt er etwas von unserer heutigen Lage vorweg und macht uns Mut, dennoch den Mut nicht zu verlieren:

> Wie haben sie dich, Baum verschnitten,
> Wie stehst du fremd und sonderbar!
> Wie hast du hundertmal gelitten,
> Bis nichts in dir als Trotz und Wille war!
> Ich bin wie du, mit dem verschnittnen,
> Gequälten Leben brech ich nicht
> Und tauche täglich aus durchlittnen
> Rohheiten neu die Stirn ins Licht.
> Was in mir weich und zart gewesen,
> Hat mir die Welt zu Tod gehöhnt,
> Doch unzerstörbar ist mein Wesen,
> Ich bin zufrieden und versöhnt,
> Geduldig neue Blätter treib ich
> Aus Ästen hundertmal zerspellt,
> Und allem Weh zum Trotze bleib ich
> Verliebt in die verrückte Welt (SW10, S. 269f.).

Dieselbe Parteinahme für das Bedrohte, sei es für Pflanzen, Tiere oder den körperbehinderten Nachbarn Boppi machten bereits Hesses ersten Roman zu einer Programmschrift der jungen Generation und all jener, die sich von den Grenzen des Wachstums eingeschnürt fühlten. Ja, sogar Repräsentanten der Industrie, wie der AEG-Chef und spätere Reichsaußenminister Walther Rathenau bescheinigten dem jungen Verfasser 1904 in der programmatischen Zeitschrift *Die Zukunft*:

> Herrlich ist die große Liebe des Schreibers zu aller Kreatur des Himmels und der Erde! Wenn er Sonne und Wolken, Berg und See, Bäume und Kräuter und lebendiges Wesen schildert und preist, so klingt durch seine Worte der Ton der Wahrhaftigkeit, der Gefühle und Gedanken, der auch bekannte und geläufige erneut und adelt.[7]

Damit hatte der später von reaktionären Terroristen ermordete Rathenau in der einzigen Buchbesprechung, die er jemals veröffentlichte, etwas vorweggenommen, was bezeichnend ist für Hesses gesamte künftige Produktion, insbesondere seine Lyrik: Weder formale noch inhaltliche Innovationen sind es, denen Hesses Schriften ihre Wirkung verdanken, sondern es ist die Empathie zum Ursprünglichen, die auch dem scheinbar Vertrauten eine neue Unmittelbarkeit verschafft.

Dem entsprach der alternative Lebensstil, den Hesse nach der Veröffentlichung des *Peter Camenzind* praktizierte. Wie Camenzind von Basel in das Dorf Nimikon, so zog auch er in das damals noch weltentrückte, kaum 300 Seelen zählende Bodenseedörfchen Gaienhofen, wo er sich 1904, gleich nach der Hochzeit mit der Basler Berufsfotografin Maria Bernoulli in einem 200 Jahre alten Bauernhaus niederließ, um dort nach den Idealen Tolstois und Thoreaus ein naturverbunden einfaches Leben zu führen.

Einen Garten hatte Hesse damals noch nicht. Denn das kleine Haus am Kirchplatz ließ nur Raum für ein kleines Beet, das er längs der Wohnseite anlegte und mit Blumen und Johannisbeersträuchern bepflanzte. Nachdem 1905 der erste seiner drei Söhne zur Welt gekommen war und die wenigen Stuben, die ohne Elektrizität und fließendes Wasser waren, das vom Dorfbrunnen geholt werden musste, allenthalben zu eng zu werden begannen, erwarb man außerhalb des Dorfes ein Grundstück für ein im Herbst 1907 fertig gestelltes eigenes Haus, das auch genug Platz ließ für die Anlage eines weitläufigen Gartens.

Es war der erste seines Lebens und ermöglichte der Familie eine weitgehende Selbstversorgung. Von der Kamera seiner Frau haben sich Fotos erhalten, auf denen man ihren vierjährigen Sohn Bruno mit einem Kinder-

---

[7] Walther Rathenau: *Ein gutes Buch*. In: Michels, Volker (Hrsg.): *Über Hermann Hesse. Bd. 1: 1904–1962*. Frankfurt/M.: Suhrkamp 1976, S. 9–12, hier: S. 11.

spaten dem Vater beim Umgraben der Beete nacheifern sieht. Über die Folgen dieses Eifers, die Ergiebigkeit und ländlich strotzende Blütenpracht des Gaienhofener Gartens mit seinen von Blumen eingefassten Rabatten, mehr als 30 Obstbäumen und einer Allee von Sonnenblumen ist von Besuchern oft berichtet worden. Um die Wege zu stabilisieren, unterlegte er den allzu sandhaltigen Boden mit Massen von überflüssigen Zeitschriften und Büchern. Denn auf Grund seiner vielgelesenen Buchbesprechungen erhielt er schon damals von den Verlegern jährlich etwa 500 Publikationen zum Rezensieren geschickt, deren minderwertige er auf diese grundlegende Weise entsorgt hat.

Nur mit Brille bekleidet, pflegte er im See zu baden und sein Ruderboot mit einem selbstgefertigten Segel zu beflügeln. Eine Lust am Sprengen üblicher Verhaltensweisen, etwas Übermütiges, Mutwilliges und oft auch Drastisches blitzt aus vielen seiner in Gaienhofen beantworteten Briefen. Es war ihm ein Vergnügen, dem aufwändigen Standesbewusstsein der wilhelminischen Gesellschaft einen Lebensstil von provozierender Einfachheit entgegenzusetzen und das gestelzte Gehabe der intellektuellen Kollegen durch eine lakonische Praxisbezogenheit zu provozieren.

Doch kaum war erreicht, wovon Hesse so lange geträumt hatte, da meldeten sich in seinem stets zwischen Sesshaftigkeit und Nomadentum schwankenden Naturell erste Vorboten künftiger Veränderungen. Immer häufiger beginnt Hesse nun zu reisen, zunächst nach München in seiner Funktion als Mitherausgeber einer Kulturzeitschrift, zum Vagabundieren in Oberitalien und zu Vortragsreisen kreuz und quer durch Deutschland, von Bremen nach Wien und weiter bis nach Prag.

1912, zurückgekehrt von einem dreimonatigen Aufenthalt in Sri Lanka, Singapur und Indonesien, entschloss man sich von dem erst fünf Jahre bewohnten Haus am Bodensee Abschied zu nehmen und wieder zurück in die Schweiz, unweit der Hauptstadt Bern zu ziehen. Im Juli, kurz vor der Übersiedlung dorthin berichtet er noch aus Gaienhofen: um diesen letzten Sommer hier recht zu feiern, habe er Dahlien, Malven, Sonnenblumen und Nelken zu Hunderten gepflanzt. Von seinen Fenstern sehe man über Wiesen kilometerweit auf den See. Die Außenseite des Lebens hier sei verlockend, „und ich weiß nicht, ob ich es in Bern halb so schön haben werde“[8]. Zwar habe er dort ein altes, etwas verwahrlostes Landhäuschen weit vor der Stadt gemietet, mit Garten und alten Bäumen, aber die Anhänglichkeit an das Bisherige sei immer noch größer als die Freude aufs Neue.

---

[8] *„Aus dem Traurigen etwas Schönes machen“ Hermann Hesse. Die Briefe, Band 2, 1905–1915*. Hrsg. v. Volker Michels. Berlin: Suhrkamp 2013, S. 306.

Das Haus des kurz zuvor verstorbenen Malerfreundes Albert Welti, das er nun bezog, hatte einen vergleichsweise geradezu herrschaftlichen Garten mit Springbrunnen, üppigen Bosketten und einen ovalen Rasenplatz. Über eine geschwungene Freitreppe erreichte man die Nutzbeete. Doch hat er sich darüber, gemessen an den zahlreichen Erwähnungen seines Bodenseegartens wenig geäußert. Vermutlich weil er hier etwas Vorgegebenes, bereits Gestaltetes antraf, das der individuellen Formgebung weniger Freiheit ließ als ein Gelände, das es erst urbar zu machen galt. Andrerseits ist zu bedenken, dass schon zwei Jahre nach dem Einzug in die etwas baufällige Welti-Villa der Erste Weltkrieg ausbrach. Alle die ihm ungewohnten und doch notwendigen Aktivitäten, politischen Mahnrufe, Entgegnungen auf journalistische Anfeindungen und 1915 die Gründung einer Zentrale zur Kriegsgefangenenfürsorge, eines Verlages zur Versorgung der Internierten mit geeigneter Lektüre, die er sich abverlangte, ließen nun kaum mehr Zeit für ein Privatleben, selbstbestimmtes Schreiben, geschweige denn gärtnerische Zuwendung.

Seit Beginn des Krieges bis zu seiner Übersiedlung ins Tessin im Frühjahr 1919 war der Garten kein Thema mehr für ihn. Zwar hat er den tropischen Terrassengarten unterhalb der pittoresken Casa Camuzzi, wo er nun für 12 Jahre eine kleine Mietwohnung bezog, auf vielfältige Weise in seinen Dichtungen und auf Aquarellen gepriesen, der aber gehörte der Vermieterin und war ein solcher Dschungel sich selbst überlassener exotischer Vegetation, in die er nicht eingreifen mochte.

Erst 1931, als ein vermögender Freund aus Zürich, der Arzt und namhafte Beethoven-Sammler Hans Conrad Bodmer, dem mittlerweile 54-jährigen Dichter den Bau eines eigenen Hauses ermöglichte und sich mit Ninon Dolbin eine Lebensgefährtin eingestellt hatte, die sich ihm unentbehrlich zu machen verstand, wie sie begriff, dass für einen Menschen wie Hesse Glück nichts anderes bedeutet als die Möglichkeit für seine Arbeit zu leben, konnte erneut ein Leben gewagt werden, demjenigen ähnlich, das er am Bodensee geführt hatte. Ein Leben, das auch wieder Platz für einen eigenen Garten bot. Nur hatte der diesmal eine etwas andere Funktion als damals. Im Laufe der Jahre hatten Hesses Beschwerden mit den Augen, die 1901 durch eine missglückte Operation der Tränenkanäle ausgelöst worden waren, zu schweren Neuralgien in der oberen Gesichtshälfte geführt. Deshalb brauchte er dringend einen Arbeitsrhythmus, der es den Augen ermöglichte, zu regenerieren. Von nun an bekam die Gärtnerei für ihn den Sinn einer Hygiene und Ökonomie. „Ich brauche“, schrieb er rückblickend 1954,

> wenn die Schmerzen in Augen und Kopf zu lästig werden, einen Wechsel, eine physische Umstellung. Die in langen Jahren zu diesem Zweck erfundene gärtnerische und köhlerische Scheinarbeit

> hat nicht nur dieser körperlichen Umstellung und Entspannung zu dienen, sondern auch der Meditation, dem Fortspinnen von Phantasiefäden und der Konzentration von Seelenstimmungen (SW12, S. 632).

So prachtvoll gelegen das im Juli 1931 erworbene 11 000 Quadratmeter große Grundstück auf einem Südhang oberhalb des Dorfes Montagnola war, mit einem herrlichen Ausblick auf den Luganer See und die Berge des italienischen Ufers, zur Anlage eines Gartens jedoch war dieses recht steile und steinige Weinberggelände denkbar ungeeignet. Gleichwohl versuchte man ihm abzugewinnen, was gärtnerisches Geschick irgendwie vermochte. Nach seiner Devise, „das bißchen etwaiger Freiheit dazu anzuwenden, den Willen der Natur zu meinem zu machen“[9], wurde das Grundstück nun unter weitgehender Beibehaltung der Struktur des Hügels mit Stützmauern, Wegen, Treppen und Humus urbar gemacht, eine Quelle gefasst, Bäume gepflanzt und unter den Edelkastanien am Waldrand eine Bocciabahn angelegt. Zentrum des Gartens blieb der Weinberg, den Hesse am liebsten verpachtet hätte. Aber da sich kein Interessent dafür fand, musste ein Taglöhner beschäftigt werden, um bei der Ernte der 700 Kilo Trauben anzupacken, die es von nun an alljährlich einzubringen galt. Allenthalben prangten Blumen, besonders die von ihm geliebten Zinnien. Nutzpflanzen wie Erdbeeren, Tomaten, Gemüse, Salate, Karotten und Kräuter wurden auf den unteren Terrassen angelegt, während auf den schmalen oberen die Rebstöcke standen. „Ich habe“, schrieb Hesse 1941 an Paul A. Brenner,

> einen primitiven Tessiner Garten [...] dort bringe ich im Sommer die halben Tage zu, habe ein Feuer brennen und knie in den Beeten. Höre vom Tal die Glocken der Dörfer und empfinde in dieser naiv ländlichen Kleinwelt das Ewige und Innige ebenso wie wenn ich einen Dichter und Philosophen lese.[10]

Selbst das Unkrautjäten habe Vorteile. Für ihn sei es eine Art Opium und frei von materiellen Antrieben und Spekulationen. Denn die Gartenarbeit von ungezählten Stunden bringe ja kaum drei, vier Körbchen Gemüse ein. Dafür habe diese Arbeit etwas Religiöses; „man kniet am Boden und vollzieht das Rupfen wie man einen Kult zelebriert, der sich ewig erneuert, denn wenn die Beete sauber sind, ist das erste schon wieder grün“ (SW9, S. 666). Man schwitze gebückt mit Gießkannen und Spaten und Hesses

---

[9] *Hermann Hesse: Gesammelte Briefe. 1. Band 1895–1921.* In Zusammenarbeit mit Heiner Hesse hrsg. von Ursula und Volker Michels. Frankfurt/M.: Suhrkamp 1973, S. 198.

[10] *„Große Zeiten‘ hinterlassen große Schutthaufen“ Hermann Hesse. Die Briefe, Band 6, 1940–1946.* Hrsg. v. Volker Michels. Berlin: Suhrkamp 2020, S. 110.

beide Katzen seien nun die Herren des Grundstücks, die ihm, dessen Pächter, wohlwollend zusehen.

Weil Hesse ein „Abendmensch" war, der außer seiner Korrespondenz alle schriftliche Arbeit bevorzugt nachmittags und abends besorgte, legte er die sommerlichen Stunden im Garten in der Regel auf den frühen Vormittag. Auf welche Weise er sie verbrachte, schildert die gleichnamige Vers-Erzählung. Entstanden ist diese Gartenidylle an vier Julitagen 1935 als Präsent zum 60. Geburtstag von Hesses Schwester Adele und besteht aus einigen hundert Hexametern, einer Versform aus der Antike, die schon Homer, Ovid und Vergil verwandte und in der deutschen Literatur u.a. von Klopstock, Salomon Gessner, in Goethes *Hermann und Dorothea*, dem *Reineke Fuchs* und sogar noch von Thomas Mann für seinen *Gesang vom Kindchen* benutzt wurde.

Kein Versmaß taugt in seiner gelassenen Sprachmelodie so sehr zur Wiedergabe des behaglich Bukolischen wie der Rhythmus des Hexameters. Gleichzeitig aber eignet sich dessen etwas feierlicher Duktus vorzüglich für humoristisch ironische Wendungen, die Hesse immer dann einsetzt, wenn er das scheinbar Anachronistische seiner Tätigkeit in Beziehung bringt zur Aufdringlichkeit des damaligen Zeitgeistes und dessen politische Zumutungen. Die machten ihm damals mehr als genug zu schaffen: „Bei uns geht es unruhiger zu, als gut ist", berichtet er im Juni 1933.

> Seit drei Monaten kommt beständig ein Teil des Elends aus Deutschland zu mir, durch Briefe, durch Sorgen, durch Gäste und Besuche, es wimmelt von Emigranten, alle sind teils moralisch teils materiell bitter in Not.[11]

Doch schon vor 1933 war er – seit 1912 in der Schweiz lebend – zur Anlaufstelle zahlreicher Vertriebener geworden, die der neue Rattenfänger zur Flucht aus Deutschland gezwungen hatte. Weil für Hesse, wann immer er von Notfällen bedrängt wurde, die Abhilfe stets vordringlich war, hat er sich bis 1945, sei es durch Beherbergung, Visa-Vermittlung oder Petitionen bei der Schweizer Fremdenpolizei, wie schon im Ersten Weltkrieg eine Sozialarbeit aufgeladen, die ihn dermaßen absorbierte, dass sich die Niederschrift seines Kontrastprogramms *Das Glasperlenspiel* mehr als zehn Jahre hinzog.

In diesem Umfeld ist auch seine Gartenidylle entstanden. Man merkt es ihr nicht an, von welchen Turbulenzen sie sich abhob. Ihre damals wie heute provozierende Entschleunigung ist nichts anderes als ein bewusstes Retardieren der unaufhaltsamen Reizüberflutung mit aktuellen Sensatio-

---

[11] Hermann Hesse: *Freude am Garten. Betrachtungen, Gedichte und Fotografien.* Hrsg. von Volker Michels. Frankfurt a.M.: Insel 1996, S. 146

nen. Sie erinnert an Ordnungen, auf die jenseits der Zumutungen der Gegenwart Verlass ist wie auf den Wiesen die vieltausendjährige Wiederkehr der Blumen, die uns und unsre Sorgen auslachen, während Weltreiche, Dynastien und Nationen hinwelken und verschwinden. Die Besinnung auf das Beständige im Wechsel verschafft einen Schwerpunkt inmitten des ewigen Gerangels der Autokraten und ihrem Ehrgeiz, unter dem Vorwand von Ideologien Geschichte zu machen. Denn, so heißt es in der 1935 entstandenen Idylle, es sei

> leider die Welt nun so beschaffen, daß dieser Trieb [...] am Ende zu Blut und Gewalt und Krieg führt [...] Also setzen wir möglichst dem Weltlauf auch in drangvoller Zeit jene Ruhe der Seele entgegen und tun wir das Gute, ohne an Änderung der Welt gleich zu denken; auch so wird sich's lohnen (SW9, S. 613).

So stoisch diese Haltung anmuten mag, deckt sie sich doch merkwürdig genau mit der Devise eines Tatmenschen wie Luther: „Auch wenn morgen die Welt unterginge, würde ich noch heute ein Apfelbäumchen pflanzen."

Michael Kleeberg

NACKT. Hesses Ausbruchsversuche aus der platonischen Höhle

Sehr verehrte Zuhörer und Hesse-Freunde,

wenn ich hier so unvollständig gekleidet auftrete[1], wie Sie mich sehen, dann, damit Sie ein wenig von dem Befremden und der Scham nachvollziehen können, die ich gerade selbst empfinde.

In dieses Unwohlsein, das einen bei einer solchen kleinen Grenzüberschreitung ergreift, einem solchen Schritt heraus aus den allgemeinen Konventionen, mischt sich aber auch eine Art exhibitionistischer Genuss, ein narzisstisches Wohlgefühl, das aus der Distanz zu den anderen entsteht und wie alle narzisstischen Empfindungen auch immer eine autoerotische Komponente hat.

Man tut etwas Unerwartetes, womöglich Ungehöriges, und ist sofort aus der Herde draußen. Man steht isoliert da – und das muss man erstmal aushalten und ertragen – aber man steht als unverwechselbares Individuum da.

Zumindest für sich selbst. Denn alle anderen empfinden womöglich einfach, dass man sich daneben benimmt, stört, lächerlich ist oder ein komischer Kauz, im schlimmsten Fall ein Ärgernis.

Ein solcher Bruch mit den Konventionen – und ein Abweichen von der gerade örtlich und zeitlich gegebenen Kleiderordnung ist einer der am einfachsten zu bewerkstelligenden solcher Brüche, der meistens stellvertretend steht für den Wunsch nach und die Angst vor größeren Tabubrüchen –, warum begeht man den? Was steckt dahinter? Was bezweckt man damit, für sich und gegenüber den anderen?

Ich glaube, die meisten Menschen, die, sich ganz oder teilweise entkleidend, gegen die jeweiligen Konventionen verstoßen, würden darauf antworten: Es sei ein Akt der Freiheit.

Vor der Freiheit – was immer mit dem großen und vagen Begriff jeweils gemeint ist – muss aber immer erst eine Befreiung kommen. Eine Befreiung von etwas, das ist der erste notwendige Schritt.

Im zweiten folgt dann – unter Umständen – die Freiheit *zu* etwas.

Wovon also befreit man sich oder glaubt man sich zu befreien, wenn man gegen die Kleiderordnung verstößt?

---

[1] Anm. des Herausgebers: Michael Kleeberg hielt seinen Vortrag barfuß.

Von Zwängen natürlich, tatsächlichen oder empfundenen - aber wo ist da der Unterschied?

Von familiären Zwängen. Von erzieherischen Zwängen. Von beruflichen Zwängen. Von sozialen Zwängen. Von geschlechtlichen Zwängen. Von moralischen Zwängen. Von religiösen Zwängen. Und manchmal vom Zwang, man selbst zu sein.

Und wie, glaubt man, ist die Freiheit beschaffen, *zu* der man sich befreit?

Sagen wir zunächst einmal so: Sie ist, was immer sie noch sein mag, eine Rückkehr zu oder eine Annäherung an einen Naturzustand. An einen natürlichen Zustand. Einen Zustand der Wahrheit und der Ehrlichkeit, von dem man glaubt, es habe ihn irgendwann und irgendwo einmal gegeben: Ans Paradies.

Und damit sind wir bei den Fotos, die mich zu diesen Gedanken und Überlegungen inspiriert haben.

*

Die beiden berühmtesten, die fast jeder kennt, der sich schon einmal mit Hesse beschäftigt hat, zeigen ihn 1910 in Amden am Walensee beim Nacktklettern. Ich weiß es nicht, aber ich kann mir schwerlich vorstellen, dass sie zu seinen Lebzeiten veröffentlicht wurden. Es sind aus mehreren Gründen außergewöhnliche Bilder. Man weiß gar nicht, wo anfangen.

Zunächst wüsste ich von keinem bekannten oder gar berühmten Mann – und Hesse war 1910 bereits ein sehr angesehener Autor – der sich hätte nackt ablichten lassen. Schon gar nicht zu dieser Zeit, in der der entblößte Frauenkörper ein absoluter Skandal war, der nackte Männerkörper aber ausschließlich unter der Hand und klandestin in Homosexuellen-Zirkeln gezeigt wurde. Ein absoluter Tabubruch also. Man vergleiche nur, wie sich zur selben Zeit die Lübecker Gesellschaft in Heinrich Manns *Professor Unrat* über die skandalöse „Barfußtänzerin" Fröhlich mokiert oder wie Thomas Mann, um seinen Abscheu über den Kritiker Theodor Lessing auf die Spitze zu treiben, (ein wenig heuchlerisch, unter uns gesagt) „die gräßliche Anekdote" erwähnt, „er habe einmal mit anderen Schwabinger Ekstatikern beiderlei Geschlechts ganz nackend ein Feuer umtanzt."[2]

Hesse braucht keine „anderen Ekstatiker". Sein Nacktsein ist, wie bei ihm nicht anders zu erwarten, ganz für sich selbst.

Natürlich sind die Fotos gestellt. Die Felswand über dem Walensee hat etwas Furchteinflößendes, und ich glaube kaum, dass Hesse sich in Lebensgefahr begeben und hier 50 Meter über dem See balanciert hat. Umso

[2] Joachim Radkau: Neugier der Nerven: Thomas Mann als Interpret des „nervösen Zeitalters. In: Thomas Mann Jahrbuch , 1996, Vol. 9, S. 29–53; hier: S. 51.

mehr als sich der Fotograf auf Augenhöhe mit dem Motiv befindet, also ebenso hoch in den Felsen oder auch nicht. Das eine Bild ist direkt unterhalb Hesses abgeschnitten, beim anderen verliert sich die Tiefe eindrucksvoll in einer Art Nebel.

Der normalerweise bebrillte, leptosome Intellektuelle als Zarathustra im Gebirg oder als eine Art Naturgeist im Einklang mit den Elementen. Man kann auch anerkennend konstatieren, dass die sitzende Lebensweise dem Körper des 33-jährigen nicht anzusehen ist. Ein durchaus attraktiver, sehniger Mann mit – wenn man das von einem späteren Nobelpreisträger sagen darf: einem knackigen Hintern.

Ein weiteres bemerkenswertes Faktum ist die Tatsache, dass diese Fotos des nackten Hesse beim Klettern von seiner Frau gemacht wurden. Eigentlich ganz natürlich, da Mia Bernoulli eine renommierte Fotografin war, die erste in der Schweiz mit einem eigenen professionellen Fotoatelier, auch wenn sie 1910 als mittlerweile zweifache Mutter diese Arbeit zugunsten der Hesses aufgegeben hatte. Und dennoch: Die Konstellation ist der absolute Gegenpol zum Klischeebild „Der Künstler und seine Muse“. Diese tausende von Malen in der Malerei oder auch Fotografie gezeigte und im Leben ebenfalls vieltausendmal gelebte Klischee ist, dass der Künstler der Mann ist, und seine Muse die nackte Frau.

Hier gerät so einiges durcheinander an dieser Ikonografie. Denn Hesse ist sowohl der Künstler in der Familie als hier auf diesen Fotos auch das erotisierte Objekt der Begierde.

Behalten wir zumindest einmal im Gedächtnis, dass die Szene androgyn aufgeladen ist und dass aus Hesses Sicht ein narzisstischer Impuls dabei gewesen muss.

Und der steht natürlich in vollkommenem Gegensatz zu dem Leibhass, in dem Hesse aufgewachsen ist, der Verleugnung aller körperlichen Natürlichkeit, die ein Wesensmerkmal des Pietismus ist, der Atmosphäre, die Hesse im Guten wie im Schlechten geprägt hat, und von der er sein Lebtag nicht losgekommen ist.

Vergleicht man dieses Foto mit dem Calwer Familienfoto der Hesses von 1899, also gerade einmal zehn Jahre vorher, könnten die Gegensätze nicht schärfer sein. Johannes Hesse, im hochgeschlossenen Rock, sieht aus wie eine Gestalt aus einer Erzählung von Jeremias Gotthelf oder einem Roman von Wilhelm Raabe: tiefstes provinzielles 19. Jahrhundert. Die Mutter und die beiden Töchter zeigen außer dem Gesicht und den Händen keinen Millimeter Haut und wirken alle entsetzlich freudlos.

Auch Hesse selbst ist natürlich im allgemeinen bürgerlich gekleidet und nicht nackt, wenn auch vielleicht nicht – worüber er sich selbst lustig machte, – so großbürgerlich wie Thomas Mann, den man sich in kurzen Hosen oder barfuß nun wirklich nicht vorstellen kann. Aber kein Jahr nach den Walenseefotos brach er zu seiner Indienreise auf, und da mussten mehrere Schrankkoffer mit blütenweißen Tropenuniformen mit ins Gepäck und Abendgarderobe für den Captain's Table an Bord, sowie die Speisesäle der Nobelhotels in Georgetown und Malaka. Hesse hatte keineswegs vor, im Dschungel am Äquator, wie die Engländer sagen „to go native" und seine Nacktheits- und Naturexperimente dort fortzusetzen, wo die Mehrheit der Einheimischen kaum etwas auf dem Leibe trug. Nein, dort trat er als typischer Kolonialherr auf.

Aber bevor wir uns jetzt schon zu irgendwelchen Schlüssen hinreißen lassen, werfen wir einen Blick auf die anderen Fotos, dir mir aufgefallen sind.

Die Bilder sind wiederum von Mia gemacht, aber diesmal keine gestellten Aufnahmen, sondern familiäre Schnappschüsse, soweit man mit der damaligen Technik Schnappschüsse machen konnte. Sie müssen etwa 1907 oder 1908 entstanden sein und zeigen die nackten Hesses, Vater Hermann und Sohn Bruno, beim Baden im Bodensee und beim Ausruhen nach dem Bad.

Hesse trägt eine Kappe gegen die Sonne, sonst nichts, und auch hier nimmt Mia sein Hinterteil in den Fokus. Der kleine Bruno steht strahlend im Wasser und blickt seinen Vater an, der ihm etwas zu reichen oder abzunehmen scheint.

Auf dem zweiten Bild sitzt Bruno auf dem Schoß des am Ufer im Gras liegenden Hesse, der sich offenbar einen Bart hat stehen lassen.

Auch dieses private Bild ist zutiefst unbürgerlich, denn wenn wir uns an Bilder aus Badeanstalten vom Anfang des Jahrhunderts erinnern, so ist der nackt badende Mann dort vollkommen unvorstellbar. Und dass die Gaienhofener 1908 einen FKK-Strand gehabt hätten, wage ich doch zu bezweifeln.

Jedenfalls Idylle pur. Wäre die Aufnahme 90 Jahre später entstanden, würde man sagen: Eine Aussteigerfamilie, eine Hippiefamilie oder ein Instagram-Post aus der neuerdings so beliebten Rubrik „Van-Life".

Aber wie nannte man das 1907? Und was war es? Und was war es im Falle Hesses?

*

Hier muss zum ersten Mal das Wort „Lebensreformbewegung" fallen, auf das wir gleich noch näher eingehen werden. Zunächst aber ein Zitat Hesses, das wir uns cum grano salis anhören sollten, weil es meiner Ansicht nach erstens nicht ganz ehrlich ist und zweitens aus der zeitlichen Distanz geschrieben. Nicht ganz ehrlich, denn Hesse hatte die Tendenz, profunde Erfahrungen seines Lebens umzuwerten, umzuinterpretieren und strickte – wie noch jeder Schriftsteller – gerne an der eigenen Legendenbildung oder

vorsichtiger ausgedrückt: Er wollte das „Framing“ seines Lebens, wie es neudeutsch heißt, unbedingt selbst kontrollieren.
Hier also das Zitat:

> Oder aber spukte auch da so ein Bauerntum-Ideal mit hinein? Ich fühlte mich meiner Bauernideale zwar niemals sicher, auch schon damals nicht, aber von Tolstoi her und auch von Jeremias Gotthelf her, und gespeist aus einer damals in Deutschland ziemlich lebhaften Regung von Stadtflucht und Landleben mit moralisch-künstlerischer Begründung lebten nun eben diese hübschen, aber unklar formulierten Glaubensartikel in unsern Köpfen, wie sie auch im „Peter Camenzind“ zum Ausdruck kamen. Ich weiß nicht mehr genau, was ich damals unter dem Wort „Bauer“ verstand. Heute jedenfalls glaube ich nichts gewisser zu wissen, als daß ich das genaue Gegenteil eines Bauern bin, nämlich (dem angeborenen Typus nach) ein Nomade, ein Jäger, ein Unseßhafter und Einzelgänger. Nun, damals dachte ich im Grunde wahrscheinlich gar nicht viel anders als heute, aber statt des Gegensatzes „Bauer – Nomade“ sah und formulierte ich damals eben den Gegensatz „Bauer – Städter“, und verstand unter Bauerntum nicht bloß die Stadtferne, sondern vor allem die Naturnähe und die Sicherheit, die ein nicht von Vernunftsätzen, sondern von Instinkten geleitetes Leben auszeichnet. Daß mein ländliches Ideal selber nur ein Vernunftsatz war, störte mich dabei nicht. Unsre Neigungen haben ja stets eine erstaunliche Begabung, sich als Weltanschauungen zu maskieren. Der Fehler meines Gaienhofener Lebens war denn auch nicht der, dass ich falsche Gedanken über Bauerntum und so weiter hegte, sondern daß ich zum Teil mit meinem Bewusstsein etwas ganz andres wollte und anstrebte, als meine wirklichen Triebe meinten. Wie weit ich dabei Ideen und Wünsche meiner Frau Mia über mich herrschen ließ, kann ich nicht sagen, ihr Einfluß in jenen ersten Jahren war aber, wie ich erst im Zurückblicken sehe, stärker als ich zugegeben hätte. (SW12, S. 142f.)

*

Eines scheint jedenfalls klar, hinter der so vagen wie ungerechtfertigten Anschuldigung, Mia habe ihn in ein Leben gedrängt, das ihm nicht entsprach: Es war nicht der 25-jährige Basler Buchhändlergehilfe und beginnende Schriftsteller, der offenbar hinter dem Konzept „Zurück zur Natur“ stand, sondern Maria Bernoulli. Sie war es, die das Haus in Gaienhofen fand, sie initiierte das simple Leben mit Gärtnern und Baden in der Abgeschiedenheit fern der Stadt, das sie am Ende zuerst ihre Kontakte, dann ihren Beruf und schließlich ihr eigenes freies Leben kostete.

Hesse scheint vor allem getan zu haben, was er Zeit seines Lebens gerne tat: Er floh, er entzog sich, er suchte. Er gab dem Neurastheniker in sich sehr lange Leine. Er kämpfte mit seinen pietistischen Dämonen. Und natürlich schrieb er.

Wir können Schriftsteller unter anderem danach unterscheiden, wie sehr und wie direkt ihr Leben auf ihr Schreiben einwirkt oder von ihm getrennt ist, wie sehr sie das, worüber sie schreiben, vorher erleben müssen oder nicht.

Thomas Mann wäre ein gutes Beispiel für einen Schriftsteller, der die menschlichen Abgründe über die er schrieb, keinesfalls außerhalb seiner Fantasie erleben wollte. Ernest Hemingway wäre das Gegenteil: Ein Autor, der seine Texte möglichst genau am eigenen Leib ausprobieren und beglaubigen wollte.

Hesse, scheint mir, steht irgendwo dazwischen: Ein im Grunde auch bürgerlicher Autor, der aber Zeit seines Lebens die Grenzen zum Unbürgerlichen überschreitet. In seinen Texten ohnehin, aber eben auch manchmal im Leben. Denn die Konzepte und Theorien, die Philosophien und Glaubensformen, von denen er sich Befreiung und Erlösung erhoffte, sie mussten eben von Zeit zu Zeit – vor allem in seinen jüngeren Jahren – auch ausprobiert und gelebt werden, wenigstens ansatzweise.

Und so wie man im allgemeinen sagen kann, der Autor Hesse schickte seine Avatare Sinclair, Klingsor, Siddhartha, Harry Haller und wie sie alle heißen, in fleischliche, geistige und seelische Abenteuer hinaus, so ist es doch ebenso wahr, dass der Dämon HH ab und zu seinen Avatar, den verklemmten Pietisten Hermann Hesse aus Calw, losschickte, um gewisse Arten von Leben auszuprobieren, von denen der sich in seinen Anfängen nichts hätte träumen lassen.

Und die Lebensreformbewegung, die zu Beginn des 20. Jahrhunderts gerade in Deutschland und der Schweiz eine unüberschaubar große Anzahl an Menschen mit den unterschiedlichsten Zielen und Träumen erfasste, war so eine Gelegenheit für den Dämon, seinen Avatar Hesse zu Feldstudien auszusenden. Denn vieles in dieser Bewegung kam dem nahe, was Hesses „wirkliche Triebe" suchten.

Der Wikipediaeintrag über die Lebensreformbewegung beginnt folgendermaßen:

> Lebensreform ist der Oberbegriff für verschiedene soziale Reformbewegungen, die seit Mitte des 19. Jahrhunderts insbesondere von Deutschland und der Schweiz ausgingen. Gemeinsame Merkmale waren die Kritik an Industrialisierung, dem Materialismus und der Urbanisierung verbunden mit Streben nach dem Naturzustand. Als bedeutender Vorkämpfer der Lebensreform-Ideen gilt der Maler und Sozialreformer Karl Wilhelm Diefenbach. Eine übergreifende Organisation besaßen die verschiedenen Bewegungen nicht, dagegen bestanden zahlreiche Vereine. Ob die Reformbewegungen der

Lebensreform eher als modern oder als anti-modern und reaktionär einzuordnen sind, ist umstritten. Beide Thesen werden vertreten.

Liest man weiter, versteht man schon sehr gut, was Hesse und offenbar auch seine Frau angesprochen haben muss:

> Der Terminus Lebensreform zur Bezeichnung der sozialreformerischen Bewegung kam im letzten Drittel des 19. Jahrhunderts auf. Die einzelnen Bewegungen entstanden als Reaktion auf Entwicklungen der Moderne und der Industrialisierung, die sie nicht als Fortschritt, sondern als Verfallserscheinungen ansahen. Wesentlich für ihre Entstehung war die Befürchtung, dass die moderne Gesellschaft beim Einzelnen zu „Zivilisationsschäden" und Zivilisationskrankheiten führe, die durch eine Rückkehr zu „naturgemäßer Lebensweise" vermieden und geheilt werden könnten. Der Mensch in seiner zivilisationsbedingten Not sollte allerdings nicht im banalen Sinne geheilt werden. Die Lebensreform wollte sein Heil, seine Erlösung. [...] Die Weltanschauung der Lebensreform beinhaltet im Kern eine säkularisierte gnostisch-eschatologische Erlösungslehre. Vertreter der Lebensreform propagierten eine naturnahe Lebensweise mit ökologischer Landwirtschaft, vegetarischer Ernährung ohne alkoholische Getränke und Tabakrauchen, Reformkleidung und Naturheilkunde. Sie reagierten damit auf die aus ihrer Sicht negativen Folgen der gesellschaftlichen Veränderungen im 19. Jahrhundert. In geistiger Hinsicht wandte sich die Lebensreform neuen religiösen und spirituellen Anschauungen zu, unter anderem Theosophie und Yoga. Auch viele spätromantische Elemente wurden aufgegriffen, einhergehend mit einer Verklärung des „einfachen Lebens auf dem Lande.[3]

Es ist kaum zu überschätzen, wie sehr die Lebensreformbewegung in die unterschiedlichsten Bereiche des gesellschaftlichen und individuellen Lebens eingriff, und was sie alles veränderte. Vieles davon hat sich weiterentwickelt und ist auch heute noch da, ohne dass wir wissen, dass es dort seinen Ursprung hat. Das Birchermüsli, das wir vom Frühstücksbüfett im Waldhaus nehmen, hat dort ebenso seinen Ursprung wie die Hippiebewegung der USA, an deren Anfang tatsächlich europäische Lebensreformer stehen. Das Sanatorium des Doktor Hartungen am Gardasee, in dem Thomas und vor allem Heinrich Mann ihre Neurasthenie, sprich ihre spätbürgerlichen Dekadenzanfälle kurieren wollten, war ein Musterbetrieb der Lebensreform. Rudolf Steiner und die Anthroposophie standen nah, ebenso gab es Verbindungen zu den modernen Künstlerkolonien wie Worpswede. Die Lebensreform schaffte das Korsett ab, revolutionierte die

---

[3] https://de.wikipedia.org/wiki/Lebensreform

Damenbekleidung und das Möbeldesign und schuf die Grundlagen für den modernen Tanz.

Ein weiteres ihrer Kinder ist die FKK-Bewegung. Nicht dass Hesse trotz der besprochenen Fotos ein Adept gewesen wäre, aber der folgende Ausschnitt aus ihrer Geschichte zeigt ganz schön, bis wohin die politischen Implikationen dieser Revolution reichten:

> Auch die FKK-Bewegung entstand als Teil der Lebensreform-Bewegungen. Der Schweizer Arnold Rikli gründete bereits 1853 eine „Sonnenheilanstalt" und verordnete seinen Patienten „Lichtbäder" ohne jede Bekleidung. 1906 gab es in Deutschland 105 so genannte Luftbäder.
>
> Als eigentlicher Pionier der Freikörperkultur, nämlich außerhalb hygienisch-medizinischer Kuren, gilt der Maler und Kulturreformer Karl Wilhelm Diefenbach (1851–1913), der sie mit seinen Schülern in der Einsiedelei Höllriegelskreuth bei München und später auf dem Himmelhof bei Wien praktizierte. Durch ihn und gegen ihn kam es im Jahre 1888 zum ersten Nudistenprozess der Geschichte. Diefenbach wirkte auf Nachfolger wie Heinrich Pudor, Gustav Gräser, Guntram Erich Pohl, Richard Ungewitter und Hugo Höppener-Fidus. 1891 veröffentlichte Heinrich Pudor eine Schrift mit dem Titel *Nackende Menschen. Jauchzen der Zukunft*, in der er Nacktheit als Gegenmittel gegen die angebliche Degeneration der Menschen als Folge der Zivilisation preist. „Pudors Kombination aus Gesundheitsratschlägen, Kleiderreform, Vegetarismus, Antimodernismus und Antisemitismus fand in den folgenden Jahren zahlreiche Nachahmer." Auch der FKK-Aktivist Richard Ungewitter vertrat völkisch-antisemitisches Gedankengut. Er gründete 1910 die Loge für aufsteigendes Leben und warb für „strenge Leibeszucht" und „nackte Gattenwahl" mit dem Ziel, gesunde und „rassereine" Nachkommen zu zeugen. „Würde jedes deutsche Weib öfter einen nackten germanischen Mann sehen, so würden nicht so viele exotischen fremden Rassen nachlaufen. Aus Gründen der gesunden Zuchtwahl fordere ich deshalb die Nacktkultur, damit Starke und Gesunde sich paaren, Schwächlinge aber nicht zur Vermehrung kommen."
>
> Von Pornografie und freier Sexualität distanzierten sich die führenden Vertreter der Freikörperkultur entschieden. „Bis in die 20er Jahre hinein gab es eine breite Bewegung in der FKK-Kultur, die sehr viel stärker auf Disziplinierung, Körperkontrolle, Selbstkontrolle abzielte, (...) Werte, die durchaus kompatibel waren mit der NS-Ideologie", so der Historiker Hans Bergemann. Die bürgerlichen FKK-Vertreter kritisierten zwar heftig die allgemeine Prüderie, vertraten jedoch selbst keine liberalen Ansichten, sondern definierten den Begriff der „Unmoral" um. Für sie war der bekleidete Mensch unmoralisch. Hans Bergemann:

> „Sie haben einfach gesagt: es ist die Kleidung, die den Körper sexualisiert und erst das schwüle Begehren schafft, und dem gegenüber müsste man sich nackt ausziehen, das würde dann das sexuelle Begehren mindern bzw. man könnte es besser kontrollieren."
>
> So heißt es in einer FKK-Publikation: „Und endlich muss an dieser Stelle auch die moderne Badehose erwähnt werden, dieses unanständigste Kleidungsstück, das sich denken lässt, weil sie den Blick mit Gewalt auf diese gewisse Stelle lenkt und mit Fingern auf sie zeigt [...]" (Ebd.)

*

Eben fiel schon ein entscheidender Name: Gusto Gräser. Wer Gusto Gräser sagt, sagt auch Monte Verità, aber bevor wir auf dieses nicht nur für Hesses Körperexperimente entscheidende Kapitel kommen, zunächst ein weiteres Mal die Frage, wovor Hesse in jenen Jahren floh, was er suchte, was er mit seinem Durchexerzieren verschiedener Lebensformen anstrebte:

Es war zweifelsohne der Versuch, sich von seinem pietistischen Erbe zu befreien, das seine Kindheit, wie wir aus unzähligen literarischen Zeugnissen wissen, so unglücklich gemacht hat. Die souveränste Darstellung der Problematik findet sich in der großen Erzählung *Kinderseele*, aber Hesse wurde mit dieser Prägung zeitlebens nicht fertig, auch wenn es so aussieht, dass er sich am Ende seines Lebens damit ausgesöhnt hatte.

Sein Biograf Heimo Schwilk schildert einige Zeugnisse dieses Kampfes aus der Zeit seiner Psychoanalyse:

> Die Träume spiegeln Hesses Minderwertigkeitskomplexe. Im Traum befinde er sich, notiert Hesse am 20. August 1918, „in zweifelhafter, sozial undefinierbarer Stellung ... im Charakter schwankend, haltlos, bald stolz oder frech, bald kriecherisch, im Ganzen recht gemein!" Aufgrund seines „unfreien Verhältnisses zum Geld, das ich verachte und doch mit Geiz spare", habe er häufig gestohlen. Diese „Kleptomanie" und sein übersteigertes sexuelles Bedürfnis hätten ihn früh in quälende Selbstzweifel gestürzt: „Daß man stiehlt und onaniert und daß das nicht paßt zu den edlen Stimmungen, mit denen man Nietzsche liest und selber dichtet, das empfand ich als Jüngling von 21 Jahren oft stark.[4]

Auch pädophile, ja inzestuöse Neigungen klingen an. Was im *Traumtagebuch* nicht näher ausgeführt ist, kommt in der Korrespondenz mit Dr. Lang zur Sprache. In einem Brief vom 26. November 1917 bedauert Hesse, fast keine Träume mehr zu haben, außer einem aufschlussreichen „Bruchstück",

---

[4] Heimo Scheilk: *Hermann Hesse. Das Leben des Glasperlenspielers*. München: Piper 2012, S. 206f.

> ein Coitus mit meinem zweiten, achtjährigen Buben, wobei fast ohne Erektion eine reichliche Samenabgabe erfolgte. Auch im Traum schon war dabei die Auffassung dieses Coitus als Spiel oder Ersatz vorhanden, so als diene der kleine Kinderkörper lediglich als schwacher Ersatz, oder als Basis für onanistische Vorstellungen.[5]

Im Tagebuch notiert er, die häufige Selbstbefriedigung habe ihn als junger Mensch ebenso stark in die Vereinsamung getrieben wie seine Versuche, sich eine geistige Eigenwelt aufzubauen. Frauen wage er aus Schüchternheit nicht anzusprechen und bewundere immer noch jenen Typ von Mann, der eine Frau plump und derb anfassen könne.

Selbstunsicherheit, so Hesse, sei auch die Ursache seiner Scheu vor der Öffentlichkeit. Er fühle sich ständig beobachtet, was seine Unsicherheit noch verstärke, beobachte aber auch zwanghaft sich selbst, um ja kein Ärgernis zu erregen. Das ängstliche Hin und Her zwischen Selbst- und Fremdbeobachtung ist eine Erblast der pietistischen Erziehung, zu deren zentralen Begriffen die Selbstprüfung gehört. Der fromme Christ fühlt sich beobachtet von Gott, und wer sich beobachtet fühlt, der beobachtet auch sich selbst – um zu spüren, ob dieser Gott zufrieden sein kann mit seinem Geschöpf. Der Selbstbeobachter macht seine als unrein empfundene Seele zum Kampfplatz im Ringen um den rechten Weg. Er tritt gewissermaßen neben sie, um sie besser ausleuchten und auf Gott ausrichten zu können.

Die Auseinandersetzung mit seinem pietistischen Erbe führt Hesse nicht nur als Sohn, sondern auch als Vater. Ein passender Kommentar zu den Nacktbildern mit Sohn Bruno am Bodensee findet sich in einem Brief vom 16. November 1910, den Hesse bezeichnenderweise an seinen Vater schickt, der natürlich der eigentliche Adressat der darin verhandelten Problematik ist:

> Die Kinder sind wohl und machen viel Lärm. Heinerlei spricht schon ein wenig und ist arg drollig. Butzi ist viel unartig und fängt nun so allmählich auch das Lügen an. Neulich warf er dem Kleinen einen Stein an den Kopf, der eine feste Beule gab, und behauptete nachher, der Wind habe den Stein so geblasen.
>
> Ich sehe dem mit Verwunderung zu und fühle meine Unfähigkeit zum Erzieher sehr, neige aber nicht zum vielen Strafen und Einschüchtern und empfinde die Nötigung der Ethiker, an die Erbsünde zu glauben, die mir rein philosophisch ganz unmöglich scheint. Auch möchte ich, offen gestanden, den kleinen Lügner gar nicht gegen einen edlen Knaben vertauschen, der jede Untat schau-

---

[5] *Hermann Hesse. „Die dunkle und wilde Seite der Seele". Briefwechsel mit seinem Psychoanalytiker Josef Bernhard Lang 1916–1944.* Hrsg. von Thomas Feitknecht. Frankfurt/M.: Suhrkamp 2006, S. 50.

dernd bekennt und in dem ethische Erziehung schon den natürlichen Drang zur Selbstverteidigung geschwächt hat.

Auch rechnet man ja so vieles zu den Unarten, nur weil es die Eltern stört, während das Kind mit bestem Gewissen tut, was ihm natürlich ist und unverfänglich scheint. Jedenfalls halte ich ein zu frühes Brechen der Unbefangenheit für falsch, obwohl ich freilich gern einen etwas bräveren Sohn besäße. Sooft ich an manche meiner Lehrer denke, die aus wirklich harmlosen, ja gutartigen Bagatellen Kriminalfälle machten, wird ein Dreinfahren mir unmöglich.[6]

Wenn man aus seiner Haut raus will, beginnt man interessanterweise oft damit, aus seinen Kleidern auszusteigen. 1907 verbrachte Hesse vier Wochen auf dem Monte Verità, übernachtete im Freien und ernährte sich von Beeren, Sauerampfer und Nüssen. Er lernte den Dichter und Naturpropheten Gusto Gräser kennen, der in einer Höhle im Wald bei Arcegno hauste. Inspiriert vom Naturkult des Eremiten, schrieb er, dass „eine Regeneration unserer Völker und ihres gesamten Lebens möglich wäre durch Früchtenahrung und Annäherung an das Nacktleben“ (SW11, S. 322).

Die erste literarische Frucht dieses Aufenthalts ist die fiktive Erzählung *In den Felsen. Notizen eines Naturmenschen.*

Der Text beginnt mit einer quasi ekstatischen Freude am Nacktleben:

Die Sonne brannte mir fleißig auf die verwöhnte Haut, die Dornen zeichneten mir ein Netz von roten Schrammen auf die Beine; die Knie und Hüften stieß und ritzte ich mir am Kastaniengestrüpp und an den Felsen wund. Aber ich war fröhlich dabei, ich sang und hatte meine Lust an der wilden, schönen Landschaft. Ich suchte hohe, steile Felskuppen auf, von denen ich senkrecht tief in die warme Meerbläue hinabschauen konnte, ich gab den kühnen Felsformen kühne Namen und freute mich an jedem roten Riß, den meine fahle, weiche Haut bekam. Es waren vergnügte, kindisch vergnügte Stunden.[7]

Aber sehr rasch drängt sich auch hier Hesses Pietismus herein, und die folgende Passage transponiert dessen brutale Forderung, der Mensch müsse erst gebrochen werden, bevor aus den Trümmern ein gottgefälliges Wesen zusammengesetzt werden könne, mitten in die rousseau'sche Idylle von der Rückkehr in den Naturzustand:

[6] *„Ich gehorche nicht und werde nicht gehorchen!“ Hermann Hesse. Die Briefe, Band 1, 1881–1904.* Hrsg. v. Volker Michels. Berlin: Suhrkamp 2012, S. 229f.

[7] Hermann Hesse: *Sämtliche Werke.* Hrsg. v. Volker Michels. Frankfurt/M.: Suhrkamp 2001–2007. Band 11, S. 314f. – Im Weiteren zitiert als SW mit Bandangabe und Seitenzahl.

> Und während ich höhnte, schalt und zürnte, beschien mich die gütige Sonne, kühlte mich die geduldige Erde, berührte mich der duftende Wind mit tröstendem Wehen. Ich wußte es nicht und fühlte es nicht. Ich mußte erst gefallen, gebrochen und gedemütigt sein, ich mußte erst meine alte Weisheit und mein altes Gift loswerden und hassen lernen. Mein Magen bedurfte des Hungers, meine Haut der Qualen, mein ganzer Leib des Fiebers, der Schmerzen und der Not, damit meine Seele frei und meine Sinne fein und dankbar und tüchtig würden. (Ebd., S. 319)

Was also war der Monte Verità, und wer war Gusto Gräser?

> Zur Vorgeschichte des Siedlungsprojekts Monte Verità gehört eine ganze Reihe auswärtiger Intellektueller, die im 19. Jahrhundert rund um den Lago Maggiore ihren zeitweiligen oder festen Wohnsitz hatten. Die Gegend um Locarno war damals ein Zufluchtsort für politische Rebellen, unter anderem verschiedener russischer Anarchisten. Unter ihnen war Michail Bakunin, der im November 1869 ins Tessin gezogen war. [...] Die eigentliche Geschichte des alternativen Siedlungsprojekts begann bereits 1899 in Veldes (damals zu Österreich gehörend, heute in Slowenien). Dort trafen sich bei einem Kuraufenthalt in der Naturheilanstalt Rikli die in Siebenbürgen aufgewachsene Musiklehrerin Ida Hofmann und der belgische Industriellensohn Henri Oedenkoven. Beide waren einander bis dahin unbekannt, entwickelten aber in den wenigen Wochen ihrer gemeinsamen Kur eine starke Sympathie füreinander.
>
> Zu ihnen gesellte sich Karl Gräser, ein Offizier der habsburgischen Armee, der ebenfalls beim Heliopathen („Sonnendoktor“) Arnold Rikli eine Kur absolvierte und vorhatte, so bald wie möglich zu demissionieren. Karl war in seinen Anschauungen von seinem Bruder Gusto geprägt, der bereits seit einem Jahr ein Wanderleben führte. Zwischen Oedenkoven und Hofmann entwickelte sich ein intensiver Briefwechsel, der im Oktober 1900 zu einem Treffen in München führte. Außer den Initiatoren Oedenkoven und Hofmann nahmen an dieser Zusammenkunft die Brüder Karl und Gustav Gräser („Gusto“) teil sowie Idas Schwester Jenny, die Lehrerin Lotte Hattemer und deren Freund Ferdinand Brune aus Graz, ein theosophisch geprägter Gutsbesitzersohn. Nachdem „Henris Plan“, die Gründung einer so genannten „vegetabilen Cooperative“, vorgestellt worden war, wurde der Beschluss gefasst, dass „das bewegliche Vermögen jedes Einzelnen [...] zur Gründung einer Naturheilanstalt [...] beigesteuert“ werden sollte. Der Hauptteil des zu erwartenden Gewinns würde wieder dem Projekt zufließen, der Rest des Gewinns unter den Mitgliedern verteilt werden. Beschlossen wurde außerdem, dass die Kooperative am Ufer eines der oberitalienischen Seen gegründet werden sollte und dass man sich, um

den entsprechenden Ort zu finden, unverzüglich – und zwar zu Fuß – auf den Weg machen wollte.

Im Herbst 1900 wurden Henri Oedenkoven und Ida Hofmann gemeinsam mit Karl Gräser, Gusto Gräser und Lotte Hattemer nach einigen Wochen des Suchens in Ascona fündig und kauften das Grundstück von Alfredo Pioda auf dem *Monte Monescia*. Mit Zukäufen von anderen Eigentümern erwarben sie vier Hektar. Sie gründeten ihre „vegetabile Cooperative", eine Siedlungsgemeinschaft auf zunächst veganer und später vegetarischer Grundlage, und gaben dieser 1902 den Namen Monte Verità. Hinter diesem Namen verbarg sich nicht der Anspruch der neuen Eigentümer, im Besitz der Wahrheit zu sein. Vielmehr sollte der neue Name das Bemühen, wahrhaftig zu leben, zum Ausdruck bringen.

Vorbilder des Siedlungsprojekts Monte Verità gab es bereits. Dazu gehörte unter anderen die einige Jahre zuvor gegründete Oranienburger Obstbau-Kolonie Eden e.G.m.b.H. Direkter Vorläufer war die Künstlergemeinschaft um den Maler und Lebensreformer Karl Wilhelm Diefenbach (1851–1913) auf dem „Himmelhof" bei Wien. Gusto Gräser war dort 1898 sein Schüler gewesen und vermittelte die Anschauungen Diefenbachs auch an seine Brüder Karl und Ernst.

Die Brüder Gusto und Karl Gräser strebten eine kommunitäre Lebens- und Arbeitsgemeinschaft an. Der utopische Sozialist Charles Fourier hatte schon zur Zeit der französischen Revolution das Gesellschaftsmodell von ländlichen Großkommunen entworfen, in denen volle sexuelle Freiheit gegeben sein sollte. Diese „Harmonie" genannte Lebensform wurde zum Vorbild für Karl Gräser, der damit Erich Mühsam beeinflusste und über diesen den Arzt und Psychiater Otto Gross. Mit der Psychoanalyse von Sigmund Freud gab Gross der Utopie von Fourier ein modernes psychologisches Fundament, er verwandelte zugleich die freudsche Analyse in eine antiautoritäre, kulturrevolutionäre Theorie mit der Forderung: „Revolution fürs Mutterrecht". Der in Deutschland lebende russisch-griechische Philosoph Afrikan Spir hat mit seiner Identitätslehre nicht nur Nietzsches Denken entscheidend beeinflusst, er hatte auch 1869 in seinem *Vorschlag an die Freunde einer vernünftigen Lebensführung* das Modell einer lebensreformerisch-philosophischen Kommune entworfen, das Friedrich Nietzsche mit Freunden in Süditalien kurzzeitig verwirklichte. Von Kant her kommend hat Spir eine Philosophie der Identität entwickelt: „Identität mit sich selbst ist die höchste Norm" Daraus ergibt sich für das Handeln und Streben des Menschen: „Moralisch wollen und handeln = In Uebereinstimmung mit sich selbst (mit seiner wahren Natur) wollen und handeln" Von Spir her sowohl wie von Indien her kommt Gusto Gräsers Grundthema: „Heimkehr zum Selbst".

> Auch nach der Gründung des Sanatoriums Monte Verità 1900 spielten Anarchisten und Pazifisten auf dem Berg eine maßgebliche Rolle. So besuchte Graf Pjotr Alexejewitsch Kropotkin mehrmals den Monte Verità. Ein anderes Beispiel ist Erich Mühsam. Der politische Aktivist und Antimilitarist befreundete sich während seiner Aufenthalte zwischen 1904 und 1908 mit dem Siedler Karl Gräser, wollte dessen Schriften herausgeben. Der Sozialistische Bund von Gustav Landauer unterhielt in Ascona eine eigene Ortsgruppe, die Zürcher Anarchisten sammelten sich in der Mühle von Ronco. Die Gewerkschafterin Margarete Faas-Hardegger und der Tolstoianer Bernhard Mayer gründeten eigene Kommunen. Der Schriftsteller Oskar Maria Graf und der Maler Georg Schrimpf bildeten mit anderen Münchnern eine Gruppe bei Locarno. Die Tat-Gruppe des Sozialistischen Bundes vermittelte Militärdienstverweigerer zu den Brüdern Gräser. Vor und während des Ersten Weltkriegs sammelten sich auf dem Monte Verità Verweigerer, Emigranten und Flüchtlinge aus den kriegführenden Staaten wie Hans Arp, Hugo Ball, Ernst Bloch und viele andere. Durch Hermann Hesse, durch Gerhart Hauptmann in seinem Roman *Der Narr in Christo Emmanuel Quint* und andere Schriftsteller, vor allem aber durch die Person von Gusto Gräser selbst, wurde der Berg zu einem Mythos.
>
> Der Monte Verità war weder Landkommune noch reine Künstlerkolonie. Das Besondere dieser Siedlung lag darin, dass es weder eine Leitung, noch eine Organisation oder Verfassung gab. Die ursprüngliche Gemeinschaft der Gründer bestand nur ein Jahr und löste sich dann auf. Allerdings wurde sie zum Anlass, dass Anhänger und Gesinnungsverwandte sich in der Nähe niederließen. Die Ansiedler kamen meist aus dem gehobenen Bürgertum, nur Ernst Frick und Karl Vester aus dem Arbeiter- und Handwerkerstand. Die Bewohner kamen und gingen einzeln und freiwillig, ohne Plan und Programm; sie waren in keiner Weise gebunden. Hergeführt wurden sie durch ideelle Interessen: Lebensreform, Spiritualität, Pazifismus, Ablehnung der staatlichen, sozialen und religiösen Gegebenheiten. Freiheit in jeder Richtung und Suche nach Wahrheit in jeder Richtung war das Motiv, kultureller Umbau oder Neubau das Ziel. Mit den Worten von Erich Mühsam: „Bruch mit dem Bestehenden ... Auszug auf den heiligen Berg“. Das Sanatorium von Oedenkoven und Hofmann bot zwar ein weithin sichtbares Aushängeschild und den Anziehungspunkt für zahlende Kurgäste, war aber durch sie an das Bestehende gebunden und daher im Kreis der Künstler und Schriftsteller wenig angesehen.[8]

„Mit diesen allen hatten wir eigentlich nichts Geistiges gemein“ (SW3, S. 349), schrieb Hermann Hesse mit Blick auf die „Suchenden von sehr

[8] https://de.wikipedia.org/wiki/Monte_Verit%C3%A0

verschiedener Art“ der Naturheilanstalt. Erich Mühsam sprach schon 1904 von einem „rein kapitalistischen Unternehmen“[9].

> Dass die bisherige Geschichtsschreibung das Sanatorium in den Mittelpunkt stellte, war eine Folge der einseitigen Quellenlage. Oedenkoven und Hofmann hatten Dokumente und Schriften hinterlassen; die verstreuten Ansiedler, meist eigenwillige Individualisten, hinterließen kaum eine Spur. [...] Die Liste der prominenten Persönlichkeiten aus Kunst, Literatur, Politik und Gesellschaft, die der Monte Verità anlockte, umfasst u. a. Adelige wie den belgischen König Leopold II., den letzten deutschen Kronprinzen Wilhelm von Preußen, den Komponisten Richard Strauss, den Politiker Konrad Adenauer oder den Psychoanalytiker Carl Gustav Jung, der regelmäßig viele Sommer lang seine Eranos-Tagungen abhielt. Der elsässische Dichter René Schickele wollte nur für 8 Tage kommen, blieb dann aber fast 8 Wochen. In der Literatur werden viele weitere Personen genannt, deren Aufenthalt jedoch nicht immer belegt ist. In der Zeit vom März 1906 bis September 1909 wurden im *Fremdenblatt Locarno und Umgebung* 411 Sanatoriumsgäste verzeichnet. Durchschnittlich hielten sich etwas mehr als elf Gäste gleichzeitig auf und sie blieben im Schnitt fünfeinhalb Wochen. Die meisten waren also temporäre Gäste und nicht Teil der permanenten Kolonie. Sie stammten aus Deutschland (35%), der Schweiz (16%), Russland (12%), Frankreich (8%), Benelux (5,6%), Italien (5,5%) und weiteren Ländern. (Wikipedia, a.a.O.)

*

> Er war eine auffällige Gestalt – nicht zu übersehen! Mit seiner groben Kutte, schulterlangen Haaren und Rauschebart, Sandalen und einem Bündel über der Schulter war er der Prototyp des Bürgerschrecks, ein Aussteiger und Naturmensch, der an Rübezahl, Robinson Crusoe oder Johannes den Täufer erinnerte. Gusto Gräser – Dichter, Künstler, Prediger – war Anfang des letzten Jahrhunderts eine der bekanntesten Figuren der aufkommenden Lebensreform-Bewegung, der durch seine kompromisslose Lebensweise auf Schriftsteller, Politiker und Intellektuelle wie Gerhart Hauptmann, Theodor Heuss und Thomas Mann eine große Faszination ausübte.[10]

Gustav Gräser, 1879 in Kronstadt, Siebenbürgen in eine bürgerliche Familie hineingeboren, war ein überaus begabter junger Künstler, der früh ein Aussteigerleben begann und es zur Zeit des Monte Verità schon zu einem

[9] https://de.wikipedia.org/wiki/Monte_Verit%C3%A0

[10] Christoph Wagner, 2008. In: Frank Milautzcki: Gusto Gräser und Hermann Hesse. http://gusto-graeser.info/Hesse/hesse_graeser.html

großen oder berüchtigten Ruf als Prophet, Guru oder eben Landstreicher und Aufwiegler gebracht hatte.

Als Hesse 1907 für vier Wochen Oedenkovens Sanatorium aufsuchte, um sich von einer Alkoholsucht kurieren zu lassen, suchte er wohl vor allem Gräser auf. Über dessen Einfluss auf den Schriftsteller streiten sich seither die Geister. Gräser-Adepten halten den „Barfußpoeten" für den wichtigsten geistigen Einfluss auf Hesse, dem er quasi all seine ostasiatischen Interessen und die wichtigsten Aspekte seines Werks verdanke, die Hesse-Seite der Forschung versucht die vermeintlicher Beeinflussung zu relativieren.

Bei den Gräser-Jüngern klingt das dann so:

> Einen ähnlichen Menschen hatte Hesse noch nie getroffen. Es gab sie nur in Büchern, und hier gab es das, wovon die Bücher schrieben, so unscheinbar, so leise und ohne Anspruch. In der Person Gräser sah Hesse erstmals einen Menschen, der lebte, was andere schrieben. Hesse wäre das gern selbst gewesen – er hat Gräser nicht nur bewundert, er hat ihn auch um seine Stärke und seinen Willen, seine Absolutheit beneidet. Der mittlerweile doch etwas bekanntere Schriftsteller Hermann Hesse hatte ja einen gänzlich anderen Lebensentwurf. Er sah Bücher, Stuben, Stifte, Papiere, Zigarettenrauch und Weine vor, er sah Diskussionen, erhabene Gedanken und weise Sätze im Spaziergang nach einem guten Essen vor, ein bisschen Boheme, ein bisschen Bürger, ein bisschen Original – von allem ein bisschen, alles in einem wohltemperierten Gleichgewicht, damit es sich leben ließe.
>
> Und nun stand dieser Gräser vor ihm, nicht mehr als ein mittelloser Vagabund, der tiefste menschliche Weisheiten nicht nur wusste sondern auch lebte! Eine entscheidende Konfrontation in Hesses Leben fand hier vor der Höhle bei Arcegno statt. Kaum ein anderer Kampf in seinem Inneren hat ihn je wieder so berührt wie der um die Entscheidung: lebe ich namenlos die Wahrheit im Augenblick oder zerschreibe ich mir die Angst und den Zweifel in vielen kommenden Jahren namhaften Künstlertums.
>
> Hesse hat seine Wahl getroffen (und Gräser so gut wie nie erwähnt!). Und er hat sich diese Wahl nie wirklich verziehen. Vor sich selbst sah er sich jahrzehntelang immer nur als Abklatsch, als Sünder gegen sich selbst. War er doch so nah dran gewesen, so beinahe dran, hatte die Wahrheit des Lebens greifbar vor sich (und indem er glaubte, sie begreifen und über sie schreiben zu müssen, verlor er sie wieder). Er war im Eigentlichen angekommen, dort oben bei den Felsen von Arcegno, alles stand so klar vor ihm - und er verlor es. Hesse begriff, dass in der Person Gusto Gräsers mehr echtes Leben lag als in allen möglichen Wörtern, als in jeder Schreib- und überhaupt jeder Kunst. Er sah das tatsächliche Wesen

> der Wahrheit, blickte tief in den Brunnen und fand nicht den Mut, mit und nach ihr zu leben.[11]

Ein weiterer solcher Text aus Sicht der Gräser-Adepten klingt folgendermaßen:

> Hesse hat einen Menschen gekannt, den die meisten für einen Narren hielten. Er aber hat in ihm einen Heiligen erkannt, einen Seher und Weisen. Zu diesem Menschen zu stehen, sein Bild und seine Einsichten der Menschheit zu vermitteln, erkannte er als seine Aufgabe. Er hat sich gegen diese Aufgabe gewehrt, er hat sich ihr durch Flucht zu entziehen versucht, Zweifel und Ängste haben ihn immer wieder an den Rand des Selbstmords getrieben, aber letzten Endes ist er seiner Berufung treu geblieben. Besser als die gelehrten Philologen haben ihn seine Leser verstanden. Seit Generationen wird er immer wieder von suchenden Menschen entdeckt, gelesen, verehrt, gefeiert. Seine Schriften werden als Wegweisungen fürs Leben verstanden. Das Bild eines außergewöhnlichen Menschen wird durch alle Verhüllungen hindurch instinktiv wahrgenommen. Wie wir inzwischen wissen, ist es das Bild des Wanderers, Einsiedlers und Dichters Gusto Gräser. Hesses Weg mit Gräser war ein extremes Hin und Her zwischen Hingabe und Flucht. 1907 folgt er seinem Freund in dessen Felshöhle „Pagangrott" hoch über dem Maggiatal im Tessin. Er fastet, meditiert, läuft nackt durch die Wälder. Gemeinsam studieren sie die heiligen Schriften der Inder. Aber Hesse kann den entscheidenden Sprung der Hingabe nicht leisten und kehrt ins bürgerliche Leben zurück. Er verhöhnt sogar seinen einstigen Meister als in den Bäumen hangelnden Gorilla. Doch kann er seine Abwehr auf Dauer nicht durchhalten, sie endet 1916 mit seinem Zusammenbruch. Jetzt sucht er wieder Zuflucht bei Gräser. Auf dem Monte Verità von Ascona erlebt er eine seelische Neugeburt. Der in Depressionen Versunkene erlebt eine Glückszeit, fühlt sich aufgenommen in den Bund einer zukünftigen Gemeinschaft, die sich ihm in Gusto Gräser, seinem *Demian* und neuen „Zarathustra", verkörpert. Der ehemalige Kriegsfreiwillige wandelt sich zum entschiedenen Kriegsgegner. Doch wagt er kein öffentliches Bekenntnis, verbreitet seinen Roman unter Pseudonym. 1919 zieht er sich ein zweites Mal von Gusto Gräser zurück – und stürzt in den Abgrund seiner ‚Steppenwolf'-Krise.[12]

Mal abgesehen davon, dass hier nicht alles stimmt – 1919 konnte von einer Steppenwolf-Krise noch keine Rede sein, klingt es im anderen Lager

---

[11] Frank Milautzcki: *Gusto Gräser und Hermann Hesse*. http://gusto-graeser.info/Hesse/hesse_graeser.html

[12] https://www.siebenbuerger.de/zeitung/artikel/kultur/8404-hermann-hesses-weg-mit-gusto-graeser.html

wesentlich unpathetischer. In einem Interview erinnerte sich Heiner Hesse an Gräsers Verhältnis zu seinem Vater:

> M. Santen: Bei der Ausstellung auf dem „Monte Verità" bei Ascona ist Hermann Hesse auf einem Foto mit Gusto Gräser zu sehen. Sie schmunzeln schon.
>
> Hesse: Ja, Gusto Gräser ist ein schwieriges Thema. Es gibt ein Buch von einem Herrn Müller „Der Guru des Dichters Hesse"[13]. Müller behauptet, die ganze Weisheit Hesses stamme von Gusto Gräser. Und ich denke, Tatsache ist, daß die Begegnung meines Vaters mit Gusto Gräser – sie haben einige Tage zusammen in einer Höhle bei Arcegno verbracht – schon ein wichtiger Augenblick war. Ein Anstoß in einer Krisenzeit. Aber was Herr Müller daraus zu schließen glaubt, dass von *Demian* bis *Kinderseele* und von *Narziß und Goldmund* bis zum *Glasperlenspiel* ungefähr alles von Gusto Gräser vorgedacht war, führt ein bisschen weit. Diejenigen, die einen übergroßen Einfluß Gräsers auf Hesse bestreiten, führen zum Beweis die Erzählung *Dr. Knölges Ende* von 1910 ins Feld, in der Hesse Gräser satirisch als einen im umgekehrten Darwinismus zum Affen zurückentwickelten Naturmenschen verspottet. Sie verkennen aber, dass die ungleich tiefere Kritik in dieser Geschichte eine Selbstkritik ist, nämlich die Hesses als „Gemischtkostler aus Deutschland".[14]

Ein Gemischtkostler, der dann doch kein Vagabundenleben führen, sondern ein angesehener bürgerlicher und erfolgreicher Schriftsteller sein wollte, koste es an Lebensopfern und an innerer Konsequenz, was es wolle.

Die Wahrheit ist wohl, dass Hesse das höhere Schnorrertum Gräsers und dessen doch sehr dünne philosophische Basis irgendwann abstieß. Gräser – weniger er selbst – als der Archetyp Gräser, hatte dem Dichter als Anschauung gedient, und als der feststellte, das dort weiter nichts zu holen war, wandte er sich ab. Das mag den Gräser-Jüngern aufstoßen, aber es ist althergebrachte Künstlerpraxis. Goethe war, wie wir wissen, ein Meister solchen künstlerisch-intellektuellen Vampirismus. Es blieben einige Gestalten am Wegesrand zurück, die meinten, sie müßten, nachdem sie als Modelle gedient haben, den Dichter nun auch aus eigenem Recht weiterhin durchs Leben begleiten dürfen. Aber Dichter sind so nicht. Goethe war nicht so, und Hesse ebensowenig.

---

[13] Hermann Müller: *Der Dichter und sein Guru. Hermann Hesse – Gusto Gräser, eine Freundschaft*. Wetzlar: Gisela Lotz Verlag 1978.

[14] *Erinnerungen an den Vater und Dichter – Gespräch mit Heiner Hesse* (S. 42–51) in: Michael Santen: *Auf den Spuren von Hermann Hesse. Notizen einer Tessin-Reise.* Privatdruck Michael Santen, Meerbusch b. Düsseldorf. S. 42–51, hier: S. 49. Siehe auch: http://gusto-graeser.info/Hesse/hesse_graeser.html.

Tatsache ist jedenfalls, dass im und nach dem ersten Weltkrieg, in dem so viele individuelle und psychische Probleme sich im Bann der größeren kollektiven Katastrophe relativierten, auch die Zeit von Hesses Körperexperimenten zuende war. Fortan entblößte er nicht mehr den eigenen Leib, um zu tieferen Wahrheiten durchzudringen, sondern die Seelen seiner Romanfiguren.

Zu welchen revolutionären Einsichten und Offenbarungen das führte, wissen wir.

Vortrag im Rahmen der 24. Silser Hesse-Tage 2024

Karl-Josef Kuschel

„Wer sollte auch das Wasser nicht lieben?“ (H. Hesse) Über die Dialektik von Macht und Ohnmacht, Stärke und Schwäche des Wassers in Texten von Hermann Hesse und Bertolt Brecht

Prolog: Von „sor aqua“, „Schwester Wasser“

Phänomene der Natur hat er immer wieder beschrieben, gelobt, gepriesen. Die vegetative Natur, Bäume, Pflanzen, Blumen, ebenso wie die kosmische Natur: den Himmel, die Wolken, die Gestirne und das Wasser. Und es ist nicht zuletzt unter dem Einfluss des „Sonnengesangs“ des Franz von Assisi, dem Hesse schon früh ein eigenes biographisches Bändchen gewidmet hat, dass er zu den Erscheinungen der Natur ein geradezu geschwisterliches Verhältnis bekommt. Seine Reiseerzählungen berichten davon. Das gilt auch für das Phänomen „Wasser“. In einer seiner frühen Reisetext lässt Hesse einen Ich-Erzähler bekennen, er habe viele Landschaften auf Wanderungen gesehen, aufgehalten habe er sich nirgendwo lange „ohne sor aqua, ohne Schwester Wasser“ (6, 299). *Sor aqua* ist denn auch der Titel einer kleinen Erzählung von Hesse aus dem Jahr 1904, als er, 27-jährig und gerade verheiratet, nach Gaienhofen an den Bodensee gezogen war. Und die Herkunft der Wortwahl „sor aqua“ lässt Hesses Erzähler nicht im Dunklen:

> ohne sor aqua, ohne Schwester Wasser, hielt ich nirgends lange aus. Ein Bach, ein Fluß und am liebsten ein See oder Meer ist mir immer eine liebe, ja unentbehrliche Nachbarschaft gewesen. Schwimmen, Rudern, Segeln und Angeln war von jeher meine Leidenschaft, und ich hätte eigentlich als Insulaner geboren werden müssen. Daher war ich, als ich zum erstenmal den wunderbaren Lobgesang des heiligen Franziskus las, der alle Elemente und Kreaturen mit geschwisterlicher Liebe umfasst, entzückt über das zärtlich *sor aqua* und hatte damit den Namen für meine Liebe zu allem Wasser gefunden. Wie eine Schwester liebte ich es, und wie eine Schwester verstand es mich, liebte mich wieder und erschloß mir meine zahllosen geheimen Schönheiten, denen noch nie ein Maler oder Dichter gerecht geworden ist. Wer sollte auch das Wasser

> nicht lieben. Es ist beweglich, weich, rein, mächtig, es spiegelt den Himmel und die unsichtbaren Farben der Luft.[1]

Und so könnte, ja müsste man weiter im Werk einmal auf Spurensuche gehen, wo und wie einem überall von Hermann Hesse das Wasser-Motiv begegnet. Man wird neben den Reisetexten und entsprechenden Liebeserklärungen im Geist franziskanischer Schöpfungstheologie an „Schwester Wasser“ auf völlig gegenteilige Motive stoßen, etwa auf Motive des Wassertodes. Auf die dämonisch, ja tödlichen Kraft des Wassers. Nicht Schwester, sondern Nemesis Wasser.

Auffällig viele Texte enden bei Hesse denn auch mit dem Tod des Protagonisten durch Ertrinken: Der Schüler Hans Giebenrath in *Unterm Rad* (1906) geht am Ende seiner ihn traumatisierenden Geschichte in den Fluss. Suizid oder Unfall? „Niemand wußte, wie er ins Wasser geraten sei“ (SW2, 279). Klein, der Held der Erzählung *Klein und Wagner* (1919) befreit sich von seiner inneren Gespaltenheit durch den Gang in einen Tessiner See. Und seinen Glasperlenspielmeister Joseph Knecht lässt Hesse bei einer Rettungsaktion in einem eiskalten Hochgebirgssee ums Leben kommen. Was immer eine solche Spurensuche noch an Unterschiedlichkeit der Wasser-Motive ergeben mag, ein Text bei Hesse wird dabei im Zentrum stehen, spielt hier nicht nur das Wasser als Motiv eine Rolle, sondern eine ganze Wasser-Philosophie.

I. Lao Tse, der Taoismus und das Wasser

Ich gehe dabei von der Beobachtung aus: Es gibt eine Philosophie mit weltweiter Wirkung, besser: eine Lebens- und Verhaltenslehre, in der das „Wasser“ das zentrale Symbol ist. Ich spreche von der Lehre, die einem uralten Weisen aus dem 4. Jahrhundert v. Chr. zugeschrieben wird: dem Chinesen Lao Tse und dessen Buch mit seinen 81 Sprüchen: das *Tao te-king*. Was ist es mit diesem Wasser, das es zu einem zentralen Symbol hat werden können? Was kann man lernen vom Wasser in seiner tiefen Ambivalenz von Schwäche und Stärke, von Macht und Ohnmacht?

Das Urwort „Tao“ meint nicht etwa ein personal verstandenes „Göttliches“, wie es die monotheistischen Religionen kennen. Es bezeichnet vielmehr eine Wirklichkeit, die überall präsent, aber nirgends greifbar ist, von der gesprochen werden kann, die aber unsagbar bleibt. Denn immer dann, wenn man das „Tao“ benennen, kategorisieren, objektivieren will, entzieht es sich dem Zugriff, entsprechend dem, was schon der 1. Spruch

---

[1] Hermann Hesse: *Sämtliche Werke*. Hrsg. v. Volker Michels. Frankfurt/M.: Suhrkamp 2001–2007. Band 6, S. 299. – Im Weiteren zitiert als SW mit Bandangabe und Seitenzahl.

des „Taoteking“ unmissverständlich deutlich macht. Ich halte mich hier wie im Folgenden aus historischen Gründen an die von Hesse und Brecht benutzte Übertragung des deutschen Sinologen Richard Wilhelm:

> Der SINN, der sich aussprechen lässt,
> ist nicht der ewige SINN.
> Der Name, der sich nennen lässt.
> ist nicht der ewige Name.
> ‚Nichtsein‘ nenne ich den Anfang von Himmel und Erde.
> ‚Sein‘ nenne ich die Mutter der Einzelwesen
> (Spr. 1. Übertr. R. Wilhelm)

Mit „Tao“ also ist eine sich jeder Fassbarkeit entziehende transzendente und zugleich immanent wirkende Wirklichkeit gemeint, ein der ganzen Wirklichkeit zugrunde liegendes, alldurchdringendes Prinzip ohne Anfang und Ende. Gleichwohl „gebiert“ es Himmel und Erde, Menschen und Dinge, entsprechend *Spruch 42*: „Der SINN erzeugt die Eins. / Die Eins erzeugt die Zwei. / Die Zwei erzeugt die Drei. / Die Drei erzeugt alle Dinge.“ Das Tao also bringt die Eins, den Ursprung aller Erscheinungen hervor, und diese Eins erzeugt zwei Kräfte, chinesisch: *Yin* und *Yang,* die als grundlegende Polarität allen Seins das Empfangene und das Schöpferische bezeichnen. Diese zwei Kräfte schließen sich zusammen und bilden eine neue Einheit – die Drei. Und aus dieser stets neuen Vereinigung von Schöpferischem und Empfangendem gehen somit die ungezählten Erscheinungen der Welt hervor, so dass sich das Tao im Wechselspiel der entgegengesetzt-polaren Kräfte in unaufhörlicher Bewegung befindet. Hell gibt es nicht ohne das Dunkel, Tag nicht ohne die Nacht, Licht nicht ohne den Schatten, das Schöne nicht ohne das Hässliche, das Schwere nicht ohne das Leichte, das Männliche nicht ohne das Weibliche, ja Sein gibt es nicht ohne das Nichtsein.

In Laotses Denken herrschen somit Polarität und Komplementarität, nicht Gegensätze und Widersprüche. Yin ist kein Gegensatz, kein Widerspruch zum Yang, so wie der Tag kein Widerspruch zur Nacht ist, Leben kein Widerspruch zum Tod. Eines ist die Ergänzung des Anderen, eines macht das andere zu dem, was es ist. Jede Erscheinung besteht nur aus einer Relation der Gegenstücke. Diese aber sind nicht zwei verschiedene Dinge, sondern eine Einheit im Zusammenwirken von Yin und Yang. Woraus folgt, dass alle Teile der Wirklichkeit sich nicht fixieren lassen. Sie sind vielmehr dauernd im Fluss, weshalb das Wirken des Tao in den Sprüchen des *Taoteking* gerne mit Vorgängen in der Natur veranschaulicht wird. Und Wasser ist dessen zentrales Symbol. Verschiedene Aussagen finden sich hier: Die einen sprechen von einer stillen Präsenz des Wassers und zwar an Orten, welche die Menschen in der Regel missachten. *Spruch 8*:

> Höchste Güte ist wie das Wasser.
> Des Wassers Güte ist es,
> allen Wesen zu nützen ohne Streit.
> Es weilt an Orten, die alle Menschen verachten.
> Drum steht es nahe dem SINN." (Spr. 8)

Das Wasser also symbolisiert die „Güte" insofern, als es „da" und „nützlich" ist, ohne sich streithaft aufzudrängen oder sich machtvoll durchzusetzen. Und: Es ist auch an Orten präsent, die Menschen geringschätzen. So nützt es allen Wesen.

Andere Sprüche gehen noch weiter und sprechen nicht nur von der stillen Präsenz, sondern von der *sieghaften Kraft des Wassers*, obwohl es fügsam-weich und ohnmächtig-schwach zu sein scheint. *Spruch 78*:

> Auf der ganzen Welt
> gibt es nichts Weicheres und Schwächeres als das Wasser.
> Und doch in der Art, wie es dem Harten zusetzt,
> Kommt nichts ihm gleich.
> Es kann durch nichts verändert werden.
> Dass Schwaches das Starke besiegt
> und Weiches das Harte besiegt,
> weiß jedermann auf Erden,
> aber niemand vermag danach zu handeln. (Spr. 78)

Entsprechend kann das *Tao* direkt mit dem Wasser verglichen werden: „Der SINN ist immer strömend. / Aber es läuft in seinem Wirken doch nie über", sagt *Spruch 4.* In *Spruch 66* kann es heißen: „Dass Ströme und Meere Könige aller Bäche sind, / kommt daher, dass sie sich gut unten halten können. / Darum sind sie die Könige aller Bäche". Wieder dieses Motiv: Präsenz des Tao in Niedrigkeit, „ganz unten", im Unscheinbaren, Unauffälligen. Wozu auch *Spruch 32* passt, wenn dort das Verhältnis des „SINNs" zur Welt verglichen wird „mit den Bergbächen und Talwassern, / die sich in Ströme und Meere ergießen". Das Tao hat also wie das Wasser immer beides zugleich: das Fließende, Strömende und das Bleibende, Dauernde. Wandel und Dauer sind eins.

Diesem ursprungs- und endlosen Strömen des Tao in seiner ohnmächtigen Macht und machtvollen Ohnmacht, in seiner schwachen Stärke und starken Schwachheit entspricht im *Taoteking* eine bestimmte *Lebens- oder Verhaltensweise* („Te") des „Berufenen". Sie ist nichts anderes als eine Fortsetzung der Dynamik des Tao selbst. Dem Nicht-Erfassen des Tao durch Worte entspricht das *Nicht-Handeln*, das *Nicht-Widerstreben*, chinesisch: *wu-wei*. Die zweite Strophe des 2. Spruchs enthält bereits das Entscheidende. In dessen erstem Teil war von der Polarität allen Seins die Rede, dann folgen im zweiten Teil die entsprechenden Konsequenzen:

Wer sollte auch das Wasser nicht lieben?“ (H. Hesse)

Also auch der Berufene:
Er verweilt im Wirken ohne Handeln.
Er übt Belehrung ohne Reden.
Alle Wesen treten hervor,
und er verweigert sich ihnen nicht.
Er erzeugt und besitzt nicht.
Er wirkt und behält nicht.
Ist das Werk vollbracht,
so verharrt er nicht dabei,
Und eben weil er nicht verharrt,
bleibt er nicht verlassen. (Spr. 2)

Was genau ist mit der Lehre vom *wu-wei* gemeint? Gewiss nicht simpel, dass man nichts tun solle, passiv und desinteressiert-träge in den Tag leben. Gemeint ist auch nicht billiger Quietismus, will sagen: Stillehalten, nicht Widersprechen, sich nicht Einmischen. Gemeint ist vielmehr: Man soll in den Gang der Dinge nicht unnötig eingreifen, sondern die in allen Dingen tätige Wirkkraft sich selbst entfalten lassen, einverstanden mit der natürlichen Entwicklung. Man soll nicht berechnend, nicht übermäßig handeln. Man soll das Tao wirken, d.h. die Kraft des Natürlichen, des Einfachen zum Zuge kommen lassen. Es wird von selbst zum Ausgleich aller Kräfte und damit zur optimalen Lösung drängen. Der Gang des Tao entspricht eben dem Lauf des Wassers. Es ist scheinbar schwach, aber auf Dauer bezwingt es das Harte.

Entsprechend soll der Mensch, wenn die Gewalt ihm überlegen ist und ihn bedroht, ihr keinen direkten Widerstand entgegensetzen, sondern so ausweichen, dass sie ihm nicht schaden kann. Wenn die Gewalt sich dem Untergang nähert und ihre innere Schwächen sind offenbart, soll der Mensch die Gelegenheit ergreifen und ohne Anstrengung der Gewalt zum vorgegebenen Niedergang verhelfen, ganz entsprechend dem, was *Spruch 36* empfiehlt:

Was du zusammendrücken willst,
das musst du erst richtig sich ausdehnen lassen.
Was du schwächen willst,
musst du erst richtig stark werden lassen.
Was du vernichten willst,
das musst du erst richtig aufblühen lassen.
Wem du nehmen willst,
dem musst du erst richtig geben.
Das heißt Klarheit über das Unsichtbare.
Das Weiche siegt über das Harte.
Das Schwache siegt über das Starke“ (Spr. 36)

II. Gegenentwurf zu einem größenwahnsinnigen Europa

Das Taoteking liegt in der 2. Hälfte des 19. Jahrhunderts in verschiedenen deutschsprachigen Übersetzungen vor. Aber erst in der Krisenzeit vor und während des 1. Weltkriegs sollte es seine bezwingende Kraft über deutschsprachige Intellektuelle ausüben. Alfred Döblin gehört dazu, Alfred Hentschke („Klabund"), Bertolt Brecht und eben auch Hermann Hesse. Ich habe diesen Rezeptionsstrang in meinem Buch ausführlich beschrieben: *Im Fluss der Dinge. Hermann Hesse und Bertolt Brecht im Dialog mit Buddha, Laotse und Zen* (2018).

Warum diese Faszination? Weil die sowohl existentiell-selbstkritische wie politisch-machtkritische taoistische „Botschaft" den Zweifeln vieler wacher, zeitsensibler Geister Nahrung gibt, dass man grundsätzlich in Europa auf einem verhängnisvollen Weg ist. Strotzend vor militärischer, technologischer und ökonomischer Kraft. Vor allem nachdem man erlebt hat, wohin diese Kraftprotzerei und dieser Machtrausch geführt hatten: zu einem geschichtlich beispiellosen Maß an Selbstzerstörung auf Europas Schlachtfeldern. Das gilt gerade auch für Deutschland. Dessen Realpolitik sprach taoistischem Denken Hohn: diese maßlose Expansionspolitik des deutschnationalen Militarismus unter Wilhelm II., der auf Beteiligung an der „Weltherrschaft" abgezielt hatte. Stichworte: Flottenbau und Kolonien! Diese durch Industrie und Technik ermöglichte ökonomische Stärke. Diese in Naturwissenschaft und Wirtschaft dominierende reine Zweckrationalität. Von der Kluft der Klassen in der Gesellschaft nicht zu reden, sichtbar in den industriellen Ballungszentren. Und nicht zu reden vom Versagen des von den etablierten Kirchen gestützten „Christentums" in der Kriegsfrage.

Da musste zeitsensiblen Künstlern und Intellektuellen das *Tao te king*, dieses uralte Weisheitsbuch Chinas, als eine dezidiert nichtchristliche Lehre von der Dialektik von Schwach und Stark, Weich und Hart, Ohnmächtig und Mächtig höchst willkommen sein. Frisch, unverbraucht und unkorrumpiert klangen diese Sprüche. Sie verkündeten eine Präsenz des Tao gerade auch im Unscheinbaren, Schwachen und Unbeachteten und erschienen so als Verheißung einer auf anderen Werten gegründeten Ethik, als zeitkritischer Gegenentwurf zu einer imperialen Politik europäischer Mächte. Ich greife im Folgenden zwei Dichter heraus, die taoistisches Denken mit dem Bild des Wassers programmatisch fruchtbar gemacht haben: Hermann Hesse und Bertolt Brecht.

Wer sollte auch das Wasser nicht lieben?“ (H. Hesse)

III. Vollendung am Fluss: Hesses *Siddhartha*:

Hermann Hesse eigene Geschichte mit dem Taoismus ist hier nicht auszufalten. Ich konzentriere mich auf die Dichtung bei Hesse, in der das Wasser ein zentrale Rolle spielt und die ohne den Einfluss des Taoismus undenkbar ist. Ich spreche von seiner „indischen Dichtung“ *Siddhartha*, die Hesse zur Zeit des Buddha spielen lässt. Die Ausarbeitung beginnt Anfang 1920. Hesse ist 43 Jahre alt und hat selber einen langen, krisengeschüttelten Weg hinter sich und zwar in dreifacher Hinsicht, privat, politisch, literarisch. Das Ganze hatte sich beim Ausbruch des Ersten Weltkrieges zugespitzt. Er ahnt, dass durch den Krieg in Europa nichts mehr so sein wird wie zuvor. Blicke in Abgründe tun sich auf, individuell wie kulturell. Ja, persönlich gerät Hesse während des Krieges in seine schwierigste Lebenskrise und sieht keinen anderen Ausweg, als sich von der Familie zu trennen. Er bekommt die Möglichkeit, sich in die Berge des Tessin zurückzuziehen und einige Zimmer im Bergdorf Montagnola oberhalb des Sees von Lugano anzumieten, in der Casa Camuzzi, um in Freiheit wieder neu beginnen zu können.

Die Ausarbeitung der neuen Dichtung geht gut voran. Alle Kapitel wachsen organisch, solange Hesse die verschiedenen Krisen seines Helden hatte beschreiben können. Die kennt er aus eigener Erfahrung bis hin dazu, dass man zur Weisheit nicht durch Lehre, sondern nur durch persönliche Erfahrung gelangt. Deshalb lässt Hesse seinen Helden auch nicht Buddha und dessen „Rad der Lehre“ folgen, aber „nicht um eine andere, eine bessere Lehre zu suchen, [...] sondern um alle Lehren und Lehrer zu verlassen und allein mein Ziel zu erreichen oder zu sterben“ (SW3, 394). Die Welt hatte er zu überwinden getrachtet, ohne die Welt zu kennen. Die Welt hatte er als Maya, als Täuschung und Schein von vornherein verachtet, sie damit aber gleichzeitig auch verkannt.

Hesses Siddhartha löst sich aus der Welt der Brahmanen, der Wandermönche und des Buddha und macht sich auf eine eigene Erfahrungsreise „in die Welt“. Doch bevor er die Welt mit allen ihren Verführungen, Trieben und Lastern betritt, kommt er an einen Fluss, an dem ein Fährmann seinen Dienst versieht. Er übernachtet in dessen Hütte und bekommt beim Abschied von diesem Fährmann gesagt:

> Ein sehr schöner Fluß, ich liebe ihn über alles. Oft habe ich ihm zugehört, oft in seine Augen gesehen, und immer habe ich von ihm gelernt. Man kann viel von einem Fluß lernen [...] Auch du wirst wiederkommen“ (SW3, 405).

Ein prophetisches Wort. Was aber kann man, was soll Hesses Held von einem Fluss lernen, aus der Kraft des Wassers für eine Erkenntnis ziehen? Zunächst schickt Hesse seinen Siddhartha ins weltliche Leben und lässt es in all seinen Dimensionen auskosten: sexuell-erotisch und sozial-ökonomisch. Alle Lüste und Laster lernt er kennen: Sexualität, Reichtum, Wohlleben, Glücksspiel, Alkohol und zuletzt, wie es heißt, „auch noch jenes Laster, das er als das törichteste stets am meisten verachtet und verhöhnt hat: die Habgier“ (SW3, 424).

Entscheidend freilich ist, dass Hesse seinen Siddhartha nach all dem noch einmal in die Krise schickt. Jetzt weiß Siddhartha nicht bloß durch Theorie, sondern durch Erfahrung, dass dies alles, was er erlebt hat, nur eine sich ewig wiederholende Fortsetzung des Lebens mit all seinen Lüsten und Leiden ist: Sansara eben. Ja, so tief fühlt sich Siddhartha jetzt in Sansara verstrickt, so widerwärtig ist ihm diese Art Leben geworden, dass in ihm die Bereitschaft aufsteigt, „das misslungene Gebilde seines Lebens zu zerschlagen, es wegzuwerfen, hohnlachenden Göttern vor die Füße“ (SW3, 430).

Schon steht er wieder am Fluss (4. Kapitel des 2. Teils), an demselben Fluss, den er einst auf den Weg aus den Wäldern in die Welt mit Hilfe eines Fährmanns überquert hatte, und will sich in diesen hinabfallen lassen, da hört er in sich das heilige Wort „Om“ aufklingen, das alte Anfangs- und Schlusswort aller brahmanischen Gebete, und der Klang dieses Wortes berührt ihn so, dass sein „entschlummerter Geist“ wieder erwacht und er die „Torheit seines Tuns“ erkennt (SW3, 430). „Om“ spricht er vor sich hin und weiß plötzlich wieder „um die Unzerstörbarkeit des Lebens“, „um alles Göttliche“ in sich. Er hatte es verdrängt.

Konsequent ist, dass Hesse seinen Siddhartha bei dessen letztem *Exodus* nicht etwa in die Welt der Brahmanen, der Samanas oder des Buddha zurückkehren lässt, sondern an einen Ort, der gar kein Ort ist: an den *Ort der Ortlosigkeit*. Dieser ortlose Ort ist die Mitte der Dichtung. Und in dieser Mitte steht keine Person, keine Lehre, keine Tradition und keine Religion. In der Mitte „fließt ein Fluß“. Siddhartha lernt am Ende in der Tat von niemandem mehr als von diesem Fluss und von dem, der mit diesem Fluss innigst vertraut ist: dem Fährmann Vasudeva. An einem Fluss war er ja einst selber aufgewachsen, beim Übergang von seinem alten Leben in das neue Weltleben war er schon an diesem Fluss gewesen und hatte – noch als Wandermönch erkennbar – in der Hütte des Fährmanns übernachtet, um sich dann übersetzen zu lassen. Schon damals hatte dieser Fährmann ihm davon erzählt, dass er den Fluss liebe, dass er ihm oft „zugehört“ und immer wieder von ihm gelernt habe. Man könne „viel von einem Fluß lernen“! Was? „Alles kommt wieder! Und auch du, Samana, wirst wiederkommen“ (SW3, 405).

Eine zunächst noch allzu kryptische Auskunft. Aber der Hessesche Siddhartha kehrt nach gut zwanzig Jahren in der Tat an den Fluss zurück, wo Vasudeva nach wie vor sein „Amt“ versieht. Auf dessen Wunsch hin nimmt er den altgewordenen Siddhartha jetzt in seine Dienste, bevor er selber „in die Wälder“ geht und Siddhartha als Fährmann an seine Stelle tritt. Jetzt wird ihm dieser Fluss vollends zu einem Lehrer, zum einzigen, den Siddhartha anzuerkennen bereit ist. Zuhören will er ihm allein. Seiner Stimme will er lauschen „mit stillem Herzen“, wie es heißt, „mit wartender geöffneter Seele, ohne Leidenschaft, ohne Wunsch, ohne Urteil, ohne Meinung“ (SW3, 443).

Was aber lernt Siddhartha vom Fluss unter Anleitung zunächst noch des Fährmanns? Es ist eine dreifache Lektion. Das fließende Wasser ist ein Symbol für die Gleichzeitigkeit von ewigem Wandel und steter Dauer, für das *Zugleich* von permanenter Veränderung und gleichbleibender Erscheinung und somit für die Erkenntnis, „dass es keine Zeit gibt“ und so *Symbol der All-Einheit des Lebens*. Denn „alle Stimmen der Geschöpfe“ können in der Stimme des Flusses hörbar werden. Der sich stets verändernde und doch gleichbleibende Fluss, in dem die Zeit aufgehoben erscheint, ist somit „die Stimme des Lebens, die Stimme des Seienden, des ewig Werdenden“ (SW3, 444).

Jetzt ist Hesses Held vorbereitet, im erneuten intensiven Hören auf den Fluss „den Gedanken der Einheit“ zu denken, besser: die „Einheit zu fühlen und einatmen zu können“ (SW3, 458). In der Tat kommt es jetzt im erneuten Hören auf den „vielstimmigen Gesang des Flusses“ im 7. und vorletzten Kapitel des 2. Teils mit dem Titel „Om“ zu der alles entscheidenden Erfahrung, dass alles, was Menschen an Spaltungen vornehmen, Täuschung ist, in Wirklichkeit aber zur göttlichen Einheit des Seins gehört:

> Siddhartha lauschte. Er war nun ganz Lauscher, ganz ins Zuhören vertieft, ganz leer, ganz einsaugend, er fühlte, daß er nun das Lauschen zu Ende gelernt hatte. Oft schon hatte er all dies gehört, diese vielen Stimmen im Fluß, heute klang es neu. Schon konnte er die vielen Stimmen nicht mehr unterscheiden, nicht frohe von weinenden, nicht kindliche von männlichen. Sie gehörten alle zusammen, Klage der Sehnsucht und Lachen des Wissenden, Schreie des Zorns und Stöhnen der Sterbenden, alles war eins, alles war ineinander verwoben und verknüpft, tausendfach verschlungen. Und alles zusammen, alle Stimmen, alle Ziele, alles Sehnen, alle Leiden, alle Lust, alles Gute und Böse, alles zusammen war die Welt. Alles zusammen war der Fluß des Geschehens, war die Musik des Lebens. Und wenn Siddhartha aufmerksam diesem Fluß, diesem tausendstimmigen Liede lauschte, wenn er nicht auf das Leid noch auf das Lachen hörte, wenn er seine Seele nicht an irgendeine Stimme band und mit seinem Ich in sie einging, sondern alle hörte, das Ganze, die Einheit vernahm, dann bestand das große Lied der tausend Stimmen aus einem einzigen Worte, das hieß Om, die Vollendung (SW3, 461f.).

Das ist in der Tat ein anderer Schluss: die Meditation des fließenden Wassers. Hesses Dichtungen kennen auch andere Schlüsse, ich sagte es: den Wassertod des Helden in *Klein und Wagner*, den Seetod Joseph Knechts im *Glasperlenspiel*.

Doch in *Siddhartha* geht es bei der Wassermeditation um ethische Konsequenzen für das Leben. Denn in der Meditation des fließenden Flusses erfährt man die Überwindung der trennenden Werturteile und die Wandelbarkeit aller Dinge in ihr jeweiliges Gegenteil. Jetzt, im Schlusskapitel nimmt Hesse noch einmal diese Wirklichkeitssicht auf: Alle Wesen enthalten immer auch schon das Gegenteil von dem, wie sie erscheinen – als Bedingung der Möglichkeit von Entfeindung und Befriedung. Dieses nichtduale (ganzheitliche) Denken, diese a-moralische (nicht unmoralische!) Grundhaltung lässt Hesse seinen Siddhartha verkünden. Er kritisiert den Buddha gerade auch darin, dass er die Welt wieder dualistisch gespalten habe in Sansara und Nirwana. Diese Spaltung aber sei Täuschung. Denn nichts ist ein für allemal festgeschrieben, alles kann sich wandeln, in jedem ist potentiell auch das Gegenteil vorhanden, Verwandlungen von einem in sein Gegenteil. Siddhartha wörtlich:

> Der Sünder, der ich bin und der du bist, der ist Sünder, aber er wird einst wieder Brahma sein, er wird einst Nirwana erreichen, wird Buddha sein – und nun siehe: dies ‚Einst' ist Täuschung, ist nur Gleichnis! Der Sünder ist nicht auf dem Wege zur Buddhaschaft unterwegs, er ist nicht in einer Entwicklung begriffen, obwohl unser Denken sich die Dinge nicht anders vorzustellen weiß. Nein, in dem Sünder ist jetzt und heute schon der künftige Buddha, seine Zukunft ist alle schon da, du hast in ihm, in dir, in jedem den werdenden, den möglichen, den verborgenen Buddha zu verehren. Die Welt, Freund Govinda, ist nicht unvollkommen oder auf einem langsamen Weg zur Vollkommenheit begriffen: nein, sie ist in jedem Augenblick vollkommen, alle Sünde trägt schon die Gnade in sich, alle Kleinkinder haben schon den Greis in sich, alle Säuglinge den Tod, alle Sterbenden das ewige Leben. Es ist keinem Menschen möglich, vom anderen zu sehen, wie weit er auf seinem Wege sei, im Räuber und Würfelspieler wartet Buddha, im Brahmanen wartet der Räuber. Es gibt in der tiefen Meditation die Möglichkeit, die Zeit aufzuheben, alles gewesene, seiende und sein werdende Leben als gleichzeitig zu sehen, und da ist alles gut, alles vollkommen, alles ist Brahman (SW3, 466).

Erst am Fluss also kann Hesses Siddhartha zum Tao gelangen und „den Gedanken der Einheit" denken, besser: wird er in die Lage versetzt, die „Einheit zu fühlen und einatmen zu können" (SW3, 458). Dabei ist der Fährmann Vasudeva eine Schlüsselfigur der Dichtung, und man geht nicht fehl, wenn man in diesem Fährmann, der ein Leben lang vom Fluss gelernt hat und dann still in die Wälder geht, ein Porträt Lao Tses erkennt.

Schon Alter und Lebensende entsprechen sich. Beide sind sie uralt geworden, beide gehen am Ende unerkannt, unbekannt aus der Welt, beide sind wortkarg, ohne Prätention, ohne Lehranspruch, denn Vasudeva will nicht seine eigene Lehre vermitteln, sondern allein die des Flusses und entspricht gerade in dieser seiner Selbstzurücknahme des Ich dem Ideal des taoistischen Weisen: „Er verweilt im Wirken ohne Handeln. / Er übt Belehrung ohne Reden“ (Spr. 2) oder: „Er erkennt sich selbst, aber er will nicht scheinen. / Er liebt sich selbst, aber er sucht nicht Ehre für sich“ (Spr. 72). Das Verschwinden des Laotse im Nirgendwo nach der Niederschrift des *Taoteking* (niemand weiß, wohin) ist denn auch kein Unglück, sondern Ausdruck von dessen Selbstverständnis: Selbstzurücknahme des Ich, Unsichtbarkeit als Person. Bei Vasudeva nicht anders. Auch wissen beide, dass die Weisheit des Tao mit Worten nicht zu erklären ist, wie es *56. Spruch* heißt: „Der Wissende redet nicht / Der Redende weiß nicht“. Für Siddhartha ist dieser sein Lehrer denn auch „kein Denker“ und dennoch „ein Vollkommener, ein Heiliger“ (SW3, 465). Er hat das Entscheidende gewusst, „ohne Lehrer, ohne Bücher, nur weil er an den Fluß geglaubt“ hat (SW3, 468). Das entspricht dem *81. Spruch*: „Der Weise ist nicht gelehrt, / der Gelehrte nicht weise. / Der Berufene häuft keinen Besitz auf. / Je mehr er für andere tut, / desto mehr besitzt er. / Je mehr er anderen gibt, / desto mehr hat er“.

Von diesem Vasudeva lernt Siddhartha, dass die stille Kontemplation des fließenden Wassers ein Weg zur Einheit der Welt ist, entsprechend dem *49. Spruch*: „Der Berufene lebt in der Welt ganz still / und macht sein Herz weit für die Welt“ oder dem *16. Spruch*: „Schaffe Leere bis zum Höchsten! / Wahre die Stille bis zum Völligsten / ... Rückkehr zur Wurzel heißt Stille“. Von ihm lernt er, nach unten zu streben und die Tiefe zu suchen. In der Dichtung kann Vasudeva zu seinem Schützling sagen:

> Sieh, auch das hast du schon vom Wasser gelernt, daß es gut ist, nach unten zu streben, zu sinken, die Tiefe zu suchen. Der reiche und vornehme Siddhartha wird ein Ruderknecht, der gelehrte Brahmane Siddhartha wird ein Fährmann: auch dies ist dir vom Fluß gesagt worden (SW3, 442).

IV. Das weiche Wasser besiegt das Harte: Brechts *Lao Tse*-Gedicht

Wie ich deutlich machen konnte, ist die Permanenz der Veränderung eine grundlegende Erkenntnis im taoistischen Denken. Das Tao, die Totalität also dessen, was ist, ist ständig im Fluss, in Bewegung gehalten durch die beiden wechselseitig aufeinander einwirkenden Kräfte Yin und Yang. Insofern kann schon im *Taoteking* das fließende Wasser das Ursymbol für die Lehre vom Tao werden. Und an diese taoistische Lehre erinnern auch zwei Texte Brechts, die 1929/30 entstehen und erkennen lassen, wie sehr ihn das Bild vom „Fluss der Dinge" nicht nur als Naturbild, sondern als grundsätzliche geschichtsphilosophische Aussage beschäftigt.

Entscheidend ist: Brecht fügt der Meditation des „Flusses" eine realpolitische Dimension hinzu. Zielte Brechts philosophisch ausgeweiteter Marxismus doch nicht so sehr auf einen statischen Zustand, sondern auf eine dialektische Beweglichkeit aller Dinge, auf ihr ständiges Imflusssein. In diesem Sinne ist schon der Schluss von Brechts Lehrstück *Das Badener Lehrstück vom Einverständnis* zu verstehen (Uraufführung 28. Juli 1929 in Baden-Baden), in dem ein Chor den Protagonisten den Rat gibt:

> Ihr aber, die ihr einverstanden seid mit dem Fluss der Dinge
> Sinkt nicht zurück in das Nichts.
> Löst euch nicht auf wie Salz im Wasser, sondern
> Erhebt euch [...]
> Einverstanden, dass alles verändert wird
> Die Welt und die Menschheit
> Vor allem die Unordnung
> Der Menschenklassen, weil es zweierlei Menschen gibt
> Ausbeutung und Unkenntnis [...]
> Habt ihr die Welt verbessert, so
> Verbessert die verbesserte Welt. [...]
> Habt ihr die Welt verbessernd die Wahrheit vervollständigt, so
> Vervollständigt die vervollständigte Wahrheit [...]
> Habt ihr die Wahrheit vervollständigend die Menschheit verändert, so
> Verändert die veränderte Menschheit. [...]
> Ändernd die Welt, verändert euch![2] (3, 45f.)

Ein zweiter Text aus dieser Zeit ist die *Ballade vom Wasserrad*. Sie greift die Rückfrage auf: Besteht bei der Verwendung des Bildes vom „Fluss der Dinge" nicht die Gefahr, dass die Veränderung nicht auf ein positiv besetztes Ziel ausgerichtet, vielmehr einem Kreislauf unterworfen ist, einem steten Auf und Ab ohne jeden Fortschritt? Sicher, alles verändert sich nun einmal. Aber geht es um eine Veränderung um der Veränderung willen? Bewegt sich nicht auch in einem Hamsterrad alles? Brecht hat bei aller Brauchbarkeit die politische Gefährlichkeit des „Fluss"-Bildes erkannt. Entsprechend macht er den Versuch, sie in einem Gedicht aufzufangen. Es handelt nicht von einem Hamster-, wohl aber von einem Wasserrad. Die *Ballade vom Wasserrad* (4, 234f.) entsteht im Frühjahr 1934.

---

[2] Bertolt Brecht: *Werke. Große kommentierte Berliner und Frankfurter Ausgabe*. Hrsg. v. Werner Hecht u.a., Bd. 1–30, Frankfurt/M.-Berlin-Weimar 1998, Band 3, S. 45f. Abgek. zit. Bandzahl plus Seite.

Wer sollte auch das Wasser nicht lieben?“ (H. Hesse)

Das *Wasserrad*-Gedicht ist ein hoch politischer Text. Denn seine drei nummerierten Strophen, die jeweils mit demselben Refrain abschließen, übertragen das Motiv vom fließenden Wasser jetzt auf die Kritik an Herrschaftsverhältnissen und an denjenigen, die sich für die „Großen“, die „Herren“ dieser Erde halten. Der neue Blick geht vom individuellen Schicksal zum Geschichtsprozess, vom „Ich“ zum „Wir“. Das ist dem „philosophisch ausgeweitetem Marxismus“ Brechts geschuldet, und die dadurch gewonnenen Erkenntnisse wirken sich jetzt auch in einer Neuinterpretation des taoistischen *wu-wei* aus, um sie mit dem Ideal eines auf Veränderung der bestehenden Klassengesellschaft ausgerichteten Kollektivs zu vereinbaren. Taoistisches Denken ist hier bei Brecht mit marxistischem gekreuzt:

Von den Grosßen dieser Erde
Melden uns die Heldenlieder:
Steigend auf so wie Gestirne
Gehn sie wie Gestirne nieder.
Das klingt tröstlich und man muss es wissen.
Nur: für uns, die wir sie nähren müssen
Ist das leider immer ziemlich gleich gewesen.
Aufstieg oder Fall: wer trägt die Spesen?
Freilich dreht das Rad sich immer weiter
Dass, was oben ist, nicht oben bleibt.
Aber für das Wasser unten heißt das leider
Nur: dass es das Rad für ewig treibt.

2
Ach, wir hatten viele Herren
Hatten Tiger und Hyänen
Hatten Adler, hatten Schweine
Doch wir nährten den und jenen.
Ob sie besser waren oder schlimmer:
Ach, der Stiefel glich dem Stiefel immer
Und uns trat er. Ihr versteht: ich meine
Dass wir keine anderen Herren brauchen, sondern keine!
Freilich dreht das Rad sich immer weiter
Dass, was oben ist, nicht oben bleibt.
Aber für das Wasser unten heißt das leider
Nur: das es das Rad für ewig treibt.

3
Und sie schlagen sich die Köpfe
Blutig, raufend um die Beute
Nennen einander gierige Tröpfe
Und sich selber gute Leute.
Unaufhörlich sehn wir sie einander grollen
Und bekämpfen. Einzig und alleinig

Wenn wir sie nicht mehr ernähren wollen
Sind sie sich auf einmal völlig einig.
Freilich dreht das Rad sich immer weiter
Dass, was oben ist, nicht oben bleibt.
Aber für das Wasser unten heißt das leider
Nur: dass es das Rad für ewig treibt. (4, 234f.)

Durchschaut ist in diesem Gedicht, dass das Wasserrad ein zutiefst doppeldeutiges und damit politisch gefährliches Symbol ist. Einerseits steht es für Hoffnung auf Veränderung, zugleich aber auch für die Gefahr der „Verewigung" von Prozessen. Will sagen: Es kann zur Deutung des Geschichtsablaufs missverstanden, ja missbraucht werden. Um dem vorzubeugen, hat Brecht mit diesem Text begonnen, das unumstössliche Faktum unablässiger Veränderungen in der Geschichte, das schon einem naturhaften oder gar kosmischen Gesetz folgt (schon die Gestirne gehen auf und unter), *politisch* zu reflektieren und zwar unter der Perspektive von Herrschern und Beherrschten, von Herren und Knechten, von den großen Einzelnen und dem Volk. Es reicht nicht mehr, nur das Gesetz der Veränderung zu beschwören und damit festzustellen, dass das, „was oben ist, nicht oben bleibt". Hinzu kommen muss eine Reflexion darauf, wem diese Veränderung positiv nützt oder schadet, woraufhin sie zielen soll, „wer die Spesen trägt", wie es in Strophe 1 heisst.

In der Tat hat Brecht in seiner „Ballade" das taoistisch besetzte Bild vom sich ständig verändernden fließenden Wasser jetzt machtkritisch reflektiert: Die gesellschaftlichen Herrschaftsverhältnisse sind nicht bloß umzukehren, sondern zu überwinden! Begreiflich deshalb, dass Brecht just in dieser Zeit beginnt, die Dialektik nicht nur als die „Lehre vom Fluss der Dinge" zu bezeichnen, sondern sie auch grundsätzlich politisch neu zu durchdenken.

Im Bild des Wassers denken heißt also, im Bild des Fließens denken. Im Bild des Fließens denken heißt gewiss sein, dass nichts so bleibt, wie es einmal ist, dass Ewigkeitsansprüche illusionär sind, dass es in der Geschichte ein Auf und Ab, ein Oben und Unten gibt, nicht aber als Kreislauf, der sich ziellos perpetuiert, sondern als ein Prozess, der die nötige Veränderung von Machtverhältnissen mit einem wünschenswerten Ziel verbindet: die Überwindung der Klassengesellschaft.

Seit seiner Flucht aus Nazi-Deutschland 1933 lebt Brecht mit den Seinen im Exil in Dänemark. In Svendborg war er untergekommen, einem Küstenstädtchen an der Südküste der Insel Fünen und hatte dort ein altes reetgedecktes Fischerhaus erworben. Ohnmächtig hatte er mit ansehen müssen, wie der Faschismus in Europa von Sieg zu Sieg geeilt war. Und die Frage war immer dringlicher geworden: Wie durchhalten in diesen

„finsteren Zeiten“? Wie den Glauben an den Sieg einer anderen Weltordnung bewahren?

In dieser Lage schreibt Brecht sein Gedicht *Legende von der Entstehung des Buches Taoteking auf dem Weg des Laotse in die Emigration* und greift hier paradigmatisch eine altchinesische Überlieferung vom erzwungenen Exil des Weisen Laotse auf:

1
Als er Siebzig war und gebrechlich
Drängte es den Lehrer doch nach Ruh
Denn die Güte war im Lande wieder einmal schwächlich
Und die Bosheit nahm an Kräften wieder einmal zu.
Und er gürtete den Schuh.

2
Und er packte ein, was er so brauchte:
Wenig. Doch es wurde dies und das.
So die Pfeife, die er immer abends rauchte
Und das Büchlein, das er immer las.
Weißbrot nach dem Augenmaß.

3
Freute sich des Tals noch einmal und vergaß es
Als er ins Gebirg den Weg einschlug.
Und sein Ochse freute sich des frischen Grases
Kauend, während er den Alten trug.
Denn dem ging es schnell genug.

4
Doch am vierten Tag im Felsgesteine
Hat ein Zöllner ihm den Weg verwehrt:
‚Kostbarkeiten zu verzollen?‘ – ‚Keine.‘
Und der Knabe, der den Ochsen führte, sprach: ‚Er hat gelehrt.‘
Und so war auch das erklärt.

5
Doch der Mann in einer heitren Regung
Fragte noch: ‚Hat er was rausgekriegt?’
Sprach der Knabe: ‚Dass das weiche Wasser in Bewegung
Mit der Zeit den mächtigen Stein besiegt.
Du verstehst, das Harte unterliegt.‘

6
Dass er nicht das letzte Tageslicht verlöre
Trieb der Knabe nun den Ochsen an
Und die drei verschwanden schon um eine schwarze Föhre
Da kam plötzlich Fahrt in unsern Mann
Und er schrie: ‚He, du! Halt an!‘

7
Was ist das mit diesem Wasser, Alter?'
Hielt der Alte: ,Interessiert es dich?'
Sprach der Mann: ,Ich bin nur Zollverwalter
Doch wer wen besiegt, das interessiert auch mich.
Wenn du's weißt, dann sprich!

8
Schreib mir's auf! Diktier es diesem Kinde!
So was nimmt man doch nicht mit sich fort.
Da gibt's doch Papier bei uns und Tinte
Und ein Nachtmahl gibt es auch: ich wohne dort.
Nun, ist das ein Wort?'

9
Über seine Schulter sah der Alte
Auf den Mann: Flickjoppe. Keine Schuh.
Und die Stirne eine einzige Falte.
Ach, kein Sieger trat da auf ihn zu.
Und er murmelte: ,Auch du?'

10
Eine höflich Bitte abzuschlagen
War der Alte, wie es schien, zu alt.
Denn er sagte laut: ,Die etwas fragen
Die verdienen Antwort.' Sprach der Knabe: ,Es wird auch schon kalt.'
,Gut, ein kleiner Aufenthalt.'

11
Und von seinem Ochsen stieg der Weise
Sieben Tage schrieben sie zu zweit.
Und der Zöllner brachte Essen (und er fluchte nur noch leise
Mit den Schmugglern in der ganzen Zeit).
Und dann war's soweit.

12
Und dem Zöllner händigte der Knabe
Eines Morgens einundachtzig Sprüche ein
Und mit Dank für eine kleine Reisegabe
Bogen sie um jene Föhre ins Gestein.
Sagt jetzt: kann man höflicher sein?

13
Aber rühmen wir nicht nur den Weisen
Dessen Name auf dem Buche prangt!
Denn man muss dem Weisen seine Weisheit erst entreißen.
Darum sei der Zöllner auch bedankt:
Er hat sie ihm abverlangt. (12, 32–3

Wer sollte auch das Wasser nicht lieben?“ (H. Hesse)

Seine prekäre Lebenssituation aus Ohnmacht, Bedrohtheit und Angst ist der geistige „Nährboden“ für ein Poem, bei dem es um die Begründung einer kontrafaktischen Hoffnung auf Veränderung geht. Die Parallelen zwischen den Zuständen im Alten China damals und denen von heute sind gewollt. Schon Laotse hatte einer alten Überlieferung zufolge wegen unsäglicher Zustände sein Land verlassen müssen. Das macht ihn für Brecht in seiner Lage exemplarisch. Zugleich begründet die Lehre dieses Mannes Hoffnung. Warum? Weil dieser uralte Weise die Gesetzlichkeiten von Lebensprozessen erkannt hat. Brecht spitzt sie im Gedicht mit den Sätzen zu: „Dass das weiche Wasser in Bewegung / Mit der Zeit den mächtigen Stein besieg / Du verstehst, das Harte unterliegt“:

Eine solche Kernaussage konnte Brecht gebrauchen, den spätestens seit seinem Erwachen zu politischem Denken das Verhältnis von Oben und Unten, Stark und Schwach, Mächtig und Ohnmächtig in der Gesellschaft umtreibt. „Wer wen besiegt“? Das interessierte auch ihn brennend. Und was könnte in der Tat wichtiger sein zur Resignationsüberwindung, zur Widerstandsmotivation? Wenn das, was seit uralten Zeiten mit geradezu naturgesetzlicher Kraft und Unerbittlichkeit feststeht, auch *heute* gilt: der Wandel aller Dinge, kann man Hoffnung auch für die Zukunft haben. Das macht Brecht sich und anderen an seinem Laotse-Gedicht klar: Alles ist stets im Fluss.

Vom Inhalt des *Tao te king* erfahren wir in Brechts Gedicht nicht viel. Doch ein zentraler Gedanke aus dessen *Lehre* steht nun doch auch im Zentrum dieses Gedichtes. „Dass das weiche Wasser in Bewegung / Mit der Zeit den mächtigen Stein besiegt./ Du verstehst, das Harte unterliegt.“ (Str. 5) Mit dieser Antwort des Knaben nimmt Brecht zwar kein wörtliches Zitat, wohl aber ein Schlüsselwort aus dem *Tao te king* auf: das Wort von *Hart und Weich, Stark und Schwach.* Es findet sich in dem uns schon bekannten *Spruch 78:*

> Auf der ganzen Welt
> gibt es nichts Weicheres und Schwächeres als das Wasser.
> Und doch in der Art, wie es dem Harten zusetzt,
> Kommt nichts ihm gleich.
> Es kann durch nichts verändert werden.
> Dass Schwaches das Starke besiegt
> und Weiches das Harte besiegt,
> weiß jedermann auf Erden,
> aber niemand vermag danach zu handeln.

Leicht vorstellbar, wie Brecht, der 1938 die weltpolitischen Spannungen im Zeichen des europäischen Faschismus und sowjetrussischen Stalinismus auch in Svendborg hartnah spürt, den 78. Spruch jetzt noch einmal gelesen haben wird. Das gilt erst recht von der Dialektik von Stark und

Schwach. Denn hart und stark? So hatten sich Faschisten und Stalinisten stilisiert. Umgekehrt werden die angeblich „Weichen und Schwachen“, all die politisch Verfolgten und Ohnmächtigen, als siegreich hingestellt. Solch dialektische Denkfiguren sind Brecht jetzt in Zeiten eigener Schwäche nahe, gefunden in einem Text – mehr als 2000 Jahre alt. Und diesen Glauben stellt Brecht der aktuellen Erfahrung kontrafaktisch entgegen.

Was aber bei Laotse – vom Bild des fließenden Wassers ausgehend – das bloße Konstatieren eines unaufhaltsamen Naturrhythmus ist, wird bei Brecht nun gezielt dynamisiert und damit geschichtlich-politisch akzentuiert. Auffällig ist ja, dass Brecht in *Strophe 5* seines Gedichts bei der Antwort auf die Frage „Hat er was rausgekriegt?“ den *78. Spruch des Tao Te King* um entscheidende Dimensionen erweitert. Ein direkter Textvergleich macht deutlich, welche Veränderungen Brecht vorgenommen hat. Im *78. Spruch* hatte es lediglich geheißen:

> ... nichts Weicheres und Schwächeres als das Wasser.
> Und doch in der Art, wie es dem Harten zusetzt,
> Kommt nichts ihm gleich [...]
> Dass Schwaches das Starke besiegt
> Und Weiches das Harte besiegt,
> Weiß jedermann auf Erden.

So in der Wilhelmschen Übertragung. Bei Brecht wird daraus in *Strophe 5*:

> Dass das weiche Wasser in Bewegung
> Mit der Zeit den mächtigen Stein besiegt.
> Du verstehst, das Harte unterliegt.“

Schauen wir uns die Zusätze genau an.

Zusatz I: *in Bewegung.* Das Wort soll den möglichen Verdacht von Geschichtspassivität ausräumen. Das taoistische *wu-wei*-Prinzip wird hier weitergedacht und vom Verdacht des Quietismus befreit. Der Sieg der Ohnmächtigen über die Mächtigen kommt nicht durch Stillehalten zustande, sondern nur als durch Menschen mitgestalteter, aktiv-dynamischer Prozess der Geschichte.

Zusatz II: *mit der Zeit.* Das Wort soll den möglichen Verdacht vom Verewigen der Verhältnisse ausräumen. Der Vorgang der Besiegung durch das Wasser in Bewegung dauert nicht endlos, sondern kommt „mit der Zeit“, d.h. *in* der Zeit, an ein Ziel. Menschen haben das Erreichen dieses Ziels durch politische Aktivität mit in der Hand.

Zusatz III: *mächtigen Stein.* Das Wort präzisiert das allgemeine Bild vom „Harten“, präzisiert es politisch. Das „Harte“ sind für Brecht konkrete gesellschaftliche, ökonomische und politische Machtverhältnisse, die bekämpft und letztlich besiegt werden müssen.

Wer sollte auch das Wasser nicht lieben?" (H. Hesse)

Zusatz IV: *Du verstehst.* Ein zusätzlicher Zeigefinger, ein didaktischer Gestus. Wie bei einem Schulpädagogen wird das Entscheidende mit einem Satz noch einmal pointiert zusammengefasst und wiederholend betont, soll doch auf diese Weise sichergestellt werden, dass bei aller Metaphorik die Sache unmissverständlich verstanden ist.

Ja, die didaktisch-pädagogische Funktion dieser Zeile wird noch dadurch unterstrichen, dass das entscheidende Wort eben nicht Laotse, sondern dem ihn begleitenden Knaben in den Mund gelegt wird. Ein Vorgang, der ebenfalls dialektisch zu verstehen ist. Sieht doch die Emigration des Weisen aus der Perspektive der Herrschenden wie ein Sieg aus. In Wirklichkeit aber hat der Akt der Emigration zur katalysatorischen Interaktion mit dem Zöllner geführt und damit zur „Entstehung des Buches Taoteking" mit der entscheidenden subversiven Erkenntnis von der weichen Kraft des fließenden Wassers, das mit der Zeit das Mächtige und Harte besiegt.

Muss man nach all dem noch lange erklären, warum für einen Autor wie Brecht, den spätestens seit seinem Erwachen zu politischem Denken das Verhältnis von Oben und Unten, Stark und Schwach, Mächtig und Ohnmächtig in der Gesellschaft umtreibt, Laotses Denken noch einmal wichtig wird, so wichtig, dass er es jetzt, Mai 1938, im Lichte neuer „materialistischer" Erkenntnisse produktiv-kritisch weitergedacht hat? Was könnte in der Tat wichtiger sein zur Resignationsüberwindung, zur Zynismusprophylaxe, zur Wiedergewinnung innerer Stärke auf Seiten der Ohnmächtigen, Schwachen, Vertriebenen, Gefährdeten und Übriggebliebenen! Wenn das, was seit uralten Zeiten mit geradezu naturgesetzlicher Kraft und Unerbittlichkeit feststeht, auch *heute* gilt, kann man Hoffnung für die Zukunft haben.

V. Brechts „Lied von der Moldau"

Es gibt Gedichte, die im Lauf meiner Jahre für mich kanonische Bedeutung angenommen haben. In Glücksstunden rezitiere ich sie gerne. Aber auch in Stunden der Mutlosigkeit, der Rückschläge und der drohenden Resignation. In der zuletzt genannten Lage oder Stimmung rufe ich mir immer wieder u.a. ein dreistrophiges Gedicht in Erinnerung, bekannt als *Lied von der Moldau*. Der Text ist von Brecht, die Vertonung von Hanns Eisler:

> Am Grunde der Moldau wandern die Steine
> Es liegen drei Kaiser begraben in Prag
> Das Große bleibt groß nicht und klein nicht das Kleine.
> Die Nacht hat zwölf Stunden, dann kommt schon der Tag.

Es wechseln die Zeiten. Die riesigen Pläne
Der Mächtigen kommen am Ende zum Halt.
Und gehen sie einher auch wie blutige Hähne
Es wechseln die Zeiten, da hilft kein' Gewalt.

Am Grunde der Moldau wandern die Steine
Es liegen drei Kaiser begraben in Prag
Das Große bleibt groß nicht und klein nicht das Kleine.
Die Nacht hat zwölf Stunden, dann kommt schon der Tag. (7, 251f.)

Obwohl vom fließenden Rhythmus als auch von der Bildersprache als auch vom der „Botschaft" her ist dieses wunderbar eingängige, fast volksliedhafte Poem zwar auch aus sich heraus ganz und gar verständlich, aber ein paar Hintergrundinformationen dürften hilfreich sein, um gerade diese „Botschaft" in ihrer zeitübergreifenden Bedeutung auch für heute noch einmal zu profilieren.

Der Plan zu einem eigenen Moldau-Lied ist im Zusammenhang der Ausarbeitung von Brechts Stück *Schwejk im 2. Weltkrieg* des Jahres 1943 zu sehen und verweist auf den Fluss, der durch die tschechische Hauptstadt Prag fließt. Der große tschechische Musiker Friedrich Smetana hat bekanntlich diesem Fluss eine herrliche Komposition gewidmet: *Die Moldau* (1874). Deren fließende, flirrende, schillernde Klänge hat Eisler in seine Vertonung des Liedes mit hinein genommen, zwischen den Strophen also Smetana-Zitate musikalisch eingestreut.

1943 aber ist Prag längst von einer übermächtigen, brutalen deutschen Militärmaschinerie überrollt. 1939 hatte Hitler die Wehrmacht in Prag einmarschieren lassen, die Tschechoslowakei als selbstständigen Staat zerschlagen und als „Reichsprotektorat Böhmen und Mähren" dem Reich einverleibt. Die jetzigen Herrscher auf der Prager Burg sind nichts als Marionetten Hitler-Deutschlands. Jegliche Opposition wird gnadenlos unterdrückt. Widerstand ist nur im Untergrund möglich, ist lebensgefährlich. Entsprechend greift Brecht in seinem geplanten Theaterstück nicht zufällig die Figur auf, die wie keine andere in der jüngeren tschechischen Geschichte Widerstand durch Tarnung und List verkörpert: den subversiven Schelm Schwejk, Hauptfigur des Romans *Der brave Soldat Schwejk* des tschechischen Schriftstellers Jaroslav Hašek, entstanden zwischen 1920 und 1923, unvollendet, heute aber ein Werk der Weltliteratur. Nur dass Brecht die Handlung vom 1. in den 2. Weltkrieg verlegt und die damals noch existierende habsburgische Herrschaft über Prag auf die nationalsozialistische von heute überträgt.

1943: Auf dem Tiefpunkt des 2. Weltkrieges also – deutsche Truppen tief in Russland, viele Länder Europas im Würgegriff faschistischer Regime – greift Brecht auch in seinem neuen Stück die Frage auf, die ihn seit seiner Vertreibung aus Hitler-Deutschland ins Exil wie keine andere umtreibt: Macht Widerstand überhaupt noch Sinn bei der Überlegenheit der Gegner? Wie soll man durchhalten? Welche Hoffnung haben, wo die faschistisch-militaristischen Mächte so sichtbar triumphieren? Woran kann man noch glauben? An den Sieg der eigenen Sache? Woran ihn festmachen? Es geht also in diesen „finsteren Zeiten“ für Brecht einmal mehr ganz elementar um eine Frage des eigenen Glaubens: Gibt es Anzeichen, damit man nicht völlig mutlos wird und sich der Resignation oder gar einem lähmenden, bleiernen Zynismus ausliefert?

Das ist der Kontext auch unseres Gedichts, von dem es von Brechts Hand lediglich zwei Strophen gibt, aus denen Eisler dann bei seiner Vertonung durch Wiederholung einer Strophe ein dreistufiges Poem gemacht hat: „Am Grund der Moldau ...“, „Es wechseln die Zeiten ...“. „Am Grunde des Moldau ..“. Das ist dann als „Lied von der Moldau“ bekannt geworden, das Brecht selber zwar geplant, aber nie vollendet hat, genauso wenig wie das ganze *Schwejk*-Stück. Nur diese zwei Strophen von seiner Hand haben sich erhalten. Sie haben aber genug Substanz, denn sie führen in Zeiten höchster Bedrückung und Verzweiflung Gründe an, dass Hoffnung auf Veränderung zum Besseren nicht vergebens ist. Und zwar durch eine für Brechtsche Texte charakteristische Motivverbindung von Geschichts- und Naturbeobachtungen.

Was lehrt die Geschichte? Wenn sie überhaupt etwas lehrt, dann die Gewissheit: Herrschaftsverhältnisse, welcher Herkunft auch immer, werden auf ewig *nicht so* bleiben, obwohl die jeweils Herrschenden sich für unbesiegbar halten und sich einbilden, ihre Macht dauere ewig. Doch die Erfahrung zeigt nun einmal: Ausnahmslos *alles* in der Geschichte hat sich gewandelt und wird sich wandeln. Die Zeiten wechseln und zwar mit der Folge, dass auch den Plänen der jeweils Mächtigen Einhalt geboten wird. Mögen sie noch so „riesig“ sein, mögen die Kämpfe wie jetzt um Stalingrad auch mit noch so brutaler Härte ausgetragen werden: Auch mit Gewalt, auch mit der größten Militärmaschine der Welt, lässt sich der Wandel nicht aufhalten. „Es wechseln die Zeiten, da hilft kein Gewalt“.

Das wird in unserem Poem wie zum Trotz nicht zufällig zweimal eingeschärft, ja im Ton unumstößlicher Überzeugung beschworen. Wie auch anders? Kontrafaktisch: 1943. Wenn also die Beobachtung der Geschichte eines ergibt, dann die Einsicht in den transitorischen Charakter allen Geschehens. Auf Dauer wird auch die Macht der jeweils Mächtigen untergraben. Und wie zum Beweis verweist das Gedicht auf Herrscher, die vor Jahrhunderten einst in Prag an der Macht waren: Kaiser des Heiligen Römischen Reiches. Ihre Herrschaft dauerte genau so lange, bis man sie „begraben“ hat „in Prag“. Ob Kaiser wie Karl IV., Ferdinand I., Maximilian II. und wie sie alle hießen, die jetzt im Prager Veitsdom in ihren Grüften liegen. „Das Große bleibt groß nicht und klein nicht das Kleine“, ruft Brecht ihnen nach – und damit auch den faschistischen Herrschern, die jetzt in Prag die Macht in ihren Klauen haben.

Dieser transitorische Charakter allen Geschehens wird im Gedicht mit Beobachtungen an der Natur und ihren Gesetzen weiter verdeutlicht. Und hier ist das elementare Wasser- und Flussbild von großer Anschaulichkeit. Brecht hat sich für dieses Lied von einer tschechischen Volkssage inspirieren lassen: Das Wasser der Moldau sei nichts als die Tränen, die das Volk geweint und gelacht habe. Wenn in Prag einmal zu viel geweint werde, werde die Moldau über die Ufer treten und allen Unrat hinwegschwemmen: die Schlächter und ihre Knechte, die falschen Gerichte, die Wechsler und Händler. Dieses eindrückliche Bild von dem alle Unterdrücker wegspülenden und vernichtenden Wasser nimmt Brecht in der Zeile von den wandernden Steinen auf: „Am Grund der Moldau wandern die Steine“. Einmal mehr ein wunderbares Bild dafür, dass das schwach und weich scheinende Wasser die Kraft hat, selbst das Festgefügte auf dem Grund eines Flusses zu bewegen. Selbst die Steine tief unten kommen durch die sanfte Gewalt des Wassers in Bewegung. Unsichtbar bewegt sich doch, was festgefügt zu sein scheint. Ein Bild für den Glauben, dass das scheinbar Schwache eine nicht zu unterschätzende Kraft besitzt.

Daran konnte Brecht in seiner politischen Lage 1943 anknüpfen, die sich im Vergleich zu 1938 kriegsbedingt noch einmal dramatisch verschärft hatte: Mit der Unaufhaltsamkeit von Naturvorgängen wird sich alles immer wieder auch verändern. Das „Starke und Große“, das sich „oben“ wähnt, wird unten sein, das „Weiche und Schwache“, das sich für immer „unten“ glaubt, „oben“. Freilich nicht von allein, sondern durch politische Arbeit. Deshalb wird Brecht im Zuge der Arbeit am *Schwejk* später das Wasser-Bild noch einmal politisch zuspitzen. In den drei Strophen, die ich mir immer wieder sage, wenn ich angesichts der weltpolitischen Verhältnisse mutlos zu werden beginne. Und diese Strophen sind ein Glaubensbekenntnis, freilich nicht mit religiösen Inhalten, wohl aber mit humanistischen, die ungezählte Menschen, von Religion oft entfremdet, teilen: die Hoffnung auf Überwindung von Herrschaftsverhältnissen welcher Couleur auch immer:

Am Grunde der Moldau wandern die Steine
Es liegen drei Kaiser begraben in Prag
Das Große bleibt groß nicht und klein nicht das Kleine.
Die Nacht hat zwölf Stunden, dann kommt schon der Tag.

Es wechseln die Zeiten. Die riesigen Pläne
Der Mächtigen kommen am Ende zum Halt.
Und gehen sie einher auch wie blutige Hähne
Es wechseln die Zeiten, da hilft kein' Gewalt.

Wer sollte auch das Wasser nicht lieben?“ (H. Hesse)

> Am Grunde der Moldau wandern die Steine
> Es liegen drei Kaiser begraben in Prag
> Das Große bleibt groß nicht und klein nicht das Kleine.
> Die Nacht hat zwölf Stunden, dann kommt schon der Tag.

Zu einem echten Dialog zwischen Hesse und Brecht ist es leider nie gekommen. Bedauerlich bei so viel Entsprechungen im Denken auf der Basis altchinesischen Denkens. Ein einziges Mal haben sie sich getroffen, als Brecht nach dem Reichstagsbrand im Februar 1933 Deutschland verlassen muss und zunächst auf der Suche nach einem Exilort für sich und die Seinen in der Schweiz sondiert. Da hatte es nahe gelegen, auch nach Montagnola zu reisen und ein Treffen mit dem damals international bekannten Hermann Hesse zu vereinbaren. Zustande gekommen ist es am 30. März 1933. Ohne weitere Folgen, waren doch durch Brechts Loyalität zur Sache des Kommunismus die politischen Interessen zu verschieden. Hesse bleibt in der Schweiz, Brecht sollte weiter nach Dänemark reisen und die Jahre zwischen 1933 und 1939 in einen kleinen Küstenort an der Südspitze der Insel Fünen verbringen: in Svendborg.

Umso spannender die Aufgabe von uns „Nachgeborenen“, den Geisterdialog über die „Philosophie des Wassers“ zu führen, zu dem es in der Wirklichkeit zweier Dichter nie gekommen ist.

Vortrag im Rahmen der 24. Silser Hesse-Tage 2024

Ingo Cornils

Auf der Suche nach dem Paradies. Naturerlebnis in Hermann Hesses *Narziß und Goldmund* (1930)

In seiner Erzählung *Narziß und Goldmund* (1930) beschreibt Hermann Hesse die Natur, und die Natur des Menschen, schonungslos und scheinbar unsentimental. Gleichzeitig hat die durch den Protagonisten Goldmund vermittelte Naturerfahrung, so meine These, einen nachhaltigen Einfluss auf die ästhetische und emotionale Wahrnehmung seiner Leser:innen. In diesem Essay werde ich mich – ausgehend von der in der Hesse-Forschung bereits untersuchten Baumsymbolik – auf drei bisher weniger beleuchtete Aspekte konzentrieren: die Welt der Blumen und Kräuter, in der Hesse im Kleinen die Einheit in der Vielheit zelebriert; die der romantischen Tradition verpflichtete transzendierende Naturerfahrung; und schließlich seine zukunftsweisende Erkundung der Beziehung des Menschen zur Natur im Anthropozän. Wie dem Künstler Goldmund das Bild seiner Mutter immer nur in der Annäherung deutlich wird, so zeigt uns der Sprachkünstler Hermann Hesse, dass unsere Suche nach dem Sehnsuchtsort Paradies – ob in der Natur, der Kunst oder im ‚Gedankengarten' der Religion und Philosophie – ihren eigenen Sinn hat, dass Vergänglichkeit der Preis aller Anstrengung und Erfahrung ist.

1. Der Kastanienbaum

Ganz zu Anfang von *Narziß und Goldmund* finden wir eine poetische und liebevolle Beschreibung der Edelkastanie, die „dicht am Wege" vor dem Klostereingang steht. Hesse beschreibt sie im Laufe der Erzählung in allen Jahreszeiten und setzt dieses Wunderwerk der Natur zum einen neben die anorganische Natur der steinernen Säulen und zum anderen als Kontrast zum schnelllebigen Treiben der Klosterschüler:

> Vor dem von Doppelsäulchen getragenen Rundbogen des Klostereingangs von Mariabronn, dicht am Wege, stand ein Kastanienbaum, ein vereinzelter Sohn des Südens, von einem Rompilger vor Zeiten mitgebracht, eine Edelkastanie mit starkem Stamm; zärtlich hing ihre runde Krone über den Weg, atmete breitbrüstig im Winde, ließ im Frühling, wenn alles ringsum schon grün war und selbst die Klosternußbäume schon ihr rötliches Junglaub trugen, noch lange

> auf ihre Blätter warten, trieb dann um die Zeit der kürzesten Nächte aus den Blattbüscheln die matten, weißgrünen Strahlen ihrer fremdartigen Blüten empor, die so mahnend und beklemmend herbkräftig rochen, und ließ im Oktober, wenn Obst und Wein schon geerntet war, aus der gilbenden Krone im Herbstwind die stacheligen Früchte fallen, die nicht in jedem Jahr reif wurden, um welche die Klosterbuben sich balgten und die der aus dem Welschland stammende Subprior Gregor in seiner Stube im Kaminfeuer briet. (SW4, 271)

Wir Leser:innen werden in diesem in seiner Länge an Thomas Mann erinnernden ersten Satz geradezu bombardiert mit semantisch hoch aufgeladenen Adjektiven, die Assoziationen drohen uns zu überwältigen mit duftenden Maronen und der Sehnsucht nach dem Süden, während intertextuelle Verweise auf Goethes Italien (das Land, wo die Zitronen blühen) und Knulps Wanderungen auf staubigen Straßen eine ganze Bibliothek aufschließen. Zudem, und das werde ich später ausführen, lässt uns Hesse teilhaben an seinem botanischen Wissen.

Die zu Beginn der Erzählung dichterisch gezeichnete Edelkastanie ist nur ein Beispiel für Hesses lebenslange Faszination mit Bäumen und ihrer Symbolik. So schrieb er in seiner Betrachtung *Bäume* aus dem Jahr 1918:

> In ihren Wipfeln rauscht die Welt, ihre Wurzeln ruhen im Unendlichen; allein sie verlieren sich nicht darin, sondern erstreben mit aller Kraft ihres Lebens nur das Eine: ihr eigenes, in ihnen wohnendes Gesetz zu erfüllen, ihre eigene Gestalt auszubauen, sich selbst darzustellen. Nichts ist heiliger, nichts ist vorbildlicher als ein schöner, starker Baum.[1]

Lewis W. Tusken hat bereits vor mehr als vierzig Jahren auf das Baummotiv als Schlüssel zur Interpretation von *Narziß und Goldmund* hingewiesen.[2] Der „alte romantische Parallelismus“, die Affinität zwischen Baum und Säule, sind ihm ebenso offensichtlich wie ihre „geheime Verwandtschaft“, diese nicht weiter erklärte Behauptung, mit der Hesse seine Leser:innen herausfordert, die genaue Natur dieser „Verwandtschaft“ herauszufinden, so wie Goldmund selbst erst zum Ende seines Lebens dieses „Geheimnis“ in Ansätzen versteht:

> Goldmund now knows that only the source of life is permanent and will not be captured because individual lives must relate to it in terms of ever-changing experience; ever-appearing, ever-fading works of art that reach out toward it serve to keep the ultimate

[1] SW11, 20. Vgl. auch *Kastanienbäume* 1904, *Mai im Kastanienwald* 1927.

[2] Lewis W. Tusken, *Thematic Unity in Hermann Hesse's Narziß und Goldmund: The Tree Symbol as Interpretive Key*, in: *Modern Fiction Studies*, Summer 1983, Vol.29, No. 2, 245–251.

> symbol alive. And if the mother symbol, or the essence of *Natur*, is to remain alive through art, it must first be brought to the artist's conscious mind. (250)

Reso Karalaschwili hat in seinem Buch über Hermann Hesses Romanwelt ebenfalls die Bedeutung des ersten Abschnitts betont.[3] In der Exposition zeige sich Hesses Beschäftigung mit der „magischen Wirklichkeit" (21), wobei das Bild der Kastanie und das Bild des Klosters auf zwei Embleme oder Sinnbilder hinwiesen. Karalaschwili war es auch, der bemerkte, wie Hesse die Dualität männlich/weiblich in den Baum einschreibt: einmal „der Kastanienbaum", einmal „die Kastanie".

Helga Esselbaum-Krumbiegel schließlich hat vor kurzem die Funktion des Kastanienbaums als ‚Bild' erörtert.[4] Der Baum repräsentiere in seinem Werden, Erblühen und Absterben „auch in der Sprache der Mythen als Lebensbaum den Weg des Menschen" (79). Sie interpretiert den Baum als „Symbol des Lebens, das ihn [Goldmund] ruft und dem er folgen wird." (80). Besonders wichtig erscheint mir ihre Beobachtung, dass Natur und Landschaft „nie realistisches Abbild, sondern stets inszenierte Kulisse mit allegorischen Implikationen" seien. (80) In der Tat ist der Baum weit mehr als Kulisse, er führt, wie ich später zeigen werde, in eine magische Parallelwelt.

Den hier kurz vorgestellten Interpretationen wäre noch hinzuzufügen, dass der einleitende Abschnitt in *Narziß und Goldmund alle* unsere Sinne stimuliert: wir *sehen* die Krone im Jahresverlauf mit ihren Blättern, Blüten und Früchten in wechselnden Farben, wir *hören* seinem Atem im Winde, wir *tasten* den starken Stamm und die stacheligen Früchte, wir *riechen* den herben Blütenduft und *schmecken* die im Kaminfeuer gebratenen Maroni.

Aber lesen wir noch ein bisschen weiter:

> Fremd und zärtlich ließ der schöne Baum seine Krone überm Eingang zum Kloster wehen, ein zartgesinnter und leicht fröstelnder Gast aus einer anderen Zone, verwandt in geheimer Verwandtschaft mit den schlanken sandsteinernen Doppelsäulchen des Portals und dem steinernen Schmuckwerk der Fensterbogen, Gesimse und Pfeiler, geliebt von den Welschen und Lateinern, von den Einheimischen als Fremdling begafft. (271)

Hier begegnen uns das Poetische in Form der Alliteration von Krone und Kloster, von zartgesinnt und Zone, schlanke Säulchen, fremd und begafft; und noch einmal Hesses malerisch gesetzte Adjektive. Das Portal mit sei-

---

[3] Reso Karalaschwili, *Hermann Hesses Romanwelt*, Köln: Böhlau 1986.

[4] Helga Esselborn-Krumbiegel: *Resonanz und Bild in Hermann Hesses Erzählung Narziß und Goldmund*, in: *Hermann-Hesse-Jahrbuch*, Band 14, hrsg. v. Michael Limberg. Würzburg: Königshausen und Neumann 2022, 77–90.

nen ‚Doppelsäulchen' wiederum erinnert an Bäume, deren Stämme gerade gewachsen nach oben drängen und deren Kronen sich zueinander neigen. Erst nach der intensiven Beschreibung des Kastanienbaums – und zu einem kleineren Teil der des Klosters – werden wir mit dem Protagonisten Goldmund bekannt gemacht, der auch gleich zutraulich Freundschaft schließt mit dem noch „winterkahlen Baum" (SW4, 277; 278).

Insgesamt ist zu bemerken, dass uns Hesse mit dem Bild der Edelkastanie und ihrer Frucht zu tieferen Betrachtungen über die Natur, Natürliches, und von Geburt an Gegebenes ermuntert. Narziß ist nicht blind für Goldmunds „naturhafte Lebenskraft": „Er sah Goldmunds Natur [...] sie war die andere, verlorene Hälfte seiner eigenen. Er sah diese Natur von einer harten Schale umpanzert."(293). Narziß sieht seine Aufgabe darin, Goldmund „von der Schale zu befreien" (vergl *Demian*: der Vogel kriecht aus dem Ei), um „ihm seine eigentliche Natur zurückzugeben."(293). Über die „Natur" seiner Beziehung zu dem „Naturkind" Goldmund (311), von ihren Mitschülern hämisch als „naturwidrig" (297) denunziert, wäre allerdings ein eigener Essay erforderlich.

2. Die Welt der Blumen und Kräuter

Hesse zeigt uns im Kleinen, in der Welt der Blumen und Kräuter, die Einheit in der Vielfalt. Goldmunds Sensibilität für – und Affinität mit – dieser Welt wird bereits durch die Schilderung eines pubertären Traums deutlich, von dem noch die Rede sein wird. In einer ihrer Diskussionen konfrontiert er Narziß mit einer an das Credo der Romantiker erinnernden Bemerkung: „Ich glaube, [...] daß ein Blumenblatt oder ein kleiner Wurm auf dem Wege viel mehr sagt und enthält als alle Bücher der ganzen Bibliothek." (319).[5] Narziß als Geistiger kann dem nur entgegenhalten, dass sich hier ihre Wege trennen, denn „in der Natur kann der Geist nicht leben, nur gegen sie, nur als ihr Gegenspiel".(320).

Im 6. Kapitel schickt Pater Anselm Goldmund in die Natur, um Johanniskraut zu sammeln, denn, so der Heilkundige: „Auch die Kenntnis der Natur nämlich ist eine Wissenschaft, nicht bloß eure blöde Grammatik." (327). Goldmund bindet sein Pferd unter einen schattigen Ahorn und begibt sich auf die Pflanzensuche:

[5] Vgl. meine Essays *Seher und Propheten. Hermann Hesse als Vermittler der englischen Literatur*, in: *Hermann Hesse Jahrbuch 11*, S. 35–57 und *Furchtbare Symmetrien. Romantische Verwandtschaften im Werk der Dichter-Maler Hermann Hesse und William Blake*, in: *Arcadia – International Journal for Literary Studies*. Volume 46, issue 1 (2011), S.149–166. William Blake schrieb: "To see a World in a Grain of Sand / And a Heaven in a Wild Flower / Hold Infinity in the Palm of your Hand / And Eternity in an Hour." (*Auguries of Innocence*, 1803).

> Einige Stücke Ackerland lagen hier brach, von vielerlei Unkraut überwuchert, kleine kümmerliche *Mohnpflanzen* mit letzten blassen Blüten und schon vielen reifen Samenkapseln standen da zwischen verdorrten *Wickenranken* und himmelblau blühender *Wegwarte* und verfärbten *Knöterich*, ein paar Haufen zusammengeworfener Feldsteine zwischen zwei Feldern waren von Eidechsen bewohnt, hier standen auch schon die ersten gelb blühenden Stauden *Johanniskraut*, und Goldmund fing an zu pflücken. (327)

Hesse läßt uns hier durch Goldmunds Augen die Wunder der Natur im Kleinen entdecken, wobei seine Erfahrung als Gärtner (in Gaienhofen und Bern) ihm gute Dienste leistet. Interessant ist die Verbindung zu dem Ausdruck ‚in die Wicken gehen', was so viel bedeutet wie ‚verloren gehen', und dass das Johanniskraut, im Englischen St. John's Wort, als mildes Antidepressivum auch heute gerne genommen wird.

Goldmund betrachtet das Johanniskraut genau, riecht es und hält dessen kleine Blättchen gegen das Licht, „um die hundert winzigen Nadelstiche in ihnen zu betrachten" (328), er erforscht mit allen Sinnen die komplizierte Schöpfung, was zu einer Meditation über das Rätsel des Lebens führt. Dass Hesse hier nicht nur seine botanischen Kenntnisse zur Schau stellt, sondern sie in den Dienst seiner literarischen Zwecke einsetzt, belegt eine etwas spätere Passage, als Goldmund auf dem Weg zu einem Stelldichein mit Liese wiederum tief in eine Blume schaut:

> Er pflückte im Grase eine kleine violette Blume, hielt sie nahe ans Auge, blickte in die kleinen engen Kelche hinein, da liefen Adern und lebten winzige haarfeine Organe; wie im Schoß einer Frau oder wie im Gehirn eines Denkenden schwang da Leben, zitterte da Lust. (350)

Hesse belässt es nicht bei dieser Andeutung sexueller Freuden, er öffnet durch die Künstleraugen Goldmunds unseren Blick auf die Schönheit und Einzigartigkeit der Schöpfung und die Unmöglichkeit, diese durch Menschenhand zu übertreffen:

> Er betrachtete die Blätter der kleinen Pflanze, wie sie um den Stengel her so hübsch, so merkwürdig klug geordnet waren. Schön waren die Verse des Vergil, er liebte sie; aber es stand mancher Vers im Vergil, der nicht halb so klar und klug, nicht halb so schön und sinnvoll war wie die spiralige Ordnung dieser winzigen Blättchen am Stengel empor. Welch ein Genuß, welch ein Glück, welch ein entzückendes, edles und sinnvolles Tun wäre es, wenn ein Mensch es vermöchte, eine einzige solche Blume zu erschaffen! Aber keiner vermochte das, kein Held und kein Kaiser, kein Papst und kein Heiliger. (351)

Mit Goldmunds wachsendem Bewusstsein für die vielfältige und filigrane Schönheit der Natur kommt allerdings auch die Erkenntnis, dass in der Natur, und in der magischen Welt dahinter, nichts so bleiben kann, wie es ist. So wie Goldmund Goethes Faust entspricht in dessen Neugier herauszufinden, ‚was die Welt im Innersten zusammenhält', so gleicht er ihm in dem naiven und vergeblichen Wunsch, den perfekten Augenblick festzuhalten. Was bleibt, so reflektiert der Erzähler, ist der unergründliche Kreislauf des Lebens und des Todes:[6]

> ... der Duft war dahin, das Blümlein war verwelkt. Mit heftiger Welle ergriff ihn das Gefühl der Vergänglichkeit, das ihn so oft peinigen und so tief berauschen konnte. Schnell verblühte alles, schnell war jede Lust erschöpft, und nichts blieb übrig als Knochen und Staub. Doch eines blieb: die ewige Mutter, die uralte und ewig junge, mit dem traurigen und grausamen Liebeslächeln. Wieder sah er sie für Augenblicke: eine Riesin, Sterne im Haar, träumerisch sitzend am Rande der Welt, mit verspielter Hand pflückte sie Blume um Blume, Leben um Leben, und ließ sie langsam ins Bodenlose fallen. (425)

Goldmund wird immer wieder erfahren, dass nach dem Blühen das Welken kommt und dass es keine Möglichkeit gibt, die „stille unheimliche Eile der Jahreszeiten" (430) aufzuhalten. Immer wieder markiert Hesse für uns diese Einsicht, sei es, wenn Goldmund mit Lene in der von Pest heimgesuchten Welt für kurze Zeit eine Idylle aufbaut („Schön war das Leben, schön und flüchtig war das Glück, schön und rasch verwelkt die Jugend.", 443), sei es, wenn er, zurück in der Bischofsstadt, um „seine verwelkte, vergeudete Jugend" trauert. (463). Seine – und Lenes – verzweifelte Frage, was denn nach allem Blühen vom Leben bleibt, teilt er mit allen denkenden Wesen:

> War der Gott, der alles so geschaffen hatte, denn böse oder feindselig, lachte er schadenfroh über seine eigene Schöpfung? Nein, er konnte nicht böse sein, wenn er die Rehe und Hirsche, die Fische und Vögel, den Wald, die Blumen, die Jahreszeiten geschaffen hatte. (476)

Goldmunds Welken und Sterben spiegeln den Kreislauf der Natur; im Gegensatz zu Pflanzen und Tieren wehrt er sich allerdings zunächst mit aller Kraft. In seiner Todeszelle in der Stadt entscheidet er sich zum ersten Mal, willentlich Abschied zu nehmen von der geliebten Natur:

[6] Vgl. meinen Essay *Zwischen Mythos und Utopie. Hermann Hesses Suche nach dem Endpunkt des Seins.* In: *German Life and Letters*, Volume 66, Issue 2 (2013), S. 156–172.

> Aber Abschied nehmen mußte er auch von den Hügeln, von der Sonne, vom blauen, weißgewölkten Himmel, Abschied von den Bäumen und Wäldern, von der Wanderschaft, von den Tageszeiten und Jahreszeiten. (481)

Und obwohl ihm noch einmal ein Aufschub vergönnt ist – und damit die Gelegenheit, durch seine Bildhauerkunst die „Überwindung der Vergänglichkeit“ (494), ja, „beinahe ein Verewigen des Vergänglichen“ (495) zu versuchen – so ist es doch die Natur, die schließlich ‚gewinnt‘. Bei der Rückkehr nach Mariabronn präfiguriert Hesse dies durch ein Wiederaufnehmen der Baumsymbolik des Anfangs:

> Und nun ritten sie durchs Tor von Mariabronn und stiegen unter dem welschen Kastanienbaum von den Pferden. Zärtlich berührte Goldmund den Stamm und bückte sich nach einer der zersprungenen stacheligen Fruchtschalen, die braun und verwelkt am Boden lagen. (498/9)

Vor seinem letzten Ausritt findet Goldmund seinen inneren Frieden. In der Klosterkirche und Kapelle erkennt er, dass das Streben nach Erkenntnis der Natur und des Geistes zwei Seiten einer Medaille sind:

> Was hier in ein paar hundert Jahren gebaut, gemeißelt, gemalt, gelebt, gedacht und gelehrt worden war, das war eines Stammes, eines Geistes, und paßte zusammen wie die Äste eines Baumes zusammenpassen. (500)

Und auch das Ende wird präfiguriert:

> Die Wochen vergingen, längst hatte der Kastanienbaum geblüht, längst war das milchig hellgrüne Buchenlaub dunkel, fest und hart geworden, längst hatten die Störche auf dem Torturm gebrütet, hatten Junge und hatten sie fliegen gelehrt. (521)

Noch einmal finden wir uns in der Welt der Blumen und Kräuter. Während Narziß Abschied nimmt von dem sterbenden Goldmund, bereitet sich die Natur auf den Winterschlaf vor. Diesmal begegnen wir den Blumen in anderer Konfiguration:

> Der Sommer ging hin, Mohn und Kornblume, Rade und Sternblume welkte und schwand, still wurden die Frösche im Weiher, und die Störche flogen hoch und bereiteten sich zum Abschied. (522)

Natürlich könnten wir argumentieren, dass Hesse die Natur nur als Spiegel der Geschehnisse, als schmückenden Hintergrund und Kulisse verwendet. Für Goldmund ist die Natur ja so unsentimental wie er selbst: „Es gibt kein Jenseits. Der verdorrte Baum ist tot für immer, der erfrorene Vogel kommt nie wieder zum Leben und ebensowenig der Mensch, wenn er gestorben ist.“ (528). Dies hieße allerdings, die in der romantischen

Tradition und Hesses eigener Praxis transzendierte Naturerfahrung zu vernachlässigen (die blaue Kornblume als Hinweis auf die ‚blaue Blume' der Romantiker, die Sternblume als Hinweis auf die Urmutter mit Sternen im Haar). Machen wir uns also auf die Suche nach dieser Sinnebene!

3. Romantik

Die Natur spielt in der Romantik bekanntlich eine große Rolle.[7] Sie war der Ort, an dem die Romantiker ihre Sehnsucht nach dem Schönen und Geheimnisvollen ausleben konnten. Joseph Mileck hat wie viele andere Forscher Hesses Beschäftigung mit – und Beziehung zu – der deutschen Romantik untersucht.[8] War Hesse bereits als junger Mann ein Konvertit zur ‚Religion der Kunst'[9], so hat er sich im mittleren Alter, und besonders in den Jahren vor der Niederschrift von *Narziß und Goldmund*, intensiv mit ihren Ursprüngen beschäftigt, man denke an sein (leider abgebrochenes) Projekt *Geist der Romantik* und seine vielen Buchbesprechungen zum Thema um 1925. Mileck führt aus:

> In Hesse's prose following 1919 there is much in both manner and matter that is reminiscent of the German Romantics, and much that would undoubtedly have appealed to them. His characteristic episodic and open-ended mode of narration, exotic settings, lyrical language, evocative descriptions, wealth of exposition, playful hyperbole and irony, recourse to dreams and elusive symbolism, harmonizing of inner state, outer situation, and flow and rhythm of language, and even his entrancing rush of highly emotive and suggestive images, thoughts, and sounds to give an intimation of the mysteries that lie beyond the confines of the words in common use, are all decidedly in the romantic tradition of storytelling, as, too, are his quixotic quester-protagonists in search of their souls, timelessness, and oneness, in conflict with the bourgeois world, at

[7] Vgl. Giulia Valpione, *Mensch und Natur in der Romantik – eine romantische Ökologie*, in: *PRAE/FAKTISCH. Ein Philosophieblog*, https://praefaktisch.de/romantik/mensch-und-natur-in-der-romantik-eine-romantische-oekologie/. Siehe auch Hans von Trotha, *Aufklärung über Romantik*, Deutschlandfunk, 3. März 2024, https://www.deutschlandfunk.de/aufklaerung-ueber-romantik-100.html;Benjamin Metzig, *Über das Unendliche: Natur und Poesie in der Romantik*, 25. Februar 2024, https://www.wissenschaftswelle.de/post/über-das-unendliche-natur-und-poesie-in-der-romantik

[8] Joseph Mileck, *Hermann Hesse and German Romanticism: An Evolving Relationship*, in: *The Journal of English and Germanic Philology*, April 1983, Vol. 82, No. 2, 168–185.

[9] *Kindheit und Jugend vor Neunzehnhundert. Hermann Hesse in Briefen und Lebenszeugnissen. Zweiter Band 1895–1900.* Hrg. von Ninon Hesse, fortgesetzt und erweitert von Gerhard Kirchhoff. Frankfurt/M.: Suhrkamp 1978, S. 278.

> odds with what is and fascinated by what could be, preoccupied with life's spirituality and sensuality, and given to art and dreams of a better tomorrow. (181)

Hesse war sich bewusst, dass die im Entstehen befindliche Erzählung zutiefst romantisch werden würde. In der Schrift *Eine Arbeitsnacht* vom 2.12.1928 (SW12, 123–127) fragt er sich, ob es denn unbedingt notwendig ist, eine neue Figur – also Goldmund – zu schaffen, um Altbekanntes zu sagen. Und er antwortet sich selbst: „War Romantik nicht das, was die besten Geister Deutschlands getrieben haben [...]?"

Wie wir wissen, war Hesse wie die Romantiker fasziniert vom Mittelalter, vom Mystizismus und den Denkmustern der katholischen Kirche[10] (man denke an Josef Knechts Lehrjahre im Stift Mariafels), aber am nächsten stand ihm deren Naturauffassung, besonders ihr Verständnis einer ‚beseelten Natur'.[11] In *Narziß und Goldmund* wird dies besonders deutlich in der Schilderung des dunklen Waldes, dem zentralen Sehnsuchtsort der Romantiker.[12] Mit seiner ersten Geliebten Lise durchläuft Goldmund den Wald:

> Stumm liefen sie eine finstere Waldstrecke, zuweilen auf weichem, polstrigem Moos, zuweilen auf harten Wurzelrippen, zuweilen war zwischen spärlichen hohen Baumkronen lichter Himmel über ihnen, zuweilen war es völlig finster; Sträucher schlugen ihm ins Gesicht, Brombeerranken hielten ihn am Gewand fest. [...] Nach einer langen Weile kamen sie zwischen einzelnen, weit voneinander stehenden Kiefern an, weithin lag der blasse Nachthimmel offen, der Wald war zu Ende, ein Wiesental nahm sie auf, süß duftete es nach Heu. Sie wateten durch einen kleinen, lautlos rinnenden Bach, hier im Freien war es noch stiller als im Wald: kein rauschendes Gesträuch, kein aufschnellendes Nachtgetier, kein Knacken von Dürrholz mehr. (337/8)

Wieder und wieder wird hier eine Schwelle überschritten: das Naturerlebnis wird symbolisch erhöht durch das völlige Eintauchen in diese, als verzaubert erlebte Welt:

---

[10] https://www.evangelisch.de/inhalte/199370/07-04-2022/die-romantiker-und-ihr-verhaeltnis-zur-religion

[11] Vgl. Friedrich Hölderlins Gedicht *An die Natur* in: Friedrich Hölderlin: *Sämtliche Werke.* 6 Bände, Band 1, Stuttgart 1946, S. 197–200.

[12] Vgl. die Ausstellung *Wälder. Von der Romantik in die Zukunft* im Deutschen Romantik Museum in Frankfurt, Wälder – Von der Romantik in die Zukunft – Ausstellungen – Deutsches Romantik-Museum (deutsches-romantik-museum.de)

> Nun begann wieder Wald, Fichtenwald mit Eichen und Eschen dazwischen, und hier gab es Heidelbeeren in unendlicher Menge [...]. Zwischen dem dünnen harten Waldgras standen blaue Glockenblumen, braune sonnige Falter flogen auf und verschwanden launisch in zackigem Flug. (341)

Halten wir kurz inne: die „blauen Glockenblumen" signalisieren im Kontext der deutschen Romantik eines der zentralen Symbole dieser Bewegung und Geisteshaltung, nämlich das der ‚blauen Blume' aus dem posthum erschienenen Romanfragment *Heinrich von Ofterdingen* von Novalis (1802). Claudia Köpfer hat dies sehr schön zusammengefaßt:

> Die blaue Blume ist mehr als nur eine Pflanze: Sie verbindet Mensch und Natur und steht für eine goldene Zeit, einen paradiesischen Zustand, für Vollkommenheit und Erleuchtung. Die Blume ist auch die verkörperte Sehnsucht und steht für das Streben nach Liebe, Erkenntnis und vollkommener, transzendierender Vereinigung mit dem Universum.[13]

Um sicherzustellen, dass es sich hier nicht nur um eine zufällige Übereinstimmung handelt, gebe ich noch Folgendes zu bedenken: nach der Sage von einer blauen Wunderblume, die im Inneren des Kyffhäuserbergs wächst, wird derjenige weise und glücklich, der sie am Abend des Johannistags pflückt. Der Protagonist Heinrich hat im Roman gerade in der Johannisnacht einen prophetischen Traum, in dem er seine zukünftige Gemahlin sieht.[14] Ich denke, dass die Querverbindung zum Johanniskraut, das Goldmund für Pater Anselm pflückt, für Leser:innen leicht zu ziehen ist.

Hesses genaue, liebevolle Beobachtung der Natur spiegelt den Beginn von Goldmunds eigener Wandlung zum Künstler: sein Transzendieren des Geschauten, dessen Sublimierung und schließliche schöpferische Gestaltung in seinen Skulpturen ist natürlich das, was Hesse selbst im Bereich der Literatur praktiziert. Das Übernachten im Wald wird für Goldmund zu einem ‚Erweckungserlebnis' besonderer Art;[15] er beginnt, die geheimnisvolle Einheit von Mensch und Natur als Potential zu erleben:

---

[13] Vgl. auch Claudia Köpfer, *Erinnerungsort „Die Blaue Blume"*, URL: http://www.umweltunderinnerung.de/index.php/kapitelseiten/verehrte-natur/verehrte-natur/35-die-blaue-blume

[14] Willson, A.L. (1959). *The Blaue Blume: A New Dimension*. In: *The Germanic Review: Literature, Culture, Theory*, 34(1), 50–58. https://doi.org/10.1080/19306962.1959.11786959

[15] Ralf R. Nicolai argumentiert, dass Goldmunds Alleinsein im Wald zu einer „noch größeren Vertiefung seines Naturgefühls" führt. Ralf R. Nicolai, *Hesses Narziß und Goldmund. Kommentar und Deutung*, Würzburg: Königshausen und Neumann 1997, S. 97.

> In seinem Moosbett, vor dem Einschlafen, hörte er neugierig und ängstlich die vielen unverständlichen, rätselhaften Nachtgeräusche des Waldes. Sie waren jetzt seine Kameraden, mit ihnen mußte er leben, sich an sie gewöhnen, sich mit ihnen messen und vertragen; er gehörte zu den Füchsen und Rehen, zu Tanne und Fichte, mit ihnen mußte er leben, mit ihnen sich in Luft und Sonne teilen, mit ihnen den Tag erwarten, mit ihnen hungern, bei ihnen zu Gast sein. (344)

Heute würden wir diese Passage als ökokritisches Manifest lesen: die Natur rahmt und reflektiert Goldmunds Leben und steht in Symbiose zu seiner Existenz. Der Wald wird ihm gar zu einer Kirche, in der er mehrere Tage herumirrt:

> Einmal fand er eine Waldstrecke, die war vollkommen eben, mit wenig Unterholz, und der Wald bestand aus lauter sehr dicken, alten, geraden Weißtannen; als er eine Weile zwischen diesen Säulen gegangen war, begannen sie ihn an die Säulen der großen Klosterkirche zu erinnern [...].(344)

Das Gefühl der Einheit mit Fauna und Flora ist allerdings temporär, Goldmund ist nicht zum Einsiedler und Eremit geboren, und kehrt zurück in die ‚Zivilisation'. Diese aber hat sich in den letzten Jahrzehnten immer mehr von der Natur entfremdet.

4. Fremde Verwandtschaft

Narziß und Goldmund, so meine These, ist zukunftsweisend für die Erkundung der Beziehung des Menschen zur Natur im Anthroprozän, also dem Zeitalter, in dem der Mensch den Planeten so stark formte, dass er sich in alle Ewigkeit in ihm eingeschrieben hat. Hesse zeigt uns, durch Goldmunds Sensibilität für die fragile Schönheit der Natur,[16] dass der Mensch eine innige Beziehung zur Natur hat, ja, ‚von Natur aus' mit ihr lebt und stirbt.

Obwohl viele der uns heute betreffenden Herausforderungen durch den Klimawandel und das Artensterben zu Hesses Zeiten noch nicht abzusehen waren, vertritt die Erzählung eine Einstellung zur Natur, die ihrer Zeit voraus war. Man denke an James Lovelocks eher mystische Gaia Hypothese aus den 70er Jahren, wonach Organismen sich in Reaktion auf ihre Umwelt entwickeln. Zusammen mit ‚Earthrise', dem Bild der Erde

[16] Lewis W. Tusken spricht von Goldmunds 'heightened consciousness'. In: ders., *Understanding Hermann Hesse. The Man, His Myth, His Metaphor*, Columbia: University of South Carolina Press 1998, S. 135.

aus dem Weltall,[17] hat diese unsere Sorge um die Bewohnbarkeit unseres Planeten zutiefst geprägt.

Wurde Gustav Theodor Fechners Buch *Nanna, oder das Seelenleben der Pflanzen* aus dem Jahre 1848 als Marotte und Hirngespinst abgetan, so hat er doch etwas angetreten, worüber wir heutzutage ernsthaft reden. Fechner schrieb in seiner Einleitung:

> Ob die Pflanzen beseelt sind oder nicht, ändert die ganze Naturanschauung, und es entscheidet sich mit dieser Frage manches andere. Der ganze Horizont der Naturbetrachtung erweitert sich mit Bejahung derselben, und selbst der Weg, der dazu führt, bringt Gesichtspunkte zutage, die in die gewöhnliche Betrachtungsweise nicht eintreten.

Nach 150 Jahren Materialismus (also das Kapitalozän) beginnen wir, unsere Umwelt mit anderen Augen zu sehen. Peter Wohllebens globaler Bestseller über ‚das geheime Leben der Bäume' hat uns sensibilisiert für die hochkomplexen Lebensabläufe in der Natur,[18] während die amerikanische Naturwissenschaftshistorikerin Donna Haraway uns mit ihrem Buch *Unruhig bleiben. Die Verwandtschaft der Arten im Chthuluzän* ermuntert, trotz aller Endzeitvisionen die Idee eines „verantwortungsvollen und gemeinsamen Lebens und Sterbens auf einer beschädigten Erde nicht aufzugeben."[19] Unter ‚gemeinsam' versteht Haraway eine Sichtweise und Einstellung, die den Menschen nicht über die Flora und Fauna stellt, sondern diese gleichberechtigt neben ihn stellt. Das englische ‚making kin' drückt es vielleicht besser aus als die etwas trockene deutsche Übersetzung ‚Verwandtschaft' – das aktive ‚sich verbinden' erinnert mich an die Stelle in Hesses Erzählung, wo Goldmund die Tiere und Pflanzen im Wald als seine Kameraden erkennt und annimmt.

Hesse hat Zeit seines Lebens gegen die Entfremdung des Menschen von der Natur angeschrieben. Das Thema Naturerfahrung in Hesses *Peter Camenzind* ist breit erforscht,[20] und Flavia Arzeni weist in unserem Band *Hermann Hesses Global Impact* auf das therapeutische Potential der Gar-

---

[17] https://en.wikipedia.org/wiki/Earthrise

[18] Peter Wohlleben, *Das geheime Leben der Bäume: Was sie fühlen, wie sie kommunizieren – die Entdeckung einer verborgenen Welt*, Ludwig Verlag 2015; siehe auch Stefano Mancuso / Alessandra Viola, *Die Intelligenz der Pflanzen*, 2015.

[19] Donna J. Haraway, *Unruhig bleiben. Die Verwandtschaft der Arten im Chthuluzän*, Frankfurt: Campus Verlag 2018, S. 10. Vgl. Katharina Hoppe, *Chthuluzän – Gegenwartsdiagnose jenseits der Großtheorie. Unruhig bleiben von Donna Haraway*, in: Sina Farzin / Henning Laux, *Soziologische Gegenwartsdiagnosen 3*, Wiesbaden: Springer 2023, S. 139–154.

[20] Colin Riordan, *Hermann Hesse and the Ecological Imagination*, in: Ingo Cornils / Osman Durrani (Hrsg.), *Hermann Hesse Today – Hermann Hesse Heute*, Amsterdam / New York: rodopi 2005, S. 95–105.

tenarbeit hin.[21] Zwischen dem anonymen Rufmord im *Spiegel* von 1958, in der Hesses Gartenarbeit lächerlich gemacht wurde (‚Im Gemüsegarten'),[22] und unserer heutigen Sicht, liegen wirklich Welten!

In der Literaturwissenschaft wird angesichts dieses Paradigmenwechsels mittlerweile von einem ‚vegetal turn' gesprochen. Meine Kollegin Frederike Middelhoff (Frankfurt) forscht derzeit über das Zusammenspiel von Literatur und Naturphilosophie, Ästhetik und Botanik,[23] und Solvejg Nitzkes (Bochum) Habilitationsschrift *Fremde Verwandtschaft. Eine Kulturpoetik der Bäume* wird demnächst in Buchform erscheinen.[24] In ihrer groß angelegten Studie verfolgt Nitzke ‚die aktuellen Verdichtungen von Baum-Mensch-Verhältnissen' systematisch, mit einem Fokus auf literarischen Texten. Und aus meiner Wahlheimat England ist zu berichten, dass unser Poet Laureate, also Hofdichter, gerade ein Buch mit Gedichten über die Pflanzenblüte veröffentlicht hat. Mit *Blossomise* möchte Simon Armitage (Leeds) uns wieder in die Natur verliebt machen und so Bewusstsein schaffen. Beim Literaturfestival in Hay on Wye sagte er: "I think if we are spellbound and full of wonder and beguiled by nature, we're just less likely to want to destroy it, we'll carry on wanting to preserve it."[25] Dies wäre sicher Hesse aus der Seele gesprochen.

5. Auf der Suche nach dem Paradies

Wie dem Künstler Goldmund das Bild seiner Mutter immer nur in der Annäherung deutlich wird, so zeigt uns der Sprachkünstler Hermann Hesse, dass unsere Suche nach dem Sehnsuchtsort Paradies – ob in der Natur, der Kunst oder im „Gedankengarten" der Theologie (519) – ihren eigenen Sinn hat, dass Vergänglichkeit der Preis aller Anstrengung und Erfahrung ist.

---

[21] Flavia Arzeni, *On Hesse and Gardening*, in: Ingo Cornils/ Neale Cunningham (Hrsg.), *Hermann Hesse's Global Impact: Past, Present, Future*, Camden House, Rochester, NY, 2024.

https://www.spiegel.de/politik/im-gemuesegarten-a-f058b61b-0002-0001-0000-000041761839

[23] Middelhoff, Frederike and Peselmann, Arnika (2023) *The Stories Plants Tell: An Introduction to Vegetal Narrative Cultures*, In: *Narrative Culture*: Vol. 10: Iss. 2, Article 2. Available at: https://digitalcommons.wayne.edu/narrative/vol10/iss2/2

[24] https://www.komparatistik.ruhr-uni-bochum.de/mitarbeiter/nitzke/publikationen.html.de

[25] Vgl. Rachel Hall, *Simon Armitage: Poets can fight climate crisis by making us spellbound by nature*, In: *The Guardian*, 2. Juni 2024, https://www.theguardian.com/books/article/2024/jun/02/simon-armitage-poets-can-fight-climate-crisis-by-making-us-spellbound-by-nature

Verweise auf das Paradies finden sich in der Erzählung zuhauf – der Romananfang stellt bereits eine Verbindung her zwischen Baum und Säulen, Natur und Kunst: der Kastanienbaum ist „verwandt in geheimer Verwandtschaft mit den schlanken sandsteinernen Doppelsäulen“ (271). Diese schlanken Doppelsäulen finden wir auch in der Vorhalle der Klosterkirche in Maulbronn, dem Vorbild für das fiktive Kloster Mariabronn in der Erzählung. Diese frühgotische Vorhalle wurde ‚Paradies‘ genannt, weil dieser Raum der Kirche, gebaut um 1220, mit der biblischen Geschichte des Sündenfalls und der Vertreibung Adams und Evas aus dem Paradies ausgemalt war.[26] Farbreste aus der Zeit um 1430 haben sich erhalten, und wir können davon ausgehen, dass alle Seminaristen über die Geschichte der Vorhalle und ihre Bedeutung unterrichtet waren.

Hesse hatte 1891/1892 für ein paar Monate die Klosterschule besucht, mit gravierenden Folgen für seine geistige Gesundheit. Was für einen pubertierenden Jungen die ihm von Kindheit eingebläute Angst vor der ‚Sünde‘ bedeutete, wird in der Erzählung in einer eindrucksvollen Szene dargestellt, einer Traumsequenz, die unschwer als Manifestation dieses existentiellen Dilemmas interpretiert werden kann:

> Von einem Garten träumte er oft, einem Zaubergarten mit märchenhaften Bäumen, übergroßen Blumen, tiefen blaudunklen Höhlen; zwischen den Gräsern blickten funkelnde Augen unbekannter Tiere, an den Ästen glitten glatte sehnige Schlangen; an Reben und Gesträuchen hingen groß und feuchtglänzend riesige Beeren, die schwollen beim Pflücken in seiner Hand und vergossen warmen Saft wie Blut und hatten Augen und bewegten sich schmachtend und listig; er lehnte sich tastend an einen Baum, griff nach einem Ast und sah und fühlte zwischen Stamm und Ast ein Gekräusel wirrer dichter Haare nisten wie das Haar in der Höhle einer Achsel. (318)

Dieses erotisch aufgeladene Bild des ‚Zaubergartens‘ ist eine Fantasie, es erinnert uns an den *Garten der Lüste* von Hieronymous Bosch (im Englischen weniger wertend als ‚Garden of Delight‘ bekannt), und islamische Darstellungen des Paradieses, die ebenfalls die Vielfalt der Schöpfung zelebrieren. Besonders aber erinnert die Passage an das Märchen *Piktors Verwandlungen*, das Hesse 1922 für seine spätere Frau Ruth Wenger geschrieben und gemalt hatte. In diesem Märchen wird der Maler Piktor in das Paradies transportiert, sucht nach dem Baum des Lebens und wird mithilfe von einem Zauberkristall selbst zum Baum. Er lernt die Welt aus der (fremden) Perspektive des Baums zu sehen:

---

26 https://www.kloster-maulbronn.de/erlebnis-kloster/kloster/gebaeude/klausur-und-kirche/paradies

> Er wuchs mit Wurzeln in die Erde ein, er reckte sich in die Höhe. Blätter trieben und Zweige aus seinen Gliedern. Er war damit sehr zufrieden. Er sog mit durstigen Fasern tief in der kühlen Erde, und wehte mit seinen Blättern hoch im Blauen. Käfer wohnten in seiner Rinde, zu seinen Füßen wohnten Hase und Igel, in seinen Zweigen die Vögel. Der Baum Piktor war glücklich und er zählte die Jahre nicht, welche vergingen. (SW 9, 189/190)

Und obwohl er selbst sich nicht als erfüllt erlebt, bis er von einem Mädchen erlöst wird, das seine Einsamkeit mit ihm teilt, bleibt Piktor doch ein Baum.

Es scheint, dass die Suche nach dem Paradies nur im Bereich der Fantasie erfolgreich sein kann. Theodore Ziolkowski schrieb in der Einleitung zu einer englischsprachigen Sammlung von Hesses fantastischen Erzählungen und Märchen: "[...] fantasy is the appropriate generic term for Hesse's attempts – both in fiction and, as we shall see, in his painting[27] – to render the world of which his fictional surrogates can only dream."[28] Mit anderen Worten, die Sehnsucht nach der Utopie kann nur durch die Einbildungskraft befriedigt werden.

Die Verweise auf das Paradies enden nicht mit dem pubertierenden Goldmund. Nach seiner Flucht aus der bürgerlichen Sicherheit der Bischofsstadt lebt dieser wieder das Leben der Heimatlosen. Sie sind, so der Erzähler, die „Söhne Adams, des aus dem Paradies Vertriebenen, und sind die Brüder der Tiere, der unschuldigen“ (429). Mitten in der von der Pest heimgesuchten Welt baut Goldmund mit Lene für kurze Zeit ein Paradies auf Erden, und in der sexuellen Ekstase mit Agnes „blühte [ihnen] das Paradies“ (471).

Zurück im Kloster versucht Goldmund die Summe seiner Erfahrungen in Holz – den toten Überresten der Bäume – für eine Weile der Vergänglichkeit zu entziehen:

> Im Schnitzwerk der Treppe dichtete er ein kleines Paradies, mit Wollust gestaltete er eine holde Wildnis von Bäumen, Laubwerk und Gekräute, mit Vögeln im Geäst, und die Leiber und Köpfe von Tieren tauchten überall dazwischen auf. Inmitten dieses friedlich sprossenden Urgartens stellte er einige Szenen aus dem Leben der Patriarchen dar. (512)

Diesen „friedlich sprossenden Urgarten“ in der realen Welt nachzubilden ist eine gewaltige Herausforderung, und immer wieder reitet er aus in die Natur, um sich der einmal geschauten Bilder zu vergewissern: er „lag

---

[27] Ziolkowskis Verweis auf die Malerei kommt nicht von ungefähr – sind Bäume doch Hesses Lieblingsmotive in seinen Aquarellen und Zeichnungen gewesen.

[28] Theodore Ziolkowski, *Introduction*, In: Hermann Hesse, *Pictor's Metamorphoses and other Fantasies*, New York: Picador 1981, S. viii/ix.

Stunden im Grünen, in die Gewölbehallen der Waldwipfel starrend und in die wuchernden Wildnisse von Farnkraut und Ginster“ (512).

6. Schluß

Hesses Erzählung *Narziß und Goldmund* ist eine Märchenwelt mit weltlichem Hintergrund: Pogrome, Pest und Krieg, wie auch der tägliche Kampf ums Überleben, stehen im Gegensatz zur ‚unschuldigen‘, am menschlichen Drama unbeteiligten Natur. So wie Piktor im Märchen dem Baum des Lebens (mit all seinen biblischen Konnotationen) zweimal begegnet, so begegnet Goldmund dem Kastanienbaum zweimal – bei seiner Ankunft im Kloster und bei seiner Rückkehr von einem erfüllten Leben. Das Bild des Baumes mit seinen „fremdartigen Blüten“ und „stacheligen Früchten“ erinnert uns an die ersten Dinge, das Leben, während die „braun und verwelkten Fruchtschalen“ uns an die letzten Dinge, den Tod, gemahnen. Von der Natur zu lernen bedeutet, die ewige Verwandlung und den Kreislauf des Lebens zu akzeptieren und der Zukunft offenzustehen.

Vortrag im Rahmen der 24. Silser Hesse-Tage 2024

Jule Spindler

„Seine Bäume wollen nicht nur Bäume sein."[1] Literarische Wurzeln und symbolische Wipfel des Baummotivs bei Hermann Hesse

Die indische Erzählung *Siddhartha* ist im Oktober 1922 erschienen und gehört seitdem zu den bekanntesten Werken Hesses. Ihr verdankt Hesse neben dem *Steppenwolf* und dem *Glasperlenspiel* seinen Weltruhm.[2] Dementsprechend hoch ist die wissenschaftliche Rezeption von *Siddhartha*, die ihren Startpunkt in den 70er Jahren, etwa zehn Jahre nach Hesses Tod, hatte.[3] Im Fokus dieser standen und stehen überwiegend die religiösen Implikationen des Textes sowie deren indischen und ostasiatischen Bezugspunkte,[4] in neueren Arbeiten zu der Erzählung wird dieser Fokus teilweise verschoben und andere Aspekte der Erzählung geraten in den Blick der Forschung. So untersucht Andrea Bartl beispielsweise die Funktion der Dinge in *Siddhartha*[5] und Karl-Josef Kuschel beleuchtet die Rolle des Flusses in der Erzählung.[6] Einen einzelnen Bestandteil der Natur auf diese Weise in den Mittelpunkt des wissenschaftlichen Erkenntnisinteresses zu stellen ist selten, und das, obwohl die Natur und deren Beschreibung in der gesamten Erzählung präsent ist. Im Folgenden soll daher ein anderer, bisher unbeachtet gebliebener Bestandteil der Natur als Zugang zu der Erzählung genutzt werden: Die Bäume.[7]

---

[1] Hermann Hesse: *Sämtliche Werke*. Hrsg. v. Volker Michels. Frankfurt a.M.: Suhrkamp 2001–2007, Band 18, S. 96. – Im Weiteren zitiert als SW mit Bandnummer und Seitenzahl.

[2] Vgl. Michael Limberg: *Vorwort*. In: *Hermann-Hesse-Jahrbuch*, Band 15 (2023), S. 7–9, hier S. 7.

[3] Vgl. Volker Michels: *Nachwort des Herausgebers*. In: SW3. Berlin: Suhrkamp 2001, S. 481–498, hier S. 497.

[4] Vgl. Panagiota Theodorou: *Übergangsriten in Hermann Hesses Erzählen. Eine Studie zu* Siddhartha *sowie* Narziß und Goldmund. München: Iudicium 2008, S. 60.

[5] Vgl. Andrea Bartl: *Zwischen Reduktion und Fülle. Zur Funktion von Dingen im Werk Hermann Hesses, erläutert am Beispiel von* Siddhartha. In: *Hermann-Hesse-Jahrbuch*, Band 15 (2023), S. 75–90. Andrea Bartls Neulektüre des Texts anhand eines bisher unbeachteten Aspekts war auch Inspiration für den in diesem Beitrag gewählten neuen Zugang.

[6] Vgl. Karl-Josef Kuschel: *Im Fluss der Dinge. Hermann Hesse und Bertolt Brecht im Dialog mit Buddha, Laotse und Zen*. Ostfildern: Patmos 2018, S. 250–254.

[7] Peter Baer Gontrum hat in seiner Dissertation zur Natur- und Dingsymbolik bei Hesse bereits kurz die Bedeutung des Mangobaums und des Kokosbaums in der Erzäh-

1. Die Präsenz von Bäumen. Eine Vorbemerkung

Warum Bäume? Weil sie „zu allen Zeiten [...] Menschen fasziniert [haben]“[8]. Bestätigt werden kann diese Annahme durch einen Blick auf folgende zwei Kinderbilder.

Abb. 34: 6 Jahre 10 Monate, Mädchen *Abb. 33:* 6 Jahre 7 Monate, Junge

So ist auf beiden vorliegenden Bildern neben einem Haus, einer Sonne und einem Menschen auch ein Baum zu sehen. Tatsächlich sind diese vier Elemente nicht nur zufällig auf diesen beiden Kinderbildern vertreten, sondern sie gehören allgemein zu den ersten, die Kinder in unseren Kulturkreisen malen, sobald sie die Kritzelphase überwunden haben und reelle Objekte zeichnen.[9] Da Kinderzeichnungen immer auch ein Ausdruck davon sind, wie Kinder die Umwelt wahrnehmen beziehungsweise welche Objekte ihrer Umwelt in besonderem Maße ihre Aufmerksamkeit auf sich ziehen,[10] beweist das dortige Auftreten von Bäumen, dass diese für Kinder in ihrer Umwelt besonders präsent und damit auf eine Art faszinierend zu sein scheinen. Eine solche Faszination für Bäume ist nicht nur im Kindesalter anzutreffen, „weltweit und zeitlos“[11] haben Bäume in unterschiedlichen Kulturen und Religionen einen hervorgehobenen Stellenwert und werden dementsprechend in verschiedenen Mythen, Gemälden, Riten,

lung *Siddhartha* angeschnitten. Vgl. hierzu: Peter Baer Gontrum: *Natur- und Dingsymbolik als Ausdruck der inneren Welt Hermann Hesses*. München 1958, S. 119. In der vorliegenden Arbeit werden diese Anregungen vertieft und um die restlichen vorkommenden Bäume erweitert.

[8] Alexander Demandt: *Vorwort zur Erstausgabe ‚Über allen Wipfeln‘*. In: ders. (Hg.): *Der Baum. Eine Kulturgeschichte*. 2. überarbeitete und erweiterte Auflage. Köln/ Weimar/Wien: Böhlau 2014, S. 12–14, hier S. 12.

[9] Vgl. ebd.

[10] Vgl. Angelika-Martina Lebéus: *Kinderbilder und was sie uns sagen*. Weinheim/ Basel: Beltz 2001, S. 47. Beide Bilder stammen aus dieser Monographie.

[11] Alexander Demandt: A.a.O., S. 7–9, hier S. 7.

Bräuchen oder in der Literatur verarbeitet.[12] Besonders häufig kommt der Baum in der Literatur der Romantik und der des Realismus vor, aber auch in späteren Epochen trifft man ihn immer wieder an.[13] All diese Werke, in denen Bäume thematisiert werden, dokumentieren die anthropologische Verankerung des Baums. Auch Hermann Hesse hat mit der Erzählung *Siddhartha,* in der insgesamt neun verschiedene Baumarten an unterschiedlichen Stellen auftreten, ein solches Dokument erschaffen. Mit einem Fokus auf dieser Erzählung und einem anschließenden Ausblick auf weitere Schriften soll nachfolgend das Baummotiv in Hesses Werk untersucht werden.

2. Der Baum in der Kulturgeschichte

Dafür ist zunächst eine kulturgeschichtliche Beleuchtung des Baums sinnvoll, um damit die Frage beantworten zu können, welche Bedeutung er in der Geschichte der Menschheit hatte bzw. hat. Ernst Jüngers Antwort auf diese Frage lautete wie folgt:

> Der Baum ist eines der großen Sinnbilder des Lebens, ihr größtes vielleicht. Zu allen Zeiten ist er daher von Menschen und Völkern bewundert, geehrt und verehrt worden[14].

Carl Gustav Jung ordnet Bäume den Archetypen zu und nimmt an, dass Bäume kulturübergreifend in allen Menschen bestimmte Bilder und Assoziationen hervorrufen.[15] Menschen haben demnach zu allen Zeiten schon mehr im Baum gesehen als eine einfache Pflanze. Die wichtigsten kulturhistorisch tradierten Bedeutungen bzw. Funktionen von Bäumen werden im Folgenden anhand des Merkmals bzw. der Eigenschaft des Baums, aus der die jeweilige Bedeutung abzuleiten ist, kurz erläutert.

---

[12] Vgl. Manfred Lurker: *Der Baum in Glauben und Kunst. Unter besonderer Berücksichtigung der Werke des Hieronymus Bosch.* Baden-Baden/Strasbourg: Heitz 1960, S. 15.

[13] Vgl. Franziska Ehinger: *Utopie und Destruktivität. Bäume in der deutschen Lyrik.* Würzburg: Königshausen & Neumann 2019, S. 11.

[14] Ernst Jünger nach Alexander Demandt: *Vorwort zur Neuausgabe.* In: ders. (Hg.): *Der Baum. Eine Kulturgeschichte.* 2. überarbeitete und erweiterte Auflage. Böhlau, Köln/Weimar/Wien 2014, S. 7–9, hier S. 7.

[15] Vgl. Alexander Demandt: *Über allen Wipfeln. Der Baum in der Kulturgeschichte.* Köln: Böhlau u.a. 2002, S. 283.

2.1 Der Baum als Spiegel des Menschen

Betrachtet man die äußerlichen Merkmale eines Baums, so fällt auf, dass seine Erscheinung gewisse Ähnlichkeiten zu der eines Menschen aufweist. Die Wurzeln erinnern an die Beine des Menschen, der Stamm ähnelt dem Rumpf, auf der Rinde können Muster entdeckt werden, die wie ein menschliches Gesicht anmuten, die Äste gleichen nach oben gestreckten Armen und im Blätterwerk lassen sich die Haare der Menschen erahnen.[16] Der Baum ist anthropomorph. Daneben weist er auch hinsichtlich seiner Entwicklung Parallelen zum Menschen auf: Vom Gedeihen bis zu seinem Absterben durchläuft der Baum quasi alle Lebensphasen eines Menschen.[17] Die erkannte Gleichartigkeit von Mensch und Baum spielt schon seit langer Zeit und bis in die Gegenwart eine wichtige Rolle. So hat beispielsweise Homer bereits standhafte Krieger mit einer festgewurzelten Eiche verglichen,[18] ebenso wie der Tambourmajor in Büchners Drama Woyzeck mit den Worten: „Was ein Mann, wie ein Baum!“[19] charakterisiert wird.[20]

2.2 Der Baum als Ort des Lebens, der Liebe und des Todes

Wie eben erwähnt, werden die Entwicklungsphasen des Baumes, vom ersten Aufblühen über das Früchtetragen bis hin zum Absterben oft mit den Lebensphasen der Menschen gleichgesetzt, wodurch sich der Baum zu einem symbolischen Ort für diese bedeutenden Phasen des menschlichen Lebens entwickelt hat.

Als Ort des Lebens spielt der Baum beispielsweise im Buddhismus eine wichtige Rolle, da unter einem Salbaum der spätere Buddha Siddhartha Gautama geboren wurde. In der griechischen Mythologie ist ein Baum, genauer eine Palme, der Geburtsort der beiden Götter Artemis und Apollon[21] und auch im Christen- bzw. Judentum ist in der Paradiesbeschreibung explizit von einem Baum des Lebens die Rede.

---

[16] Vgl. Franziska Ehinger, a.a.O., S. 255.

[17] Vgl. Jürgen Hillesheim: *„Immer unbändiger die Lust, noch größer zu werden...“. Das Motiv des Baumes in der Lyrik Bertolt Brechts.* Würzburg: Königshausen & Neumann 2020, S. 9.

[18] Vgl. Alexander Demandt: *Über allen Wipfeln. Der Baum in der Kulturgeschichte.*, Köln u.a.: Böhlau 2002, S. 297f.

[19] Georg Büchner: *Sämtliche Werke und Briefe,* hrsg. von Werner R. Lehmann, Band 1. Darmstadt: Wiss. Buchges. 1967, S. 340.

[20] Vgl. Alexander Demandt: *Über allen Wipfeln. Der Baum in der Kulturgeschichte.* Köln: Böhlau u.a. 2002, S. 297f.

[21] Vgl. a.a.O., S. 303.

Durch seine Repräsentation von Fruchtbarkeit ist der Baum auch zu einem Ort der körperlichen Liebe geworden. Einem Ort, an dem sich Liebespaare treffen und einige glückliche Stunden verleben können. In der griechischen Erzählung *Daphnis und Chloe* belohnt Daphnis Chloe mit einem Kuss, nachdem dieser ihr einen „goldene[n] Apfel"[22] von einem Apfelbaum gepflückt hat[23] und in der Literatur des deutschsprachigen Mittelalters bei Walter von der Vogelweide kann man ferner unter der Linde „Blumen und Gras gebrochen finden", nachdem ein Liebespaar dort gemeinsam Zeit verbracht hat.[24]

Sowohl das Blätterabwerfen im Herbst als auch das konkrete Absterben eines Baums hat daneben zur Verknüpfung des Baums mit der Vergänglichkeit und dem Tod geführt. Als Ort des Todes spielt der Baum etwa in der christlichen und jüdischen Schöpfungsgeschichte eine Rolle, wenn es heißt: „aber von den Früchten des Baumes mitten im Garten hat Gott gesagt: Esset nicht davon, rühret sie auch nicht an, dass ihr nicht sterbet!"[25]. In unterschiedlichen Kulturen werden Verstorbene auch direkt unter Bäumen bestattet und gelegentlich wählen Menschen Bäume auch freiwillig als ihren Todesort, wenn sie an einem Baum Suizid begehen. – Bäume werden hier also wortwörtlich zu Orten des Todes.[26]

2.3 Der Baum als Identitätssymbol

Teilweise hat die Parallelführung von Baum und Mensch auch dazu geführt, dass Bäume so eng mit bestimmten Personen oder auch ganzen Städten oder Staaten verknüpft wurden, dass die Bäume regelrecht zu deren Identitätssymbolen wurden.[27] Die Eiche, die lange Zeit als Nationalsymbol der Deutschen galt, oder der nahezu untrennbar an die Akropolis geknüpfte Ölbaum sind dafür nur wenige Beispiele.[28]

2.4 Der Baum als Ort der Erinnerung

Bäume sind, wie eben beschrieben, zwar wie die Menschen vergänglich und sie sterben nach einer gewissen Zeit ebenfalls, allerdings ist ihre Le-

---

[22] Longos: *Hirtengeschichten von Daphnis und Chloe*. Griechisch-deutsch, hrsg. und übersetzt von Otto Schönberger. Düsseldorf/Zürich: De Gruyter 1998, S. 145.

[23] Vgl. a.a.O., S. 143–145.

[24] Vgl. Alexander Demandt: *Über allen Wipfeln. Der Baum in der Kulturgeschichte*. Köln: Böhlau u.a. 2002, S. 303.

[25] Vgl. 1. Mose 3, Lk17.

[26] Vgl. Alexander Demandt: *Über allen Wipfeln. Der Baum in der Kulturgeschichte*. Köln: Böhlau u.a. 2002, S. 305.

[27] Vgl. a.a.O., S. 299f.

[28] Vgl. ebd.

bensspanne deutlich länger als die der Menschen. Verglichen zu den ältesten Bäumen der Welt, deren Alter auf ca. 4000 Jahre geschätzt wird, lebt der Mensch nur ein Fünfzigstel der Zeit.[29] Bäume überleben die Menschen somit um mehrere tausend Jahre.[30] Durch diese Beständigkeit wurden Bäume zu Orten der Erinnerung, besonders wenn sie, wie eben beschrieben, mit bestimmten Personen oder Ereignissen verknüpft waren. So steht beispielsweise noch heute ein angeblicher Nachkomme des ursprünglichen Bodhibaums, unter dem Buddha seine Erkenntnis hatte, im indischen Bihar, wie auch in Deutschland im Havelland bis heute ein Birnbaum gepflanzt wird, um Fontanes Herrn Ribbeck zu gedenken.[31]

2.5 Der Baum als Ort der Erkenntnis

Neben seiner Lebensdauer gibt es eine weitere Eigenschaft, die den Baum gegenüber den Menschen abhebt: seine Größe. Der Baum wächst immer weiter und wesentlich höher gen Himmel und symbolisiert damit ein Grundbedürfnis des Menschen: Wie der Baum strebt dieser ständig nach Höherem, verspürt die Sehnsucht, über sich hinauszuwachsen und möchte neue Erkenntnisse erlangen.[32] Der Wuchs des Baums verbildlicht dieses Bedürfnis, und der Baum tritt daher als Ort der Erkenntnis in unterschiedlichen Kulturen und Religionen auf. In der christlichen und jüdischen Schöpfungsgeschichte werden Adam und Eva durch die Frucht eines Baums „die Augen aufgetan"[33], Buddha hatte seine Erleuchtung unter einem Bodhibaum und auch bei der Entwicklung der Newtonschen Gravitationstheorie gab ein Baum einen ausschlaggebenden Impuls.[34]

---

[29] Vgl. Hans Pretzsch: *Der Zeitfaktor in der Waldwachstumsforschung*. In: Bayerische Landesanstalt für Wald und Forstwirtschaft (Hg.): *Innovation durch Kontinuität*. München 2004, S. 13. Online unter: https://www.lwf.bayern.de/mam/cms04/service/dateien/w47-innovation-durch-kontinuitaet.pdf (18.09.2024).

[30] Vgl. Alexander Demandt: *Über allen Wipfeln. Der Baum in der Kulturgeschichte*. Böhlau, Köln u.a. 2002, S. 307.

[31] Vgl. Friedrich von Ribbeck: *Der Birnbaum* (2024), https://www.vonribbeck.de/der-birnbaum/ (18.09.2024).

[32] Vgl. Gertrud Höhler: *Die Bäume des Lebens. Baumsymbole in den Kulturen der Menschheit*. Stuttgart: Deutsche Verlags-Anstalt 1985, S. 69.

[33] Vgl. 1. Mose 3,6 Lu17.

[34] Vgl. Alexander Demandt: *Über allen Wipfeln. Der Baum in der Kulturgeschichte*., Köln u.a.: Böhlau 2002, S. 309.

2.6 Der Baumkult

Unter anderem in seiner Größe und seiner Lebensdauer übersteigt der Baum also das Menschliche. Deshalb wurden Bäume auch seit der Frühgeschichte und kulturübergreifend häufig mit etwas Göttlichem verknüpft.[35] Bäume waren bei den Germanen beispielsweise die Wohnorte von Göttern[36] und die Griechen ordneten den Göttern bestimmte Bäume zu, wie die Eiche Zeus oder den Ölbaum Athene, um nur einige wenige Beispiele zu nennen.[37]

Die Ausführungen zeigen, dass dem Baum offenbar viele verschiedene Bedeutungsdimensionen zugeordnet sind. Besonders spannend ist dabei, dass diese Vielzahl an Funktionen und Bedeutungen von Bäumen über unterschiedliche Zeiten und Kulturen hinweg konsistent ist. Die Beschäftigung mit den Bäumen ist also eine „anthropologische Konstante, mit vergleichsweise schwacher Amplitude in den kulturspezifischen Abweichungen".[38] Der Baum und seine Ausdeutung verbindet dementsprechend verschiedene Kulturen und Zeiten miteinander.

Wie besagt, hat sich auch Hermann Hesse in der Erzählung *Siddhartha* der Baummotivik bedient. Nachfolgend soll untersucht werden, welche Funktionen und Bedeutungen die Bäume konkret in der Erzählung haben und ob sich diese den eben benannten kulturgeschichtlichen anschließen.

3. Der Baum in Hermann Hesses *Siddhartha*

Um sich der Bedeutung der Bäume in *Siddhartha* nähern zu können, ist es zunächst notwendig, zu untersuchen, an welchen Stellen die Hauptfigur mit welchen Bäumen konfrontiert wird. Deshalb wird im Folgenden deren dreiteiliger Weg anhand der vorkommenden Bäume nachvollzogen.[39]

---

[35] Vgl. a.a.O., S. 293.

[36] Vgl. Eugen Mogk: *Germanische Mythologie*. Strassburg: De Gruyter 1907, S. 149.

[37] Vgl. Alexander Demandt: *Über allen Wipfeln. Der Baum in der Kulturgeschichte*. Köln u.a.: Böhlau 2002, S. 286.

[38] A.a.O., S. 288.

[39] Vgl. Theodore Ziolkowski, a.a.O., S. 144. Anzumerken ist hierbei, dass die Erzählung nur inhaltlich, nicht aber formell dreigeteilt ist, da der Autor die Erzählung nur in zwei Groß-Teile aufgeteilt hat. Vgl. hierzu auch: Andrea Bartl: *Zwischen Reduktion und Fülle. Zur Funktion von Dingen im Werk Hermann Hesses, erläutert am Beispiel von* Siddhartha. In: *Hermann-Hesse-Jahrbuch*, Band 15 (2023), S. 75–90, hier S. 81. Wie in Andrea Bartls Beitrag wird auch hier gedanklich „eine dritte ‚stumme' Überschrift" (ebd.) eingefügt und der Text in drei Teile gegliedert.

3.1 Teil 1: Der Weg ins Geistige

Gleich der erste Satz der Erzählung enthält eine doppelte Baumnennung: „Im Schatten des Salwaldes, im Schatten des Feigenbaumes wuchs Siddhartha auf, der schöne Sohn des Brahmanen, der junge Falke, zusammen mit Govinda“[40] (373). Seine Heimat, seine Wurzeln liegen also in den Bäumen und er verbringt dort seine Kindheit. Dass hier als seine Herkunftsstätte explizit der Salwald genannt wird, ist spannend, wurde doch der indischen Mythologie nach Siddhartha Gautama, der später durch die Erleuchtung zum ersten Buddha wurde, ebenfalls unter einem Salbaum geboren.[41] Neben dem übereinstimmenden Herkunfts- bzw. Geburtsort gibt es noch eine weitere, deutlich auffälligere Übereinstimmung: der Name ‚Siddhartha'. Die Hauptfigur wird somit gleich zu Beginn der Erzählung doppelt mit dem mythologischen Buddha gleichgesetzt. Name und (Sal-)Baum fungieren hier erzähltechnisch quasi als eine Prolepse. Denn wie der mythologische Buddha zu Lebzeiten den Weg der Vollendung gefunden hat, so wird Hesses Siddhartha am Ende seines Weges ebenfalls an sein Ziel, zur Einheit und zur Vollendung finden – ganz der Bedeutung seines Namens entsprechend. Der Name Siddhartha bedeutet nämlich: „Einer, der sein Ziel erreicht hat“ oder „der erfüllte Wunsch“[42]. In seinen Wurzeln, also dem ihm gegebenen Namen und seinem Herkunftsort, ist demnach bereits angelegt, dass er sein Ziel erreichen wird. Neben den Salbäumen gibt es in Siddharthas Heimat auch einen Feigenbaum. Der Feigenbaum ist in vielen Kulturen besonders eng an die Vorstellung eines *Baum des Lebens* geknüpft[43] und passenderweise markiert der Feigenbaum hier den Anfang von Siddharthas Leben. Mit ihm beginnt dieses und in dessen nächster Umgebung verbringt er seine frühste Kindheit. Außer in dem ersten Satz erfahren wir aber nichts über diese.

Konkret verfolgen können wir seine Entwicklung dann erst ab der Stelle, an der ein weiteres Mal ein Baum erwähnt wird: der „Mangohain“ (373). Der Mangobaum unterscheidet sich von allen weiteren in der Erzählung vorkommenden Bäumen in der Hinsicht, als dass er an mehreren Stellen und damit mehreren Orten in der Erzählung vorkommt. Alle anderen Baumarten sind nämlich lokal begrenzt und treten jeweils nur an einer Stelle in Erscheinung. Dadurch hat der Mangobaum eine Sonderstel-

---

[40] Hermann Hesse: *Siddhartha.* In: SW3, S. 369–472. Berlin: Suhrkamp 2001. Alle Zitate aus *Siddhartha* werden im Folgenden direkt im Fließtext mit der Angabe der Seitenzahl aus diesem Band nachgewiesen.

[41] Vgl. Alexander von Gontard: *Buddhismus und kindliche Spiritualität.* Stuttgart: W. Kohlhammer 2021, S. 26.

[42] Karl-Josef Kuschel: *Im Fluss der Dinge.* A.a.O., S. 255.

[43] Vgl. Gertrud Höhler: *Die Bäume des Lebens. Baumsymbole in den Kulturen der Menschheit.* Stuttgart: Deutsche Verlags-Anstalt 1985, S. 58.

lung in der Erzählung inne, weshalb eine genauere Betrachtung dieser Baumart, wenn sie denn vorkommt, besonders interessant ist. An dieser Stelle wird von einem Mangohain bzw. einem Mangowald gesprochen. Die Bäume stehen dort vergesellschaftet und wachsen nicht isoliert, sondern in unmittelbarer Nähe zu anderen Bäumen ihrer Art auf. In der Erzählung ist die Erwähnung dieses Mangohains dort platziert, wo Siddharthas erster Entwicklungsweg beginnt. Auf diesem versucht er, durch den Fokus auf Intellekt und Askese sein Ziel der Vollendung zu erreichen,[44] und schließt sich dafür mit den Brahmanen und den Samanas zwei unterschiedlichen Gemeinschaften an, deren jeweilige Lebensweise er übernimmt. Siddhartha ist auf diesem Weg also vergesellschaftet, er entwickelt sich nicht unabhängig – eben wie der Mangobaum im Mangohain.

Zwar bleibt er auf diesem ersten Weg jeweils verbunden mit bestimmten Gemeinschaften, allerdings wechseln diese im Laufe des Weges. Nachdem sich Siddhartha nämlich äußerst erfolgreich die Lehren und die Lebensart der Brahmanen angeeignet hat, fängt er an „Unzufriedenheit in sich zu nähren" (374). Er bemerkt, dass die Lebensart der Brahmanen ihn auf seiner Suche nach sich selbst nicht weiterbringt. Daraufhin gehen Govinda und Siddhartha „zum Banyanenbaum [und] sie setz[...]en sich [dort] nieder". In der Erzählung bzw. in Siddharthas Lebenswelt erscheint nun, mit dem heute wohl eher als Banyan bekannten Baum, eine Baumart, die ihm vorher noch nicht begegnet ist. Unter diesem neuartigen Baum erinnert sich Siddhartha an „Samanas, [...] pilgernde Asketen" (377) und damit an eine Lebensform, die ihm bis dato fremd war und die nicht den Brahmanen gleicht. Diese Erkenntnis weckt in Siddhartha einen „Geistesdurst" (374), der ihn schließlich dazu bewegt, seine Heimat zu verlassen und sich den Samanas anzuschließen, Govinda folgt ihm dabei.

Siddharta lernt dort die Kunst der Entselbstung und die der Versenkung und eignet sich die Lebensart der Samanas schnell erfolgreich an. Während der Durchführung dieser Praktiken begegnet ihm wieder eine neue Baumart: der „Bambuswald" (381). Auch hier geht die Erscheinung einer neuen Baumart der Entscheidung Siddharthas voraus, eine neue Art der Lebensführung auszuprobieren, denn kurz nachdem er auf den Bambuswald gestoßen ist, erkennt er, dass der Weg bei den Samanas ihn am „Ende [...] doch immer zum Ich zurück" (381) führt und er so seinem Ziel nicht näherkommt. Siddhartha beschließt nach dieser Einsicht „diesen Pfad der Samanas [zu] verlassen" und mit Govinda zum Vollendeten, zu Gotama, zu gehen und sich dessen Lehre anzuhören.

---

[44] Vgl. Edwin F. Casebeer: *Siddhartha: Der vollendete Held*. In: Volker Michels (Hg.): *Materialien zu Hermann Hesses* Siddhartha. Zweiter Band., Frankfurt a.M.: Suhrkamp 1976, S. 162–177, hier S. 170.

Siddhartha und Govinda suchen dann Gotama auf, und Siddhartha findet in ihm ein „lebendiges Beispiel“[45] für die von ihm angestrebte Einheit. Durch „d[ie] Vollkommenheit seiner Ruhe, [durch die] Stille seiner Gestalt, in welcher kein Suchen, kein Wollen, kein Nachahmen, kein Bemühen zu erkennen war, nur Licht und Frieden“ (390) stellt Siddhartha fest, dass es möglich ist, sein Ziel zu erreichen. Gleichzeitig bemerkt er an dieser Stelle, weil ihn eben nicht Gotamas Lehre beeindruckt, sondern sein Wesen, dass nicht Lehren, denen er bisher durch den Anschluss an eine bestimmte Gruppe bzw. an eine bestimmte Gesellschaft gefolgt ist, ihn zum Ziel führen werden. Sie können ihm die „Suche nach dem *eigenen* [Hervorhebung im Original] Weg nicht abnehmen. Die Lehre eines Anderen kann das eigene Suchen nie ersetzen“[46] und so will Siddhartha nun statt einer erneuten Unterordnung unter eine Lehre selbst eigene Erfahrungen machen und schließt sich dafür bewusst nicht erneut einer Gemeinschaft – hier den Gotamamönchen – an, sondern löst hier die engen Fesseln der familiären bzw. gesellschaftlichen Einbindung erstmals ein wenig.[47] Dieses Loslösen wird an dieser Stelle auch ganz konkret anhand der Trennung von Govinda nachvollzogen. Dieser entscheidet sich nämlich bei Gotama zu bleiben, Siddhartha entscheidet sich dagegen. Kurz vor diesem Entschluss begegnet Siddhartha der Mangobaum wieder. Genauer gesagt, begegnen ihm „Mangobäume“ (390) wieder. Er und Govinda „s[e]hen Gotama wiederkehren [...] und s[e]hen ihn sich zurückziehen in den Schatten der Mangobäume“ (390). Der Baum, der als „Mangohain“ bzw. „Mangowald“ den Beginn von Siddharthas Weg zum „Intellektuellen“[48] markiert hat, tritt hier erneut in Erscheinung. Und parallel zur ersten Erwähnung stehen auch hier die „Mangobäume“ (390) dort, wo Siddhartha eine neue Entwicklungsstufe betritt.

Die Stufe, die mit dem Mangohain beginnt, hat ihn durch die Askese und sein Inneres geführt, die Stufe, die er nun mit den Mangobäumen betritt, führt ihn quasi ins Gegenteil: „von Innen nach Außen“[49], von der

---

[45] Leroy R. Shaw: *Zeit und Struktur des* Siddhartha. In: Volker Michels (Hg.): *Materialien zu Hermann Hesses* Siddhartha. Zweiter Band. Frankfurt a.M.: Suhrkamp 1976, S. 98–124, hier S. 105.

[46] Karl-Josef Kuschel: *Im Fluss der Dinge.* A.a.O., S. 246.

[47] Vgl. Volker Michels: *Zur Einführung. Die Entstehung von Hermann Hesses* Siddhartha. In: Volker Michels (Hg.): *Materialien zu Hermann Hesses* Siddhartha. Zweiter Band. Frankfurt a.M.: Suhrkamp 1976, S. 7–25, hier S. 25.

[48] Vgl. Edwin F. Casebeer: *Siddhartha: Der vollendete Held.* In: Volker Michels (Hg.): *Materialien zu Hermann Hesses* Siddhartha. Zweiter Band. Frankfurt a.M.: Suhrkamp 1976, S. 162–177, hier S. 173.

[49] Andrea Bartl: *Zwischen Reduktion und Fülle. Zur Funktion von Dingen im Werk Hermann Hesses, erläutert am Beispiel von Siddhartha.* In: *Hermann-Hesse-Jahrbuch*, Band 15 (2023), S. 75–90, hier S. 85.

Welt des Spirituellen in die Welt des Materiellen.[50] An dieser Stelle ist nicht von einem Hain oder einem Wald die Rede, Siddhartha sieht lediglich Mangobäume. Aus dem Ausdruck ‚Mangobäume' geht hervor, dass die Bäume zwar noch immer nicht allein stehen und ihre Entwicklung noch immer nicht völlig unabhängig von ihren Artgenossen ist, allerdings ist die Anbindung an diese nicht mehr so fest und stark wie in einem Wald bzw. einem Hain. Und in dieser Eigenschaft sind die Mangobäume – wie auch schon der Mangohain – ein Abbild für die soziale Einbindung Siddharthas auf seinem Weg. Er vollzieht diesen Entwicklungsschritt nicht allein, mit Kamala und Kamaswami hat er noch immer Menschen um sich herum, die seine Entwicklung maßgeblich anleiten, aber er ist eben kein Teil mehr von großen Gemeinschaften, deren Lehren er annehmen und deren Regeln er sich unterordnen muss. Das erneute Vorkommen des Mangobaums geht demnach einher mit dem Abschluss des ersten Teils und dem Beginn des zweiten Teils von Siddharthas Weg. Er lässt nämlich, nachdem er die Mangobäume gesehen hat, „sein bisheriges Leben hinter [sich]" (396) und schlägt einen neuen Weg ein.

3.2 Teil 2: Der Weg ins Sinnliche

Noch plan- bzw. ziellos macht sich Siddhartha nun allein auf den Weg. Gleich zu Beginn seines neuen Weges trifft er wieder auf eine neue Baumart, er sieht nämlich die „Sonne überm Waldgebirge aufgehen und überm fernen Palmenstrande untergehen" (403). Abermals ist diese Sichtung zeitlich eng an den Einstieg in eine neue Lebensart geknüpft. Denn kurz nachdem Siddhartha die Palmen gesehen hat, beginnt er sein weltliches Leben als Kindermensch, als „Sensualist"[51]. Hier wird er von Kamala in die Welt der körperlichen Erotik eingeführt. Ab diesem Zeitpunkt wird auch der Baum sexuell konnotiert: Die Metapher des „Baumbesteigen[s]" (406) wird verwendet, um den Liebesakt zu beschreiben und statt findet dieser unter Bäumen in einem Garten mit dem sprechenden Namen „Lusthain[...]" (407). Um die „Freuden der Liebe" (409) von Kamala empfangen zu können, erhält Siddhartha außerdem bei Kamaswami einen Einblick in die Welt des Geldes. Lange Zeit geht er diesen Weg und ist als Liebhaber und Kaufmann, wie zuvor auch schon als Brahmane und Samana[52], äußerst

[50] Vgl. ebd.

[51] Vgl. Edwin F. Casebeer: *Siddhartha: Der vollendete Held*. In: Volker Michels (Hg.): *Materialien zu Hermann Hesses* Siddhartha. Zweiter Band. Frankfurt a.M.: Suhrkamp 1976, S. 162–177, hier S. 173.

[52] Vgl. Leroy R. Shaw: *Zeit und Struktur des* Siddhartha. In: Volker Michels (Hg.): *Materialien zu Hermann Hesses* Siddhartha. Zweiter Band. Frankfurt a.M.: Suhrkamp 1976, S. 98–124, hier S. 110.

erfolgreich. Während er aber auf seinem ersten Weg noch den stetigen Drang verspürt hat, weiterzukommen und Neues auszuprobieren, fährt sich Siddhartha in diesem Leben bei den Kindermenschen fest. Anders als auf seinem ersten Weg wechselt er dann nämlich nicht zur nächsten Lebensart weiter, sondern es war „Trägheit in Siddharthas Seele gedrungen" (422). In dieser Phase seines Lebens, in der seine Suche ins Stocken gerät, in der er auf seinem Weg nicht weiterkommt, sondern stehenbleibt, begegnet Siddhartha auch keinem Baum mehr. Im Kapitel *Bei den Kindermenschen* gibt es keinen einzigen Baum. Damit fehlt die Instanz, die Siddhartha, wie beschrieben, auf seinem bisherigen Weg Erkenntnis und Antrieb verliehen hat, hier gänzlich und so ist es nicht verwunderlich, dass Siddhartha in seiner aktuellen Lebensphase sozusagen feststeckt. Erst im nächsten Kapitel, in *Sansara,* trifft Siddhartha wieder auf einen Baum, sogar auf einen bereits bekannten. Er „setzt[...] sich unter einem Mangobaum nieder, fühlt[...] den Tod im Herzen und das Grauen in der Brust" (427). Unter dem Mangobaum bemerkt er, dass er auf seinem zweiten, mit den Mangobäumen gestarteten Weg, Zeit verschwendet hat und dass er auch hier das „Verlangen nach der Erfahrung der Tiefe"[53] nicht stillen konnte. Unter dem Mangobaum geht er nochmal seinen gesamten Lebensweg ab, um schließlich feststellen zu müssen, dass beide bisher beschrittenen Wege, ihn schlussendlich nicht an das Ziel der Einheit führen. Nach dieser Erkenntnis verlässt er dann unverzüglich diesen Weg, und so eröffnet die Begegnung mit dem Mangobaum Siddharthas dritte Entwicklungsstufe. Dieser nun völlig alleinstehende Mangobaum gleicht Siddhartha in der Hinsicht, dass Siddhartha diesen letzten Entwicklungsschritt ebenfalls alleine durchlebt. Zwar begegnen ihm durchaus andere Menschen, so zum Beispiel sein Sohn und Vasudeva, diese treten aber nicht als Lehrer in Erscheinung, sondern sie sind Teil des Weges, an ihnen macht Siddhartha Erfahrungen, aber nach einer gewissen Zeit verschwinden sie auch wieder aus seinem Leben. Diese Abwesenheit von engen sozialen Bindungen ist für Siddhartha notwendig, denn ihm ist mittlerweile bewusst geworden, dass der Mensch nur Vollendung erreichen kann, wenn er alleine durchs Leben findet und eigene Erfahrungen macht.[54]

3.3 Teil 3: Der Weg in die Einheit

Zu Beginn seines nun gestarteten dritten Weges ist Siddhartha über die Einsicht völlig verzweifelt, dass ihn weder die Heranbildung des Intellekts auf seinem ersten Weg noch die Heranbildung der Sinne auf seinem zwei-

[53] Karl-Josef Kuschel: *Im Fluss der Dinge.* Hermann Hesse und Bertolt Brecht im Dialog mit Buddha, Laotse und Zen. Ostfildern: Patmos 2018, S. 251.

[54] Vgl. Theodore Ziolkowski, a.a.O., S. 157.

ten Weg näher an sein Ziel gebracht hat.[55] Bei dieser Feststellung befindet sich Siddhartha nun am Fluss, an dem Ort, an dem er zwei Jahrzehnte zuvor Abschied von der Welt des Geistigen genommen hat und in die Welt des Sinnlichen eingestiegen ist.[56] Der Fluss stellt somit eine physische Trennung[57] zwischen den beiden Welten dar. Und genau an diesem Ort steigert sich nun die Verzweiflung Siddharthas über seine sinnlosen Entwicklungswege fast bis hin zum Selbstmord. Kurz nachdem Siddhartha die „leidvolle Sehnsucht, diesen ganzen wüsten Traum von sich zu schütteln, diesen schalen Wein von sich zu speien, diesem jämmerlichen und schmachvollen Leben ein Ende zu machen“ (430) gespürt hat, begegnet ihm das erste Mal seit langer Zeit wieder eine neue Baumart. „Über das Flußufer hing ein Baum gebeugt, ein Kokosbaum“ (430). Dieser Kokosbaum ist in mehrfacher Hinsicht bemerkenswert. Zu Beginn der Erzählung, am Anfang von Siddharthas Leben wird der Feigenbaum erwähnt, ein typischer *Baum des Lebens*. An der Stelle, an der er jetzt beschließt, „[dieses] frühere[...] Leben [zu] verlassen“ (431) steht ein Kokosbaum – dieser wird, wie der Feigenbaum, in vielen Kulturen ebenfalls als typischer *Baum des Lebens* gesehen. Und genau an dieser Stelle beginnt für Siddhartha tatsächlich ein neues Leben, er wird ein „neuer Mensch“. Wie dieses neue Leben aussieht, wird von dem Kokosbaum in doppelter Hinsicht angedeutet: Erstens ist das charakteristische Merkmal des Kokosbaums neben seinen Kokosnüssen und seinen Palmblättern der gerade, unverzweigte Stamm. Viele der anderen, in der Erzählung vorkommenden Bäume, wie zum Beispiel der Feigenbaum oder der Banyanenbaum, können durchaus stark verzweigte Stämme haben. In Siddharthas neuem Leben vereinen sich die beiden Wege, die er bisher gegangen ist, zu einem einzigen, so wie eben auch der Kokosbaum nur noch einen einzigen, unverzweigten Stamm hat. Zweitens ist der Kokosbaum über das Flussufer gebeugt. Durch ihn wird die starke Polarität zwischen den beiden Bereichen des Intellekts und der Sinne also teilweise aufgelockert, denn er verbindet sie zumindest ansatzweise. Damit versinnbildlicht der Kokosbaum genau das, worauf Siddhartha nun durch seine neue Lebensart zusteuert: Die Synthese von Geist und Sinn. Wieder ist also eine neue Baumart die Inspiration für Siddhartha, einen neuen Weg zu gehen, hier eben den Weg der Synthese. Eine weitere Besonderheit geht mit dem Auftauchen des Kokosbaums einher: Siddhartha interagiert hier das erste Mal tatsächlich mit einem Baum. Bisher hat Siddhartha die Bäume höchstens gesehen,

---

[55] Vgl. a.a.O., S. 149.

[56] Vgl. Volker Michels: *Der lange Weg zu Lao Tse. Zur Entstehungsgeschichte von Hermann Hesses Siddhartha*. In: *Hermann-Hesse-Jahrbuch*, Band 15 (2023), S. 29–38, hier S. 35.

[57] Vgl. Theodore Ziolkowski, a.a.O., S. 145.

jetzt „lehnt[...] sich Siddhartha mit der Schulter [an den Stamm], legt[...] den Arm um den Stamm“ und „legt[...] sein Haupt auf die Wurzel des Baumes“ (430f.). Sein Weg hat ihn genau dorthin geführt: Zurück zu seinen Wurzeln. Die zwei beschrittenen Wege haben „aus einem Mann ein Kind“ gemacht, er ist gesellschaftlich immer weiter abgestiegen, bis er schließlich dort angekommen ist, wo sein Leben einst begonnen hat: „Nichts ist [sein], nichts kann [er], nichts vermag [er]“, er fängt wieder „von vorn und beim Kinde an“ (435). Er verbindet sich physisch mit den Wurzeln des Kokosbaums, besinnt sich auf seine eigenen Wurzeln zurück und betritt damit den Weg, der ihn tatsächlich an sein Ziel führen wird: den Weg der Einheit. Das, was, wie oben beschrieben, in seinen Wurzeln angelegt ist, beginnt also ab dem Moment zu sprießen, an dem Siddhartha selbst zu diesen Wurzeln zurückkehrt. Neu ist in diesem Abschnitt auch die Tatsache, dass Siddhartha hier erstmals die Früchte der Bäume konsumiert, so isst er beispielsweise „mit Lust [...] von den Mangofrüchten“ (441). Vorher hat er das nie getan. Vor dieser dritten Entwicklungsstufe hat Siddhartha allerdings auch nie etwas Positives in seinen vollzogenen Entwicklungen gesehen, stets hat er sich bloß auf das Schlechte fokussiert, stets war sein Blick darauf gerichtet, dass er noch nicht am Ziel ist. Erst jetzt erkennt er, dass alle beschrittenen Wege notwendig waren, um dorthin zu gelangen, wo er gerade war, dass er ohne den „Priester und Samana“ und ohne den „Lüstling Siddhartha, [den] Habgierige[n] Siddhartha“ (438) niemals zum „neue[n] Siddhartha“ (438) hätte werden können. Erst jetzt sieht er ein, dass seine Wege und seine Erfahrungen durchaus Früchte getragen haben, und diese Früchte genießt Siddhartha ab diesem Zeitpunkt dann eben auch ganz wörtlich.

Dass sein vorheriger Weg tatsächlich fruchtbar war, wird spätestens dann klar, als er auf seinen Sohn trifft. Kurz vor dieser Begegnung tritt das letzte Mal in der Erzählung eine neue Baumart in Erscheinung: der „Pisangb[aum]“ (442). Wieder ist eine neue Erfahrung bzw. eine neue Entwicklung die unmittelbare Folge auf das Vorkommen eines bisher fremden Baumes. Siddhartha lernt hier zwei Dinge. Erstens entwickelt er durch die Begegnung mit seinem Sohn die Fähigkeit aufrichtig zu lieben. Die Liebe ist schließlich auch das Element, durch das die Synthese von Innen und Außen, von Geist und Sinnen vollzogen werden kann.[58] Die zweite Erkenntnis hat Siddhartha durch den Umgang seines Sohns mit Bäumen. Sein Sohn ist nämlich die einzige Figur in der ganzen Erzählung, die schlecht mit Bäumen umgeht, er „beraubt[e] [Vasudevas Fruchtbäume]“ (450). Nach dieser Beobachtung beginnt Siddhartha langsam zu verstehen, dass sein Sohn „an ein anderes Leben, an ein anderes Nest“ (450)

[58] Vgl. Theodore Ziolkowski, a.a.O., S. 152.

gewöhnt ist. Durch seinen Sohn, der ihn übrigens danach ebenso verlässt wie Siddhartha seinen Vater verlassen hat, hat Siddhartha also seine letzten beiden Erkenntnisse in der Erzählung, danach ist er in der von ihm gesuchten Einheit angekommen: die Suche nach und der Weg zur Einheit sieht bei jeder Person unterschiedlich aus, Siddharthas Lebensweise führt seinen Sohn ebenso wenig an ein Ziel wie die Lehren Gotamas Siddhartha ans Ziel geführt haben. Das zu akzeptieren, also die Verschiedenheit der Menschen anzunehmen und dahinter doch eine Einheit zu sehen, braucht die Art von aufrichtiger Liebe, die Siddhartha an seinem Sohn erlernt hat.

3.4 Die Besonderheit des Baummotivs in Hesses *Siddhartha*

Fasst man die Erkenntnisse zusammen, wird deutlich, dass Siddhartha auf seinem Lebensweg immer wieder auf verschiedene Bäume trifft. Zahlreiche der Bedeutungen und Funktionen der Bäume stimmen dabei mit den bereits genannten kulturgeschichtlich etablierten überein. So ist der Feigen- bzw. Kokosbaum ein Ort des Lebens, die sexuellen Erfahrungen, die Siddhartha macht, finden unter Bäumen statt, seinen Todeswunsch hat Siddhartha unter dem Kokosbaum, und die Mangobäume dienen als Ort der Erkenntnis, schließlich stellt Siddhartha dort wiederholt fest, dass ihn sein bisheriges Leben nicht ans Ziel führen wird. In der Erzählung *Siddhartha*, die die Einheit als Hauptaussage und Zielpunkt hat, durch die man erkennen kann, „daß der Spaltung in Rassen, Farben, Sprachen und Kulturen eine Einheit zugrunde liegt, daß es nicht verschiedene Menschen und Geister gibt, sondern Eine Menschheit, nur Einen Geist" (SW12, 154), verwendet Hesse mit dem Baum ein Symbol, dessen Bedeutungsdimensionen, wie besagt, über Zeit und Kulturen hinweg konsistent sind. Der Baum als Bedeutungsträger an sich ist damit bereits ein Beweis für die deklamierte Einheit. Hesse führt diesen Einheitsgedanken aber noch weiter, indem er die unterschiedlichen Funktionen und Bedeutungen des Baums in einer Erzählung miteinander verbindet. Es gibt eben nicht die eine richtige Bedeutung des Baums, er ist nicht nur Ort des Lebens oder Ort der Erkenntnis, er kann beides, er kann alles sein.

Hesse bleibt aber nicht bei diesen kulturgeschichtlich bekannten Bedeutungen stehen, sondern den Bäumen in *Siddhartha* kommt eine weitere bedeutende Funktion zu.

Die Bäume treten immer in Schwellensituationen in Erscheinung; sie begegnen Siddhartha immer genau dann, wenn er seinen aktuellen Weg verlässt und eine neue Richtung einschlägt. Jede Weiterentwicklung wird demnach eingeleitet von einem Baum, denn „in der Symbolik der Bäume wird das bewußte Leben [in diesem Fall Siddhartha] auf noch unbewußte

Lebensmöglichkeiten *hingewiesen* [Hervorhebung im Original]"[59]. Die Bäume fungieren somit als Vorbild oder Modell für Siddhartha auf seinem kommenden Weg und damit erfüllt er auf seinem Entwicklungsweg den von Hesse einmal selbst gegebenen Ratschlag: „da muß jeder seiner Natur folgen"[60], wortwörtlich: Er folgt dem Vorbild der Bäume und gelangt dadurch an sein Ziel.

So trifft Siddhartha vor jedem der drei großen Entwicklungsschritte auf den Mangobaum in unterschiedlichen Konstellationen, die jeweils die soziale Einbindung Siddharthas auf eben diesem Entwicklungsweg widerspiegeln, denn wie auch der Mangobaum am Anfang noch Teil eines Hains bzw. eines Waldes war und nun allein als einzelner Mangobaum vorkommt, so hat sich auch Siddhartha immer weiter aus seinen sozialen Anbindungen entfernt. Entwicklungsstufe eins durchläuft er in enger Gemeinschaft mit anderen Menschen, in Entwicklungsstufe zwei sind seine sozialen Kontakte deutlich reduziert auf zwei Personen und in der dritten Entwicklungsstufe geht es dann schließlich nur noch um seine persönliche Entwicklung.

Neben dem Mangobaum kommen noch andere Baumarten vor. Die Erwähnung dieser und die Einsicht bzw. der Entschluss, einer neuen Lebensart nachzugehen, weisen in der Erzählung eine hohe Koinzidenz auf, sie treten also immer gemeinsam auf. Eben dieses Muster wiederholt sich in der Erzählung stetig. Das lässt den Schluss zu, dass eine kausale Verknüpfung zwischen der Begegnung einer neuen Baumart und dem Beginn einer neuen Lebensart existiert. Eine neue Baumart zu sehen, entspricht der Erkenntnis, dass die Baumarten, die man bisher kennengelernt hat, nicht die einzigen sind, die auf der Welt existieren. Und diese Erkenntnis scheint bei Siddhartha mit der Erkenntnis einherzugehen, dass es – wie es eben auch noch neue, unbekannte Baumarten gibt – noch Arten der Lebensführung gibt, die er noch nicht ausprobiert hat. Die neuen Baumarten werden zum Zeichen für Siddhartha, etwas Neues zu testen, um ans Ziel zu gelangen. Sie treiben ihn und seine Suche an und damit existiert eine solche kausale Verknüpfung. Genau diese Wechselwirkung von Mensch und Baum wird in der Erzählung auch einmal explizit angesprochen – sogar von Siddhartha selbst. Allerdings nicht auf sich selbst bezogen, sondern auf Gotama: Auch dieser hat nämlich unter einem „Bo-Baume niedergesessen, wo die Erleuchtung ihn traf" (404). Auch ihm wurde durch einen Baum die Augen geöffnet, auch er ist seinem Ziel durch bzw. unter einem Baum einen Schritt nähergekommen.

---

[59] Helmut Hark: *Traumbild Baum. Vom Wurzelgrund der Seele*. Olten: Walter 1986, S. 19.

[60] *„‚Große Zeiten' hinterlassen große Schutthaufen" Hermann Hesse. Die Briefe, Band 6*, 1940–1946. Hrsg. v. Volker Michels. Berlin: Suhrkamp 2020, S. 336.

Jeder große und jeder kleine Entwicklungsschritt wird folglich eingeleitet von der Begegnung mit einem Baum.[61] Dabei scheinen die Bäume mit ihren jeweiligen Eigenschaften tatsächlich Vorbilder zu sein, denn Siddhartha ahmt, ob bewusst oder unbewusst, den jeweiligen Baum auf seinem folgenden Weg nach. Dass sich Siddhartha in seiner Lebensgestaltung tatsächlich an Bäumen orientiert, wird auch deutlich, wenn man die Verben bzw. die Ausdrücke betrachtet, die im Zusammenhang mit seiner Entwicklung verwendet werden: Bei den Brahmanen „beginnt sein Schicksal zu sprossen" (377), nach seinem Entschluss, sein bisheriges Leben hinter sich zu lassen, wird er bzw. seine Seele mit einem „absterbenden Baumstrunk" (422) verglichen und am Ende seines Weges „blühte, [...], reifte [langsam]" (458) in ihm die Erkenntnis.

Mit dieser Vorbildfunktion bzw. als Inspirationsquelle stellen die Bäume im Siddhartha ein wichtiges handlungsleitendes Strukturelement dar. Möglicherweise sind sie sogar der Schlüsselfaktor für die Weiterentwicklung Siddharthas, ohne die er sein Ziel nicht erreichen kann. Denn nur mit bzw. durch sie wird die Entwicklung Siddharthas und damit die Handlung der Erzählung vorangetrieben, nur mit ihnen bzw. durch ihr Vorbild gelangt er schließlich an sein Ziel. Sie sind die Instanz, die Siddhartha den richtigen Weg zeigt.

Dass Bäume in solch einer leitenden Funktion auftreten, ist dabei keinesfalls ein Spezifikum der Erzählung *Siddhartha.* Ganz im Gegenteil, Bäume als Wegweiser können in einer Vielzahl von Hesses Texten entdeckt werden. Dies soll abschließend durch einen kurzen Ausblick auf weitere Werke Hesses verdeutlicht werden.

4. Ausblick: Der Baum in weiteren Texten Hesses

In *Siddhartha* führen die Begegnungen mit Bäumen zur Kursänderung der Hauptfigur. Im Gedicht *Konzert* reicht dafür sogar die bloße Vorstellung eines Baums aus:

[61] Dass es eine solche Vielzahl an Stationen im Leben von Siddhartha gibt und der Übergang in diese jeweils von einer Krise der Hauptfigur ausgelöst werden, ist auch bei Martin Kämpchen: *Zwischen Upanishaden und Kamasutra*. In: Michael Limberg (Hg.): *Hermann Hesses* Siddhartha. 11. Internationales Hermann-Hesse-Kolloquium in Calw. Stuttgart: Staatsanzeiger-Verlag 2002. S. 75–90, hier S. 76 nachzulesen. Auch Panagiota Theodorou hat in ihrer Arbeit: *Übergangsriten in Hermann Hesses Erzählen. Eine Studie zu* Siddhartha *sowie* Narziß und Goldmund. München: Iudicium 2008 nachgewiesen, dass in der Erzählung wiederholt Übergänge vorkommen, die denselben sequenziellen Ablauf aufweisen. Die neue Erkenntnis dieser Arbeit ist, dass diese Übergänge ausnahmslos von einem Baum bzw. mehreren Bäumen ausgelöst werden.

> Die Geigen schwirren hoch und weich,
> Das Horn klagt aus der Tiefe her,
> Die Damen glitzern bunt und reich
> Und Lichtgefunkel drüber her.
>
> Ich schließe meine Augen still:
> Ich sehe einen Baum im Schnee,
> Der steht allein, hat was er will,
> Sein eigen Glück, sein eigen Weh.
>
> Beklommen geh ich aus dem Saal
> Und hinter mir der Lärm verklingt
> Von halber Lust, von halber Qual –
> Mir blieb er unbeschwingt.
>
> Ich suche meinen Baum im Schnee,
> Ich möchte haben, was er hat,
> Mein eigen Glück, mein eigen Weh,
> Das macht die Seele satt.[62]

Hier sieht das Sprecher-Ich den „Baum im Schnee" eigentlich nur vor seinem inneren Auge und trotzdem wird es zu einer Verhaltensänderung angeregt. Es verlässt die festliche, soziale Zusammenkunft – das Konzert, wenn man dem Titel Glauben schenkt – weil es dem Vorbild des Baums folgen will. Der Baum weckt bei dem Sprecher-Ich eine Sehnsucht, sich wie der Baum unabhängig von anderen zu entwickeln

Teilweise finden sich bei Hesse auch Texte, in denen die Wirkmächtigkeit von Bäumen ganz offen thematisiert wird. Ein Beispiel hierfür ist die Betrachtung *Bäume.*

> Bäume sind für mich immer die eindringlichsten Prediger gewesen. Ich verehre sie, wenn sie in Völkern und Familien leben, in Wäldern und Hainen. Und noch mehr verehre ich sie, wenn sie einzeln stehen. Sie sind wie Einsame. Nicht wie Einsiedler, welche aus irgendeiner Schwäche sich davongestohlen haben, sondern wie große, vereinsamte Menschen, wie Beethoven und Nietzsche. In ihren Wipfeln rauscht die Welt, ihre Wurzeln ruhen im Unendlichen; allein sie verlieren sich nicht darin, sondern erstreben mit aller Kraft ihres Lebens nur das Eine: ihr eigenes, in ihnen wohnendes Gesetz zu erfüllen, ihre eigene Gestalt auszubauen, sich selbst darzustellen.[63]

Hier passiert eigentlich das gleiche wie in *Siddhartha* und im Gedicht *Konzert*: Die Bäume werden zu Vorbildern für Menschen. Dass der Baum zum Vorbild wird, erfahren wir hier aber nicht dadurch, dass eine Figur

---

[62] Hermann Hesse: *Konzert*. In: SW10, S. 245.
[63] Hermann Hesse: *Bäume*. In: SW11, S. 20.

oder eine Person, nachdem sie mit ihm interagiert hat, einen Weg einschlägt, um dem Baum immer ähnlicher zu werden. Hier wird es ganz konkret gesagt: Die Bäume sind „Prediger". Sie verkünden – vielleicht durch ihre bloße Anwesenheit wie bei Siddhartha – die richtige Art zu leben und bieten den Menschen so eine neue Idealvorstellung, auf die sie ihr Verhalten hin ausrichten können.

Liest man eine weitere Stelle desselben Textes, so wird die Einflussnahme der Bäume auf den Menschen noch deutlicher:

> Wenn wir traurig sind und das Leben nicht mehr gut ertragen können, dann kann ein Baum zu uns sprechen: Sei still! Sei still! Sieh mich an! Leben ist nicht leicht, Leben ist nicht schwer. Das sind Kindergedanken. Laß Gott in dir reden, so schweigen sie. Du bangst, weil dich dein Weg von der Mutter und Heimat wegführt. Aber jeder Schritt und Tag führt dich neu der Mutter entgegen. Heimat ist nicht da oder dort. Heimat ist in dir innen, oder nirgends (ebd.).

Spätestens an dieser Stelle wird nun also der Einfluss offen angesprochen. Der Baum spricht zum Menschen und will hier auch ganz bewusst das Verhalten der Menschen ändern: Er will ihnen die Angst nehmen und Vertrauen schenken, wie es auch der Kokosbaum in *Siddhartha* getan hat.

Immer wieder baut Hesse also Bäume in verschiedene Texte ein. Dabei sind sie nie bloße Objekte oder ein passiver Hintergrund für die Geschehnisse, stets sind sie aktiv, indem sie die Handlung wesentlich mitbestimmen. Diese wertschätzende Haltung zu Bäumen (bzw. der Natur an sich) macht Hesses Texte auch anschlussfähig an moderne Fragestellungen und Theoriekonzepte, so würde sich beispielsweise auch eine ökokritische Lesart des *Siddhartha* oder anderen Texten Hesses anbieten.[64] Es würde sich also durchaus lohnen, auch andere Werke von Hesse auf darin vorkommende Bäume und deren Funktion zu untersuchen, denn wie die obigen Ausführungen zeigen, Hesses „Bäume wollen nicht nur Bäume sein"[65], sie sind handlungsleitend und wirkmächtig, so wie sie eben schon die Handlung der beiden Kinder beeinflusst haben, deren Bilder zu Beginn betrachtet wurden.

Vortrag im Rahmen der 24. Silser Hesse-Tage 2024

---

[64] Diesen Hinweis verdanke ich Andrea Bartl. Einführend hierzu vgl. Benjamin Bühler: *Ecocriticism. Grundlagen – Theorien – Interpretationen*. Stuttgart: J.B. Metzler, 2016; Gabriele Dürbeck/Urte Stobbe (Hg.): *Ecocriticism. Eine Einführung*. Köln/Weimar/Wien: Böhlau 2015 und Greg Garrad: *Ecocriticism*. London/New York: Routledge, Taylor & Francis Group 2023.

[65] Hermann Hesse: *[Jean Lurçat]* In: SW18, S. 96.

Maren Bohm

Hermann Hesses *Glasperlenspiel* im Zeichen Peter Abaelards

Einführung in die Thematik

Hermann Hesses *Glasperlenspiel*[1] unter dem Zeichen Peter Abaelards zu untersuchen, stellt einen neuen, außergewöhnlichen, spannenden Interpretationszugang dar. Die Zusammenstellung von Hermann Hesse und Peter Abaelard eröffnet eine bisher unbekannte Sichtweise auf Hermann Hesse und damit einen neuen Forschungsansatz des Versuches der Rekonstruktion der Wirksamkeit von Rezeption auf Hesses literarische Produktion, sein literarisches Schaffen. Denn bisher ist Hermann Hesses Abaelard-Rezeption und seine literarische Umsetzung im *Glasperlenspiel* nicht erforscht worden.

Diese Korrelation Hesse – Abaelard eröffnet ebenfalls für die Rezeption Abaelards eine neue Sichtweise, indem Hermann Hesse 900 Jahre später in seinem großen Werk *Das Glasperlenspiel* Abaelard als dessen Vordenker würdigt.

Vorüberlegung zur Verfasserschaft

Es stellt sich hier die Frage, inwiefern wir in unserer Arbeit unbekümmert von Hermann Hesse sprechen können, da zwischen Autor und fiktivem Herausgeber üblicherweise eine Differenz besteht. Diese Vorgehensweise erscheint hingegen berechtigt aufgrund Hermann Hesses Vorgaben zur Rezeption des *Glasperlenspiels*: Hermann Hesse, als Autor, verbindet sich in Personalunion mit dem Herausgeber des gesamten Werkes. Autor und Herausgeber sind gleichnamig.

Insbesondere erweist sich folgender Aspekt als tragfähig, von einer Kongruenz zwischen Hermann Hesse und dem Herausgeber des *Glasperlenspiels* auszugehen, da für Hermann Hesse selbst der Roman eine sinnstiftende Bedeutung hat:

---

[1] Hermann Hesse: *Das Glasperlenspiel.* suhrkamp taschenbuch 79. Berlin: Suhrkamp Verlag 2016. Im Folgenden zitiert mit Seitenzahl. Heute übliche Schreibweise: Abaelard

> Es galt für mich zweierlei: einen geistigen Raum aufzubauen, in dem ich atmen und leben könnte aller Vergiftung der Welt zum Trotz, eine Zuflucht und Burg, und zweitens den Widerstand des Geistes gegen die barbarischen Mächte zum Ausdruck zu bringen und womöglich meine Freunde drüben in Deutschland im Widerstand und Ausharren zu stärken.[2]

Textstelle „Abälard" im *Glasperlenspiel*

In der Einleitung geht Hermann Hesse, Herausgeber des Versuchs einer Lebensbeschreibung des Magister Ludi Josef Knecht samt seiner hinterlassenen Schriften, dem Ursprung des *Glasperlenspiels* nach und kommt zu dem Ergebnis: „wie jede große Idee hat es eigentlich keinen Anfang, sondern ist, eben der Idee nach, immer dagewesen." (13)

Hesse nennt nun drei Vertreter, die als Vordenker des Glasperlenspiels anzusehen sind:

> Geister wie Abälard, wie Leibniz, wie Hegel haben den Traum ohne Zweifel gekannt, das geistige Universum in konzentrische Systeme einzufangen und die lebendige Schönheit des Geistigen und der Kunst mit der magischen Formulierkraft der exakten Wissenschaften zu vereinigen. (13)

Zur Entstehungsgeschichte des *Glasperlenspiels*: Hermann Hesses Forschung über Abaelard

Was weiß Hermann Hesse gesichert von Abaelard?

Hermann Hesse kennt Abaelard mehr als 20 Jahre vor dem Beginn der Niederschrift des *Glasperlenspiels* und setzt sich mit seinem Werk auseinander.

Frühestes Eckdatum ist das Jahr 1893. Damals erscheint Adolf Hausraths Buch über Peter Abälard[3]. Das Buch Hausraths umfasst die Lebensstationen Abaelards unter besonderer Berücksichtigung seiner Philosophie und Theologie.

Im Deutschen Literaturarchiv in Marbach befindet sich aus Hermann Hesses Bibliothek diese Erstausgabe von Adolf Hausrath, *Peter Abälard* aus dem Jahre 1893. Eine Neuauflage mit einer veränderten Vorrede er-

---

[2] Hermann Hesse: *Januar 1955, Brief an Rudolf Pannwitz.* In: *Materialien zu Hermann Hesses* Glasperlenspiel, *Erster Band*, hrsg. v. Volker Michels. Frankfurt am Main: Suhrkamp 1973, 295f.; Im Folgenden wird im Text angegeben: *Materialien, Bd. 1* mit Seitenzahl.

[3] Adolf Hausrath: *Peter Abälard.* Leipzig: Druck und Verlag von Breitkopf und Härtel 1893; im Folgenden zitiert als Hausrath mit Seitenzahl.

scheint 1895[4]. Es ist somit anzunehmen, dass Hermann Hesse zwischen 1893 und 1895 das Buch von Hausrath erwirbt. Zudem ist es naheliegend, dass Hesse es zeitnah rezipiert, denn er schreibt über diese Zeit:

> Zwischen meinem sechzehnten und zwanzigsten Jahre habe ich nicht bloß eine Menge Papier mit meinen ersten Dichterversuchen vollgeschrieben, sondern habe in jenen Jahren auch die halbe Weltliteratur gelesen und mich mit Kunstgeschichte, Sprachen, Philosophie mit einer Zähigkeit bemüht, welche reichlich für ein normales Studium genügt hätte.[5]

Fest steht, dass Hermann Hesse Hausraths Buch über Abaelard akribisch genau durcharbeitet. Von Hesses intensiver Lektüre zeugen die feinen Bleistiftmarkierungen am Seitenrand und im Text.

Abaelard ist deshalb höchstwahrscheinlich der Erste im Hinblick auf die Genese des *Glasperlenspiels.*

Neben Hausrath nimmt der Briefwechsel zwischen Heloisa und Abaelard eine zentrale Stelle ein. Hermann Hesse hat diesen Briefwechsel mit Interesse gelesen. Er streicht dazu am Rand bei Hausrath an:

> Die Abfassung eines Briefes war eben damals eine gelehrte Arbeit, die mühsam, wie bei der Ausarbeitung eines Aufsatzes, vor sich ging. (Hausrath, 127)

Späteste Rezeption ist das Jahr 1911, in dem Hermann Hesse zu dem in jenem Jahr von W. Fred herausgegebenen Briefwechsel zwischen Abaelard und Heloisa eine Rezension verfasst.[6] In dieser Rezension bezieht Hesse sich auf seine eigene Ausgabe aus dem Jahre 1783. Bei dieser Ausgabe handelt es sich um *Peter Abeillards und Heloisens zärtlicher Briefwechsel nach ihrer unglücklichen Liebe; nebst dem vorgesetzten Leben beyder merkwürdigen Persa. Leipzig, bey Christian Gottlob Hilschern, 1783.*

Methodisches Vorgehen zur Ermittlung und Darstellung des geistigen Zusammenhangs Abaelards zum *Glasperlenspiel*

Um die Kongruenz zwischen dem *Glasperlenspiel* und Abaelard herauszuarbeiten und sichtbar zu machen, sei methodisch im Folgenden synoptisch verfahren. In einer thematischen Zusammenschau werden aus Her-

[4] Adolf Hausrath: *Peter Abälard, Weltverbesserer im Mittelalter*, Breitkopf und Härtel, Leipzig 1895.

[5] Hermann Hesse, zitiert in: Michael Limberg: *Hermann Hesse, Leben, Werk, Wirkung,* Suhrkamp BasisBiographie, Frankfurt am Main 2016, 21.

[6] W. Fred: *Die Briefe von Abälard und Heloise*, Herausgegeben und eingeleitet von W. Fred, Insel-Verlag zu Leipzig; Im Folgenden wird angegeben: Abaelard/Heloisa, in: Fred mit Seitenzahl.

mann Hesses *Glasperlenspiel* und aus dem *Briefwechsel Abaelards und Heloisas* sowie aus dem Werk Hausraths über Abälard Zitate und Gedanken zusammengestellt, so dass die Positionen der Autoren verknüpft werden.

Darüber hinaus ergibt sich etwas Erstaunliches. Wie schon oben erwähnt, arbeitet Hermann Hesse Hausraths Abälard-Buch akribisch durch, wovon die feinen Bleistiftmarkierungen am Rand zeugen. Für mich sind diese Bleistiftmarkierungen wegweisend. Ich lese Hausraths Buch mit den Augen Hermann Hesses, um so erkennen zu können, welche Gedanken Abaelards für Hermann Hesse von besonderer Bedeutung sind. Indem ich den Markierungen Hermann Hesses folge, eröffnet sich nicht nur eine Rekonstruktion zur Entstehung des *Glasperlenspiels*, sondern die feinen Bleistiftmarkierungen erweisen sich als Interpretationsschlüssel des Romans.

Kurzer Abriss des Lebens Peter Abaelards

Hermann Hesse streicht zum Leben Abaelards an:

> Es liegt etwas naiv Heldenhaftes in diesen ersten Anfängen Abälards [...] Armer Knabe! Hättest du gewußt, welche Renner im geistlichen Turnier alle anderen ausstechen, du wärest hinter deinem Herzog hergeritten, hättest im Stehgreif dein Brot verdient und der Wunden nicht geachtet, die heilen, weil die Pfeile nicht vergiftet waren. (Hausrath, 4)

Peter Abaelard (1079–1142) wird als Sohn eines Ritters in Le Pallet geboren. Schon mit 16 Jahren entschließt er sich, eine Laufbahn als Philosoph einzuschlagen. Diskutierend und lehrend erkämpft er sich 1114 den begehrtesten Lehrstuhl für Philosophie und Theologie in Paris. Er steht an der Spitze seines Ruhms. Danach überschlagen sich die Ereignisse: 1118: die ekstatische Liebesbeziehung mit der hochgebildeten Heloisa im Hause ihre Oheims Fulbert, nach einigen Monaten Entdeckung und Rauswurf Abaelards, Entführung Heloisas. 1119: Geburt ihres Sohnes Astralabius bei Abaelards Schwester in Le Pallet, heimliche Hochzeit, Entmannung Abaelards, Eintritt ins Kloster, Heloisa auf Befehl Abaelards in das Kloster Sainte-Marie d'Argenteuil, Abaelard in das Königskloster St. Denis. Seine Lehrtätigkeit und seine wissenschaftliche Arbeit setzt Abaelard auch als Mönch fort. 1121 wird sein Werk *Theologia Summi boni* auf der Synode von Soissons verurteilt. Abaelard muss eigenhändig das Buch ins Feuer werfen und wird zu ewiger Klostergefängnishaft verurteilt. Das Urteil wird jedoch kurze Zeit später aufgehoben. Zurück im Kloster St. Denis weist er nach, dass die Reliquie des Klosterheiligen, der gleichzeitig

Schutzpatron Frankreichs ist, nicht echt ist. Gefangennahme wegen Hochverrats. Flucht. In der Wildnis bei Troyes setzt er 1122 unter begeistertem Zustrom seiner Schüler seine Lehrtätigkeit fort. 1127 wird Abaelard Abt des Kloster St. Gildas de Rhuys.

1129 gründen Heloisa und Abaelard das Kloster Paraklet. 1132 arbeiten sie in ihrem Briefwechsel ihre frühere Liebesbeziehung auf. Hermann Hesse schreibt dazu:

> Was die beiden mittelalterlichen Liebenden einander schrieben, viele Jahre nach dem Abbruch ihres Liebesverkehrs, was sie da an fortglimmender Glut und Klage um ein verdorbenes Lebensglück unter frommen und gelehrten Sprüchen verbargen, ist immer wieder merkwürdig und wehmütig zu lesen.[7]

Von 1132 bis 1138 lehrt Abaelard wieder in Paris mit ungemindertem, beispiellosem Erfolg. Die zunehmende Hetze, insbesondere Bernhard von Clairvaux', veranlasst Abaelard 1141, eine Disputation mit seinem Gegner vor den Augen des Königs in Sens zu erwirken. Bernhard von Clairvaux gelingt am Vorabend die Verurteilung der Schriften Abaelards anlässlich eines üppigen Abendessens mit den Bischöfen. Im Eilverfahren werden Abaelards Werke von Papst Innozenz II. als ketzerisch verurteilt, Abaelard selbst zu ewigem Schweigen und Klosterhaft verdammt. Wer ihn weiterhin zitiert, dem wird die Exkommunikation angedroht.

Er selbst stirbt 1142 in Saint-Marcel, einem Priorat Clunys.

Es dauert Jahrhunderte, bis Abaelard als Philosoph und Theologe überhaupt wahrgenommen wird. Die überaus pointierte Wertschätzung Abaelards durch Hermann Hesse ist vor diesem Hintergrund erstaunlich oder wäre es, wenn Hermann Hesse nicht den Eigensinn zu seiner Maxime erklärt hätte.

Abaelard als Vordenker des Glasperlenspiels

In der Einleitung zur Entstehung des Glasperlenspiels wird ein direkter Bezug zwischen dem Glasperlenspiel und Abaelard hergestellt. Der Wortlaut sei hier noch einmal in Erinnerung gerufen:

> Geister wie Abälard […] haben den Traum ohne Zweifel gekannt, das geistige Universum in konzentrische Systeme einzufangen und die lebendige Schönheit des Geistigen und der Kunst mit der magischen Formulierkraft der exakten Wissenschaften zu vereinigen.

Das Ideal des Glasperlenspiels besteht in der inneren Einheit aller geistigen Bemühungen des Menschen, dem Gedanken der Universalität. (252)

[7] Hermann Hesse: *Sämtliche Werke, Bd. 17.* Frankfurt am Main: Suhrkamp, 2007, 103.

Es geht beim Glasperlenspiel um einen „Versöhnungsversuch zwischen Wissenschaft und Kunst oder Wissenschaft und Religion.“ (13)

Abaelard kennt nicht nur diesen Traum, sondern verkörpert in seiner Person wie kaum ein anderer die Universalität, das Ineinander von exakter Wissenschaft, Kunst und Religion: Abaelard ist Philosoph, Theologe, Dichter, Komponist, Sänger, Musikant, Mönch und Abt, Liebender und liebender Christ.

Worin besteht nun die tiefe universale Verwandtschaft Abaelards mit dem Glasperlenspiel?

Die Kongruenz zwischen Abaelard und dem Glasperlenspiel vollzieht sich in folgenden Bereichen: der Musik, der Methode, der Vorstellung vom Vorhandensein des Geistigen, des Vollkommenen sowie in der Annäherung an das Vollkommene im Dienen.

Musik

Die Entwicklung des Glasperlenspiels ist eng mit der Musik verbunden. (25; 39) Die Musik steht dem Glasperlenspiel am nächsten. Für Knecht „bestand die Musik durch alle Jahrhunderte aus der Freude am Sinnlichen.“ (92) Dieser Aspekt der Freude wird von Hesse im Hinblick auf Abaelards Musik hervorgehoben.

Hesse zitiert aus dem *Zärtlichen Briefwechsel* aus dem Jahre 1783:

> Abaelard verfertigte Liebesliederchen, die er selbst in Musik setzte und die dazu von ihm verfertigten Melodien seiner Geliebten vorsang. Sie waren von solcher Lieblichkeit, daß sie auf allen Gassen und selbst von den gemeinsten Leuten gesungen wurden. (Sämtliche Werke, Bd. 17, 103)

Abaelards Musik hat demnach eine verbindende Kraft in sich. Sie überwindet in der damaligen feudalen Gesellschaft den Gegensatz zwischen Adel und dem einfachen Volk, zwischen Wissenschaft und dem weitverbreiteten Analphabetentum.

Diese die Grenzen zwischen den Menschen, zwischen Kastalien und der Welt draußen überschreitende Kraft sollte für Josef Knecht dem Glasperlenspiel innewohnen: Nicht nur für Kastalien, sondern für das ganze Land sollte die öffentliche Aufführung des Glasperlenspiels der Höhepunkt des Jahres sein. (253)

Methode

Technisch gesehen ist das Glasperlenspiel ein Aneinanderreihen, Ordnen, Gruppieren und Gegenüberstellen von konzentrierten Vorstellungen aus vielen Gebieten des Denkens und des Schönen. (38)

Im Gespräch mit dem äußerst kritischen und ablehnenden Pater Jakobus fasst Josef Knecht knapp und präzise das Proprium des Glasperlenspiels zusammen:

> nämlich alles Wissen [...] symmetrisch und synoptisch auf ein Zentrum zu ordnen und zusammenzufassen. (177)

Es findet sich nun eine tiefe Kongruenz zwischen dem Glasperlenspiel und den Schriften Abaelards: Wie ein roter Faden durchzieht Abaelards Werk das Universale seines Denkens. Die Wahrheit ist für Abaelard so alt wie die Welt. (Hausrath, 53) Ähnlich lautet es über das Glasperlenspiel: Es führt „ins Zentrum, ins Geheimnis, ins Innere der Welt". (125)

Wie aber kann man sich dieser Wahrheit, diesem Geheimnis wissenschaftlich nähern? Für Abaelard ist es das Moment der Gleichzeitigkeit. Die antiken Philosophen werden von Abaelard als gegenwärtig gedacht. Das Vorbild ihrer Lebensweise sowie ihre Erkenntnisse realisieren sich in Abaelards Argumentation. Ihnen gilt Abaelards Verehrung wie ebenfalls Hermann Hesse die griechischen Philosophen im besonderen Maße wertschätzt.[8] Die Philosophen stehen für Harmonie und Gerechtigkeit. Signifikant für Abaelards wissenschaftliches Vorgehen ist es, dass Abaelard Philosophie und Theologie gleichwertig argumentativ zu Worte kommen lässt. „Einen generellen Unterschied zwischen der wahren Religion der Philosophen und der wahren Christen kennt er nicht." (Hausrath, 53) Platos Weltseele setzt Abaelard dementsprechend in eine direkte Beziehung zum Heiligen Geist. (Hausrath, 53) Es besteht darin zwischen Abaelard und Hesse eine Analogie des Denkens. Für Abaelard ist es die „Weltseele", die Inspiration durch den Geist, die das Verständnis bewirkt. Für Hermann Hesse ist es der Geist, der direkt ins Leben hineinwirkt und direkte Folgen haben müsse: „Je länger desto mehr glaube ich an ein Reich außerhalb der Materie und Zeit, vielmehr ich glaube nicht bloß daran, sondern ich lebe in ihm" (*Materialien, Bd. 1*, 57) Der Geist wirkt Erkenntnis gebend durch die Zeiten. Der zentrale Schnittpunkt Abaelards und Hesses ist die Vorstellung vom Geist als wirkender Kraft.

Zusammenfassend lässt sich sagen: Gegenwärtigkeit, das Zusammenführen von Erkenntnissen aus verschiedensten Zeiten ist das Proprium des Glasperlenspiels. Die methodische Kongruenz zwischen Abaelard und dem Glasperlenspiel besteht darin, aus unterschiedlichen Gebieten Argumente, Themen, Gedanken in Verbindung zu bringen und aus ihnen eine Schlussfolgerung zu ziehen oder anders ausgedrückt, eine höhere Einheit zu bilden.

---

[8] Vgl. dazu Jens Göken: *Hermann Hesses* Glasperlenspiel, *Ein platonisches Vermächtnis im 20. Jahrhundert, Versuch einer dynamischen Dokumentation*. Berlin: Edition Immanente 2018, 105.

Das höchste Gut / Vollkommenheit

Das Glasperlenspiel vereinigt „alle drei Prinzipien: Wissenschaft, Verehrung des Schönen und Meditation." (348). Es geht um „die Suche nach dem Generalnenner." (177)

Diese Frage nach dem Generalnenner wird in Abaelards Schrift *Dialog eines Philosophen, eines Juden und eines Christen* erörtert:

Hermann Hesse hat dazu mit feinem Bleistiftstrich am Rand markiert:

> Man konnte diesen Verfasser des Dialogs als einen Nathan des zwölften Jahrhunderts schildern, der in der natürlichen Religion der Philosophen den ächten Ring sah, der den Juden und Christen abhanden gekommen ist. (Hausrath, 54)

Es handelt sich bei diesem Werk gleichermaßen um eine theologische Abhandlung wie um eine poetische Verwirklichung theologisch existenzieller Fragen in Gestalt szenischer Dialoge. Wie auch die Aufführung des Glasperlenspiels der Form nach Kunst ist, deren Inhalt wissenschaftliche Erkenntnis in Verbindung mit Dichtung sein kann.

Bereits die Einleitung des Dialogs gleicht einem poetischen Text: Abaelard schaut in der Erscheinung der Nacht drei Männer, die auf unterschiedlichen Wegen sich ihm nähern, und nach Art einer Vision fragt er sie, warum sie zu ihm gekommen seien. (Hausrath, 54) Diese drei Männer, ein Philosoph, ein Jude und ein Christ, erwählen Abaelard zum Schiedsrichter hinsichtlich der Frage, welches die wahre Religion sei. (Hausrath, 54) Abaelard verbindet hier Dichtung mit der rationalen Frage nach der wahren Religion. Es erfolgt am Ende des Dialogs kein Schiedsspruch Abaelards.

Der Dialog beginnt damit, dass der Philosoph das Wort ergreift und die Auffassung vertritt, die Frage nach der Wahrheit sei mit Vernunftgründen zu klären. Indes verhalte es sich nämlich so, dass die Kinder den Glauben ihrer Eltern übernähmen. Der Philosoph selbst halte die Juden für „töricht" und die Christen für „verrückt". (Hausrath, 54)

Mit dem Philosophen stimmt der Christ überein, dass dieses Problem der wahren Religion nicht mit den Autoritäten, sondern nur mittels der Vernunft zu klären sei. Er bittet nun seine Gesprächspartner, ihm zu sagen, was das höchste Gut sei. Indem er nach dem höchsten Gut fragt, bringt er einen philosophischen Begriff in die Diskussion ein. (Hausrath, 54) Der Christ stellt fest, dass Gott das höchste Gut sei. Gott wird von Abaelard jedoch nicht anthropomorph aufgefasst, sondern geistig. Hermann Hesse streicht dazu am Rand an:

> Das Sichtbare nehmen wir als Schein und das Vorgestellte als Wirklichkeit. (Hausrath, 215)

Dem entspricht die Einführung in das *Glasperlenspiel.* Nach dem Wort des Albertus Secundes, sprich Hesses, heißt es dort:

> nichts ist doch notwendiger, den Menschen vor Augen zu stellen, als gewisse Dinge, deren Existenz weder beweisbar noch wahrscheinlich ist, welche aber dadurch, daß fromme und gewissenhafte Menschen sie gewissermaßen als seiende Dinge behandeln, dem Sein und der Möglichkeit des Geborenwerdens um einen Schritt näher geführt werden.

Abaelards Annäherung an das Vorgestellte als Wirklichkeit dokumentiert sich vor allem in seinem lebenslangen Ringen um das methodisch verstandesgeleitete Begründen der Wahrheit. Das geistige Universum in konzentrische Systeme einzufangen manifestiert sich in Abaelards verstandesgemäßer Erklärung der Trinität. Abaelards Forschen gilt der Vereinigung von exakter Wissenschaft mit Religion.

Im Gegensatz zur herrschenden Lehre, dass der Glaube einer vernunftmäßigen Erklärung vorausgehen müsse, vertritt Abaelard die gegenteilige Auffassung, erst das Verständnis des Fundaments des Glaubens ermögliche den Glauben. Zunächst müsse man die Glaubensinhalte verstehen, um sie glauben zu können. (Hausrath, 65)

Hermann Hesse streicht dazu am Rand bei Hausraths Darstellung von Abaelards Traktat *Theologie Summi boni, Von der göttlichen Einheit und Dreiheit* an:

> Des höchsten Gutes Vollkommenheit hat seine eigene Weisheit (in Christo Fleisch geworden) dreifach bestimmt und durch drei Namen unterschieden, indem das EINE Wesen Vater, Sohn und Geist genannt wird. (Abaelard, in: Hausrath, 65)

Der Begriff Vollkommenheit ist für Hesse wesentlich. Narziß prägt dafür den Ausdruck: „Das vollkommene Sein. Das vollkommene Sein ist Gott.“[9] Mit eben diesen Worten wird der Sinn des Glasperlenspiels dargestellt. Obgleich es keiner Religion zugeordnet ist, besteht seine letzte Bestimmung im Realisieren des Vollkommenen: Das Glasperlenspiel „bedeutete eine erlesene, symbolhafte Form des Suchens nach dem Vollkommenen, eine sublime Alchemie, ein Sichannähern an den über allen Bildern und Vielheiten in sich einigenden Geist, also an Gott.“ (174) Die Kongruenz zwischen Hesse und Abaelard besteht in dem Streben nach dem Vollkommenen und das Vollkommene ist Gott.

---

[9] Hermann Hesse: *Narziß und Goldmund*. Frankfurt am Main: Suhrkamp Verlag 2007, suhrkamp taschenbuch 3854, S. 272.

Dienen

Nun kann die Frage gestellt werden, inwiefern Gott für Kastalien eine Bedeutung habe. Der Benediktiner Pater Jakobus wirft dem kastalischen Orden vor, er sei „eine blasphemische Nachahmung, da ja der kastalische Orden keine Religion, keinen Gott und keine Kirche zum Fundament habe." (174) Joseph Knecht räumt ein, dass „die kastalische Kultur nur eine verweltlichte und vergängliche Neben- und Spätform der christlich-abendländischen Kultur sei." (186) Offen bleibt dabei die Frage, ob Knecht durch seinen langjährigen Aufenthalt im Benediktinerkloster religiös, „ob und wieweit er dort zum Christen geworden sei". (185) Wesentlich für Hesse ist offenbar nicht ein Gefühl von Ehrfurcht, das Josef Knecht durchaus hat, sondern praktizierte Frömmigkeit.

Hermann Hesse streicht hierzu Abaelards Antwort auf die Frage an, auf welchem Wege man zum höchsten Gut gelange:

> Nicht durch räumliche Bewegung, sondern durch Gehorsam gegen den Willen Gottes kommen wir ihm näher. (Hausrath, 56)

Narziß sagt dazu:

> Ich will innerhalb des mir Möglichen dem Geist dienen, so wie ich ihn verstehe. (*Narziß und Goldmund*, a.a.O., 67)

Josef Knecht führt den Gedanken des Gehorsams, des Dienens weiter aus:

> Frömmigkeit, das heißt gläubiger Dienst und Treue bis zur Hingabe des Lebens, sei in jedem Bekenntnis und auf jeder Stufe möglich, und für die Aufrichtigkeit und den Wert jeder persönlichen Frömmigkeit sei dieser Dienst und die Treue die einzige gültige Probe. (186)

Diese Erkenntnis des jungen Josef Knecht weist bereits auf sein Ende hin. Das bedeutet, der Bezug zu Abaelard vollzieht sich nicht nur auf der theoretischen Ebene, sondern ist lebensmäßig bedeutsam.

Sic et Non – Ja UND Nein

Hermann Hesse streicht am Rand an:

> Unser dialecticus Palatinus ist, wie gerade dieses Buch uns zeigt, seinen mönchischen Gegnern in der beklagenswerten Lage, viel mehr gelernt zu haben als jene, er hat das unselige Auge, tausend Schwierigkeiten zu sehen, von denen jene nichts wissen und wissen wollen. (Hausrath, 194)

Mit diesem Buch ist Abaelards Werk *Sic et Non* gemeint. In diesem Buch entwickelt Abaelard als Erster überhaupt die dialektische Methode. Ja und

Nein, These und Antithese stehen sich bei Abaelard durch ein ‚Und' verbunden gegenüber. Hermann Hesse markiert den Schluss des gesamten Abschnitts über Abaelards Werk *Sic et Non*, was einzigartig in Hausraths Buch ist. Dieses methodisch dialektische Vorgehen bildet das Strukturprinzip des Glasperlenspiels als Spiel wie ebenfalls der Romanhandlung.

Worum geht es bei *Sic et Non*?

Abaelard stellt fest, dass sowohl in der Heiligen Schrift als auch bei den Kirchenvätern untereinander Widersprüche auftreten, ja, dass sie sich oftmals selbst widersprechen. Abaelard stellt die Autoritäten einander gegenüber und demonstriert damit, dass es eine übereinstimmende Tradition gar nicht gebe. (Hausrath, 180f.) Insgesamt stellt Abaelard 158 Beispiele von Widersprüchen zusammen.[10]

Genau diesen Gedanken, dass sich alles widerspricht, äußert der junge Josef Knecht:

> Alles widerspricht sich, alles läuft aneinander vorbei, nirgends ist Gewißheit. Alles läßt sich so deuten und läßt sich auch wiederum umgekehrt deuten. Man kann die ganze Weltgeschichte als Entwicklung und Fortschritt auslegen, und man kann ebenso nichts als Verfall und Unsinn in ihr sehen. Gibt es denn keine Wahrheit? (85)

Der Konflikt Sic et Non – Ja und Nein zieht sich durch den gesamten Roman, wovon auch die Überschriften *Zwei Orden*, *Die beiden Pole* und indirekt *Die Berufung*, *Ein Gespräch* und *Vorbereitungen* zeugen.

Im Hinblick auf das Glasperlenspiel als Spiel heißt es:

> Beliebt war [..] namentlich das Nebeneinanderstellen, Gegeneinanderführen und endliche harmonische Zusammenführen zweier feindlicher Themen oder Ideen, wie Gesetz und Freiheit, Individuum und Gemeinschaft, und man legte großen Wert darauf, in einem solchen Spiel beide Themata oder Thesen vollkommen gleichwertig und parteilos durchzuführen, aus These und Antithese möglichst rein die Synthese zu entwickeln. (40)

In der ursprünglich geplanten Fassung des *Glasperlenspiel*s wäre dieses Prinzip angewandt worden. Hier hat Knecht ein ungebrochenes Verhältnis zum Glasperlenspiel, denn es wappne gegen jedes Ausüben von Macht und materiellem Streben. (*Materialien, Bd. 1*, 362) In einem großen Ge-

---

[10] So lautet z.B. der 1. Widerspruch: „Dass der menschliche Glaube durch Vernunftgründe ergänzt werden müsse – und im Gegenteil." Oder: „Dass Gott keine Substanz sei – und im Gegenteil." Oder: „Dass Gott alles wisse – und nicht." Oder: „Dass es erlaubt ist, eine Konkubine zu haben – und im Gegenteil." Oder: „Dass es erlaubt ist zu lügen – und im Gegenteil.", Petri Abaelardi: *Sic et Non*, hrsg. v. Ernst Ludwig Henke und Georg Stephan Lindenkohl, Theologisches Seminar Philippinum Marburg 1851, https://www.abaelard.de/050503sicnond.htm, 17.08.2024, 21:42

spräch zwischen Knecht und dem Diktator will dieser, dass Knecht das Glasperlenspiel in den Dienst des neuen Staates stellt, andernfalls werde das Spiel verboten und er selbst getötet. Knecht sagt Nein und willigt in den Untergang. Mit einem letzten Spiel „endet sein Tun und Leben. Es ist sein Abschied. Thema dieses letzten Spieles ist: Kampf der unreinen, streberischen Mächte gegen den reinen Geist [...] und zuletzt, wo sich das ursprüngliche Geistthema zum Machtthema umgewandelt hat, erweist sich Alles als vom Geist verwandelt und durchsetzt." (*Materialien, Bd. 1*, 362)

In dieser Fassung verbindet Hesse das dialektische Prinzip Gut und Böse mit dem konkreten gespielten Glasperlenspiel, die Synthese besteht darin, dass das Gute, der Geist siegt. Josef Knecht bleibt demzufolge innerhalb der Welt Kastaliens, somit des Glasperlenspiels.

In der endgültigen Fassung ist Josef Knechts Leben geprägt vom Zweifel.

Zweifel hat Josef Knecht am Glasperlenspiel selbst. Einerseits besitzt das Glasperlenspiel für Knecht einen tiefen, verborgenen Sinn:

> Das Spiel, wie ich es meine, umschließt nach absolvierter Meditation den Spieler so, wie die Oberfläche einer Kugel ihren Mittelpunkt umschließt, und entläßt ihn mit dem Gefühl, eine restlos symmetrische und harmonische Welt aus der zufälligen und wirren gelöst und in sich aufgenommen zu haben. (212f.)

Aus der Isoliertheit der einzelnen Erscheinungen werden diese zusammengeführt, miteinander verbunden und verknüpft zu einer vollkommenen Einheit. Für Josef Knecht ist das Glasperlenspiel deshalb eine lingua sacra, eine heilige, göttliche Sprache. (125) Andererseits ist Josef Knecht über den eigentlichen Wert und Rang des Spiels immer wieder zu Zweifeln geneigt, weil es letztlich nur „eine formale Kunst, eine geistreiche Fertigkeit, eine witzige Kombination" sei. (125)

Knechts Zweifel gelten jedoch nicht nur dem Glasperlenspiel, vielmehr ist seine Persönlichkeit gespalten zwischen Ja und Nein:

> Die beiden Grundtendenzen oder Pole dieses Lebens, sein Yin und Yang, sind die Tendenz zum Bewahren, zur Treue, zum selbstlosen Dienst an der Hierarchie, und andererseits die Tendenz zum ‚Erwachen', zum Vordringen, zum Greifen und Begreifen der Wirklichkeit. Für den gläubigen und dienstbereiten Josef Knecht war der Orden, war Kastalien und das Glasperlenspiel etwas Heiliges und unbedingt Wertvolles; für den erwachenden, hellsichtigen, vorwärtsdringenden waren sie, ihres Wertes ungeachtet, gewordene, erkämpfte, in ihren Lebensformen wandelbare, der Gefahr der Alterung, des Sterilwerdens und Verfalls ausgesetzte Gestaltungen. (299)

Für Knecht persönlich entsteht aus dem Ja und Nein ein sein Leben prägender Konflikt und letztlich auch Leiden: Einerseits ist sein Leben als Magister Ludi gekrönt von Erfolgen wie es sich ebenfalls durch seine vorbildliche Amtsführung auszeichnet. (287) Andererseits wird nach dem Erfolg der ersten Aufführung des Glasperlenspiels vom Chronisten ausgesagt: Es wird „unsere Aufgabe sein, von jetzt an diese Spaltung oder besser diese pulsierende Polarität in Knechts Seele als das Eigentliche und Kennzeichnende im Wesen des Verehrten anzunehmen und zu bejahen.“ (287)

Es gibt für Knecht nicht falsch oder richtig. Das macht die Entscheidung so schwer.

Die Wahrheit wird gelebt

> Die Wahrheit wird gelebt, nicht doziert. Mache dich auf Kämpfe gefasst, Josef Knecht, ich sehe wohl, sie haben schon begonnen. (85)

So der Musikmeister zu dem jungen Eliteschüler Josef Knecht. Wahrheit und Kampf werden untrennbar miteinander verbunden. Die Wahrheit ist nicht ohne Kampf zu erringen.

Wahrheit ist ein Schlüsselbegriff im Romangeschehen des *Glasperlenspiels*. Für Josef Knecht ist die Wahrheit, das heißt das Streben nach Wahrheit, oberster Glaubenssatz. (395) Knecht versteht „den Geist in erster Linie als Willen zur Wahrheit.“ (387) Die Wahrheit ist das verbindenden Glied zwischen Josef Knecht und Heloisa und Abaelard.

Hermann Hesse sind Heloisas und Abaelards Streben nach Wahrheit und ihr Kampf um die Wahrheit aus ihren persönlichen Äußerungen sowie durch die Darstellung Hausraths gut bekannt. Hausrath spricht von Heloisas unerbittlichem Wahrheitssinn. (Hausrath, 158)

Ein Konflikt tut sich dann auf, wenn der wissenschaftlich zu erforschende Gegenstand in sich selbst zum Problem wird. Wissenschaftliches Arbeiten ist nach der Regel Abaelards das oberste Ziel im Kloster Paraklet. Die Äbtissin Heloisa befolgt diese Maxime, wobei ihr Probleme auffallen, die der Wahrheitsfindung im Wege stehen.

Hesse streicht ihre theologischen Fragen, die eine Krise auslösen, nicht nur am Rand an, sondern unterstreicht sie dreizehn Mal im Text. So z.B.

> Wie wir die Anderen richten, wird <u>Gott uns richten</u>. Also ungerecht? Wir sollen den Menschen thun, was wir von ihnen wünschen, zuweilen aber haben wir sehr <u>sündige Wünsche</u>.
> Jesus verwundert sich, aber kann <u>der Logos sich wundern?</u>

Am Rand streicht Hesse einen ganzen Satz an:

> Wie kann Moses im Deuteronomium seinen eigenen Tod erzählen? (Hausrath, 169)

Hesse selbst greift dieses an die Wurzeln wissenschaftlicher Arbeit und Leiden verursachende Hinterfragen in *Narziß und Goldmund* auf: Narziß findet Goldmund „besorgt und reuig wegen unfrommer Gedanken, die im Vergleich mit seinen eigenen Zweifeln und Denkabgründen harmlos waren". (*Narziß und Goldmund,* a.a.O., 278)

Für Josef Knecht wird die wissenschaftliche Erforschung der Wahrheit selbst nicht zum zentralen Problem, seine Haltung zum Glasperlenspiel ist, wie wir gesehen haben, ambivalent. Jedoch für den Musikmeister taucht ein ernsthafter, Existenz bedrohender Zweifel auf hinsichtlich des Werts seines wissenschaftlichen Tuns:

> Kurz, ich hatte eine von den Krisen durchzumachen, in denen alles Studium, alle geistige Bemühung, aller Geist überhaupt uns zweifelhaft und entwertet wird. (105)

Kann die Problematik der Krise beim Studium zwar noch überwunden werden, so ist es überaus schmerzlich, wenn die Wahrheit des eigenen Lebens gefährdet oder gar unmöglich ist. Worin besteht nun Josef Knechts Kampf um die Wahrheit? Es ist der Konflikt zwischen den beiden Polen: Welt und Kastalien. Eben dieser Konflikt zwischen Welt und Kloster ist bei Heloisas Leben vorbildhaft vorgezeichnet.

Für Heloisa stellt das Leben im Kloster keine höhere, gottgefälligere Lebensform dar. Selbst als Äbtissin sieht es Heloisa keineswegs ein, warum das Leben im Kloster einen höheren Wert haben sollte als das Leben in der Welt:

> Die Seligkeit, die uns Jesus Christus versprochen hat, ist nicht nur für die Mönche allein vorbehalten. Sonst würde ja die ganze Welt zugrunde gehen, wenn die Klöster alle tugendhaften Menschen vereinigen müßten. Wie sollte die Ehe ein ehrenhafter Zustand sein, wenn sie ein Hindernis für unser Heil abgäbe. (Heloisa, in: Fred, 207f.)

Diese Frage der Wertigkeit beunruhigt bereits den Schüler Josef Knecht.

So gibt es ihm existenziell zu denken, wenn Schüler freiwillig aus Kastalien in die Welt zurückkehren: Den Konflikt beschreibt er selbst so:

> Wenn ein Schüler aus Eschholz zurückgeschickt wurde und uns verließ, empfand ich es jedesmal wie einen Todesfall […] Später empfand ich den Ausschluss eines Electus nicht mehr nur als Unglück und Strafe […] Und vielleicht […] war es gar nicht ausgemacht, daß es die Schwächeren und Minderwertigen seien, welche

> die ferne Welt so sehr anzog: vielleicht war der scheinbare Rückfall, den sie erlitten, gar kein Fall und Erleiden, sondern ein Sprung und eine Tat, und vielleicht waren wir, die wir in Eschholz blieben, gerade die Schwachen und Feigen. (73)

Vom Biografen wird hinzugefügt: „Wir werden sehen, daß diese Gedanken ihm etwas später sehr lebendig nahe traten.“ (73)

Die existenzielle Fragestellung ‚Welt‘ oder Kastalien, Orden, Glasperlenspiel durchzieht Knechts Schülerjahre, namentlich durch seine exponierte Rolle, Kastalien gegen den Gastschüler und die Welt verteidigenden Plinio Designori zu vertreten. Der Konflikt eskaliert, ohne nach außen hin sichtbar zu sein, als Josef Knecht das höchste Amt erreicht und als Magister Ludi, als in Gold gekleideter „Hohepriester“ (285), sein erstes öffentliches Glasperlenspiel vor einem hingebungsvoll begeisterten Publikum darbietet. Anschließend äußert er sich gegenüber seinem Freund Tegelarius über das Glasperlenspiel und Kastalien:

> Man denkt nicht gerne daran, daß sie wie alles einmal vergehen sollen. Und doch muß man daran denken. (287)

Das Glasperlenspiel wird für den Glasperlenspielmeister mit den Jahren zur ewigen Wiederholung, zur leeren Übung, zur Formel, „wo ich sie ohne Freude, ohne Begeisterung tue, manchmal sogar ohne Glauben.“ (443)

Hermann Hesse mag von der Problematik, ein Amt ohne Glauben und dennoch mit Perfektion auszufüllen, durch Heloisa inspiriert sein. Obwohl sie für sich keinen Sinn darin sieht, Nonne bzw. Äbtissin zu sein, führt sie ihr Amt vollkommen aus. Nicht nur dass Heloisa, wie Abaelard ihr zugesteht, in einem Jahr für das Kloster Paraklet mehr erreicht als er in hundert Jahren, so erfreut sie sich einer allgemeinen Beliebtheit, dass „Bischöfe sie gleich einer Tochter, die Äbte sie als Schwester, die Laien als Mutter geliebt hätten. Jeder pries ihre Frömmigkeit, ihre Klugheit, und vor allem ihre unerschütterliche Geduld.“ (Hausrath, 120)

Ähnliches Lob findet der Autor der Lebensbeschreibung Josef Knechts für dessen Amtszeit: Josef Knecht „hat das Höchste erreicht und geleistet, indem er als Magister Ludi Führer und Vorbild der geistig Kultivierten und geistig Strebenden war.“ (47) Diese exponierte Stellung jeweils vollkommen und vorbildlich auszufüllen, ist sowohl für Heloisa wie für Josef Knecht Kampf. Hausrath kommentiert:

> Wenn man aus ihren Briefen erfährt, wie es in Heloisens eigenem Innern aussah, kann man dem Charakter der unglücklichen Frau, die dieser majestätischen Selbstbeherrschung fähig war, seine Bewunderung nicht versagen. (Hausrath, 120)

Wundern tut sich ebenfalls Alexander, der oberste Ordensleiter, über diesen Zwiespalt, als Josef Knecht ihm seinen Austritt aus dem Orden erklärt:

> Ihr stellet es mir so dar, als wäret Ihr, wenn auch mit allerlei aparten Gedanken im Kopf, bis gestern ein einwandfreier Kastalier und Magister gewesen, hättet zwar Anfechtungen und Anfälle von Amtsmüdigkeit erlebt, sie aber regelmäßig bekämpft und bezwungen.

Knecht gesteht es ihm zu: „es hat mich große Mühe gekostet". (444) Jedoch besteht er darauf, dass er sein Amt vorbildlich hinterlässt: „Ihr konntet feststellen, dass die Arbeit getan wird, Kanzlei und Archiv in Ordnung sind, der Magister Ludi weder Krankheit noch Launen zeigt." (443f.)

Josef Knecht ringt sich durch, „der Plage ein Ende zu machen. Es war wieder eine Stufe zurückgelegt, ich hatte einen Raum durchschritten, und der Raum war diesmal Kastalien." (443)

Es gelingt Josef Knecht die Synthese zwischen den Polen Welt und Kastalien, nämlich einen dritten Weg zu finden, der in die Welt hineinführt, jedoch nicht im eigentlichen Sinne weltlich ist. Vom Autor wird Josef Knechts Hineingehen in die Welt als eine Dimension gewürdigt, „welche wir nur ehrerbietig zu ahnen vermögen". (47) .

Ob Heloisa die Synthese gelingt, das bleibt im Dunkel der Geschichte verborgen. Sie ist bis an ihr Lebensende Äbtissin des Klosters Paraklet.

Abaelard hat gewiss innere Kämpfe auszufechten gehabt, jedoch sind es die Angriffe von außen, die ihn zu vernichten suchen.

Hermann Hesse markiert am Rand:

> Zwanzig Schlachten hätten dir nicht so viel Elend gebracht, als die zwei Synoden von Soissons und Sens dir bereitet haben. (Hausrath, 4)

Auf der Synode von Soissons wird Abaelards Werk *Theologia Summi boni*, ohne dass Abaelard es verteidigen darf, vom Legaten des Papstes verurteilt. Abaelard muss das Buch eigenhändig ins Feuer werfen und wird zu ewiger Klosterhaft verurteilt.

Hermann Hesse streicht am Rand an:

> Ihm tagte die Erkenntniß, daß die Theologie nicht eine Wissenschaft sei, sondern ein Theil der Kirchenpolitik und daß kirchliche Streitigkeiten nach andern Motiven entschieden würden als nach denen der Wahrheit. (Hausrath, 83)

Abaelard bleibt jedoch nur kurze Zeit in Klosterhaft und kann in sein Kloster St. Denis zurückkehren. Dort allerdings besitzt Abaelard die Gabe, sich um der Wahrheit willen in neue Nesseln zu setzen.

Hermann Hesse streicht dazu am Rand an:

> Die Entdeckung selbst war merkwürdig genug, aber wer dahinter kommt, daß die Geschichte von Tell eine Sage ist, wird gut thun, das nicht auf dem Schützenfeste von Altdorf zu erzählen. (Hausrath, 193)

Worum geht es?

Es geht um den heiligen Dionysius Areopagita. Dieser ist nicht nur der Heilige des Klosters, sondern darüber hinaus der Heilige des Königs, der Heilige Frankreichs.

Abaelard kommt jedoch zu der Erkenntnis, „daß der Märtyrerbischof, der im Kloster St. Denis bestattet war, gar nichts mit dem Areopagiten des Paulus zu tun hatte.“ (Hausrath, 87) Zunächst von dieser Entdeckung belustigt, hält Abaelard sein Wissen nicht zurück. Die Sache erfährt Abt Adam:

> Er rief den ganzen Konvent zusammen, vor allen erteilte er mir eine Rüge und drohte, daß er mich vor das Angesicht des Königs stellen werde, damit man mich so behandle, wie es einer verdient, der Ruhm und Ehre des Königtums angreift. (Abaelard, in: Fred, 86)

Bis zum angekündigten Prozess kommt Abaelard in Klosterhaft, aus der ihn einige mitleidige Brüder und seine Schüler heimlich bei Nacht befreien und es ihm ermöglichen, in das Nachbargebiet des Grafen Theobald, eines Gegners des Königs, zu fliehen.

Abaelard steht Zeit seines Lebens unbeirrt dazu, nur Argumente könnten ihn überzeugen, eine andere Auffassung zu vertreten.

Hermann Hesse streicht dazu an:

> Ein Dialektiker wie Abälard, dessen ewig reges Denken nicht ruhte, bis es jede Frage erfaßt, klar formuliert und so gut als möglich beantwortet hatte, war zu blinder Unterwerfung unfähig. (Hausrath, 193)

Genau davor, Kastalien werde sich eines Tages einem Regime, einem Diktator unterwerfen, warnt Josef in seinem Rundschreiben an die oberste Erziehungsbehörde:

> Ein Feigling, wer sich den Leistungen, Opfern und Gefahren entzieht, die sein Volk zu bestehen hat. Aber ein Feigling und Verräter nicht minder, wer also z.B. die Entscheidung, was zweimal zwei sei, den Machthabern zu überlassen bereit ist! (359)

Josef Knecht sieht Kastalien der Gefahr ausgesetzt bzw. er sieht die Gefahr auf Kastalien zukommen, die Wahrheit zu verleugnen.

> Wenn im Kampf der Interessen und Schlagworte die Wahrheit in Gefahr kommt, ebenso entwertet, entstellt und vergewaltigt zu werden wie der Einzelmensch, wie die Sprache, wie die Künste, wie alles Organische und kunstvoll Hochgezüchtigte, dann ist es unsere einzige Pflicht, zu widerstreben und die Wahrheit, das heißt das Streben nach Wahrheit, als unsern obersten Glaubenssatz zu retten. (395)

Knecht beurteilt die Standhaftigkeit der kastalischen Wissenschaftler skeptisch:

> Ich überlasse es jedem von Ihnen, verehrte Kollegen, sich seine Gedanken zu machen, worin die Pflichten des Ordens bestehen, wenn das Land und der Orden selbst gefährdet sind. Es wird da verschiedene Auffassungen geben. Auch ich habe die meinige, und im vielen Erwägen aller hier angeregten Fragen bin ich für meine Person zu einer klaren Vorstellung dessen gekommen, was für mich Pflicht und erstrebenswert sei. (395f.)

Knecht erkennt, dass Kastalien zur Erhaltung von Ehrfurcht vor der Wahrheit, Gehorsam gegen den Geist und Dienst am Wort (399) der weltlichen Schulen bedarf: „Dort ist die Basis des geistigen Lebens im Lande, nicht in den Seminaren oder im Glasperlenspiel." (368) Wenn auch voraussehend, dass sein Gesuch abgelehnt wird, stellt Knecht dennoch den Antrag, ihn seines Amtes als Magister Ludi zu entheben und ihm „draußen im Lande eine gewöhnliche Schule anzuvertrauen." (399)

Es findet sich nun eine andere Lösung, die Erziehung des Sohnes Plinio Designoris Tito, der ohnehin in seiner Schule Schwierigkeiten hat und „verwöhnt und vorlaut" ist. (369) Dieser Vorschlag, dieser Wunsch Plinios, seinen Sohn auf den rechten Weg zu bringen, wird von Knecht freudig angenommen.

Exkurs: Liebe und Schuld

Es ist von einer Leserin vermerkt worden, dass im *Glasperlenspiel* keine Frauen vorkommen. Hesse hat darauf geantwortet:

> Eine Dichtung besteht nicht einzig aus Erdachtem und Gewolltem, sondern zu großen Teilen aus tieferen Gründen, die der Autor selbst nicht sieht oder höchstens ahnt. (*Materialien, Bd. 1*, 255)

Einen Hinweis für diese unbewussten Gründe mag eine Randnotiz Hesses bei der Lektüre von Hausraths Abälard-Buch sein:

Hermann Hesse hat ein einziges Mal nicht nur fein säuberlich einen Strich an die ihn besonders interessierende Textstelle gesetzt, sondern ein Ausrufungszeichen! Hausrath schreibt im Hinblick auf den Sündenfall im Paradies:

> Für Adam will Abälard als Milderungsgrund geltend machen, daß er die geliebte Gattin nicht durch Zurückweisung der gebotenen Frucht betrüben wollte. (Hausrath, 205)

Dieses Ausrufezeichen berührt, es ist ein ganz privates Zeichen dafür, dass Hermann Hesse die Problematik der „Zurückweisung" von Jugend an, besonders durch seine geliebte Mutter, schmerzlich empfand.[11] Bezeichnenderweise wird über die Herkunft Josef Knechts wie auch Narziß' nichts ausgesagt.

Insbesondere im Verhältnis Hesses zu Frauen setzt sich der Konflikt zwischen Liebe und Schuld fort.

> Ich neige dazu, jede starke Liebesfähigkeit zu bewundern, ja zu beneiden, so wie ich auch bei den Frauen, die mich geliebt haben, immer der mit fast schlechtem Gewissen Bewundernde war, denn immer erschien mir ihre Fähigkeit zur Hingabe an einen einzigen etwas unsäglich Starkes und auch Schönes, was mir aber fehlt, was ich bewundern, aber nicht nachahmen kann. Ich habe diese Gewalt der Hingabe an ein geliebtes Objekt nicht, vielmehr ist für mich dieses Objekt nie ein materielles gewesen, nie eine Person oder ein Volk, sondern immer etwas Überpersönliches, Gott, oder das All, oder die Menschheit, oder der Geist, oder die Tugend, oder der Begriff ‚Vollkommenheit'. (*Materialien, Bd. 1*, 71f.)

Mit ähnlichen Worten beschreibt Hesse die Unfähigkeit Josef Knechts zu einer personalen Bindung.

> Knechts Wesen ließ eine […] leidenschaftliche und namentlich eine […] ausschließliche Bindung an einen Freund nicht zu, er konnte im Notfall auch ohne Freund sein und konnte den Strahl seiner Sympathie ohne Hemmung neuen Objekten und Menschen zuwenden. (160)

Kastalien ist nun ein Orden, in dem der Konflikt zwischen immateriellen Werten, Geist und personaler Liebe durch die Ordensregel von vornherein weitgehend ausgeschlossen ist. Sowohl der personalen Liebe wie auch dem Eros wird in Kastalien kein Raum gewährt.

Es darf nicht geheiratet werden. Um es noch konkreter zu sagen, die Ordenszugehörigkeit verbietet die Ehe. So darf höchstens der Student, der noch nicht dem Orden beigetreten ist, ein Liebchen haben, wobei die-

[11] Michael Limberg: *Hermann Hesse: Leben, Werk, Wirkung*, 27.

ses von vornherein weiß, dass die Beziehung keine Zukunft hat, dass sie nicht geheiratet wird. (117) Dies wird allgemein als Information im Roman erwähnt, ohne irgendeinen Bezug zu Josef Knecht auch nur durchblicken zu lassen.

In Anbetracht der Abwehr oder milder ausgedrückt des Schutzes vor einer Beziehung zu Frauen gibt es innerhalb Kastaliens keine Liebe, wohl aber Achtung, ja, Verehrung, so wie Josef Knecht den, übrigens namenlosen, Musikmeister verehrt.

Es verwundert nicht, dass noch weniger als die Liebe der Eros in Kastalien zum Zuge kommen darf. „Das Triebleben ist meditativ gebändigt“. (341)

Designori bezeichnet die Kastalianer denn auch als „Kastrierte“ (341) wie auch Abaelard nach seiner Entmannung von Roscelin herabgewürdigt wird und öffentlich beschimpft wird, er sei kein Mann mehr. (Hausrath, 74)

Im *Glasperlenspiel* findet sich ein einziger Satz, der darauf hinweist, dass es Josef Knecht nicht gänzlich gelingt, den Eros auszuschalten, sich quasi, um es einmal direkt auszusprechen, durch Meditation zu entmannen:

> Und natürlich kannte er das Vorhandensein dieser Welt auch in seinem eigenen Herzen. Auch er hatte Triebe, Phantasien und Gelüste, welche den Gesetzen widersprachen, unter denen er stand, Triebe, deren Zähmung nur allmählich gelang und harte Mühe kostete. (290)

Von dieser einzigen Textstelle ausgehend, ist es anzunehmen, dass es Josef Knecht gelingt, seine erotischen sexuellen Bedürfnisse zu nivellieren.

Die Disziplin sowie der Wille, den Geist über die Triebe herrschen zu lassen, entspricht Josef Knechts Persönlichkeit, die durch Adel (436) hervorsticht. Bereits von dem jungen Josef Knecht heißt es:

> Was ihn bei den Jungen empfahl und ihm Anbeter warb, war seine Frische und noch ganz jugendliche Anmut, welche dem Anschein nach den Leidenschaften unzugänglich war, er würde ein Herr sein. (162)

Eine wie auch immer gestaltete Liebe würde diesem letztlich unangreifbaren Adel, dieser aus sich selbst hervorgehenden Vornehmheit und Vollkommenheit einen Makel zusetzen. Es gibt keinen Augenblick in Josef Knechts Leben, wo er menschlich fehlerhaft wäre. Sexualität würde ihn seines Adels, seiner Vollkommenheit berauben.

Gleichwohl hat sich Hermann Hesse außerhalb des Romans zu diesem Aspekt des Eros geäußert:

> Aus seinem gelehrten Klosterbezirk geht Knecht einige Male im Jahr in eine Stadt, um mit einer Frau zu schlafen. Er wählt sie aus den ‚Verschl (eierten)', die mit verhülltem Gesicht gehen. Jede Frau kann, wenn sie will, so gehen. Dann darf jeder Mann sie ansprechen und mitnehmen. Er kennt sie nicht und riskiert, daß sie im Gesicht häßlich ist. *(Materialien, Bd. 1,* 319)

Auf Grund dieser Anonymität und Freiwilligkeit der Frauen, sich irgendeinem Mann hinzugeben, entsteht für Knecht keine Schuld. Die Beziehung ist sozusagen eine geschäftliche, in der von vornherein die Liebe, die Bindung, jede Form von Verantwortung und damit von Schuld ausgeschlossen ist.

Als Resümee lässt sich festhalten: Josef Knecht lädt in keiner Weise Schuld auf sich oder noch pointierter mit den Worten Hermann Hesses gesagt: Josef Knecht zeichnet sich aus durch „Unschuld" (162). Diese Unschuld wird betont (58; 60) und macht das charakteristische Proprium Josef Knechts aus. Seine Unschuld wird sogar noch vor seinem Tod hervorgehoben: „So hatte der Tag und die Welt ihn lange nicht mehr angeblickt, so unbeschwert, schön, unschuldig." (449)

Es sei erwähnt, schön ist eine außergewöhnliche Formulierung im Romangeschehen. Der Leser erfährt lange nichts über Knechts Äußeres, als dass er ein blonder Knabe ist, hübsch und fein (98), und erst ganz am Ende wird von Knecht ausgesagt, dass er eine „schöne langfingrige Hand" und einen taktfesten, aber leichten, fast schwebenden Gang habe, „ein eigenartiger liebenswürdiger, vornehmer Schritt" (448), der übrigens auch Leo auszeichnet.[12] Im Hinblick auf die Frauen bedeutet dieses äußerst angenehme Äußere Josef Knechts, „sein Gesicht, seine Stimme, sein Gang" (448), dass die Bekanntschaft mit ihm oder gar eine Liebesbeziehung zu Leiden zumindest aufseiten der Frau führen würde und damit zu Schuld aufseiten Josef Knechts oder anders ausgedrückt, dass er die geliebte Frau durch Zurückweisung der dargebotenen Frucht betrüben würde.

Als Quintessenz sei vermerkt: Es mag im Leben Josef Knechts keine Frauen geben, damit er nicht schuldig wird. Dies ist bedeutsam für sein späteres Opfer.

Ecce Homo

Als Magister Ludi ist Josef Knecht in den Augen anderer „ein Fürst oder Hohepriester, beinahe eine Gottheit." (8) Bei der öffentlichen Darbietung

[12] Hermann Hesse: *Die Morgenlandfahrt.* „sein Gang war von der gleichen Art wie vorher sein Pfeifen: leicht, spielerisch, aber straff, gesund und jugendlich", suhrkamp taschenbuch 750, 2018, 58.

des Glasperlenspiels nivelliert Knecht seine Individualität, wird unter dem weiß-goldenen Gewand zum „Hohepriester". (285)

Innerhalb der letzten Tage seines Lebens transzendiert Knecht von einer beinahe Gottheit zu einem des Leidens fähigen Menschen. Die wenigen Tage (Verlassen Kastaliens, Ankunft in der Hauptstadt, Abend mit Tito im Gebirge) symbolisieren möglicherweise Jesu Weg von der Kreuzigung zur Auferstehung.

Hermann Hesse streicht bei Hausrath an:

> Unsere Erlösung besteht für Abälard nicht darin, daß Christus ein Lösegeld für uns erlegte, sondern in dem Positiven, daß das Leiden Christi die Liebe zu Gott entzündet, die uns zu Kindern Gottes macht. (Hausrath, 187)

Um leiden zu können, bedarf es der menschlichen Natur, wie Abaelard darlegt. Der Mensch ist ein körperliches Wesen, aus Gliedern bestehend und vergänglich. (Hausrath, 209) „Mensch" zu sein, ist das Ziel Josef Knechts. (441)

Stufenweise durchschreitet Knecht nun den Weg vom Magister Ludi zum Menschen.

Noch in der Nacht, bevor er das Spielerdorf und Kastalien für immer verlässt, verhält Knecht sich als Magister Ludi. Um Abschied zu nehmen, sucht er seinen Freund Tegelarius auf. Knecht lässt sich von Tegelarius als „der Ehrwürdige" ansprechen. (410) Wenn dies auch lächelnd, in spielerisch ironischem Ton gesagt sein mag, so bleibt doch der Abstand durch das „Ihr" und „du". (413) Diese hierarchische Distanz nimmt Knecht auch gegenüber seinem Freund Ferromonte ein, der ihm durchaus ebenbürtig ist, jedoch in der kastalischen Hierarchie unter ihm steht. Ferromonte spricht Knecht mit „Ihr" und „Euch", mit „Domine" an, während Knecht auch ihn wie selbstverständlich duzt. (280f.)

Im Hinblick auf Tegelarius geben die Bezeichnungen Magister – Repetent nicht nur durch den Erzähler das hierarchische Verhältnis wieder, sondern der aus der Sicht Knechts ihm zukommende Abstand spiegelt sich auch im Dialog wider. Knecht weist Tegelarius zurecht und fügt „mein Bester" hinzu. (413) Undenkbar, daß Tegelarius zu Knecht „mein Bester" gesagt hätte. Knechts letztes zu seinem Freund Tegelarius gesprochenes Wort lautet: „Gute Nacht, alter Nörgler." (414)

Der Gang durch das nächtliche Waldzell, die Erinnerungen an die Schülerzeit stimmen Knecht einen Augenblick wehmütig, doch dann befreit er sich in sorgfältiger Meditation von den Seelenwallungen dieser Stunde, „um morgen stark zu sein für seine letzte Arbeit in Kastalien, die Aussprache mit dem Ordensleiter." (414) Indem Knecht meditiert, erweist er sich noch ganz als Kastalier, weil die Meditation das Menschliche, das Angefochtene, das Zerbrechliche ausschalten hilft.

In den beiden Gesprächen mit dem Ordensleiter Alexander verwendet Knecht eine persönlichere Sprache wie: „So wie es mir Herz und Vernunft vorschreiben" (424) oder „der Weg, den ich angetreten habe, ist mein ein und alles, mein Gesetz, meine Heimat, mein Dienst." (432)

Nach seinem endgültigen Fortgang aus Kastalien ist Knecht wie befreit. (450) Knecht besitzt nichts, nur das Kleid auf seinem Leib und das Flötchen, das er sich erlaubt hat, aus Monteport mitzunehmen. Er ist Mensch im Sinne Abaelards, ohne irdischen Besitz, nur mit seinem Körper, seinen Gliedern, ein Lebewesen, das beseelt, empfindungsfähig, vernünftig und sterblich ist.

Wie ein Kastalier verhält sich Knecht, als er bei seinem Freund Designori in der Hauptstadt ankommt und der junge Tito zum Entsetzen seiner Eltern, die in panische Angst verfallen, verschwunden ist. Knecht ermahnt seinen Freund Plinio:

> Ich habe dich ein wenig beobachtet und finde, daß du nicht eben gut in Form bist. [...] Du bist nicht gut gerüstet, ihr Weltleute scheinet dem Leiden und den Sorgen auf eine ganz besondere Art offenzustehen. [...] Und jetzt, Plinio, sei so gut und mache ein paar Übungen mit mir, damit ich sehe, ob du wirklich alles schon vergessen hast. (456)

In diesen Worten zeigt sich Knecht als der Überlegene, der in den Weltmenschen doch etwas Törichtes, wenn Unterlegendes sieht. Knecht versteht sie in seinem Lebenslauf *Der Beichtvater* denn auch als Kindermenschen (563). Bezeichnenderweise ist er es, der den Brief Titos findet, in dem der Jüngling mitteilt, er sei schon zum Landhaus vorausgegangen, wo Knecht mit ihm die nächsten Wochen verbringen will.

Die Situation kehrt sich jedoch am folgenden Abend um. Nach der Fahrt mit dem Wagen ins Hochgebirge fühlt Knecht „Schwindel, eine noch nie empfundene Leere im Kopf und eine lästige Schwäche und Ungleichmäßigkeit des Herzschlags." (462) Trotzdem verbringt Knecht wie verabredet den Abend mit dem Jungen, den er auf dessen ausdrückliche Aufforderung siezt:

> Der Abend hatte ihm Mühe gemacht, es war ihm schwergefallen und lästig gewesen, sich vor dem jungen Mann, der ihn ohne Zweifel gut beobachtete, in Ausdruck, Haltung und Stimme so zusammenzunehmen, daß dieser nichts von seiner eigentümlichen, inzwischen noch gewachsenen Müdigkeit oder Verstimmung oder Krankheit merke. (463)

Der Kontrast zum Magister Ludi kann nicht größer sein: Als Magister Ludi beinahe ein Gott – muss Knecht sich jetzt zusammennehmen, um vor einem etwa 17-jährigen Jungen bestehen zu können. Es ist eine für

Josef Knecht erniedrigende Situation, in die er sich hineinbegeben hat. Wider Erwarten überfällt ihn ein geradezu existentielles Leiden: Knecht leidet am Leib: Müdigkeit, Schwindel, Ungleichmäßigkeit des Herzschlags, am Geist: nie empfundene Leere im Kopf und Schwäche, und an der Seele: Todesmüdigkeit. „Jetzt aber mußte er dieser Leere, diesem Unwohlsein, diesem bangen Schwindelgefühl, dieser Todesmüdigkeit, die zugleich Unruhe war, begegnen und Herr werden.“ (463) Sein Erklärungsversuch wirkt fade und wird vom Erzähler relativiert:

> Sein Kranksein hatte, wie er fand, keine andere Ursache als die heutige Reise, die ihn in so kurzer Zeit aus der Ebene in eine Höhe von wohl zweitausend Meter gebracht hatte. (464)

Körperliches Unwohlsein erzeugt jedoch keine Todesmüdigkeit. Vielmehr vollzieht sich ein Vorgang, ein Elendwerden, das an ihm geschieht. In einer Meditation vor seinem Gespräch mit Alexander wird Knecht bewusst, dass er „nicht Herr, sondern Opfer“ (418) ist, dass es Selbsttäuschung sei, zu glauben, man sei ein Herr und würde selbst sein Leben bestimmen. (418) Das Leiden geschieht an ihm, es überfällt ihn von außen, es ist von außen gewirkt, es ist ihm etwas Fremdes, ihm nicht Zugehöriges, etwas, was er durch rationale Erklärung loswerden will und nicht kann. Josef Knecht ist hier ganz Mensch, er leidet als Mensch und er ist mit diesem Leiden nicht einverstanden. Dieses Geschehen wertet Abaelard als das Kreuz tragen:

> Und gibt es eine höhere irdische Lust als die Erfüllung des eigenen Willens? […] Dagegen ein Kreuz tragen, d. h. eine Qual aushalten – was ist es anderes, als etwas geschehen lassen, was unserem Willen zuwider ist? (Hausrath, 203)

Nun könnte man annehmen, dass Josef Knecht in dieser Situation zum bewährten Heilmittel griffe, zur Meditation. Hingegen

> legte er sich zu Bett und brachte die Nacht, ohne viel Schlaf zu finden, teils mit einem Überblick über seine Reise seit dem Abschied von Waldzell, teils mit Versuchen zur Beruhigung des Herzschlages und seiner erregten Nerven hin. (464)

Vergleichen wir diese Versuche mit Knechts Meditation nach seinem letzten Abend in Waldzell, so ist der Unterschied frappierend: Zum ersten Mal gelingt es ihm nicht, wirklich zu meditieren, sondern er ist wie schlaflose Weltmenschen mit allerlei Themen beschäftigt. Was Josef Knecht bisher von dem Menschsein trennte, war seine kastalische Überlegenheit, sein kastalischer Hochmut. (382) Er hat sich als Magister Ludi in hochmütiger Einsamkeit verstiegen. (437)

Nun aber ist Knecht selbst nicht gut in Form. Sein ihn überfallendes, völlig unerwartetes körperliches und seelisches und geistiges Elend lässt ihn unterlegen sein, lässt ihn Leiden erfahren. Hatte er schon früher bemerkt, „was für ein arroganter, hochnäsiger, blasierter Spielvirtuos und Elitehirsch" (439) er einst gewesen sei, so nimmt die Erfahrung des Leidens seinen kastalischen Hochmut (384), lässt ihn hilflos und demütig erscheinen.

Dieser Vorgang lässt sich als Erwachen deuten. War das Erwachen bisher für Knecht ein überaus positives Erkennen und Erleben, das ihn Stufe um Stufe, auch in der Hierarchie, höher führte, so ist es hier genau umgekehrt. Das Erwachen ist ein Vorgang der Erniedrigung, des Leidens und führt paradoxerweise ihn zum Höchsten, er wird Mensch. Das Opfer, das er bringen soll, kann nur gültig sein, wenn Knecht nicht scheinbar etwas Höheres darstellt, sondern indem er Mensch ist. Damit wird er Jesus Christus ähnlich.

Als Quintessenz sei bedacht, Josef Knecht begibt sich in der Nacht vor seinem Tode jedweden Schutzes. Er ist ein Mensch, der Leiden erfährt, schutzlos ist und sterblich. Menschwerdung ist eines der zentralen Worte Abaelards für Jesus Christus. (Hausrath, 203) Hesse verwendet das Wort „Geborenwerden". (*Vorspann zum Glasperlenspiel*) Mensch geworden zu sein, ist für Josef Knecht Ziel, anders gesagt, der vorletzte Raum, den er durchschreiten muss, bevor er im Tode gleichsam Auferstehung erfährt.

Dem größten, dem mächtigsten Herrn dienen

Im Gespräch mit dem Ordensvorstand Alexander erklärt Knecht seinen Entschluss, Kastalien den Rücken zuzukehren, mit der Legende des heiligen Christopherus, der ein Meister im Dienen war, jedoch musste es „der mächtigste und größte Herr sein." (437) Josef Knecht sagt von sich: „Dieser große Diener hat mir immer gefallen, und ein wenig muß ich ihm ähnlich sein." (437)

Wer dieser größte und mächtigste Herr sei, wird nicht ausgeführt. Es wird kein Name, keine Autorität, keine höchste Instanz genannt. Doch es sei in Erinnerung gerufen, Hermann Hesse streicht dazu am Rand an:

> Das Sichtbare nehmen wir als Schein und das Vorgestellte als Wirklichkeit. (siehe, Abaelard als Vordenker des Glasperlenspiels)

Eines ist ersichtlich. der höchste Herr ist nichts Gewordenes und damit Vergängliches, sondern etwas Ewiges, etwas Immaterielles. Dieses bleibt jedoch nicht abstrakt, sondern es handelt sich um ein beidseitiges Beziehungsgeschehen: Seinen Austritt aus dem kastalischen Orden erklärt Knecht mit dem Wirken einer Macht:

> Ich habe etwas getan, was Ihr mißbilligen müsset, aber ich habe es getan, weil ich mußte, weil es mir aufgetragen ist, weil es meine Bestimmung ist, an die ich glaube und die ich mit gutem Willen auf mich nehme. (445)

Alexander deutet diesen Weg als „Berufung". (446) Wozu ist Knecht berufen? Worin besteht der Sinn seines Dienens?

Hermann Hesse markiert am Rand zum Tode Jesu Christi:

> Der Tod Christi hatte nach Abälard vielmehr den Zweck, durch die höchste Offenbarung der göttlichen Liebe uns zur Gegenliebe zu bewegen. Die Liebe, welche jener Liebesbeweis in uns erweckt, treibt die Furcht aus, befreit uns von der Sünde, indem wir dem, den wir lieben, gehorsam sind, und wirkt so unsere Erlösung. (Hausrath, 208)

Es sei noch einmal erwähnt, Hermann Hesse streicht dazu ebenfalls an:

> Unsere Erlösung besteht für Abälard nicht darin, daß Christus ein Lösegeld für uns erlegte, sondern in dem Positiven, daß das Leiden Christi in uns die Liebe zu Gott entzündet, die uns zu Kindern Gottes macht. (Hausrath, 187)

Einen Schlüssel zum Verstehen des Todes des Magister Ludi Josef Knecht bietet die von Abaelard vertretene Trias: Leiden – Liebe – Erlösung/Kind Gottes.

Leiden

Das Leiden wird nach Abaelard zum Positiven gewendet. Das Leiden des Höchsten ist für Abaelard der Ausgangspunkt für unsere Erlösung.

Verfolgen wir den Leidensweg Josef Knechts: Die Passion Josef Knechts steht im Vordergrund seines letzten Tages bis zum Tode am frühen Morgen.

Das Leiden Josef Knechts beginnt mit seiner Ankunft in Belpunt bei „dem kleinen Landhaus, bei dessen Bauart Knecht die Strenge, ja Finsternis dieser dem rauhen Hochgebirge angepaßten Bauart" empfindet. (461) In dieser Hochgebirgswelt ist der Mensch nicht eingeladen, kaum geduldet. (465) Das allerdings trifft auf Josef Knecht zu, nicht auf Tito, der sich im Gegenteil in dieser Bergwelt zu Hause weiß und in seinem der Sonne gehuldigten ekstatischen Opfertanz mit ihr eine Einheit bildet. (465) Josef Knecht hingegen ist sie in ihrer Stille, ihrem Ernst und ihrer Schönheit, Wucht, Kühle und Fremdheit „unvertraut". (465)

Diese Fremdheit, es ließe sich auch sagen Entfremdung, drückt sich nicht nur in Knechts ihn unerwartet überfallendem kränklichen Elend aus, sondern ebenfalls in seinem kommunikativen Verhalten. Josef Knecht wechselt vom Aktiv zum Passiv, zur Passion. Dies kommt durch die Komposition zum Ausdruck. Josef Knecht verstummt. Nur ein Satz wird in direkter Rede wiedergegeben und da drückt Knecht seine Unkenntnis über sein botanisches Wissen aus. (460) Es wird sonst nur Knechts Verhalten, seine Reaktion durch den Erzähler dargestellt.

Am nächsten Morgen spürt Knecht „die Wucht, die Kühle und Fremdheit dieser Hochgebirgswelt.“ (465) Das Passive dieses Moments kommt zum Ausdruck, indem er das Hiersein nicht als eigene Tat versteht, vielmehr

> es ihm sonderbar und bedeutungsvoll erscheint, daß sein erster Schritt in die neue Freiheit des Weltlebens ihn hierher, in diese stille und kalte Größe geführt hatte. (465)

Er also, der Magister Ludi, ist von seinem Schritt geführt worden. Der Schritt ist, da das Wort „ich“ fehlt, wie von außen gelenkt.

Im Kontrast dazu der Anfang des nächsten Satzes: „Tito erschien“. (465) Tito weist auf den Felsen mit der lobenden Bemerkung: „‚Sie kommen gerade im rechten Augenblick‘“. (466) Während Knecht noch in pädagogischen Überlegungen begriffen ist, blickt Tito gespannt nach dem finsteren Felsgrat, wo aus einer glühenden Lücke das Gestirn des Tages tritt. (466) Knecht schaut zu, wie Tito in einen ekstatischen Tanz verfällt. Knecht wird bewusst, dass dieser junge Mensch stärker und bedeutsamer ist, als er ihn sich bisher gedacht hat, aber auch „härter, unzugänglicher, geistferner, heidnischer.“ (467)

Es stehen sich auf diesem Steg im anbrechenden Morgen diametral und gleichwertig gegenüber: Knecht als Verkörperung des Geistes und Tito als Verkörperung des Archaischen, Heidnischen. Knecht zieht daraus die Schlussfolgerung: Dieser Tanz, in dem Tito seine Seele offenbart hatte, „rückte ihn manche Stufe höher, ließ ihn aber auch fremder, unangreifbarer, dem Anruf unerreichbarer erscheinen.“ (467) Bisherige pädagogische Erwägungen scheinen hier auf schweren, wenn nicht fruchtlosen Boden zu fallen. Als fremd und „vollwertig als seinesgleichen“ (468) tritt ihm jetzt Tito entgegen.

Der Junge selbst, aus dem Rausch erwacht, ruft hastig:

> Wenn wir sehr schnell schwimmen, […] so können wir gerade noch vor der Sonne am andern Ufer sein. (469)

Die Aufforderung „wir“ hat etwas fast Komisches an sich, denn Tito trägt zwar eine Badehose, Knecht jedoch ein leichtes Schlafkleid mit einem Morgenmantel darüber.

In diesem Augenblick ändert sich das bisherige passive Verhalten Knechts in ein aktives. Er muss sich entscheiden, ob er „in kühler erwachsener Vernünftigkeit die Kraftprobe" (470) ablehnt oder den Sprung, als den er das Erwachen begriffen, wagt. Sein Gefühl von Unsicherheit und Schwäche warnt ihn. Jedoch „der Anruf war stärker als die Warnung, der Wille stärker als der Instinkt." (470) Knecht „warf sich an derselben Stelle ins Wasser, an der sein Schüler untergetaucht war." (470) Die reflexive Formulierung „sich werfen" verwundert. Erwartet werden könnte die aktive Form. Knecht sprang, denn als „Sprung" hat Knecht bisher das Transzendieren in eine höhere Existenzform aufgefasst. (78) Sich werfen erweckt die Assoziation von sich hingeben, sich ausliefern, also die Kontrolle über die Situation zu verlieren. Josef Knecht gibt sich dem Unbekannten, dem Gefährlichen, dem Tod anheim. Er wirft sich ihm sozusagen in die Arme, was sprachlich seinen Ausdruck darin findet: dass der Tod „ihn zum Ringen umarmt hatte". (470) Der Tod wird personalisiert als von außen auf Knecht einwirkende Kraft.

Wird die Situation bildlich vorgestellt, so begibt sich Josef Knecht allen Schutzes, indem er sich gar der Lächerlichkeit preisgibt. Denn es ist ein zum Spott herausforderndes Bild, ein Herr von etwa 50 Jahren springt im leichten Nachtgewand einem jugendlichen Bengel hinterher, der keineswegs seiner Hilfe beim Schwimmen bedarf. Es ist die letzte Stufe, die Jesus Christus erleiden muss, nämlich verspottet zu werden. Für Knecht ist es die höchste Stufe des Transzendierens, wie er in seinem Gedicht voraussagt:

> Es wird vielleicht auch noch die Todesstunde
> Uns neuen Räumen jung entgegensenden,
> Des Lebens Ruf wird niemals enden…
> Wohlan denn, Herz, nimm Abschied und gesunde! (484)

Auf einen tüchtigen Schauer gefasst, erwartet Josef Knecht stattdessen so etwas wie eine Hinrichtung:

> grimmige Kälte, die ihn ringsum mit lodernden Flammen umfaßte und nach einem Augenblick aufwallenden Brennens rasch in ihn einzudringen begann. (470)

> Er […] fühlte sich von dem Eisigen, Wilden, Feindseligen bitter bedrängt und glaubte noch um die Verringerung des Abstandes, um das Ziel des Wettschwimmens, um die Achtung und Kameradschaft, um die Seele des Knaben zu kämpfen, als er schon mit dem Tode kämpfte, der ihn gestellt und zum Ringen umarmt hatte. (470)

Dieses passive Sterben, dieses Sterben, ohne ins Bewusstsein zu treten, ist diametral verschieden zu dem letztlich heroischen aktiven Tod zu einem Bekenntnis, den Knecht im Gespräch mit Pater Jakobus, wie wir gesehen haben, als sinnvoll erachtet. (186) Josef Knecht stirbt jedoch nicht im

Dienst zu einem Bekenntnis. Vielmehr offenbart sich der höchste Herr, indem er Knecht zu einer Tat der Liebe treibt. Das Opfer ist nicht von Knecht aktiv gewollt, sondern vollzieht sich passionsgleich. Es handelt sich mit den Worten Abaelards um: „höchste Offenbarung der göttlichen Liebe".

Das Dienen verwirklicht sich im leidenden Tun. Im Kampf um die Seele des Jungen hält Knecht dem Tode stand, „solange das Herz noch schlug." (470) Entsprechend der Auffassung Abaelards führt das Leiden im Tod eine Wirkung herbei, nämlich die Liebe, die uns zum Dienen führt und dadurch zu unserer Erlösung.

Liebe

Tito bemerkt Knechts Unwohlsein nicht, im Gegenteil hatte „dieser Magister Knecht ihm sehr gefallen." (462) In der Wertschätzung Titos wird Josef Knecht erhöht. Tito sinnt darüber nach, was ihm an dem Fremden so imponiere und fand, dass es „dessen Adel, seine Vornehmheit, sein Herrentum sei." (463)

Für Tito also bedeutet der Tod Josef Knechts, dass derjenige, den er am allermeisten von allen Menschen achtet, durch sein Verschulden gestorben ist. Doch noch ist es vom Text aus gesehen nicht so weit. Tito realisiert, dass er den Magister nicht mehr sieht, er schwimmt zurück, sucht ihn, taucht nach ihm, findet ihn nicht.

> Taumelnd und atemlos kam er endlich an Land, sah den Bademantel am Ufer liegen, hob ihn auf, begann sich damit mechanisch Leib und Glieder abzureiben, bis die erstarrte Haut sich wieder erwärmte. (471)

Das allerdings erscheint verwunderlich. Selbst wenn sich Tito noch nicht bewusst gemacht hat, dass der Magister tot ist, so ist es dennoch geschmacklos oder pietätlos, sich mit dem Bademantel eines anzunehmenderweise gerade Verstorbenen trocken zu reiben. In Kontrast dazu pflegt Petrus, der Diener des verstorbenen Musikmeisters, einen Totenkult. (307)

Warum aber nun das Gegenteil, der Griff nach dem Mantel des gerade eben Vermissten, wenn nicht Verstorbenen? Das Abreiben, das Sichtrocknen mit dem Mantel des Verehrten hat etwas Magisches.

Es erscheint so, als würde durch das Abreiben etwas von der Kraft Josef Knechts in Tito übergehen. Mehr jedoch – allmählich erfasst ihn das Bewusstsein und der Schreck über das Geschehene:

> O weh, dachte er entsetzt, nun bin ich an seinem Tode schuldig! Und erst jetzt, wo kein Stolz mehr zu wahren und kein Widerstand zu leisten war, spürte er im Weh seines erschrockenen Herzens, wie lieb er diesen Mann schon gehabt hatte. (471)

Wie lieb er ihn gehabt hatte, ist eine außergewöhnliche Formulierung innerhalb des *Glasperlenspiels*. Liebhaben, das ist zutraulich, innig, liebevoll, seelenvoll. Tito hat Josef Knecht lieb. Dieses Gefühl, diese Verbundenheit ist einzigartig im Romangeschehen. Liebhaben drückt ein personales Verhältnis aus. Tito hat nicht eine Idee im Sinn, sondern er hat diesen einen Menschen, seinen Lehrer und Magister lieb.

Josef Knecht hingegen kann dienen, aber nicht einen Menschen lieben. Tito kann lieben und dienen. Bisher waren es die heidnischen, geistfernen, archaischen Mächte, denen er, wenn auch unbewusst, sein junges Leben als Opfer brachte. Durch die Liebe zu Josef Knecht wandelt sich der Herr, dem er dient. Das Dienen vollzieht sich im Sinne des Geistes.

Die Liebe ist für Abaelard das entschiedene Moment beim Tode Jesu Christi. Sein Leiden erweckt in uns Liebe. Analog dazu erweckt das Leiden, der Tod Josef Knechts erst in Tito das Bewusstsein, dass er seinen Meister liebhat. Es ist ein reines Gefühl, ohne Arg und ohne Selbstliebe.

Erlösung

> Und indem er sich, trotz allen Einwänden, an des Meisters Tode mitschuldig fühlte, überkam ihn mit heiligem Schauer die Ahnung, daß diese Schuld ihn selbst und sein Leben umgestalten und viel Größeres von ihm fordern werde, als er je von sich verlangt hatte. (471)

Heiliger Schauer erweckt die Assoziation von göttlich, von göttlichem Wirken. Für Hesse jedoch hat es ebenso eine profane Bedeutung. Auf die Frage eines Weltmanns: Welches der höchste Sinn der heiligen Wahrheit? sei, erhält er von einem chinesischen Weisen die Antwort: „‚Offene Weite – nichts von heilig.'" (*Materialien, Bd.1*, 335)

Das bedeutet, der heilige Schauer bewirkt nicht Stillstand, sondern führt hinaus in die offene Weite, ins Profane, in die Welt. Tito durchlebt durch den Tod Knechts eine Verwandlung. Die Liebe befreit ihn, um es mit den Worten Abaelards auszudrücken, von „Furcht und Sünde, indem wir dem, den wir lieben, gehorsam sind, und wirkt so unsere Erlösung." (Hausrath, 208)

Es wird von Hermann Hesse nicht ausgeführt, wie diese Gestaltung und das Größere, was von Tito gefordert wird, aussieht. Jedoch gibt es Hinweise: Auch wenn Knecht nicht weiß, dass er schon am kommenden Morgen sterben wird, so stellt sich doch die Frage, ob Tito diese Aufopferung wert ist: Knecht kommt zu der Erkenntnis:

> Tito war ja nicht nur ein beliebiges junges Talent, das man wecken und in Form bringen mußte; er war als einziger Sohn eines einflußreichen und begüterten Patriziers auch ein künftiger Herr, einer der gesellschaftlichen und politischen Mitgestalter von Land und Volk, zu Beispiel und Führung bestimmt. (464)

Der eigentliche Held des *Glasperlenspiels*, der Hoffnungsträger ist Tito. Der Roman, die Entwicklungsstufen Josef Knechts bis zu seinem Schritt in die Welt und seinem Wagnis ins Unbekannte, Gefährliche, in seinen Tod laufen darauf hinaus, dass er geopfert wird, damit in Tito weltliches Herrschen sich mit dem Geist verbindet.

Entsprechend den Kriterien Abaelards besteht in der Erlösung Titos der eigentliche Sinn des Todes Josef Knechts, der nach der Aussage des Chronisten kein zufälliger ist. (47) Hier zeigt sich, dass der Chronist und Hermann Hesse übereinstimmen:

> Das mit dem Tode Josef Knechts sehe ich so an: Dieser Tod ist kein Zufall, sondern es ist ein Opfertod, und der junge Tito wird dadurch tiefer angefaßt und fürs ganze Leben verpflichtet, als es auf irgendeine andere Art hätte geschehen können. (*Materialien, Bd. 1*, 235)

Durch den Tod Knechts, durch Liebe und Schuld wird Tito sozusagen neu geboren, indem er die nicht existierenden Dinge als Seiende begreift und behandelt, und damit „dem Sein und der Möglichkeit des Geborenwerdens um einen Schritt näher" führt. (Präambel *Glasperlenspiel)* Ihm wird Erlösung zuteil oder mit äquivalenten Worten Abaelards: er wird ein Kind Gottes.

Hermann Hesses Utopie, seine Hoffnung mit diesem Roman, die er wahrscheinlich bei seinen Lesern in dem von der Diktatur beherrschten Deutschland hervorrufen wollte und die gleichzeitig eine überzeitliche Hoffnung ist, lautet: Dass eines Tages Geist und Welt durch die Liebe eine harmonische Einheit bilden, dass wir Weltmenschen uns dem Geistigen zuwenden, das Geistige als das Wirkliche begreifen lernen und es verwirklichen durch sinnvolles Tun. Mittels der Liebe die Furcht zu verlieren und zum Leben zu erwachen, bedeutet gleichermaßen für Peter Abaelard und Hermann Hesse Erlösung.

Michael Limberg

„Die unausdenklich naive und kindlich rohe Geistes- und Gemütslage des Amerikaners.“ Hermann Hesse und die USA

Als der 30-jährige Siegfried Unseld im Sommer 1955 die Aussicht hatte, als Stipendiat am Harvard International Seminar in die USA zu reisen, drückte Hesse ihm die Daumen. Für Unseld fände er es „wertvoll und wichtig“, Amerika kennenzulernen. Er selbst

> habe für dieses Land Sympathien nur in den Jahren der Knabenzeit gehabt, in denen ich den Lederstrumpf und ‚Trapper und Indianer‘ las, nachher war es aus damit, und ich war auch stets damit einverstanden, daß die Antipathie von drüben durchaus erwidert wird.[1]

I „…das Volk, von dem wir später gefressen werden sollen“

Bis zum Eintritt der USA in den Ersten Weltkrieg beschränkten sich die Beziehungen zu den europäischen Staaten hauptsächlich auf den Handelsverkehr, vor allem mit Großbritannien. Ende des 19. Jahrhunderts interessierten sich die USA im Wesentlichen für den Fernen Osten und die Staaten in Mittelamerika.

Als der Erste Weltkrieg ausbrach, erklärten sich die USA für neutral. Europa war weit weg, und aufgrund ihrer geographischen Lage konnten sie sich eine solche Haltung erlauben, zumal „die große Masse der Amerikaner […] ohnehin den komplizierten europäischen Belangen und Motiven mehr oder weniger verständnislos gegenüber [stand]“[2].

Die Stimmung in den USA änderte sich erst, als im Mai 1915 das Paradeschiff der Cunard-Linie von einem Torpedo getroffen wurde und fast 1200 Menschen, darunter 128 Amerikaner den Tod fanden, aber es sollte noch bis April 1917 dauern, ehe Deutschland der Krieg erklärt wurde.

---

[1] *„Umgaukelt von westlichen und östlichen Ködern“. Die Briefe, Band 8, 1951–1957.* Hrsg. v. Volker Michels. Berlin: Suhrkamp 2023, S. 371. Im Folgenden als DB8 bezeichnet. – Etwa 1948 schrieb er auf einer Postkarte an Felix Lützkendorf: „Nach Amerika würde ich nicht gehen, nein. Aber wenn ich schon müßte, dann lieber nach Südamerika als in die Staaten.“ Editionsarchiv Volker Michels, Offenbach.

[2] Sautter, Udo: *Geschichte der Vereinigten Staaten von Amerika.* Stuttgart: Kröner 1976, S. 329.

Der Ausgang ist bekannt und soll hier nicht weiter behandelt werden. Das Ende des Ersten Weltkriegs bedeutete nicht nur für Deutschland eine Zeitenwende. Die alte Welt, die Stefan Zweig so eindrücklich in seinen Erinnerungen *Die Welt von gestern* porträtiert hat, war zerfallen.

Dafür rückte der strahlende Sieger, das Land der unbegrenzten Möglichkeiten immer stärker in den Fokus der deutschen Öffentlichkeit, und das Schlagwort vom „Amerikanismus“ machte die Runde.

Der „Amerikanismus“ umfasste Bereich, an die man nicht gedacht hätte. Im *Prager Tagblatt* vom 12.11.1922 hieß es:

> Gegenwärtig ringen in der Schachwelt zwei neue Richtungen um die Vorherrschaft. Die europäische, künstlerische, die trotz aller Technik jeder Partie ihr eigenes Gepräge geben will, ihr Ideal ist die Individualität; und der Amerikanismus, die höchste Vollendung der Technik. [...] Welche Richtung wird auf die Dauer siegen? Jedenfalls dieselbe, die im wirklichen Leben herrschen wird.[3]

Rudolf Kayser schrieb in der *Vossischen Zeitung* vom 27. September 1925:

> Amerikanismus ist das neue europäische Schlagwort. Es geht ihm wie den meisten Schlagworten: je mehr man sie gebraucht, desto weniger weiß man, was sie bedeuten. Sicher ist, daß hier der Bedeutungsbereich ungeheuer groß ist, daß er über einzelne kleine Erscheinungen weit hinausreicht, daß er den Grundcharakter unseres Zeitalters betrifft.[4]

Als Beispiele führt er an: „Trusts, Hochhäuser, Verkehrspolizei, Film, Technikwunder, Jazzband, Boxen, Magazine und Regie.“

Die USA waren das Land mit der höchstentwickelten Industrie. Schon 1913 hatte Henry Ford in seinen Automobilfabriken das Fließband eingeführt. Das und die Zerlegung der Herstellung eines Produkts in hunderte, ja manchmal tausende von Einzelschritten durch den Ingenieur Frederick Taylor führte zu einer gewaltigen Steigerung der Produktion. Dadurch konnten sich die Arbeitgeber höhere Löhne leisten, denn, so Henry Ford,

> höhere Löhne führen [...] zu größerer Kaufkraft, größere Kaufkraft zu größerem Konsum, größerer Konsum zu größerer Nachfrage, größere Nachfrage zu größerer Produktion und schließlich größere Produktion zu höheren Löhnen.[5]

---

[3] https://anno.onb.ac.at/

[4] Rudolf Kayser: *Amerikanismus*. Zitiert nach *Deutsche Geschichte in Dokumenten und Bildern*. https://ghdi.ghi-dc.org/pdf/deu/PROB_KAYSER_DE.pdf.

[5] Zitiert nach Hermand/Trommler: *Die Kultur der Weimarer Republik.* München: Nymphenburger Verlagshandlung 1978, S. 52.

Er glaubte außerdem, dass gut bezahlte Arbeiter kein Interesse an einer kommunistischen Revolution haben.

Für den Fabrikanten hatten die durchrationalisierten Arbeitsvorgänge den Vorteil, dass nicht der Arbeiter seinen Arbeitsrhythmus bestimmte, sondern Stoppuhr und Fließband und er selbst zu einem Teil der Maschine degradiert wurde.

Damit die ungeheure Massenproduktion an das Volk gebracht wurde, gab es die überall präsente Reklame. Der auch von Hesse geschätzte französische Schriftsteller Georges Duhamel bereiste im Spätjahr 1928 die USA und verfasste darüber ein Buch. Ihm fiel auf, dass die Straßen „mit geräumigen Reklametafeln gesäumt [waren], und zwar nicht nur mit flächigen oder täuschend bemalten, sondern mit Tafeln, die durch räumliche Tiefe und Perspektiven kompliziert werden“[6]. Duhamel weiter: „Die ganze Philosophie dieser Diktatur von Handel und Industrie läuft auf das eine, gottlose Ziel hinaus; der Menschheit neue Bedürfnisse, neues Begehren aufzuzwingen“ (ebd., S. 231). 1929 wurde mehr für Werbung ausgegeben als für Bildung.

1923 war die Autobiographie von Ford erschienen, von der innerhalb kurzer Zeit 200.000 Exemplare verkauft wurden und die bald „als Bibel des Wirtschaftsliberalismus“[7] galt. Scharen von Wirtschaftlern und Politikern machten sich auf ins Land der unbegrenzten Möglichkeiten, in God's own country, wo sie vor allem drei Zentren aufsuchten: die Ford-Werke in Detroit, die Schlachthöfe von Chicago und Hollywood mit seinen Filmstudios.

Es kam zu einem emphatischen Technikkult. Standen zuvor Dichter oder geniale Künstler im Ansehen der Menschen an oberster Stelle, so nahm diesen Platz nun der Ingenieur oder Erfinder ein. Die Technik wurde als etwas ästhetisch Schönes dargestellt.

In seinem Artikel *Anbetung von Fahrstühlen* von 1926 fragte sich Friedrich Sieburg allerdings:

> Was in aller Welt treibt einen Teil der Berliner Literatur dazu, diese Leute [die Amerikaner] zu bewundern, Millionärsdramen zu schreiben, Faustkampfgloriolen aufzuführen, kanadische Holzhändler zu problematisieren, die Fahrstühle anzubeten, über stählernen Rhythmus zu quatschen, vor der General Motors Company

---

[6] Georges Duhamel: *Spiegel der Zukunft*. Berlin: S. Fischer Verlag 1931, S. 92. – In seiner Rezension drückte Hesse die Hoffnung aus, es werden manche, „diese kühlen, scharf und gut formulierten Betrachtungen über Amerika, Amerikanismus und die drohende Zukunft einer uniformierten Weltzivilisation lesen und ernst nehmen“ (SW19, S. 221f.).

[7] Erhard Schütz: *Romane der Weimarer Republik*. München: Fink 1986, S. 74.

> auf den Knien zu liegen. [...] Welch eine Weltfremdheit spricht doch aus dieser Ingenieur-Romantik, die nicht versteht, wie ein Vergaser arbeitet und deshalb aus dem Pochen von sechs Zylindern den Atem unserer Zeit heraushört?[8]

Besonders bei Bertolt Brecht und den Künstlern der Linken hatte „der Kult des Amerikanischen [...] damals Wurzeln geschlagen“, wie sich Elias Canetti erinnerte.[9] Brecht war es allerdings auch, der sich in seinem Gedicht *700 Intellektuelle beten einen Öltank an* über den Technikkult lustig machte.

Es gab aber auch noch die anderen Dichter, die nicht so ‚progressiven'. Zu ihnen zählte Gottfried Benn. Als Antwort auf die Frage einer amerikanischen Zeitschrift nach dem amerikanischen Geist in Deutschland schrieb er 1928:

> Es gibt eine Gruppe von Dichtern, die glauben, sie hätten ein Gedicht verfaßt, indem sie ‚Manhattan' schreiben. Es gibt eine Gruppe von Dramatikern, die glauben, sie manifestierten das moderne Drama, wenn sie die Handlung in einem Blockhaus in Arizona spielen lassen und wenn eine Flasche Whisky (!) auf dem Tisch steht. Die ganze junge deutsche Literatur seit 1918 arbeitet mit dem Schlagwort Tempo, Jazz, Kino, Übersee, technische Aktivität, bei betonter Ablehnung aller seelischen Probleme. [...]

Sein Fazit:

> Ich persönlich bin gegen Amerikanismus. Ich bin der Meinung, daß die Philosophie des rein utilitaristischen Denkens, des Optimismus à tout prix, des ‚keep smiling‘, des dauernden Grinsens auf den Zähnen, dem abendländischen Menschen und seiner Geschichte nicht gemäß ist. Ich hoffe, daß der Europäer, wenigstens in den reinen Typen seiner Künstler, immer das bloß Nützliche, den Massenartikel, den Kollektivplan verschmähen und nur aus seinem inneren Selbst leben wird.[10]

Es ist nicht bekannt, ob Hermann Hesse diesen Text gekannt hat, aber er hätte ihm vermutlich zugestimmt. In einer Rezension von 1930 wehrt er sich gegen „dieses ganze[] himbeerfarbene[] Kinder-Weltbild[], wie es die Modephilosophien und die illustrierten Blätter spiegeln“. „Gesundheit, Tüchtigkeit und gedankenloser Optimismus“ sei die Parole der Zeit.

---

[8] Klaus-Dieter Krabiel: *700 Intellektuelle beten einen Druckfehler an.* In: *Dreigroschenheft. Informationen zu Bertolt Brecht*. 25. Jg., Heft 2/2018, S. 33. www.dreigroschenheft.de/downloads/3gh2018-2abo.pdf

[9] Elias Canetti: *Die Fackel im Ohr. Lebensgeschichte 1921-1931.* Frankfurt/M.: Büchergilde Gutenberg 1980, S. 284.

[10] Gottfried Benn: *Über den amerikanischen Geist*, in: Ders.: *Gesammelte Werke*, Bd. 7: *Vermischte Schriften*, München 1975, S. 1658.

Dadurch solle die belastende Erinnerung an die Gräuel des Weltkriegs verdrängt werden.

> Übertrieben problemlos, imitiert amerikanisch, ein als feistes Baby maskierter Schauspieler, übertrieben dumm, unglaubhaft glücklich und strahlend („smiling“), so steht dieser Mode-Optimismus da, jeden Tag mit neuen strahlenden Blüten geschmückt, mit den Bildern neuer Filmstars, mit den Zahlen neuer Rekorde.[11]

Viele Menschen in Deutschland, man kann auch sagen in Europa, betrachteten die USA als eine Nation ohne Kultur. Ein deutschstämmiger Harvard-Professor hat 1904 die (Vor-)Urteile der Deutschen gegenüber den Amerikanern zusammengestellt.

> Dem Deutschen [...] war der Yankee ein flegelhafter Geselle, der im öffentlichen Leben die Korruption, im wirtschaftlichen Leben jeden Schwindel gutheißt, dem Dollar und der Sensation nachjagt, ein Barbar in Wissenschaft und Kunst, ein bigotter Heuchler, der Tabak kaut und sein Hauptvergnügen an Lynchgerichten findet.[12]

Auch Hesse spricht gerne von der „schlechthin imponierenden Smartheit“ und der „geistig-kulturellen Inferiorität“[13] des Amerikaners.

Einem Bekannten, der sich über „Kettenbriefe“ beschwerte, gab er zur Antwort:

> Sie sind amerikanischen Ursprungs und haben zur Voraussetzung die unausdenklich naive und kindlich rohe Geistes- und Gemütslage des Amerikaners, der in Sachen der Finanz und Technik höchst raffiniert, in Sachen der Religion, der Moral und des Geistes aber ein dreijähriges Kind ist (DB4, S. 386).

1928 fragte er in einer Rezension, woher die seit ein paar Jahren verbreitete Unsitte stamme, „den Titel eines Buches innen im Buch über jeder Seite zu wiederholen“. Für ihn war klar: „Wohl von Amerika?“ Das sei völlig unnütz.

> Gewiß ist ja eine sehr große Zahl von Menschen heute nicht mehr imstande und geistig nicht mehr genügend interessiert, um den Titel eines Buches länger als eine Minute im Gedächtnis zu behalten. Aber diese Hoffnungslosen lesen ja auch gar keine Bücher, sie fabrizieren Waren und treiben Sport, und es ist falsch spekuliert, wenn

---

[11] Hermann Hesse: In: Ders.: *Sämtliche Werke*. Hrsg. v. Volker Michels. Frankfurt/M.: Suhrkamp 2001–2007. Band SW19, S. 168. – Im Weiteren zitiert als SW mit Bandangabe und Seitenzahl.

[12] Ernst Fraenkel (Hrsg.): *Amerika im Spiegel des deutschen politischen Denkens. Äußerungen deutscher Staatsmänner und Staatsdenker über Staat und Gesellschaft in den Vereinigten Staaten von Amerika*. Köln/Opladen 1959, S. 191.

[13] Hermann Hesse: *Als Vagabund um die Erde*. In: SW17, S. 115.

> Bücherverleger auf diese Ärmsten im Geist meinen Rücksicht nehmen zu müssen (SW19, S. 84).

1928 zeigte er ein Buch von James Branch Cabell mit folgenden Worten an:

> Ein spannender und geistvoller Roman aus Amerika – wer hätte das gedacht? Der große Kontinent drüben bringt ja mehr Automobile und Kriegsschiffe hervor als Geist und Kunst (SW19, S. 88).

An den Büchern des Amerikaners Sherwood Anderson könne man sehen,

> daß es in Amerika auch Menschen gibt, wirkliche, richtige Menschen, nicht nur den unsympathischen Maschinenonkel Ford und das Ungeheuer Coolidge (SW19, S.95).

Wieso er den 30. Präsidenten der USA, Calvin Coolidge, als Ungeheuer bezeichnete, ist meines Wissens unbekannt. Vielleicht kannte er dessen Ausspruch „the business of Amerika is business". Seine Überzeugung wurde von vielen Menschen geteilt. Für Coolidge

> war die Fabrik ein Tempel, in welchem der Arbeiter Gottesdienst verrichtete. Dem Geldverdienen gehörte nun wieder der Enthusiasmus der Massen, und man akzeptierte es als selbstverständlich, dass Güter, Menschen und Ideale an der Elle des Geldes gemessen wurden.[14]

Diese Einstellung ließ man sich gerne von Wissenschaft und Kirche untermauern: so verkündete Professor W.G. Sumner von der Universität Yale, „daß Millionäre das Ergebnis natürlicher Auslese seien, und W. Lawrence, Bischof der Episkopalkirche von Massachusetts, fand in der Bibel keinen Anhalt dafür, daß Reichtum zwangsläufig die Moral verderbe"[15]. Auf dem Reichen ruht das Auge des Herrn wohlgefällig, wie man seit Calvin weiß.

Der amerikanische Kirchenmann Josiah Strong (1847–1916) glaubte, dass die anglo-amerikanische Rasse anderen Rassen überlegen sei und es deshalb ihre Pflicht sei, schwächeren Völkern den rechten Weg zu zeigen und sie zu missionieren, denn – man beachte – dem Missionar folgt der Handel.[16]

---

[14] Sautter, a.a.O., S. 346.
[15] Sautter, a.a.O., S. 251
[16] https://en.wikipedia.org/wiki/Josiah_Strong

II „der moderne Sportbetrieb [führt] geradewegs […] zur Massenverblödung“

Bis zum Ersten Weltkrieg war der Sport im Allgemeinen den oberen Schichten der Bevölkerung vorbehalten, die sich für Tennis, Polo oder Reiten interessierten. Die breite Masse hatte weder die Zeit noch das Geld dazu. Mit zunehmender Arbeitszeitverkürzung trat ein Wandel ein. Sport wurde zum Massenphänomen, zur „Weltreligion des 20. Jahrhunderts“[17]. Dabei ging es allerdings um Sportarten wie Fußball, Boxen, Sechstagerennen, die ein enormes Spannungspotential beinhalteten und die von Tausenden von Zuschauern besucht wurden. In den Zeitungen wurden „Fußballkämpfe mit der Ausführlichkeit von homerischen Schlachten geschildert“[18]. Arnold Hahn prangerte in der Zeitschrift *Das Tagebuch* 1927 die Sportbegeisterung der Massen an. Unter dem Titel *Kalokidiotia oder moderner Sportbetrieb* behauptete er, dass „der moderne Sportbetrieb geradewegs zur Verblödung, und zwar zur Massenverblödung“[19] führe. Das Allerfurchtbarste seien aber die Zuschauer:

> Der Rückenmarkspöbel, der sich an den Kassen der Sportpaläste um die Karten prügelt, die schwitzige Menge in der Arena, Hunderttausende bei einem Boxkampf, bei einem Fußballmatch. Diese brutale, schreiende, aufgeregte Menge, dieses brodelnde Meer des Unterbewußten, diese Muskelgenießer aus zweiter Hand, diese Sinnlos-Begeisterten beim Empfang eines Kanalschwimmers, mit ihrem Bürgermeister an der Spitze, sie sind eine Erniedrigung unserer Zeit und unserer Generation (ebd., S. 96).

In Hesses ironischen Bericht *Bei den Massageten*, der 1927 zum ersten Mal erschien, wird jedem Fremdling, der sich der Landesgrenze nähert, ein Reporter entgegengeschickt,

> abgesehen natürlich von jenen Fällen, in denen es bedeutende, ehrwürdige und distinguierte Fremde sind, denn ihnen wird, je nach Rang, selbstverständlich weit mehr Ehre erwiesen. Sie werden, wenn sie Boxer oder Fußballmeister sind, vom Hygieneminister, wenn sie Wettschwimmer sind, vom Kultusminister, und wenn sie Inhaber eines Weltrekords sind, vom Reichspräsidenten oder von dessen Stellvertreter empfangen (SW8, S. 403).

---

[17] Hans Seiffert 1932, zitiert nach Hermand/Trommler, a.a.O., S. 75.

[18] Stefan Zweig: *Die Monotonisierung der Welt.* In: Ders.: *Die Monotonisierung der Welt. Aufsätze und Vorträge.* Ausgewählt und mit einem Nachwort von Volker Michels. Frankfurt/M. : Suhrkamp 1976, S. 14.

[19] Arnold Hahn: *Kalokidiotia oder moderner Sportbetrieb.* In: *Das Tagebuch* Nr. 3, 1927, S. 94. – Abgeleitet von Kalokagathia, bei den Griechen die Bezeichnung für ein Ideal der körperlichen und geistigen Vortrefflichkeit.

Unter den favorisierten Sportarten wurde besonders das Boxen populär. Nachdem 1919 der erste öffentliche Boxkampf in Deutschland ausgetragen wurde, kam es ein Jahr später zu den ersten deutschen Meisterschaften im Boxen. Bert Brecht, der auf die Frage nach dem besten Buch 1926 die Autobiographie des schwedischen Schwimmidols Arne Borg *Wie ich um die Welt schwamm* nannte, ließ sich gerne mit dem den amtierenden Boxmeister im Halbschwer- und Schwergewicht Paul Samson-Körner fotografieren.

Hesse war sich des Stellenwerts des Sports im Allgemeinen und des Boxens im Besonderen durchaus bewusst, wie wir an zahlreichen Stellen aus seinen Briefen entnehmen können. Eine Leserin wies er 1930 zurecht:

> Ihr habt für ein Ruder- oder Schwimmtraining das Hundertfache an Sorgfalt, Hingabe und Fleiß übrig wie für Geistiges. Gut, aber dann bleibt beim Sport, und laßt das Geistige.
>
> Ihr seid voll Streben, Ihr habt viel Sehnsucht, Ihr habt viel dunklen Trieb, der sich irgendwie sublimieren möchte. Was Ihr nicht habt, ist Ehrfurcht. Ihr könnt nichts dafür. Aber ohne Ehrfurcht ist aller Geist böser Geist, und die Gläubigkeit, mit der ein guter dummer amerikanischer Boy seine Rudervorschriften etc. verehrt, ist fruchtbarer als die distanzlose, ehrfurchtslose Blasiertheit und der böse Nihilismus, mit dem Ihr alles Geistige an Euch reißt und sofort wieder wegwerft. Ich halte nichts davon.[20]

Über die Lesungen, die er im Herbst 1925 in Ulm, Augsburg und Nürnberg absolvierte, heißt es, er bilde sich nicht ein, dass all die Besucher seiner „aparten Persönlichkeit wegen hier versammelt" seien: „Ich weiß, es könnte ebenso gut ein Jodlerquartett da sein. Ich weiß, eine Rede von Ludendorff würde hundertmal mehr Leute herziehen, ein Boxkampf tausendmal mehr."[21]

Er ertrage „den Irrsinn solcher Veranstaltungen" nicht mehr, ließ er 1928 seinen Freund Reinhold Geheeb wissen:

> Es genügt ja, daß ich schon so das ganze Jahr hindurch [...] den Widerspruch zwischen meinem Wesen und allen Tendenzen und Idealen der Zeit ausfressen muß – da ist es nicht auch noch nötig, sich diesen Zustand immer wieder persönlich zu bestätigen, indem man den Leuten seine Gedichte vorliest und dafür herablassend auf die Schulter geklopft wird, auch ein kleines Honorar dafür kriegt, während die gleichen Leute am andern Tag zum Boxer oder Renn-

[20] An Gerda Drewes, 15.7.1930. In: *„Ich bin ein Mensch des Werdens und der Wandlungen". Hermann Hesse. Die Briefe, Band 4, 1924–1932*. Hrsg. v. Volker Michels. Berlin: Suhrkamp 2016, S. 403f. Im Folgenden als DB4 bezeichnet.

[21] Hermann Hesse: *Die Nürnberger Reise*. SW 11, S. 165.

> reiter laufen, dem sie nicht auf die Schulter zu klopfen wagen, und der das zehn- bis hundertfache Honorar kriegt.

Als wegen der verschärften Geldausfuhrbestimmungen während des 3. Reiches die Tantiemen immer geringer wurden, beklagte er sich 1936 bei Prof. Arthur Stoll, einem seiner Mäzene:

> früher war ein Arbeitstag von mir, wenn auch nicht so viel wie der eines Boxers oder einer Star-Tänzerin, doch immerhin so viel wert wie der eines Advokaten oder Arztes; heut ist er weniger an Geld wert als der eines Trambahnschaffners.[22]

III „wie der Dampf von rohem Fleisch“

„Europa ist von einer schwarzen Woge bedroht, die eigentlich nichts Bedrohliches an sich hat: der Neger stellt sich ein!“[23], schrieb Franz Farga am 8.11.1925 im *Neuen Wiener Tagblatt*. Die Rede ist vom Jazz, der auf die musikalische Entwicklung in Europa einen ungeheuren Einfluss ausübte. Farga spricht in seinem Artikel von einer musikalischen Invasion,

> die sich dauernd einzunisten scheint, und das verwandte Gebiet des Tanzes ist sogar von ihr beinahe zur Gänze okkupiert [...] Den amerikanischen Soldaten folgten die Jazzbandorchester auf dem Fuße, und sie unterjochten das europäische Publikum in solchem Maße, daß es den einheimischen Musikern untreu wurde (ebd.).

Amerika habe keine Volkslieder, und wenn die Farbigen nicht wären, schreibt Farga,

> müßte [man] sich mit Import behelfen, wie [Amerika] dies ja auf allen andern Gebieten der Kunst tut. Der verachtete, von allen Klassen der Gesellschaft boykottierte „Coloured man“ liefert dem so unsagbar nüchternen und kunstfremden Amerika jene Elemente, die dem Leben Farbe, Stimmung und Phantasie geben: die Neger sind Musiker, Sänger, Tänzer und Komiker, und sie sind es in vorzüglichster Weise.... (ebd.)

Jazz spielt in Hesses Roman *Der Steppenwolf* eine nicht unwesentliche Rolle, und deshalb sei der Roman in gewisser Weise ein „Jazz-Roman“, schreibt Alexander Honold in seinem Aufsatz *Der Geist, der in die Beine fährt. Hermann Hesses* Der Steppenwolf *ein Jazz-Roman?*[24]

---

[22] *„In den Niederungen des Aktuellen“ Hermann Hesse. Die Briefe, Band 5, 1933–1939.* Hrsg. v. Volker Michels. Berlin: Suhrkamp 2018, S. 425 (= DB5).

[23] Franz Farga: *Jazzband. Die schwarze Tanzwoge*. In: *Neues Wiener Tagblatt* v. 8.11.1925, S. 8. – https://anno.onb.ac.at/

[24] Herwig, Henriette / Trabert, Florian (Hrsg.): *Der Grenzgänger Hermann Hesse. Neue Perspektiven der Forschung*. Freiburg i.Br.: Rombach 2013, S. 73.

Eines Abends ist Harry Haller, der Protagonist in Hesses Roman, auf dem Heimweg von einem Kneipenbesuch.

> Aus einem Tanzlokal, an dem ich vorüberkam, scholl mir, heiß und roh wie der Dampf von rohem Fleisch, eine heftige Jazzmusik entgegen. Ich blieb einen Augenblick stehen; immer hatte diese Art von Musik, sosehr ich sie verabscheute, einen heimlichen Reiz für mich. Jazz war mir zuwider, aber sie war mir zehnmal lieber als alle akademische Musik von heute, sie traf mit ihrer frohen rohen Wildheit auch bei mir tief in die Triebwelt und atmete eine naive redliche Sinnlichkeit.
>
> Ich stand einen Augenblick schnuppernd, roch an der blutigen grellen Musik, witterte böse und lüstern die Atmosphäre dieser Säle. Die eine Hälfte dieser Musik, die lyrische, war schmalzig, überzuckert und troff von Sentimentalität, die andre Hälfte war wild, launisch und kraftvoll, und doch gingen beide Hälften naiv und friedlich zusammen und gaben ein Ganzes. Untergangsmusik war es, im Rom der letzten Kaiser mußte es ähnliche Musik gegeben haben (SW4, S. 38).

Wer Hesses Musikgeschmack kennt, mag überrascht sein, dass er Jazz nicht kategorisch ablehnt. Obwohl ihm Jazz „zuwider" ist und es sich seiner Meinung nach um „Untergangsmusik" handelt, spürt man eine merkwürdige Ambivalenz:

> ... diese Musik hatte den Vorzug einer großen Aufrichtigkeit, einer liebenswerten unverlogenen Negerhaftigkeit und einer frohen, kindlichen Laune. Sie hatte etwas vom Neger und etwas vom Amerikaner, der uns Europäern in all seiner Stärke so knabenhaft frisch und kindlich erscheint (ebd.).

Eines Abends, als Harry deprimiert und verzweifelt von einem Besuch kommt, trifft er in einem Lokal die Prostituierte Hermine[25]. Sie nimmt sich seiner an und bemuttert ihn, was er sich gern gefallen lässt. Als sie ihn auffordert, tanzen zu lernen, sträubt er sich zunächst:

> ich spürte alles in mir Widerstand leisten, was ich als alter verwöhnter Musikkenner gegen Grammophone, Jazz und moderne Tanzmusiken einzuwenden hatte. Daß jetzt in meiner Stube, neben Novalis und Jean Paul, in meiner Gedankenklause und Zuflucht amerikanische Tanzschlager erklingen und ich dazu tanzen sollte, das war eigentlich mehr, als ein Mensch von mir verlangen konnte (SW4, S. 113).

[25] Mit ihrem „festen, knabenhaft frisierten Kopf" (SW4, S. 88) entspricht Hermine übrigens dem Frauentyp der Zwanzigerjahre: knabenhaft, androgyn, Bubikopf.

Aber da es von Hermine kommt, gehorcht er. Durch sie lernt er den Saxophonspieler Pablo kennen:

> aus der Nähe besehen war der schöne exotische Halbgott ein vergnügter und etwas verwöhnter Junge mit angenehmen Manieren, nichts weiter. Ich sprach mit ihm über sein Instrument und über Klangfarben in der Jazzmusik, er mußte sehen, daß er es mit einem alten Genießer und Kenner in musikalischen Dingen zu tun habe. Aber darauf ging er gar nicht ein, und während ich, aus Höflichkeit gegen ihn oder eigentlich gegen Hermine, etwas wie eine musiktheoretische Rechtfertigung des Jazz unternahm, lächelte er harmlos an mir und meinen Anstrengungen vorüber, und vermutlich war es ihm völlig unbekannt, daß es vor und außer Jazz auch noch einige andere Musik gegeben habe (ebd., S. 120).

Mit der Zeit erkennt Harry, dass Pablo keineswegs die „hübsche Null" ist, als die er ihn bisher betrachtet hat. Aber Gespräche über Musik lehnt Pablo ab. In der Musik käme es darauf an,

> daß man so gut und so viel und so intensiv wie möglich musiziert! Das ist es, Monsieur. Wenn ich sämtliche Werke von Bach und Haydn im Kopf habe und die gescheitesten Sachen darüber sagen kann, so ist damit noch keinem Menschen gedient. Wenn ich aber mein Blasrohr nehme und einen zügigen Shimmy spiele, so mag der Shimmy gut sein oder schlecht, er wird doch den Leuten Freude machen, er fährt ihnen in die Beine und ins Blut. Darauf allein kommt es an (ebd., S. 127).

In den so genannten *Krisis*-Gedichten, die im Umkreis des *Steppenwolfs* entstanden, gibt es zwei Gedichte, in denen der Begriff ‚Jazz' vorkommt. In *Ein Brief* heißt es „Ich liebe die Jazzmusik und den Alkohol" (SW4, S. 236) und in *Neid* schreibt Hesse:

> Wenn ich doch Banjo könnte spielen
> Und Saxophon in einer Jazzband blasen,
> Vortänzer sein in einem Nachtlokal,
> Mit meiner Kunst in alle Herzen zielen,
> Froh mich ergehn in Späßen und Ekstasen,
> Der Ladenmädchen Held und Ideal!
> Vergnügt in mein geschweiftes Blasrohr blies' ich
> Und sänge zwischenein in hellem Jubel,
> Grell und begeistert in den heißen Saal
> Die wunderlichsten Tonraketen stieß' ich,
> Peitschte im Takt empor den trunknen Trubel
> Und opferte mit Tanz dem Gotte Baal [...]

Jazz spielt also im *Steppenwolf* eine Rolle, mache aber nicht den eigentlichen Inhalt aus, so Hesse, und weiter:

> Daß es Leser gibt, die im „Steppenwolf" nur Bericht über Jazzmusik und Tanzereien finden, während sie weder das magische Theater, noch den Mozart, noch die „Unsterblichen" sehen, [...], daran bin ich unschuldig (DB4, S. 308).

Mit Gustav Landgren ist festzuhalten: Hesses „Interesse am Jazz ist aber primär kulturkritischer, nicht genuin ästhetischer Art. Er hat dieses Interesse in seinen Werken nicht weiterverfolgt."[26]

IV „ich sah den Schmarren bis zu Ende."

Der zunehmende Einfluss der USA nach dem 1. Weltkrieg zeigte sich auch am Beispiel der Kinos. Zwischen 1918 und 1930 wuchs die Zahl der Lichtspielhäuser in Deutschland von 2.300 auf 5.000 an. Bezeichnend für den Siegeszug des amerikanischen Films ist das Titelbild der Zeitschrift *Internationale Filmschau* vom Juni 1921. Es zeigt „eine Freiheitsstatue, aus deren Fackel Filmstreifen quellen und wie die Fangarme eines Kraken über den Atlantik greifen"[27] und die europäischen Hauptstädte fest im Griff haben. Mitte der Zwanzigerjahre stammten bereits 44,5 Prozent aller Filme aus den USA, so dass der bekannte Film- und Theaterkritiker Herbert Jhering Anfang 1926 warnte:

> Die Zahl der Menschen, die Filme sieht und keine Bücher liest, geht in die Millionen. Sie alle werden dem amerikanischen Geschmack unterworfen, werden gleichgemacht, uniformiert. Es handelt sich nicht um Chaplin, Keaton, Harald Lloyd, sondern um die platten, süßen Durchschnittsfilme, die von Amerika in Überzahl importiert oder gleich hier hergestellt werden. Der amerikanische Film ist der neue Weltmilitarismus. Er rückt an. Er ist gefährlicher als der preußische. Er verschlingt nicht Einzelindividuen. Er verschlingt Völkerindividuen.[28]

Jhering nennt hier den Namen von Charlie Chaplin. Auch Hesse schätze ihn. In *Die Nürnberger Reise* lesen wir:

---

[26] Gustav Landgren: *„Untergangsmusik war es, im Rom der letzten Kaiser mußte es ähnliche Musik gegeben haben." Hesses Verhältnis zur Musik in* Der Steppenwolf. In: Herwig, Henriette / Trabert, Florian (Hrsg.): *Der Grenzgänger Hermann Hesse. Neue Perspektiven der Forschung*. Freiburg i.Br.: Rombach 2013. S. 111–122, hier: S. 122.

[27] Thomas Raithel: *„Amerika" als Herausforderung in Deutschland und Frankreich in den 1920er Jahren*. In: *Themenportal Europäische Geschichte* (2007), S. 83. http://www.europa.clio-online.de/2007/Article=193.

[28] Zitiert nach: Thomas Raithel, a.a.O.

> Mein wenig geläuterter Geschmack erlaubt mir auch den Besuch der Kinos, wo ich zu den aufrichtigsten und, wie ich mir einbilde, verständnisvollsten Verehrern Chaplins gehöre (SW11, S. 149).

Was er nicht leiden kann, sind „die großen Prachtfilme mit Kostümen historischer Fürstenhöfe“, denn „sie wollen belehren“ (ebd.).

In einen solchen Prachtfilm – ohne Fürstenhöfe allerdings – gerät der Steppenwolf Harry Haller:

> Der Film war einer von jenen, welche angeblich nicht des Geldverdienens wegen, sondern um edler und heiliger Ziele willen mit großem Aufwand und Raffinement hergestellt worden sind und zu welchem am Nachmittag sogar Schüler von ihren Religionslehrern geführt wurden (SW4, S. 152f.).

Es handelte sich ohne Zweifel um den Stummfilm *Die Zehn Gebote* von Cecil B. DeMille mit Orgelbegleitung, der 1923 in die Kinos kam.

> Es war mir so wunderlich und unglaublich, dies alles mit anzusehen, und die heiligen Geschichten, ihre Helden und Wunder, die über unsre Kindheit einst die erste dämmernde Ahnung einer andern Welt, eines Übermenschlichen ergehen ließen, hier vor dankbarem Publikum, welches still seine mitgebrachten Brötchen aß, gegen Eintrittsgeld vorgespielt zu sehen, ein hübsches kleines Einzelbild aus dem riesigen Ramsch und Kulturausverkauf dieser Zeit (SW4, S. 153f.).

Auch der Kurgast Hesse aus den gleichnamigen Aufzeichnungen seiner Badener Kur besucht das Kino. Zu Anfang war es, um allein zu sein und seinem nervigen Zimmernachbarn, dem Holländer, zu entkommen, aber zum zweiten Mal schon zum Vergnügen. Und dabei blieb es nicht:

> Ich ging mehrere Male und habe mir, durch die Augenlust am Bilderspiel verführt und abgestumpft, nicht nur das Haarsträubendste und Liebloseste an Kunstersatz und Pseudodramatik, neben einer grauenhaften Musik, widerspruchslos gefallen lassen, sondern habe auch die physisch wie seelisch üble Atmosphäre in jenem Raum ertragen. [...] Es war in manchen Augenblicken scheußlich, ich war oft nahe am Weglaufen, aber [...] ich sah den Schmarren bis zu Ende und werde vermutlich morgen oder übermorgen wieder in jenen Saal gehen. (SW11, S. 96).

Im Grunde ärgert er sich über sich selbst, denn „wer nötigt mich, dorthin zu gehen, die grausame Musik zu erdulden, die idiotischen Texte zu lesen“, und er fragt sich, ob in den Thermalbädern ein Stoff enthalten sei,

> etwas, das den Menschen nivelliert, das Hemmungen gegen alles Hohe, Edle, Wertvolle erzeugt und Hemmungen gegen das Niedere und Vulgäre aufhebt? (Ebd., S. 97)

Sein Fazit:

> die Anregungsmechanik des Kinematographen, der die eigene künstlerische Leistung des Auges, das Entdecken, Auswählen und Festhalten des Schönen und Interessanten, durch eine rein materielle Augenfütterung ersetzt, beruht auf dem gleichen Schwindel[29] (ebd., S. 102).

In der Betrachtung *Lektüre im Bett* schreibt er 1928, dass er das Kino nur „mit heimlichen Schaudern, etwa einmal im Jahr betrete" (SW14, S. 138). Es mag auch sein, dass das angestrengte Starren auf die Leinwand seinen äußerst empfindlichen Augen schadete, denn in einer Notiz an seine dritte Frau Ninon lesen wir: „In nächster Zeit sollte ich es vermeiden, jemals ins Kino zu gehen. Gestern bin ich beinah blind geworden, und werde es noch tagelang spüren. Also möglichst nie ins Kino."[30]

V Individuum vs. Kollektiv

Der Steppenwolf hat das Gefühl, er sei „aus der Zeit herausgefallen" (SW4, S. 151), und auch sein Autor fühlt sich als „hoffnungsloser Outsider" (GB2, S. 62).

> Die Menschen von unserer Art sind in der Tat in dieser Zeit übel dran. Inmitten der Autos und Kinos, der Boxkämpfe und alles dessen, was sich heute Kultur nennt, sind wir zum Ersticken verurteilt.[31]

Sein Ausweg als Künstler aus dem Dilemma sei, sich gegen die Zeit zu stemmen und sie nicht ernst zu nehmen und indem er „in seinen Büchern seine Not und Verzweiflung auszusprechen sucht, indem er seine Träume und heimlichen Seelenfreuden behütet und pflegt" (ebd.).

Das Bedürfnis, sich zu einer Persönlichkeit zu entwickeln, war in seiner Jugend leichter. Die Jugend habe es heute schwerer, so Hesse:

---

[29] Gemeint ist, dass „man für seinen Körper zwar Bad und Masseur in Anspruch nimmt, auf eigene Leistung, auf Sport und Training aber verzichtet" (ebd.).

[30] Ausstellung „Hermann Hesse – Momentaufnahmen", Deutsches Literaturarchiv Marbach a.N. 2002. – Bereits 1918 hatte er in einem Brief an Erwin Ackerknecht geschrieben, der Film täte seinen Augen weh. (Editionsarchiv V. Michels, Offenbach)

[31] An Herbert Roch, 18.4.1929, in DB4, S. 321f. – In einem undatierten Brief an Emmy Ball-Hennings, vermutlich Mitte der Zwanzigerjahre geschrieben, heißt es: „Wie laufen wir dumme[n] Kinder so komisch u. traurig auf der Erde herum, und überall zielen die Automobile auf uns und brüllen uns dröhnend an, und bald wird unser kleines Europa eine Provinz von Amerika sein, dann wird das Alkoholverbot eingeführt, statt Wein sagt man Alkohol, und statt Leben Geschäft, und dann müssen wir vollends ersticken." Editionsarchiv Volker Michels, Offenbach.

> Heute, scheint mir, ist das Ideal des Massenmenschen sehr stark geworden. Sowohl im revolutionären Rußland wie im höchst bürgerlichen Amerika gilt das Gleiche: man strebt nach einem Allgemein-Ideal, nicht nach Persönlichkeit, und die politischen Parteien werben heftig um die Jugend (DB4, S. 363).

Die Jugend strebe heute „unbeirrbar und unaufhaltsam zum Kollektiven", heißt es in einem Brief von 1935, er dagegen war „lebenslänglich ein Einzelner"[32]. Schon sein Protagonist Peter Camenzind war „nicht für das Leben im Kollektiv geschaffen".

> er will nicht den Weg vieler, sondern eigensinnig nur seinen eigenen Weg gehen, er will nicht mitlaufen und sich anpassen, sondern in seiner eigenen Seele Natur und Welt spiegeln und in neuen Bildern erleben.[33]

Unter dem Titel *Death and the Lover* war 1932 eine Übersetzung von *Narziß und Goldmund* erschienen. Einer seiner vielen Briefpartner schickte ihm eine Besprechung. In Hesses Antwort vom Dezember 1932 heißt es:

> Danke auch für die amerikanische Rezension des Goldmund. Sie hat mich nicht überrascht. Ich erwarte in Amerika weniger als irgendwo sonst Verständnis (DB4, S. 363)

Und an seinen Verleger G.B. Fischer schrieb er 1938, als *Das Glasperlenspiel* schon zu großen Teilen fertig war:

> Außerhalb Deutschlands habe ich wenig Leser, und ein Buch wie der „Josef Knecht" wird in Deutschland, gerade im heutigen geknebelten Deutschland, von einigen Zehntausenden fast restlos verstanden werden, während z. B. in ganz Amerika keine drei Personen sind, denen es etwas bedeuten wird (DB5, S. 547).

Als sich nach dem 2. Weltkrieg in Deutschland das Pressewesen neu organisierte, druckten viele Zeitungen Hesse-Texte ohne Erlaubnis und ohne Honorar ab, worüber sich Hesse sehr ärgerte. In einem Brief an seinen Freund Otto Basler von Ende Dezember 1946 lesen wir:

> Seit Jahren bekomme ich aus Deutschland nicht einen Pfennig, und jeden Tag bringen dort eine Anzahl Zeitungen samt Zeitschriften und Rundfunke Sachen von mir. In Amerika wird mir ebenfalls alles gestohlen, dort ist die Gesetzgebung so verzwickt und so völlig auf Seiten der Gauner, daß man selbst Gauner sein müßte, um sich

[32] An G. Rutishauser, [10.12.1935]. In: DB5, S. 352f.
[33] Hesse, Hermann: *Gruß an die französischen Studenten zum Thema der diesjährigen Agrégation*. SW12, S. 196.

> zu schützen. Es ist die elendeste Nation in punkto Recht und Anstand im Geistigen, die ich kenne.[34]

Besonders die in New York erscheinende *Staatszeitung* habe „seit 40 Jahren wohl 100mal Gedichte, Feuilletons etc. von mir gestohlen“ (DB6, S. 417).

1946 erhielt Hesse den Literaturnobelpreis, und aufgrund dessen wurden zwei oder drei seiner Bücher übersetzt, z.B. 1948 *Demian* mit dem Vorwort von Thomas Mann. Hesse hatte nicht das geringste Interesse daran, wie er dem Schriftsteller Joachim Maass im Januar 1947 schrieb, er sei vielmehr „vollkommen zufrieden, wenn Ausgaben meiner Bücher dort drüben überhaupt unterbleiben“[35].

Wenn er bis dahin Briefe aus den USA erhalten hatte, waren sie ohne Ausnahme von deutschen Emigranten gewesen. Im Frühjahr 1950 bekam er mehrere Briefe von amerikanischen Lesern, die ihn „nachdenklich machten“, wie er seinem Freund, dem Maler Ernst Morgenthaler schrieb. Diese wenigen Leser seien für seine Bücher empfänglich gewesen:

> Sie witterten etwas wie Heimat darin, denn sie sind arme Outsider und Steppenwölfe, einsam und hoffnungslos inmitten einer gesunden, kraftvollen, einfach und gut erzogenen Kollektivwelt, sie leiden Not und freuen sich, daß da ein alter Mann in Europa, ein Kind des 19. Jahrhunderts und des Individualismus, ihnen von ihren eigenen Nöten erzählt. Einem von ihnen habe ich geantwortet, sein Brief war einer der klügsten, die ich je bekam, und von einer ruhig und sachlich ausgesprochenen Glaubens- und Hoffnungslosigkeit. Ich habe ihm geschrieben, es sei mir unheimlich, aus seinem Lande solche Briefe zu bekommen, ich könne nur hoffen und wünschen, die Zahl seiner Gesinnungs- und Leidensgenossen sei winzig klein, denn das Umschlagen einer ganzen Generation nach der Seite der differenzierten Individualpsychologie wäre eine Katastrophe.[36]

Neben solch positiven Schreiben gab es immer wieder andere, die ihn in seinem Urteil über die USA bestätigten. So schickte ihm ein Bekannter einen Passus aus einem Brief des Autors und Journalisten Max Barth[37], der wegen seiner politischen Einstellung vor den Nazis fliehen musste und 17 Jahre im Exil verbrachte.

---

[34] *„‚Große Zeiten‘ hinterlassen große Schutthaufen“ Hermann Hesse. Die Briefe, Band 6, 1940–1946*. Hrsg. v. Volker Michels. Berlin: Suhrkamp 2020, S. 585f. – Im Weiteren zitiert als DB6.

[35] Postkarte an Joachim Maass vom 29.1.1947. EAM.

[36] *„Das Unerträgliche muß zu Wort kommen“ Hermann Hesse. Die Briefe, Band 7, 1947–1950*. Hrsg. v. Volker Michels. Berlin: Suhrkamp 2021, S. 403f.

[37] Max Barth (1896–1970) korrespondierte seit mindestens 1927 mit Hesse.

> Der Aufenthalt in diesem Lande [USA] ist in vieler Hinsicht der übelste der ganzen Exilszeit. Ich war in der Schweiz, in Frankreich, Spanien, der Tschechoslovakei, Norwegen, Schweden, und es war in einigen dieser Länder nicht gerade rosig: aber hier ist es entsetzlich. Geistig öde, menschlich armselig bis scheußlich, politisch abscheulich. Während in Deutschland eine Gruppe von faschistisch Denkenden die Macht an sich reißen und das Volk durch Domination, von oben, und durch Bestechung (durch Zuführung von Profiten am Raubgut) in Linie bringen musste, ist hier zwar die Regierung noch (formal-)demokratisch, aber das Volk, d.h. die Individuen, sind mit starken faschistischen Instinkten begabt: Ignoranz ist eine Tugend, Arroganz, Rücksichtslosigkeit gegen den Nächsten, Faustrechtsideologie, Rassenhass (gegen Deutsche oder Lateinvölker oder Iren oder Juden oder Neger usw.) sind allgemein. Auch unter den Negern ist viel Antisemitismus. [38]

In Hesses Antwort heißt es: „Ja, ich fürchte auch, Max Barth habe mit seinem Urteil über Amerika mehr recht als die dort Angepaßten der Oberschicht wie Thomas Mann etc. [...] Die Überflutung Europas mit Amerikanern und Russen in der Rolle der Sieger bedeutet einen großen Schritt der Barbarisierung entgegen, das ist mir schon lange klar.[39]

VI Hesse als Rezensent amerikanischer Literatur

Hermann Hesse war ein begehrter und anerkannter Rezensent. Hesses „Buchkritiken haben zur Zeit in Deutschland kein Gegenstück", schrieb Kurt Tucholsky 1931, aus jeder seiner Kritiken könne man etwas lernen.[40]

Hesse besprach nicht nur deutschsprachige Veröffentlichungen, sondern auch französische, englische, russische, skandinavische und amerikanische, wobei es bemerkenswert sei, so Volker Michels im Nachwort zu Band 19 der *Sämtlichen Werke*, dass er „trotz seiner Kritik an den fragwürdigen Begleiterscheinungen des Amerikanismus[...] die wirklichen Talente unter den Kollegen seiner Generation [...] durchaus erkennt und empfiehlt" (SW19, S. 539).

Bereits 1904 besprach er die *Grashalme* von Walt Whitman. Whitman sei in Deutschland noch zu wenig bekannt, aber es würde wohl nicht mehr lange dauern, so baue man ihm Altäre und mache aus ihm etwas, was er nicht sei, „z.B. einen großen Philosophen und Propheten neuerer Lebensgesetze (SW16, S. 124)".

---

[38] Franz Ghisler an Hesse, Brief vom 30.1.1946. DLA Marbach.

[39] Hesse an Franz Ghisler vom 2.2.1946. Editionsarchiv Volker Michels, Offenbach.

[40] Kurt Tucholsky: *Hermann Hesse, Eine Bibliothek der Weltliteratur*. In: K. Tucholsky: *Gesammelte Werke*, Bd. 3: 1929–1932. Rowohlt 1961, S. 791–792.

> Der Verfasser der „Grashalme“ ist nicht der literarisch begabteste, aber der menschlich größte von allen amerikanischen Dichtern. Eigentlich müßte man ihn den einzigen oder doch den ersten „amerikanischen Dichter“ überhaupt nennen. Denn er war der erste, der nicht aus dem Schatz oder aus der Trödelkammer der alten europäischen Kulturen schöpfte, sondern mit allen Wurzeln im amerikanischen Boden hing (SW16, S. 124f.).

Der Leser möge das Buch zur richtigen Stunde lesen, dann „findet [er] von Urwelt und etwas von Hochgebirge, Meer und Prärie darin. Vieles wird ihn grell und fast grotesk anmuten, aber das Ganze wird ihm imponieren, wie uns Amerika imponiert, wenn auch wider unsern Willen“ (ebd., S. 125).

Die Autobiographie *Der Erzähler erzählt sein Leben* von Sherwood Anderson bespricht Hesse gleich zweimal. In der Sammelrezension *Bücher für unterwegs* von 1927 schreibt er, es sei „eins der angenehmsten Amerikaner-Bücher neuester Zeit, das [er] kenne“.

> Die gute Laune und das erhebliche Mindergewicht an historischer Bildung und seelischen Kompliziertheiten, jene großen Vorzüge des Amerikaners, geben diesem Buch ein entzückend frisches Gesicht (SW19, S. 55).

Ein Jahr später lobt er die Autobiographie Andersons zusammen mit dem Novellenband *Das Ei triumphiert* noch einmal. Es seien

> liebenswerte, warmherzige, gute Bücher. Zuweilen fällt der Dichter in den Ton des beliebten englischen Humors, eines sentimentalen, sehr bürgerlichen, manchmal sogar beinah „goldenen“ Humors, aber immer findet er sich schnell wieder. Er hat etwas zu sagen (SW19, 95f.).

Ernest Hemingways Erzählungen *In unserer Zeit* bespricht Hesse 1932:

> Hemingway ist bei uns bekannt und beliebt als ein verflucht schneidiger Kerl, ein richtiger flotter Boy aus Amerika, männlich, abenteuerfroh, gespickt mit Kriegsabenteuern, ein großer Zecher, und dann wieder plötzlich, wenn er der Heimat denkt oder von der Liebe spricht, weich bis zur blühenden Sentimentalität.

Neben einigen guten Geschichten stünden in dem Buch die schönsten Naturschilderungen, „die ich je von einem Amerikaner las. [...] Ein hoher Genuß“ (SW19, S. 313f.).

Geradezu begeistert ist Hesse von dem Roman *Schau heimwärts Engel* von Thomas Wolfe, den er in zwei ausführlichen Rezensionen behandelt, in der *Neuen Zürcher Zeitung* vom 9.4.1933 und in der *Neuen Rundschau* vom Juni des gleichen Jahres. Erzählt wird die Geschichte des jungen Eugen Gant und seiner großen Familie in den Südstaaten der USA. Das ganze große Buch „singt Vergänglichkeit, es wogt leidenschaftlich zwischen Lust und Tod“ (SW19, S. 383). Am Ende des Romans ist der zwanzigjährige Eugen

> geistig um viele tausend Schritte weiter als sein Vater, aber er ist so gefährdet, so verloren wie jener. Dieses Epos der Familie Gant ist die stärkste Dichtung aus dem heutigen Amerika, die ich kenne (ebd., S. 385).

Man warte mit „großer Begierde“ auf die Fortsetzung des Romans, schreibt Hesse in der *Neuen Rundschau*, denn der Held sei sich inzwischen

> seiner selbst so stark bewußt geworden, daß es nur noch zwei Wege für ihn geben kann: Untergang im Nur-Sinnlichen, etwa als Trinker, wie sein Vater einer war, oder schmerzvolle Sublimierung, verantwortliche Sinngebung (SW19, S. 405.

Die Fortsetzung des Romans erschien 1936 unter dem Titel *Von Zeit und Strom*. Er müsse gestehen, so Hesse in der Basler *National-Zeitung* vom 10.5.1936, dass der neue Roman dem ersten zwar an „Energie und Atemweite ebenbürtig“ sei, „nicht aber an Kunst, und nicht an innerer, echter Substanz“ (SW20, S. 196). Es würde zwar „eine gewaltige Reihe von Bildern“ aufgeführt, es fehle ihnen aber „die Magie jener frühesten Bilder“ (ebd.). Der Leser erwarte von Wolfe keine „eine amerikanische Enzyklopädie, sondern eine Dichtung“, deshalb sei „der intellektuelle Ertrag […] größer als der dichterische“ (ebd., S. 197).

Bei der Besprechung von William Faulkners Roman *Licht im August* kommt er noch einmal auf Wolfe zu sprechen.

> Ähnlich wie Wolfes Buch, den ich immerhin für den größern Erzähler halte, ergreift dieser Roman durch die Kraft und Bilderfülle, durch die große Wirklichkeitsnähe und sinnliche Jugendlichkeit[…]

In Faulkners Buch stehen

> Bilder, stehen Gestaltungen naiver Schauenskraft, die sich recht wohl mit denen Wolfes vergleichen lassen: alle Sinne sind an ihnen beteiligt, sie strahlen tief und sättigend wie Werke eines großen Malers und stehen in ihrer zeitlos unschuldigen Schönheit in wunderlichem Widerspruch zu der vielen Klugheit und der vielen kinohaften Erzähltechnik des Autors (SW20, S. 147f.).

„Ähnlich wie der Staatsanwalt zum Verbrecher, ähnlich wie der Deutsche zum Juden verhält sich der Amerikaner zum Neger“, so beginnt Hesses Besprechung zweier „Negerbücher“ (SW19, S. 128f.): sowohl J.W. Johnsons *Weißer Neger* als auch das Liederbuch *Afrika singt* hätten ihm tiefen Eindruck gemacht. Beide Bücher zeigten „den amerikanischen Neger von seinen liebenswerten Seiten". Er habe vielleicht ebenso schlimme Seiten wie der weiße Amerikaner, aber:

> Solang die Weißen die Übermacht haben und den Neger drüben säuisch behandeln, sind natürlich alle unsere Sympathien bei den Schwarzen (ebd.).

Es ist verwunderlich, dass Hesse keines der Werke Thornton Wilders rezensierte, obwohl er ihn sehr schätzte. Einer Briefpartnerin, die ihm 1957 ein kleines Buch von Wilder geschenkt hatte, schrieb er:

> Thornton Wilder liebe ich seit Jahrzehnten, habe ihn auch einmal erfolglos für den Nobelpreis vorgeschlagen. Ich besitze das meiste von ihm, aber gerade diese kleine Schrift hatte ich nicht (DB8, S. 596).

Dafür lernte er, wenn auch zunächst unfreiwillig, einen anderen amerikanischen Dramatiker kennen: Arthur Miller. Sein Drama *Der Tod des Handlungsreisenden* wurde am 18.3.1950 am Schauspielhaus Zürich aufgeführt und knapp einen Monat später im Radio gesendet. Ninon, Hesses dritte Ehefrau, wollte diese Sendung unbedingt hören und fürchtete den ersten Streit mit ihrem Mann, wie sie Hesses jüngstem Sohn Martin in einem Brief mitteilte. Die letzten zehn Jahre, seit sie das Radio besaßen, hatte sie nie etwas anderes gehört als ihr Ehemann,

> aber gestern wollte ich unbedingt etwas hören, von dem ich glaubte, es werde Vater nicht interessieren, nämlich ein Theaterstück. [...] ich hatte die Besprechung gelesen und mir glühend gewünscht, es zu hören. [...] Der Vater sagte, er werde versuchen, zuzuhören, wenn es ihm nicht passe, werde er schlafengehn. Er interessiert sich nicht für Dramatisches und hat sich eigentlich auch nie dafür interessiert. Aber er hörte es bis zu Ende an, und sagte, es sei großartig, und wir haben gestern und heute noch viel darüber gesprochen. Und heute sagte er unter anderem, man sei geradezu bereichert, man „wisse mehr als man vorher gewusst habe" – und das fand ich so schön gesagt. Übrigens war es wahnsinnig deprimierend – rein inhaltlich genommen.[41]

Hesses letzte Rezension eines amerikanischen Autors galt dem Roman *Der Mann im Roggen* von J. D. Salinger (in späteren Übersetzungen als *Der Fänger im Roggen* bekannt).

Erzählt wird die Geschichte des sechzehnjährigen Holden Caulfield, aus reichem Elternhaus stammend, der zum wiederholten Mal aus einem College relegiert wurde. Seine Eltern haben wenig Zeit für ihn. Ohne see-

---

[41] *„Mein lieber Brüdi!" Briefwechsel mit seinem Jüngsten Sohn Martin*. Hrsg. v. Gunnar Decker. Berlin: Suhrkamp 2023, S. 262f.

lischen Halt steckt er mitten in den Nöten der Pubertät. Jedes zehnte Wort in dieser Geschichte sei ein Fluch, aber

> hinter der Fassade des abgebrühten blasierten Frühreifen blüht uns, [...] eine Seele auf, eine überaus schöne, reine, liebenswerte und liebesfähige Seele, voll edler Triebe und ungenutzter guter Gaben, und im Lesen wird uns dies korrupte, brutale, lasterhafte Amerika ebenso zur Scheinfassade wie das Auftreten und die Sprechweise dieser Schüler. [...] Ob man diesen Roman als Individualgeschichte eines halb-erwachsenen schwierigen Knaben, ob man ihn als Sinnbild für ein ganzes Land und Volk lese, man wird vom Dichter den schönen Weg von der Befremdung zum Verstehen, vom Ekel zur Liebe geführt. In einer problematischen Welt und Zeit kann Dichtung nichts Höheres erreichen (SW20, S. 308f.).

Der amerikanische Literaturwissenschaftler Jeffrey L. Sammons sieht Parallelen zwischen Salinger und Hesse. In seinem Essay *Notes on the Germanization of American Youth* heißt es 1970 u.a.: "Hesse has become mainly an adolescent phenomenon – indeed, he shows some signs of becoming the Salinger of our time."[42]

Interessant ist, dass Salinger ebenso wie Hesse eine Verfilmung seines Werks ablehnte, und ebenso wie Hesse seinen Angehörigen einen Brief hinterließ, in dem er im Fall einer Notlage das Verbot rückgängig machte.

Anlässlich des 70-jährigen Erscheinens dieses Buches titelte Maike Albath im Deutschlandfunk *Wie J. D. Salinger den Nerv einer ganzen Generation traf*[43] (Kalenderblatt 16. Juli 2021). Wem fällt da nicht Thomas Mann ein, der sich 1947 an das Erscheinen des *Demian* nach dem Ersten Weltkrieg erinnerte,

> eine Dichtung, die mit unheimlicher Genauigkeit den Nerv der Zeit traf und eine ganze Jugend, [...] zu dankbarem Entzücken hinriß.[44]

Nachbemerkung

Es ist natürlich müßig, darüber zu spekulieren, wie Hesse heute zu den USA stünde, wenn er noch lebte. Was würde er wohl sagen, wenn er erführe, dass mehr als 40% der Amerikaner Darwins Evolutionstheorie ab-

---

[42] *Yale Review*, Spring 1970. Zitiert nach: *Siegfried Unseld. Hundert Briefe. Mitteilungen eines Verlegers 1947–2002.* Hrsg. v. Ulrike Anders und Jan Bürger. Berlin: Suhrkamp 2024, S. 228.

[43] https://www.deutschlandfunk.de/vor-70-jahren-erschien-der-faenger-im-roggen-wie-j-d-100.html

[44] Michels, Volker (Hrsg.): *Über Hermann Hesse. Bd. 1: 1904–1962*. Frankfurt/M.: Suhrkamp 1976, S. 156.

lehnen, weil sie glauben, dass Gott den Menschen vor 10.000 Jahren geschaffen habe? Wie fände er es, dass 2023 in Florida eine Schulleiterin entlassen wurde, weil sie im Kunstunterricht pornographisches Unterrichtsmaterial gezeigt hatte, genauer gesagt hatte sie Michelangelos nackten David gezeigt?[45]

Wie würde er reagieren, wenn er erführe, dass es Schulen in Florida per Gesetz verboten ist, Themen wie Homosexualität und Transsexualität im Unterricht zu behandeln? Dass Lehrer ihren Schülern nur noch einzelne Seiten von *Romeo und Julia*, *Hamlet* oder *Macbeth* zur Verfügung stellen dürfen, weil man „Obszönes“ bei Shakespeare vermutet?[46] Und dass 2023 im Bezirk Davies County in Utah die Bibeln aus den Bibliotheken der Grund- und Mittelschulen entfernt wurden, weil die Bibel „eines der sexgeladensten Bücher überhaupt sei“ und unangemessene Inhalte wie „Inzest, Masturbation, Prostitution“ enthalte.[47]

Wenn Hesse Calvin Coolidge schon als „Ungeheuer“ bezeichnete, was würde er zu Donald Trump sagen, einem Präsidenten, der wegen Verschleierung von Schweigegeld an eine Pornodarstellerin verurteilt wurde, der fälschlicherweise behauptet, dass haitianische Migranten in Ohio Haustiere essen und der seine Anhänger nach der verlorenen Wahl 2020 zum Sturm auf das Capitol aufforderte?

Vermutlich fühlte er sich lediglich in seinen Ansichten bestätigt. Dennoch ist es tröstlich, dass es nicht nur die Gnade der *späten* Geburt gibt.

---

[45] https://www.sueddeutsche.de/panorama/usa-lehrerin-gefeuert-michelangelo-nacktheit-florenz-kunst-ron-desantis-1.5776481.

[46] https://www.tagesschau.de/ausland/amerika/florida-schule-buecher-100.html und https://www.swr.de/swraktuell/radio/shakespeare-verbot-us-bundesstaat-florida-zu-sexy-fuer-schule-100.html.

[47] https://www.spiegel.de/panorama/bildung/usa-schulbezirk-in-utah-verband-bibel-aus-aus-grund-und-mittelschulen-a-abb2150b-dfd1-4638-8219-76c027578496

Katharina Lange

„Wille zur Farbe“: Die Malfreundschaft zwischen Hermann Hesse und Anny Bodmer

Hermann Hesses umfangreiches bildkünstlerisches Werk fand in der Kunstwissenschaft in der Vergangenheit wenig Beachtung[1] – genauso wie das Œuvre der Schweizer Künstlerin Anna Bodmer-Beck (genannt Anny Bodmer), die nach ihrem frühen Tod im Jahr 1930 schnell in Vergessenheit geriet.

Nach einem kurzen Überblick darüber, wie Hesse zur bildenden Kunst gekommen war und in welchem Stadium seiner künstlerischen Entwicklung er sich zum Zeitpunkt des Kennenlernens mit Anny Bodmer befand, soll der Schwerpunkt dieses Vortrags auf dem Verhältnis der beiden, ihrer jahrelangen gegenseitigen Unterstützung, Ermutigung und möglichen Einflüssen liegen.

Hesse entwickelte bereits in seiner Jugend ein ausgeprägtes Interesse an der bildenden Kunst, das den Grundstein für seine spätere bildkünstlerische Tätigkeit legte. Sein Kunstverständnis wurde maßgeblich durch das theoretische Studium kunstwissenschaftlicher Schriften sowie die intensive Kunstbetrachtung geprägt. Besonders seine wiederholten Reisen nach Italien erwiesen sich als wegweisend: Hier entdeckte Hesse seine Vorliebe für mittelalterliche Miniaturmalerei und schärfte durch zahlreiche Museumsbesuche und die Betrachtung von Architektur seinen Blick für die Kunst, insbesondere die der italienischen Renaissance. Gleichzeitig entwickelte er dank seiner vielfältigen Kontakte zu bildenden Künstlerinnen und Künstlern sowie zahlreicher Rezensionen und Schriften zu Ausstellungen ein Verständnis für die zeitgenössische Kunst.[2]

Erste eigene Malversuche unternahm er im Zusammenhang mit seiner Psychoanalyse im Jahr 1916 im Alter von fast vierzig Jahren. Nach einem psychischen Zusammenbruch im Frühjahr unterzog er sich zunächst einer stationären Therapie im Kurhaus Sonnmatt bei J.B. Lang, einem Schüler von C.G. Jung. Danach reiste Hesse fast zwei Jahre lang regelmäßig von seinem damaligen Wohnort Bern nach Luzern zur Analyse in Langs

---

[1] Vgl. dazu meine im Jahr 2023 bei Rombach Wissenschaft (Baden-Baden) als zweiter Band der Reihe *Transgressionen. Literatur, Musik und Künste um 1900* veröffentlichte Dissertation mit dem Titel *„Aus demselben Empfinden her“: Hermann Hesses Doppelbegabung als Schriftsteller und bildender Künstler im kunstwissenschaftlichen Kontext.*

[2] Vgl. ebd., S. 27ff.

Praxis.[3] Die Traumdeutung war ein wichtiges Element der Therapiemethode Langs: Er animierte Hesse nicht nur dazu, ein Traumtagebuch zu schreiben, sondern ergänzend dazu seine Träume auch bildnerisch festzuhalten. Im Dezember 1916 vermerkte Lang in seinem Tagebuch, Hesse habe „nach langen Widerständen zu zeichnen begonnen."[4] Dieser bestätigte in seinen Aufzeichnungen, mit Lang verabredet zu haben, er solle „ans Zeichnen oder Malen gehen" und auch sonst „möglichst viel der Analyse [...] leben – hier probiere ich's nun, und es geht und geht eben nicht. Mit dem Zeichnen am wenigsten."[5] Die zu dieser Zeit angefertigten Zeichnungen lassen tatsächlich kaum einen künstlerischen Anspruch erkennen, der Fokus liegt auf der dokumentarischen Darstellung des Geträumten.[6]

Doch bereits bei im Jahr 1917 ebenfalls auf Anraten Langs angefertigten Selbstportraits wird deutlich, dass Hesse Gefallen daran gefunden hatte, mit verschiedenen Mal- und Zeichentechniken zu experimentieren – sein Interesse war geweckt und es entstanden auch unabhängig von der Therapie erste Architektur- und Landschaftsdarstellungen.[7] Im Frühjahr 1917 verbrachte er mit seinen Künstlerfreunden Ernst Kreidolf und Gustav Gamper mehrere Wochen in der Umgebung von Locarno, um mit ihnen gemeinsam in der Natur zu malen. Die beiden erfahrenen Künstler unterstützten Hesse bei seinen frühen Malversuchen und hatten offenbar auch Einfluss auf die Wahl seiner Technik und der Bildformate.[8] Beide fertigten

---

[3] Vgl. Thomas Feitknecht: *Malend durch Krieg und Krise. Kunst, Politik und Psychotherapie während Hermann Hesses Berner Zeit 1912 bis 1919*. In: *„...die Grenzen überfliegen". Der Maler Hermann Hesse*, Ausst. Kat. Kunstmuseum Bern (2012) et al., hrsg. v. Kunstmuseum Bern/Matthias Frehner, Bielefeld 2012, S. 75–88, S. 75. Insgesamt absolvierte Hesse 72 jeweils dreistündige Sitzungen bei Lang.

[4] Hermann Hesse/Josef Bernhard Lang: *Hermann Hesse: „Die dunkle und wilde Seite der Seele". Briefwechsel mit seinem Psychoanalytiker Josef Bernhard Lang 1916–1944*, hrsg. v. Thomas Feitknecht, Frankfurt a.M. 2006, S. 34. Das Tagebuch Langs befindet sich im Schweizerischen Literaturarchiv in Bern.

[5] Hermann Hesse: *Traumtagebuch der Psychoanalyse 1917/1918* (5. August [1917]). In: Hermann Hesse: *Sämtliche Werke*, hrsg. v. Volker Michels, Frankfurt a.M. 2001–2007, Band XI, S. 444-617, S. 455 – Im Folgenden zitiert als SW mit Bandangabe und Seitenzahl.

[6] In Hesses Nachlass im Deutschen Literaturarchiv in Marbach finden sich zahlreiche der Traumdarstellungen, die Hesse mit Buntstift, Grafit und Feder anfertigte.

[7] Einige Selbstporträts befinden sich z.B. in der Hesse-Sammlung von Alice Leuthold Sprecher im Archiv der Bibliothek der ETH Zürich. Sowohl für die Selbstporträts als auch für seine frühen Architektur- und Landschaftsdarstellungen nutzte Hesse verschiedene Techniken wie Öl, Gouache, Feder, Grafit und Aquarell.

[8] Vgl. Roland Stark: *Trio der Malerpoeten. Künstlerische Dreieinigkeit*. In: *Trio der Malerpoeten. Gustav Gamper, Hermann Hesse und Ernst Kreidolf*, Ausst. Kat. Hermann-Hesse-Höri-Museum Gaienhofen (2003) (= Beiträge des Hermann-Hesse-Höri-Museums Gaienhofen), hrsg. v. Ute Hübner/Roland Stark, Gaienhofen 2003, S. 9–48.

in dieser Phase vor allem kleinformatige Aquarelle, die auch Hesse fortan präferierte. Er berichtete von dieser Zeit:

> Meine Tage sind ganz mit dem Malen und Zeichnen ausgefüllt, ich bin bei gutem Wetter von 9 oder 10 bis 5 oder 6 draußen, ohne Pause, male täglich ein Aquarell, manchmal zwei und lasse mich einstweilen durch die kläglichen Ergebnisse gar nicht abschrecken.[9]

Seine Beharrlichkeit zahlte sich aus – bald darauf eröffnete ihm der Verkauf von Bildermanuskripten, in denen er kurze Gedichte und Erzählungen mit kleinen aquarellierten Federzeichnungen kombinierte, eine zusätzliche Einnahmequelle.[10]

Nachdem er bereits mehrmals längere Zeit im Tessin verbracht hatte, verließ Hesse Bern 1919 endgültig und ließ sich dauerhaft im Tessin nieder. Hier fokussierte er sich nach frühen Versuchen mit Ölmalerei, Gouache und Buntstiften fast ausschließlich auf die Aquarellmalerei und Feder- oder Grafitzeichnungen, die sich gut mit seiner Vorliebe für Malausflüge in der Natur vereinen ließen. Inspiriert durch seine Umgebung hielt er vor allem die Tessiner Landschaft, teilweise in Kombination mit Architekturdarstellungen, bildlich fest. Die Malerei wurde für Hesse zu einem wichtigen Teil seines Bestrebens – wie er es formulierte – nach dem „Festhalten des Augenblicks“ sowie der „Aufhebung der Zeit“.[11] An seinen Sohn Bruno schrieb er:

> Das Sichwehren gegen die Vergänglichkeit, das Bedürfnis nach Bleibendem, Zuverlässigem, nicht mit jedem Wind wieder Hinschwindendem gehört gewiß zu den stärksten Antrieben, aus welchen Kunst und Denken entstehen.[12]

In der Malerei standen ihm andere Mittel als in der Schriftstellerei zur Verfügung, um Eindrücke festzuhalten. Von seinem ersten Sommer im Tessin berichtete er später:

---

[9] Hermann Hesse 21.04.1917 an Walter Schädelin, in: Hermann Hesse: *Gesammelte Briefe in 4 Bänden*, in Zusammenarbeit mit Heiner Hesse, hrsg. v. Ursula Michels/Volker Michels, Frankfurt a.M., 1973–1986, Band I, S. 346 – Im Folgenden zitiert als GB mit Bandangabe und Seitenzahl.

[10] 1918 berichtete er seiner Schwester Adele Gundert (geb. Hesse, 1875–1949), nun Manuskripte mit „zwölf Handzeichnungen von mir. Feder mit Wasserfarben“ für 250 Mark verkaufen zu wollen. (Hermann Hesse 08.07.1918 an Adele Gundert, in: Ina Hildburg: *Hermann Hesse und die Zeichnung. Im Eifer des „Festhaltenwollens“*. In: Hermann Hesse. *Mit Feder und Farbe. Werke aus dem Nachlass Heiner Hesse,* Ausst. Kat. Kunsthaus Stade et al. (2014/2015), hrsg. v. Regina Bucher et al., Ostfildern 2014, S. 10–17, S. 13.

[11] Hermann Hesse November 1957 an Ernst Morgenthaler. In: GB IV, S. 302.

[12] Hermann Hesse Anfang Oktober 1941 an Bruno Hesse. In: GB III, S. 186.

> Die glühenden Tage wanderte ich durch die Dörfer und Kastanienwälder, saß auf dem Klappstühlchen und versuchte, mit Wasserfarben etwas von dem flutenden Zauber aufzubewahren; [...].[13]

Wiederholt betonte er, „nur allzu gut“ zu wissen,

> wie flüchtig diese Schönheit [...] ist, wie schnell sie Abschied nimmt, wie plötzlich ihre süße Reife sich zu Tod und Welke wandeln kann. Und ich bin so geizig, so habgierig dieser Spätsommerschönheit gegenüber! Ich möchte nicht nur alles sehen, alles fühlen, alles riechen und schmecken, [...]; ich möchte es, rastlos und von plötzlicher Besitzlust ergriffen, auch aufbewahren und mit in den Winter, in die kommenden Tage und Jahre, in das Alter nehmen.[14]

Die Malerei war für Hesse weit mehr geworden war als eine verordnete Therapiemethode oder ausgleichende Freizeitbeschäftigung, in manchen Phasen seines Lebens verbrachte er mehr Zeit mit Malen als mit Schreiben, finanzierte damit einen nicht unerheblichen Teil seiner Ausgaben und bezeichnete die Malerei in einem Brief an Stefan Zweig sogar als seinen „Sommerberuf“.[15] Er sei Literat „im Nebenamt“, der die Feder „mehr zum Zeichnen“ brauche.[16] Zumindest zeitweise besaß die bildende Kunst für ihn einen der Schriftstellerei ähnlichen Stellenwert und er betrieb beides mit entsprechendem Anspruch, wie er es selbst in einem Brief an Helene Welti beschrieb:

> Die Hauptsache fühlen Sie bei beidem: daß es mir [...] mit der Sache Ernst ist, daß sie aus mir mit einer gewissen Notwendigkeit herauskommt.[17]

Und noch kurz vor seinem Tod im Jahr 1962 entgegnete er auf die Frage, warum er schreibe: „Weil man nicht den ganzen Tag malen kann.“[18] Mit

---

[13] Das Zitat stammt aus einem Geleitwort für eine von Gunter Böhmer illustrierte Ausgabe von *Klingsors letzter Sommer*, deren Druck aufgrund des Ausbruchs des zweiten Weltkriegs nicht realisiert wurde: *Erinnerung an Klingsors Sommer*. In: SW XII, S. 212.

[14] Hermann Hesse: *Zwischen Sommer und Herbst*. In: SW XIV, S. 158.

[15] Hermann Hesse 17.05.1925 an Stefan Zweig: „Seit einigen Wochen bin ich wieder zuhause im Tessin, und habe meinen Sommerberuf wieder aufgenommen, das Aquarellmalen.“ In: Hermann Hesse/Stefan Zweig: *Briefwechsel*, hrsg. v. Volker Michels, Frankfurt a.M. 2006, S. 132.

[16] Hermann Hesse: *Nach der Weihnacht*. In: SW XIV, S. 59.

[17] Hermann Hesse 07.11.1919 an Helene Welti (Schweizerisches Literaturarchiv Bern, Hesse-Archiv, Inventarteil E, Schachtel 175, Sammlung Welti, Ms-Lq-60-57(6)).

[18] Die Frage stellte die Zeitung *Die Welt* Hesse im Jahr 1962. In: SW XII, S. 286.

Rückblick auf den Sommer 1919 konstatierte er, „durch das Malen in diesem letzten Jahr am Leben erhalten worden“ zu sein.[19]

Anny Bodmer siedelte ebenfalls im Jahr 1919 mit ihrem Ehemann Hermann Bodmer von Montana im Wallis ins Tessin über. Bodmer wurde 1882 in Basel geboren.[20] Nach ihrer Ausbildung an der Allgemeinen Gewerbeschule Basel zog sie nach München, um dort an der Debschitzschule zu studieren.[21] Bei den 1902 von Wilhelm von Debschitz und Hermann Obrist gegründeten *Lehr- und Versuchs-Ateliers für angewandte und freie Kunst* handelte es sich um eine reformorientierte Werkstättenschule, die auch Frauen in allen Bereichen zuließ. Zu Beginn des 20. Jahrhunderts war dies eine absolute Ausnahme: An einem großen Teil der Kunstakademien wurden erst ab 1919 Frauen als Studierende zugelassen, nachdem die Novemberrevolution im Jahr 1918 zur formalen Gleichberechtigung geführt hatte.[22]

Anny Bodmer war ihr Leben lang künstlerisch aktiv, ähnlich wie Hesse litt sie jedoch unter anhaltenden gesundheitlichen Beschwerden und musste sich immer wieder auf längere Kuraufenthalte begeben, die sie in ihren künstlerischen Ambitionen stark beeinträchtigten. Dennoch unternahm sie wiederholt längere Reisen nach Paris, durch die sie mit der zeitgenössischen französischen Kunst vertraut war. In einem Brief an Hesse aus dem Jahr 1929 berichtete Bodmer, wie sie in der avantgardistischen Galerie der Pariser Kunsthändlerin Jeanne Bucher aushalf und dabei Künstler wie Le Corbusier und Willy Baumeister kennenlernte.[23] Nach ihrem frühen Tod im Jahr 1930 wurde Bodmers Werk in drei Gedächtnisausstellungen gezeigt: Im Jahr 1931 in der Kunstgesellschaft Locarno, der sie als Mitglied angehörte und an deren Ausstellungen sie regelmäßig teilgenommen hatte, im Jahr darauf in der Kunsthalle Basel sowie 1934 im Kunsthaus Zürich. Danach geriet Bodmer in Vergessenheit, so dass heute wenig über ihr Leben und Werk bekannt ist. Die wenigen biografischen Informationen über ihr Leben stammen unter anderem aus dem Begleit-

---

[19] Hermann Hesse 05.01.1920 an Ludwig Finckh. In: GB I, S. 436. Fünf Jahre später bestätigte er abermals, „längst nicht mehr [zu] leben [...], wenn nicht in der schwersten Zeit meines Lebens die ersten Malversuche mich getröstet und gerettet hätten“ (Hermann Hesse 12.09.1925 an Ina Seidel. In: GB II, S. 120).

[20] *Anny Bodmer. Gedächtnisausstellung*, Ausst. Kat. Kunsthalle Basel (1932), S. 1–3.

[21] *Künstler-Lexikon der Schweiz XX. Jahrhundert*, bearb. v. Eduard Plüss/Iris Elles, Bd. 1, Frauenfeld 1958–1961, S. 104, Bodmer(-Beck).

[22] Vgl. Rainer Metzger/Christian Brandstätter: München, die große Zeit um 1900. Kunst, Leben und Kultur 1890–1920, Wien 2008.

[23] Anny Bodmer 16.07.1929 an Hermann Hesse. In: Hermann Hesse/Anny Bodmer/Hermann Bodmer: *„Sonne und Mond seien freundlich zu Ihnen, liebe Freundin!“ Der Briefwechsel mit Anny und Hermann Bodmer*, hrsg. v. Jürgen Below, Hamburg 2013, S. 227 – Im Folgenden zitiert als Hesse/Bodmer 2013 mit Seitenzahl.

text des Katalogs der Gedächtnisausstellung in Basel, der Anny Bodmer eine „ungewöhnliche Reichweite der künstlerischen Ausdrucksmittel" und eine „fast männlich starke Gestaltungskraft"[24] bescheinigte – diese Formulierung mag einen Hinweis darauf geben, warum Bodmers Werk so wie das vieler Künstlerinnen dieser Zeit eher wenig Beachtung fand.

Einblicke in Bodmers Leben gewährt darüber hinaus der weitgehend erhaltene Briefwechsel mit Hesse. Im Deutschen Literaturarchiv Marbach befinden sich etwa fünfzig Briefe von Bodmer an Hesse, in der Bibliothek der Universität Basel 110 Briefe von Hesse an Bodmer. Ein großer Teil des Briefwechsels wurde im Jahr 2013 in der Publikation *Sonne und Mond seien freundlich zu Ihnen, liebe Freundin!* von Jürgen Below veröffentlicht.

Bereits kurz nach ihrem Umzug ins Tessin lernte das Ehepaar Bodmer Hesse kennen. Schnell entwickelte sich eine enge Freundschaft, die sowohl regelmäßige gegenseitige Besuche und gemeinsame Ausflüge als auch den besagten intensiven, bis zu Anny beziehungsweise Hermann Bodmers Tod andauernden, Briefwechsel umfasste. Dieser bezeugt das innige Verhältnis, das zwischen dem Ehepaar Bodmer, insbesondere Anny Bodmer, und Hesse entstand. Bodmers waren Hesse bei seinem endgültigen Umzug von Bern nach Montagnola im Jahr 1919 zunächst vor allem in praktischer Hinsicht eine Hilfe, sie berieten ihn bezüglich des Scheidungsverfahrens von seiner ersten Frau Maria Bernoulli und kümmerten sich um Organisatorisches wie die Unterbringung seiner Kinder.[25] Hesse erinnerte später in einem Brief daran, welche immense Bedeutung das Ehepaar Bodmer in dieser Zeit für ihn hatte: „Jetzt sind es fast zwei Jahre, seit Ihr mir damals das Leben retten helfet."[26] Besonders im Austausch zwischen Hesse und Anny Bodmer entwickelte sich schnell eine intensive Anteilnahme am Leben des jeweils anderen. Ähnlich wie Hesse litt Bodmer unter verschiedenen physischen und vor allem psychischen Problemen und fand bei ihm in besonders schwierigen Zeiten Verständnis und Unterstützung. Im Frühjahr 1925 berichtete sie ihm von ihren schweren Depressionen: „Ich glaube kaum je so miserabel dran gewesen zu sein. – Freudlos, leblos tot zogen die Wintermonate dahin, [...]."[27] Hesse reagierte

[24] Zit. n. *Anny Bodmer. Gedächtnisausstellung*, Ausst. Kat. Kunsthalle Basel (1932), S. 3.

[25] Dieser Vertrauens- und Freundschaftsbeweis ist in der erhaltenen Korrespondenz gut belegt, so schrieb Anny Bodmer beispielsweise im Herbst 1919 an Hesse: „Ich musste heute früh auf der Fremdenpolizei, gestützt auf all die zahllosen Dokumente, nun die Eingabe für die dauernde Aufenthaltsbewilligung der Kinder, nach Bern besorgen." (In: Hesse/Bodmer 2013, S. 47).

[26] Hermann Hesse 14.08.1921 an Hermann und Anny Bodmer (Teilnachlass Anny Bodmer-Beck, Universitätsbibliothek Basel, UBH G IV 55,45).

[27] Anny Bodmer 04.04.1925 an Hermann Hesse. In: Hesse/Bodmer 2013, S. 169.

verständnisvoll und empfahl ihr eine Behandlung bei seinem Psychoanalytiker J.B. Lang.:

> Liebe Frau Anny, geben Sie sich Ihrer jetzigen Lage einfach hin, ohne Widerstände und Bedenken, lassen Sie die Depression auswirken, hören Sie auf alle unbewußten, dunklen Stimmen, die in Ihnen sich rühren, lassen Sie alles Reflektieren und allen Heroismus eine Weile weg, [...]. Ich kenne ja Lang gut und habe sehr Vertrauen zu ihm, noch mehr aber zu Ihnen selber, [...]. Soll ich irgend etwas an Dr. Lang schreiben? Ich tue es gern.[28]

Bodmer nahm das Angebot an: „Das Vertrauen, das ich in Dr. Lang hatte, ist mir durch Ihre Worte mächtig gestärkt. Seit 14 Tagen gehe ich täglich für eine Stunde zu ihm.“[29] Hermann Bodmer berichtete Hesse einige Wochen später von ersten Erfolgen der Therapie:

> Sie geht jeden Tag zu Dr. Lang, sie scheint munter, freier, ja auch positiver eingestellt – der Kunst gegenüber, vielleicht einigen speziellen Lebensmöglichkeiten gegenüber ebenfalls.[30]

Die Bemerkung deutet möglicherweise darauf hin, dass Lang Anny Bodmer dazu ermutigte, sich weiter künstlerisch zu betätigen, und ihr – ähnlich wie Hesse – die bildende Kunst als unterstützende Therapie empfahl.

Bereits bald nach ihrer ersten Begegnung unternahmen Hesse und Anny Bodmer erste gemeinsame Malausflüge im Tessin. Im September 1919 berichtete Bodmer enthusiastisch in einem Brief an einen gemeinsamen Freund, den Schweizer Forstwissenschaftler Walter Schädelin:

> Wir hatten einen schönen, reichen Sommer mit H.H. hier in Montagnola. Ich bin Malerin, und so zogen wir täglich in die herrliche Gegend zum gemeinschaftlichen Arbeiten hinaus. H.H. hat ganz entzückende, phantastische Landschaften gemalt, und dabei noch 2 neue herrliche Werke geschrieben![31]

Handschriftliche Aufzeichnungen von Bodmers Nachfahren geben einen Hinweis darauf, dass Bodmer und Hesse bei ihren gemeinsamen Malausflügen teilweise auch „unter Anleitung und Einfluss“ Louis Moilliets malten.[32] Der Schweizer Maler spielte in Hesses Künstlerfreundeskreis eine besondere Rolle: Hesse selbst bezeichnete ihn als seinen „liebsten Schweizer Maler“, der „in der Zeit, wo [er] halb Maler war, Einfluß auf“

---

[28] Hermann Hesse [wohl Anfang April 1925] an Anny Bodmer. In: Ebd., S. 170.

[29] Anny Bodmer 11.04.1925 an Hermann Hesse. In: Ebd., S. 172.

[30] Hermann Bodmer 26.05.1925 an Hermann Hesse. In: Ebd., S. 176.

[31] Anny Bodmer 26.09.1919 an Walter Schädelin (Schweizerisches Literaturarchiv Bern, Hesse-Archiv, Sammlung Schädelin, Ms-Lq-542-B-2).

[32] Handschriftliche Notiz eines Neffen Bodmers, Privatbesitz.

ihn gehabt habe.[33] Im Sommer der Jahre 1919 bis 1921 verbrachte Moilliet längere Zeit im Tessin.[34] Er setzte sich zu diesem Zeitpunkt bereits seit fast zehn Jahren intensiv mit der Aquarellmalerei auseinander und hatte vor allem während seiner Tunisreise mit Paul Klee und August Macke einen von reduzierten Formen und intensivem Kolorit bestimmten Stil entwickelt, der Ähnlichkeiten zu Hesses und Bodmers Œuvre aufweist.[35]

Im Jahr 1919 verewigte Hesse sowohl Moilliet als auch Bodmer in seiner Erzählung *Klingsors letzter Sommer.* Bodmer inspirierte ihn zur Figur der „Malerin“, die dem engen Freundeskreis um den autobiografisch angelegten Protagonisten Klingsor angehört.[36] Abgesehen von gemeinsamen Malaktivitäten pflegten Hesse und Bodmer einen regen Austausch ihrer Arbeiten. Im Oktober 1919 bedankte sich Bodmer bei Hesse zunächst für den „ersten lieben Brief mit der netten Zeichnung“, der sie so „warm u. wohlig“ berühre[37] sowie einen weiteren Brief mit einem „zauberhaft schönen Gedicht und dem reizvollen Gartenbildchen“, das auf sie wie „edelster Wein“ wirke.[38] Sie revanchierte sich ihrerseits mit der Zusendung von Aquarellen, auf die Hesse entzückt reagierte: „Wenn einmal ein Bildchen von mir jemand auf die Dauer solche Freude macht, wie Ihre 3 Aquarelle mir, dann will ich sehr zufrieden sein.“[39]

Zwischen Hesse und Bodmer entstand nicht nur privat schnell eine tiefe Verbindung, sie unterstützten einander auch bei ihren Bemühungen, Erfolge auf dem Kunstmarkt zu erzielen. Bodmer berichtete Ende des Jahres 1919, auf Anfrage eine Reihe von Aquarellen zum Verkauf an die Buch- und Kunsthandlung *Erfurt* in Davos geschickt zu haben und fragte Hesse, ob der Händler auch bei ihm angefragt habe: „Hatte dieser Unter-

---

[33] Hermann Hesse 1948 an Eugen Zeller. In: *Hermann Hesse. Sein Leben in Bildern und Texten,* hrsg. v. Volker Michels, Frankfurt a.M. 1979, S. 183.

[34] Auch sein Sohn Heiner (eigtl. Hans Heinrich Hesse, 1909–2003) erinnerte sich später, dass Hesse häufig „in Begleitung von ‚Louis dem Grausamen‘, dem Maler Louis Moilliet, malen ging“ (Heiner Hesse: *Erinnerungen an unseren Vater*. In: Uli Rothfuss: *Erinnerungen der Söhne an ihren Vater Hermann Hesse*, Calw 1996, S. 45–76, S. 54).

[35] Vgl. Brigitte Kaul: *Louis Moilliet und die Reise nach Tunesien 1914*. In: *Die Tunisreise. Klee, Macke, Moilliet*, Ausst. Kat. Westfälisches Landesmuseum für Kunst und Kulturgeschichte Münster Landschaftsverband Westfalen-Lippe (1982/1983) et al., hrsg. v. Ernst Gerhard Güse, Stuttgart 1982, S. 158-168.

[36] Die Malerin ist Teil einer Gruppe von Freunden, mit denen Klingsor einen Ausflug unternimmt, beschrieben im Kapitel *Der Kareno-Tag.* In: Hermann Hesse: *Klingsors letzter Sommer*, SW VIII, S. 305.

[37] Anny Bodmer 04.10.1919 an Hermann Hesse (Deutsches Literaturarchiv Marbach, Nachlass Hesse, Bestandssignatur D: Hesse, Hermann, Mediennr. HS006204320 – Im Folgenden DLA mit Mediennummer).

[38] Anny Bodmer 30.10.1919 an Hermann Hesse (ebd.).

[39] Hermann Hesse [wohl 26./27.11.1919] an Anny Bodmer. In: Hesse/Bodmer 2013, S. 56.

nehmer wohl den Mut, auch Sie wegen Überlassung von Bildern zu gelangen?“[40] Hesse antwortete darauf wenig optimistisch: „Der *Erfurt* in Davos hat auch von mir Aquarelle, ich versprach ihm u. mir freilich wenig davon.“[41]

Kurz darauf folgte bereits im Januar 1920 die gemeinsame Teilnahme an einer Gruppenausstellung in der Kunsthalle in Basel. Bodmer schrieb an Hesse, es sei ihr „natürlich eine große Freude, wenn Ihre und meine Sachen in der gleichen Ausstellung gezeigt würden, denn ich glaube, ‚der Wille zur Farbe‘ wird besser verstanden, wenn er gleichzeitig von Verschiedenen ausgesprochen wird.“[42] Offensichtlich konnte Bodmer sich deutlich mehr mit Hesses Stil identifizieren als mit dem der übrigen ausstellenden Künstler. In der Ausstellung wurden die Arbeiten der beiden in einem gesonderten Raum gemeinsam präsentiert und auch in Rezensionen nahezu als Einheit wahrgenommen und rezipiert.[43] Die Basler *National-Zeitung* berichtete, die „Tessiner Aquarelle“ Bodmers und Hesses muteten

> sehr modern, oft etwas zu absichtlich und theoretisch modern, oft aber auch überraschend im farbigen und formellen Zusammenklang der kleinen landschaftlichen Kompositionen [...] an.[44]

Dass Hesses Werke überhaupt in die Ausstellung aufgenommen wurden, war offensichtlich nicht zuletzt Bodmers Verdienst, die Hesse einige Wochen vor der Ausstellung schrieb:

> Nach dem, was Sie mir im Herbst von einer ev. gemeinsamen Ausstellung sagten, nehme ich an, dass auch Ihnen eine solche nicht unsympathisch wäre? Ich muss Ihnen übrigens noch ein Geständnis machen, dass ich nicht umhin konnte, Herrn Dr. Barth von meiner Begeisterung für Ihre entzückenden, aparten Bilder zu schreiben.[45]

Wilhelm Barth, der seit 1909 Leiter der Kunsthalle Basel war, veranstaltete regelmäßig Gruppenausstellungen zeitgenössischer regionaler Kunstschaffender. Hesse war von dem Gedanken, zu diesem Anlass gemeinsam mit Bodmer auszustellen, angetan: „Wenn wir in Basel gemeinsam zur

---

[40] Anny Bodmer 16.11.1919 Hermann Hesse (DLA, Mediennr. HS006204320).

[41] Hermann Hesse [wohl 26./27.11.1919] an Anny Bodmer. In: Hesse/Bodmer 2013, S. 55.

[42] Anny Bodmer 12.12.1919 an Hermann Hesse (DLA, Mediennr. HS006204320).

[43] Anny Bodmer [wohl Anfang 1920] an Hermann Hesse. In: Hesse/Bodmer 2013, S. 78.

[44] W.B.: Die Januarausstellung in der Kunsthalle, in: National-Zeitung Basel (11.01.1920), o. S.

[45] Anny Bodmer 12.12.1919 an Hermann Hesse (DLA, Mediennr. HS006204320).

Ausstellung kämen, das würde mich sehr freuen! Hoffentlich!"[46] Zwischenzeitlich befürchtete Hesse, gar nicht zur Schau zugelassen zu werden und berichtete Bodmer:

> Wegen Basel bin ich etwas ungewiß oder enttäuscht. Wäre ich von der Jury für Januar angenommen, so hätte man es mir wohl mitgeteilt, so aber bin ich ganz ohne Bericht und fürchte, es sei nichts damit.[47]

Da Bodmer seit 1914 bereits an fünf Gruppenausstellungen in der Kunsthalle beteiligt[48] und somit mit der Museumsleitung vertraut war, ist es naheliegend, dass ihre Empfehlung an Barth Beachtung fand und Hesses Beteiligung an der Ausstellung nicht zuletzt ihr zu verdanken war.

Finanziell war die Ausstellung für Hesse kein Erfolg, er verkaufte lediglich eine kleine Arbeit.[49] Trotzdem äußerte er sich Bodmer gegenüber positiv: „Es ging umgekehrt als ich mir gedacht hatte: Das Publikum verhielt sich zugeknöpft, aber die Kritik war freundlich. Ich bin zufrieden damit."[50] Auch Bodmer war beeindruckt von Hesses ausgestellten Aquarellen. Anfang 1920 berichtete sie ihm von einer Zugfahrt, bei der sie der Anblick eines Fabrikschornsteins plötzlich an seine ausgestellten „phantastischen Bilder" erinnerte, „an welchen ich mich wieder aufs innigste erfreute."[51]

Noch im selben Jahr kontaktierte Bodmer Hesse ein weiteres Mal wegen einer möglichen Beteiligung an der Sammlung des geplanten neuen Kunstmuseums in Ascona, das auf Initiative des Schweizer Malers Ernst Kempter und der russischen Künstlerin Marianne von Werefkin, die seit 1918 im Tessin lebte, entstand. Bodmer schrieb Hesse im Herbst des Jahres:

---

[46] Hermann Hesse 16.12.1919 an Anny Bodmer. In: Hesse/Bodmer 2013, S. 65.

[47] Hermann Hesse o. D. [nach Weihnachten 1919] an Anny Bodmer. In: Ebd., S. 68.

[48] Auskunft darüber geben Ausstellungskataloge und Akten aus dem Archiv der Kunsthalle Basel (im Staatsarchiv Basel).

[49] Hermann Hesse 07.02.1920 an Adele Gundert. In: GB I, S. 443f.

[50] Hermann Hesse 05.02.1920 an Anny und Hermann Bodmer. In: Hesse/Bodmer 2013, S. 81.

[51] Anny Bodmer o.D. [wohl Anfang 1920] an Hermann Hesse. In: Ebd., S. 78. Eines der ausgestellten Aquarelle Hesses war die *Fabrik im Tal*, die eine Fabrik mit großem Schornstein zeigt (Im Katalog der Ausstellung, der im Archiv der Kunsthalle im Staatsarchiv Basel aufbewahrt wird, findet sich eine genaue Auflistung der ausgestellten Werke (P 888 N6 (1) 169 1920/1).

> Die Stadt stellt das colleggio, [...] zur Verfügung, [...]; jetzt müssen aber Bilder an die Wände u. die sollten von Künstlern, welche irgend eine Beziehung [...] zu Ascona haben, gestiftet werden. Ich bin aufgefordert worden, Sie anzubetteln: Würden Sie dem Museum eines Ihrer entzückenden Aquarelle schenken?[52]

Hesse kam der Bitte zunächst skeptisch nach: „Ein Bildchen schicke ich hier. Für den Fall, daß es nicht in das Museum paßt, erbitte ich es aber, des Rahmens wegen, zurück.“[53] Die Bedenken erwiesen sich als unbegründet, da Bodmer umgehend zurückmeldete: „Ich brachte es [das Aquarell] heute zu Kempter, der sich ganz besonders darüber freute, und Ihnen vielmals danken lässt!“[54]

Im Jahr darauf war es Hesse selbst, der Bodmer in einem Brief aktiv um Unterstützung beim Verkauf seines illustrierten Märchens *Piktors Verwandlungen* bat: „Ich lege Ihnen eine Anzeige dieses Werkchens bei, spasseshalber, u. für den Fall, daß Sie irgendeinen wohlhabenden Liebhaber wissen sollten.“[55] Bodmer äußerte die Hoffnung, „einen Liebhaber für ein Originalexemplar zu finden“ und versprach, einen – wie sie es formulierte – „metallernen Bekannten“, zu kontaktieren.[56]

Auch Hesse unterstützte Bodmer, sobald sich die Gelegenheit dazu ergab. Als sie ihn darum bat, eine seiner Aussagen zu Werbezwecken nutzen zu dürfen, versicherte er: „[...] natürlich können Sie jene Worte von mir über Ihre Bilder überall abdrucken, wo es Ihnen nützlich scheint.“[57]

Die von vertrauensvoller Zuneigung geprägte Korrespondenz der beiden offenbart, wie bedeutsam der Kontakt nicht nur hinsichtlich einer Unterstützung auf dem Kunstmarkt war. Bodmer antwortete Hesse auf die Zusendung eines Exemplars seiner mit Aquarellen versehenen Gedichtsammlung *Gedichte des Malers*:

---

[52] Anny Bodmer 23.10.1920 an Hermann Hesse (DLA, Mediennr. HS00620433X).

[53] Hermann Hesse o. D. [wohl Herbst 1920] an Anny Bodmer. In: Hesse/Bodmer 2013, S. 103.

[54] Anny Bodmer o. D. [1920] an Hermann Hesse. In: Ebd., S. 76.

[55] Hermann Hesse 04.11.1922 [Poststempel] an Anny Bodmer (Teilnachlass Anny Bodmer-Beck, Universitätsbibliothek Basel, UBH G IV 55,53). Dem Brief beigefügt sind drei handschriftliche Blätter zu *Piktors Verwandlungen*.

[56] „Vielleicht finde ich aber auch einen Liebhaber für ein Originalexemplar – ich schrieb darüber an einen metallernen Bekannten – hoffentlich habe ich Glück.“ (Anny Bodmer 02.11.1922 an Hermann Hesse. In: Hesse/Bodmer 2013, S. 135) Diese Hoffnung erfüllte sich scheinbar nicht: „Leider habe ich immer noch keine Antwort wegen dem *Piktor* [...].“ (Anny Bodmer 11.11.1922 an Hermann Hesse. In: Ebd., S. 138).

[57] Hermann Hesse 18.01.1924 an Anny Bodmer. In: Ebd., S. 153.

> Lieber grosser Zauberer, wären Sie dies nicht – würden die *Gedichte des Malers* nicht eben jetzt zu uns geflogen sein! [...] Es war alles so trostlos verkatert um mich und in mir [...]. Das stärkste Symptom seelischer Verelendung für mich war: ich hatte mindestens 4–5 Tage mit keiner Faser meines Herzens an Sie gedacht! Seit ich Sie kenne ist mir dies noch nie passiert! Und da kommt plötzlich der Lichtstrahl vom Berge, durchzuckt mich mit Macht, erwärmt, beschämt und beglückt mich, und ich sehe wieder in die Welt, in der allein ich mich Mensch fühle. Wie wundersam anmutig sind diese Bilder und Gedichte, wie stark und lebendig die Stimmung. [...] . – Tausendmal danke ich dem Maler-Dichter-Zauberer!“

Offensichtlich fühlte Bodmer sich durch Hesse sogar dazu inspiriert, selbst wieder künstlerisch tätig zu werden und berichtete ihm:

> [...] vom Palmengarten hab ich vor Urzeiten ein Bild angefangen – das grinst mich jetzt hämisch an – aber ich werde es doch malen – ich lasse das Licht, das Sie mir heute ansteckten, nun nicht mehr ausgehen! Welches Glück liegt schon in der Verheissung, wieder malen zu dürfen![58]

In der Korrespondenz finden sich auch Belege dafür, dass die beiden weiterhin regelmäßig gemeinsam malten. Im Frühjahr 1921 kündigte Hesse einen Besuch bei Bodmer an: „Ich möchte auch einmal wieder, vielmehr nicht einmal sondern öfters, mit Ihnen malen gehen.“[59] Ein weiterer Brief aus dem Jahr 1927 legt nahe, dass die beiden sich in der Zwischenzeit mehrmals zum gemeinsamen Malen getroffen hatten, indem Hesse Bodmer versicherte: „Ja, wir beiden werden noch manchen schönen Hügel mit Kastanienbäumen malen; auch gemeinsam werden wir dazu wieder ausziehen.“[60]

Im Dezember des Jahres 1930 starb Anny Bodmer überraschend mit nur 48 Jahren. Hesse verfasste für die bereits wenige Monate nach ihrem Tod organisierte Gedächtnisausstellung der Kunstgesellschaft Locarno einen Text, der seine Wertschätzung und sein tief empfundenes Gefühl der Verbundenheit mit Bodmer zum Ausdruck brachte:

> Wie bei allen starken und reichen Naturen, kam auch bei Anny Bodmer das Künstlerische und Schöpferische nicht aus einem Überfluß, aus einer Ruhe, Sicherheit und einem Behagen her, sondern aus Zwiespalt und Kampf, aus Problematik und unruhigem Suchen. [...] Immer wieder aber gab es Stunden der Leichtigkeit [...], in welchen sie über allen Gegensätzen stand, und wo das

---

58 Anny Bodmer 10.02.1921 an Hermann Hesse (DLA, Mediennr. HS006204358).

59 Hermann Hesse o.D. [wohl nach Ostern Anfang April 1921] an Anny Bodmer. In: Hesse/Bodmer 2013, S. 114.

60 Hermann Hesse o.D. [wohl vor 18.02.1927] an Anny Bodmer. In: Ebd., S. 200.

> Leichte, Lichte und Heitere ihrer Natur mit dem Schweren und Bangen eine reizvolle [...] Synthese einging. Diese Synthese erreichen auch die besten ihrer Bilder und strahlen eine Farbigkeit von so kräftigem und zugleich so sanftem Zauber aus, daß sie hoch über allem guten Durchschnitt stehen. Wir werden diese schönen Bilder weiter lieben, wo immer sie uns begegnen, und werden uns bei ihnen der Malerin Anny Bodmer erinnern, als eines Menschen von seltener Anmut und Wärme, eines vornehmen Menschen, der einen großen Teil der Problematik unserer Zeit in sich erleben mußte und doch darüber nicht den Glauben und die innere Freiheit verloren hat.[61]

Diese einfühlsame Darstellung von Bodmers Kunstschaffen und ihrer Persönlichkeit verdeutlichen das tiefe Verständnis, das Hesse für Bodmer fühlte. Dass Bodmer ähnlich empfunden hatte, geht immer wieder aus ihren Briefen hervor. 1924 erhielt sie zu Weihnachten ein Aquarell von Hesse, das sie „bezaubert, entzückt und beglückt“, es verrate „die Hand des Zauberers“: „Nur er bringt diesen ganz eigenen Reiz im Zusammenklang von Gegenstand, Form und Farbe heraus. Ein Reiz, der eben unbeschreiblich ist – der erlebt sein will.“[62]

Die tiefe Verbundenheit und der enge Kontakt spiegeln sich auch im Œuvre der beiden wieder, in dem sich viele Analogien zeigen: Beide malten vor allem in Aquarell und konzentrierten sich seit ihrem Umzug ins Tessin auf die Darstellung ihrer dortigen Umgebung. Landschaften mit Bergdörfern, einzelnen Häusern oder Kirchen werden in klaren, ungebrochenen Farben dargestellt. In zwei Aquarellen aus dem Jahr 1919, die in der gemeinsamen Ausstellung in der Kunsthalle Basel gezeigt wurden, werden die Parallelen deutlich sichtbar:

---

[61] Hermann Hesse: *Zu einer Gedächtnisausstellung von Anny Bodmer*. In: *Locarno. Offizielles Fremdenblatt. Organo Ufficiale della Federazione degli Interessi della Regione e Società Albergatori*. Jg. 29, Nr. 6, S. 2 vom 7.3.1931. In: SW XII, S. 319f.

[62] Anny Bodmer 31.12.1924 an Hermann Hesse (DLA, Mediennr. HS006204376).

Hermann Hesse: *Fabrik im Tal*, Aquarell, 16,8 x 19,3 cm, Fondazione Hermann Hesse Montagnola, Depositum Privatsammlung. Abbildung in: *Hermann Hesse. Mit Feder und Farbe. Werke aus dem Nachlass Heiner Hesse*, Ausst. Kat. Kunsthaus Stade et al. (2014/2015), hrsg. v. Regina Bucher et al., Ostfildern 2014, S. 56.

Anny Bodmer: *o.T. [Dorf im Grünen]*, 1919, Aquarell auf Papier, 21 x 16,2 cm, Privatbesitz.

Das Motiv ist in beiden Fällen eine von Bäumen und Hügeln umgebene Ansammlung von Gebäuden. Die Formen sind abstrahiert dargestellt, die Häuser bestehen aus einfachen geometrischen Flächen, Details wie Fenster werden, wenn überhaupt, nur angedeutet. Die einzelnen Bildelemente sind flächig gestaltet, eine perspektivische Tiefe wird durch farbig abgesetzte Hauswände und Dachflächen nur angedeutet. Bodmers technische Ausführung wirkt zu diesem Zeitpunkt deutlich differenzierter als die Hesses. In zahlreichen seiner späteren Werke werden die Ähnlichkeiten noch signifikanter, insbesondere bei der kubischen Darstellung der Häuser, wie im Aquarell *Dachlandschaft in Agnuzzo* aus dem Jahr 1922:

Hermann Hesse: *Dachlandschaft in Agnuzzo*, 02.10.1922, Grafit und Aquarell auf Papier, 23 x 31 cm, Privatbesitz. Abbildung in: *Hermann Hesse: Spiel mit Farben. Der Dichter als Maler*, hrsg. v. Volker Michels, Frankfurt a.M. 2005, S. 89.

Betrachtet man Bodmers Arbeiten aus der Zeit vor ihrem Umzug ins Tessin, liegt die Vermutung nahe, dass die zunehmende Abstraktion in Hesses Werk auch ihrem Einfluss zu verdanken ist. In ihrem intensiven Kolorit und der formalen Reduzierung der Formen erinnern sie stark an Hesses späteren Stil, wie ein Beispiel aus dem Jahr 1915 zeigt:

Anny Bodmer: *o.T. [Fässer]*, 1916, Aquarell auf Papier, Privatbesitz.

Bodmer bekräftigte Hesse aktiv bei seiner Entwicklung zu einer abstrakteren Malweise. 1920 lobte sie den „unendlichen Zauber“ eines „abstrakten Bildchens“, das Hesse als Illustration der Erzählung *Innen und Außen* an sie geschickt hatte.[63] Im Jahr darauf schrieb sie ihm:

---

[63] Anny Bodmer 03.04.1920 an Hermann Hesse. In: Hesse/Bodmer 2013, S. 86. Das besagte „Bildchen“ befindet sich auf einem Brief Hesses an Anny Bodmer (o.D. [wohl Ostern 1920] (Teilnachlass Anny Bodmer-Beck, Universitätsbibliothek Basel, UBH G IV 55,135).

> [E]s ist mir, als ob ich Ihre Aquarelle je abstrakter sie sind, je mehr liebe und ich freue mich mächtig, bis ich Ihre neuesten Arbeiten zu sehen bekomme.[64]

Nicht nur stilistische Ähnlichkeiten, auch die Wahl der Motive und das gemeinsame Malen im Tessin lassen vermuten, dass Bodmer und Hesse sich gegenseitig in ihrer künstlerischen Entwicklung beeinflussten. Während Hesse vermutlich auch aufgrund von Bodmers Anregungen und Zuspruch zunehmend abstrahiert malte, war es bei Bodmer vor allem die Motivwahl, die durch die Freundschaft zu Hesse mitbestimmt wurde. Die verwinkelte Casa Camuzzi in Montagnola, die Hesse seit Mai 1919 bewohnte und in zahlreichen Bildern verewigte, war auch für Bodmer ein beliebtes Motiv.

Die beiden befassten sich nicht nur im Tessin mit denselben Motiven: Im Jahr 1930 war Bodmer mehrere Wochen im Hotel Chantarella bei Sankt Moritz im Engadin zu Gast, wo auch Hesse regelmäßig seine Winterurlaube verbrachte. In einem Brief berichtete sie ihm, gezielt Erkundigungen über seine Aufenthalte eingeholt zu haben:

> Ja, ich habe hier fast nach Ihren Spuren geschnüffelt – [...]. Es waren bitterkalte 5 Wochen, die ich hier verbrachte – oft Schnee – viel Regen, schwere Wolken. Dennoch lobe ich den Aufenthalt. Es war friedlich und ich habe viel gezeichnet, gegen 50 Blätter, oft mit steifen Fingern und anderen Schmerzen [...].“[65]

Tatsächlich sind eine Reihe undatierter aquarellierter Winterlandschaften von Bodmer (in Privatbesitz) erhalten, die vermutlich aus dieser Zeit stammen. Im direkten Vergleich mit einem Aquarell Hesses, das zu Beginn desselben Jahres ebenfalls im Engadin entstanden war, zeigen sich deutliche Analogien in der Ausführung:

Anny Bodmer: *o.T. [Schneelandschaft]*, o.J., Grafit und Aquarell auf Papier, 33 x 24 cm, Privatbesitz.

---

[64] Anny Bodmer 23.08.1921 an Hermann Hesse (DLA, Mediennr. HS006204358).
[65] Anny Bodmer 17.08.1930 an Hermann Hesse. In: Hesse/Bodmer 2013, S. 246.

Hermann Hesse: *Bei St. Moritz*, 1930, Grafit und Aquarell auf Papier, Hermann Hesse Editionsarchiv. Abbildung in: Hermann Hesse: *Spiel mit Farben. Der Dichter als Maler*, hrsg. v. Volker Michels, Frankfurt a.M. 2005, S. 232.

Der ähnliche kompositorische Bildaufbau der beiden exemplarisch ausgewählten winterlichen Berglandschaften ist jeweils mit Grafit fein vorskizziert. Lavierend aufgetragene Aquarellfarbe bildet zarte farbliche Akzente, die für räumliche Tiefe sorgen. Auch während ihrer Urlaubs- und Kuraufenthalte pflegten Hesse und Bodmer regen Kontakt, berichteten sich gegenseitig von ihren Erlebnissen und ihrem Befinden und versahen ihre Briefe oft mit kleinen Zeichnungen oder Aquarellen ihrer Umgebung. Während Hesse üblicherweise für seine Korrespondenz von ihm bereits im Voraus bebilderte Briefbögen verwendete, fertigte er im Engadin die kleinen Bilder tatsächlich erst vor Ort zusammen mit den Briefen an, worauf nicht nur die Motive hinweisen, sondern auch das blassblaue Briefpapier des Hotel Chantarella.[66]

Abgesehen von konkreten gegenseitigen Einflüssen und Anregungen bestärkten Bodmer und Hesse sich immer wieder durch Zuspruch und zeigten großes Interesse am Werk des jeweils anderen. Angesichts der Zweifel an den eigenen Fähigkeiten, die sowohl Hesse als auch Bodmer plagten, war diese Ermutigung wohl durchaus wesentlich für ihr weiteres Schaffen. Bodmer schrieb Hesse zu Beginn der 1920er Jahre:

[66] Siehe zum Beispiel Hesses Briefe an Anny Bodmer vom 08. und 23.02.1930, die er ihr aus St. Moritz schrieb: „[...] wir sind schon seit Mitte Januar in der Chantarella" (Teilnachlass Anny Bodmer-Beck, Universitätsbibliothek Basel, UBH G IV 55,103 und G IV 55,104). Ein weiterer Brief Hesses an Bodmer gibt einen Hinweis auf das charakteristische hoteleigene blaue Briefpapier: „Als neulich ein Brief mit dem bläulichen Chantarella-Couvert kam, hat es mich gleich angeheimelt." (Hermann Hesse o. D. [um 1930] an Anny Bodmer (Teilnachlass Anny Bodmer-Beck, Universitätsbibliothek Basel, UBH G IV 55,107)).

> Hin und wieder gelingt es mir nun vielleicht doch, etwas zu malen, das mich nicht betrübt – es ist verflucht, wenn man möchte, vielleicht auch wüsste, aber doch nie das Gewollte zu realisieren vermag; wenn man schon glücklich sein muss, dass es einen nicht allzu sehr betrübt.[67]

Ein andermal fand sie alle ihre Bilder „grauenhaft beim Wiedersehen, die müssen jetzt überstrichen werden." Sie könne nun einfach nicht anders, als den ganzen Tag malen.[68] Hesse fand stets ermutigende Worte für Bodmer: „Wie gut, daß Sie wieder tüchtig am Malen sind! Da kann ich mitfühlen! Ich freue mich darauf, bis ich wieder etwas von Ihnen sehe!"[69] Hesse versuchte tatsächlich, jede Gelegenheit zu nutzen, um Bodmers Werk zu sehen. Als ihre Arbeiten im Jahr 1923 in der Weihnachtsausstellung in der Kunsthalle Basel gezeigt wurden, schrieb er ihr: „Ich dachte hier oft an Sie, sah auch 2 mir liebe Bilder von Ihnen in der Kunsthalle."[70] Er zeigte sich begeistert: Bodmer gehöre in der Ausstellung „entschieden zu den erfreulichsten Erscheinungen,", er hätte

> das kleine Regenbild sofort gekauft [...], wenn mir nicht durch den bekannten roten Faden der Ebbe, der sich durch meinen Beutel zieht, die Hände gebunden wären. Im Ernst![71]

Offensichtlich konnte Hesse das Bild doch noch erwerben, da Bodmer ihm kurz darauf schrieb: „Dass Sie das kleine Regenbild haben, ist mir ein lieber Gedanke."[72]

Auch Bodmer ermunterte Hesse durch ihr stetiges Interesse und Lob, trotz seiner wiederkehrenden Unsicherheiten weiter zu malen. 1925 schrieb sie ihm:

> Ich möchte so gerne sehen, was Sie diesen Sommer malten, ich glaube, es sind viele schöne Dinge. Wenn Sie, wie Sie schreiben, nicht dichten, kommt der ‚goldene Überfluss' wohl der Malerei zu gute – u. da bin ich sehr begierig.[73]

---

[67] Anny Bodmer 20.12.1922 an Hermann Hesse. In: Hesse/Bodmer 2013, S. 133.

[68] Anny Bodmer 23.08.1921 an Hermann Hesse (DLA, Mediennr. HS006204358).

[69] Hermann Hesse 17.06.1920 an Anny Bodmer (Teilnachlass Anny Bodmer-Beck, Universitätsbibliothek Basel, UBH G IV 55,34).

[70] Hermann Hesse 12.12.1923 an Anny Bodmer. In: Hesse/Bodmer 2013, S. 147. (Laut Katalog im Archiv der Kunsthalle Basel im Staatsarchiv Basel war Anny Bodmer mit zwei Arbeiten an der Weihnachtsausstellung unter dem Titel *Basler Künstler* vom 09. bis 30.12.1923 in der Kunsthalle Basel beteiligt (P 888 N6 (1) 202 1923/7)).

[71] Hermann Hesse 22.12.1923 an Anny und Hermann Bodmer. In: GB II, S. 73.

[72] Anny Bodmer 18.01.1924 an Hermann Hesse. In: Hesse/Bodmer 2013, S. 155.

[73] Anny Bodmer 14.09.1925 an Hermann Hesse. In: Ebd., S. 179.

Obwohl Hesse im Gegensatz zu Anny Bodmer keine formale künstlerische Ausbildung besaß, bewunderte sie seine Arbeit und vermittelte ihm das Gefühl, ihn als gleichwertigen Künstler auf Augenhöhe zu respektieren. Ihr lebhafter Austausch, sowohl auf künstlerischer als auch auf persönlicher Ebene, stellte für beide eine wichtige Quelle der Ermutigung, Motivation und Inspiration dar.

Vortrag im Rahmen des 19. Internationalen Hermann-Hesse-Kolloquiums 2024 in Gaienhofen.

Andreas Solbach

Hermann Hesse frühe politische Sozialisation im Königreich Württemberg und in Basel

Hermann Hesse hat zurecht bei der Nachwelt den Ruf, ein überzeugter Kritiker seiner Zeit und ein dezidierter Pazifist zu sein, seine politischen Schriften, die mit dem Ausbruch des Ersten Weltkriegs einsetzen, lassen daran keinen Zweifel aufkommen, und er hat uns als Mensch, Denker und Künstler in diesem Kontext gerade heute noch Entscheidendes zu sagen.

Ich werde im Folgenden versuchen, ein differenziertes Bild der politischen Kontexte seiner frühen Jahre bis etwa 1914 zu zeichnen, das Rückschlüsse auf Hesses persönliche und künstlerische Entwicklungen zulässt und mich dabei bemühen, die spezifischen Umstände der Landesgeschichte Württembergs zu berücksichtigen.

Angesichts von Hesses eigener Einschätzung, völlig unpolitisch zu sein, die sich bis zu seiner Mitarbeit am *Simplicissimus* und am *März* nur unwesentlich ändert, erscheint das Thema seiner politischen Meinungsbildung auf den ersten Blick als etwas unfruchtbar und gesucht: Kann ein Mensch, der sich selbst als unpolitisch bezeichnet, eine politische Sozialisierung erfahren haben? Schon Thomas Manns umfangreiche *Betrachtungen eines Unpolitischen* (1918) deuten aber an, dass die Distanz zum Politischen bereits selbst auf einer reflektierten und dezidierten Haltung diesem gesellschaftlichen Bereich gegenüber gründen kann.[1] Desinteresse an

[1] Schon 1986 weisen die Beiträge einer amerikanischen Tagung unisono auf die unbestreitbare Dimension des gesamten Werks – und nicht nur der expliziten politischen Schriften – hin: *Hermann Hesse. Politische und wirkungsgeschichtliche Aspekte*. Hg. v. Sigrid Bauschinger u. Albert Reh. Bern 1986. Hesses frühe politische Bildungserlebnisse vor 1914 bzw. vor seiner Mitarbeit am *Simplicissmus* und am *März* werden dabei zumeist ausgeblendet, so dass ein wesentliches Element zur Analyse seiner politischen Auffassungen in den späteren Jahren fehlt, das geeignet ist, Widersprüche und Inkonsistenzen zu erklären. Ein genauerer Blick auf diese frühe Phase legt Einflüsse des süddeutschen Liberalismus frei, der bis an sein Lebensende das Fundament für die oft vorübergehend extremen Ausschläge seiner Auffassungen seit etwa 1917 bildet. Wenn er später über den Kommunismus und den Nationalsozialismus redet, spricht er über etwas ganz Neues, denn die KPD wird erst 1918 gegründet, und der Nationalsozialismus formiert sich erst in den frühen zwanziger Jahren. Es ist sehr unwahrscheinlich, dass Hesse kommunistische oder faschistische bzw. nationalsozialistische Programmschriften in den Jahren bis zum Kriegsbeginn liest. Auch seine Lektüre des *Kommunistischen Manifests* dürfte erst nach 1914 erfolgt sein; allenfalls dürfte er noch das berühmteste deutsche Buch der Sozialdemokratie, August Bebels *Die Frau und der Sozialismus*

Politik bedeutet nicht, dass das Individuum nicht von politischen Entscheidungen betroffen ist und sie in ihren Konsequenzen wahrnimmt, gerade unsere gegenwärtigen gesellschaftlichen Zustände führen uns deutlich vor Augen, dass politische Abstinenz häufig durch eine intensive Ablehnung politischer Phänomene bewirkt wird, die dennoch plötzlich in ebenso intensive politische Aktivität umschlagen kann. Doch bevor wir Hesses Fall näher beleuchten, will ich zunächst einige der für seine individuellen Erfahrungen entscheidenden historischen und gesellschaftlichen Grundlinien referieren. Ich bringe dabei nichts Neues, aber oft wenig Bekanntes und bitte für die Ausführlichkeit um Entschuldigung, sie liegt in der Natur der Sache.[2]

Historische Positionierung

Hermann Hesse wird in das seit sechs Jahren existierende Kaiserreich hineingeboren, das er allerdings als Kind 1881 bis 1886 verlässt, um mit den Eltern in Basel zu leben, wobei er das Basler Stadtrecht und damit auch einen Anspruch auf die Schweizer Staatsbürgerschaft erwirbt, was später noch bedeutsam für ihn wird. Nach der Rückkehr der Familie nach Calw

---

wahrgenommen haben; dass er die Schriften Eduard Bernsteins, Karl Kautskys oder die Pamphlete des nur wenig älteren Lenin zwischen 1900 und 1914 studiert, können wir weitgehend ausschließen.

[2] Ich beziehe mich bei meiner Darstellung auf folgende Arbeiten: Thomas Nipperdey: *Deutsche Geschichte 1866–1918*. Bd. 2: *Machtstaat vor der Demokratie*. München 1998, Hans-Ulrich Wehler: *Deutsche Gesellschaftsgeschichte*. Bd. 3: *Von der „Deutschen Doppelrevolution" bis zum Beginn des Ersten Weltkrieges 1849–1914*. München 1995. Hans-Ulrich Wehler: *Das Deutsche Kaiserreich 1871–1918*. 7. Aufl. Göttingen 1994 (zuerst 1973), Michael Stürmer: *Das ruhelose Reich. Deutschland 1866–1918*. Berlin 1983, Michael Stürmer: *Die Reichsgründung. Deutscher Nationalstaat und europäisches Gleichgewicht im Zeitalter Bismarcks*. München 1997 (zuerst 1984), Hans-Peter Ullmann: *Das Deutsche Kaiserreich 1871–1918*. Frankfurt/M. 1995, Wilfried Loth: *Das Kaiserreich. Obrigkeitsstaat und politische Mobilisierung*. München 1997, Dieter Langewiesche: *Liberalismus in Deutschland*. Frankfurt/M. 1988, Dieter Hertz-Eichenrode: *Deutsche Geschichte 1871–1890. Das Kaiserreich in der Ära Bismarck*. Stuttgart [u.a.] 1992, Michael Stürmer: *Das Deutsche Reich 1870-1919*. Berlin 2002, Volker Ullrich: *Die nervöse Großmacht 1871–1918. Aufstieg und Untergang des deutschen Kaiserreichs*. Frankfurt/M. 2013 (zuerst 1997), Hubert Kiesewetter: *Industrielle Revolution in Deutschland 1815–1914*. Frankfurt/M. 1989. Zur württembergischen Geschichte: Paul Sauer: *Württemberg im Kaiserreich. Bürgerliches Freiheitsstreben und monarchischer Obrigkeitsstaat*. Stuttgart 2011, Paul Sauer: *Württembergs letzter König. Das Leben Wilhelms II*. Stuttgart 1994, Eberhard Naujoks: *Württemberg 1864 bis 1918*. In: *Handbuch der Baden-Württembergischen Geschichte*. Bd. 3: *Vom Ende des Alten Reiches bis zum Ende der Monarchien*. Hg. v. Meinrad Schaab u. Hansmartin Schwarzmaier. Stuttgart 1992, S. 333–432, Eugen Schneider: *Württembergische Geschichte*. Stuttgart 1896.

wird er Bürger des Königreichs Württemberg und damit auch des Deutschen Reichs, von dem er anscheinend nur wenig unmittelbar mitbekommt, denn die vier großen hauptsächlich süddeutschen Bundesstaaten außerhalb Württembergs, die Königreiche Bayern und Sachsen, die Großherzogtümer Baden und Hessen-Darmstadt, sind innerhalb der 22 souveränen Fürstentümer und der drei Freien Hansestädte, die das Kaiserreich ausmachen, für ihre ängstlich gehütete Eigenständigkeit bekannt. Hesse wächst so in einem seit langer Zeit widerständigen und dezidiert antipreußischen Umfeld auf.[3] Die innenpolitische Situation Württembergs lässt sich noch bis in die letzten Jahrzehnte des 19. Jahrhunderts hinein als Schauplatz der zum Teil erbitterten Auseinandersetzung von Reichsunitariern und Partikularisten bzw. Reichsföderalisten beschreiben, wobei sich die dominierende Angst der Letzteren, vor allem aber diejenige des württembergischen Königs Karl, auf eine Mediatisierung, also die Eingliederung in einen Föderalstaat und den damit einhergehenden Souveränitätsverlust des Königreichs richtete.

Der Beginn des deutsch-französischen Kriegs1870/71 bewirkt auf einem Höhepunkt dieses nicht nur württembergischen Anti-Preußentums dann eine bemerkenswerte, wenngleich auch nicht dauerhafte Wende, denn die gesamte deutsche Bevölkerung betrachtet Frankreich als den Aggressor, der die Integrität des Norddeutschen Bundes, dem Württemberg allerdings nicht angehört, bedroht. Auch wenn man an der kleindeutschen Weichenstellung nach dem Krieg mit Österreich und der Bundespolitik mancherlei auszusetzen und manche süddeutsche Partikularisten ungute Vorahnungen über die Zukunft nach dem Krieg haben, die sich dann auch bis zu einem gewissen Grad bestätigen werden, rollt eine nationale Begeisterungswelle durch Deutschland. Zu Beginn des erfolgreichen Kriegs gegen Frankreich jedenfalls ahnt niemand, dass sich innerhalb von weniger als drei Monaten, vom Beginn am 19. Juli bis zum entscheidenden Sieg bei Sedan am 2. September, für die Mitgliedsstaaten des Bundes alles ändern würde. Zwar kapituliert Paris erst am 28. Januar 1871, aber Bismarck, der sich trotz aller Konflikte mit dem überragenden Feldherrn Moltke, des deutschen Sieges sicher ist, setzt alles, was in seiner und

[3] Die partikularistische Grundhaltung im Königreich Württemberg ist allerdings keine aus dem 19. Jahrhundert stammende Bewegung, sie nährt sich einerseits aus dem Selbstverständnis der Fürsten im Heiligen Römischen Reich Deutscher Nation und reagiert auf teilweise weit zurückliegende Erfahrungen mit Versuchen die staatliche Souveränität des Landes mit Gewalt einzuschränken. Schon Alexis de Tocqueville berichtet in seiner berühmten Abhandlung über die Französische Revolution *Der alte Staat und die Revolution* (1856) darüber, welchen Einfluss diese Auseinandersetzungen in Württemberg auf den revolutionären Geist haben: Alexis de Tocqueville: *Der alte Staat und die Revolution*. Hg. v. Jacob P. Mayer. München 1978, S. 217–219.

Preußens Macht steht, in Bewegung, um die Einigung der deutschen Länder unter Ausschluss der habsburgischen Doppelmonarchie noch vor Kriegsende durchzusetzen. Es ist den politischen Mächten in Deutschland und Europa klar, dass die Gunst der Umstände sich nicht noch einmal so aussichtsreich gestalten würde, um zu einem geeinten Nationalstaat zu gelangen, vor allem aber ist es die durch die drei bemerkenswerten militärischen Siege noch einmal gewachsene Autorität und Macht Preußens, die die Mittelstaaten dazu bringen, sich Bismarcks Bestrebungen zu beugen.[4]

Von all diesen einschneidenden historischen Begebenheiten kann Hesse, der erst sechs Jahre später geboren wird, naturgemäß nicht unmittelbar geprägt worden sein; mehr noch: Das für das kleine Kind nachhaltigste Erlebnis dieser Zeit ist der Aufenthalt in Basel in der Schweiz von 1881 bis 1886. Diese prägenden Kinderjahre in Basel und sein erneuter Aufenthalt dort 1899 bis 1904 bis zu seiner Heirat legen die Fundamente für seinen späteren ununterbrochen Aufenthalt in der Schweiz von 1912 an bis zu seinem Tod. Er verbringt also nur etwa 25 Jahre seines Lebens in Deutschland, aber seine Identifikation mit seinem Geburtsland bleibt bis 1918 groß, denn er opfert mit Überzeugung kostbare Jahre seines Lebens dem Engagement für die gefangenen deutschen Soldaten im ersten Weltkrieg; aber auch seine ungeheuer umfangreichen Bemühungen und Hilfeleistungen für die von den Nazis verfolgten Exilanten seit 1933 belegen seine andauernde Nähe zu Deutschland trotz seiner äußerst kritischen Haltung und der radikalen Ablehnung des Nationalsozialismus. Der Grund für diese dauerhafte und anhaltende Nähe liegt ganz offenkundig in seiner positiven Heimaterfahrung in Calw, die ihm den nördlichen Schwarzwald mit seinen Städten, die in eine für ihn unvergessliche Natur eingebettet liegen, tiefe Eindrücke verschafft. Schließlich bleibt er auch durch seine Familie, die überwiegend in Deutschland wohnen bleibt, dem Land und seinem Schicksal verbunden. Doch wo finden wir Anzeichen ei-

---

[4] Tatsächlich musste Bismarck auch den preußischen König Wilhelm I. mit allen ihm zur Verfügung stehenden Mitteln dazu drängen, die Kaiserkrone anzunehmen, Wilhelm sah sich wie sein Vorgänger Friedrich Wilhelm IV., der die ihm von der Frankfurter Bundesversammlung angebotene Kaiserwürde entschieden zurückwies, hauptsächlich als König von Preußen. Kaiser wollten beide, falls überhaupt, nur auf einstimmigen Wunsch und Beschluss aller deutschen Fürsten sein. Deren Zustimmung war jedoch bislang aus egoistischen und anti-preußischen Motiven heraus undenkbar gewesen, und es ist ein bemerkenswertes Beispiel für Bismarcks politische Fähigkeiten, dass es ihm gelingt, nicht nur Deutschland zum Nationalstaat zu machen, sondern dafür auch das Regierungsmodell, wie es sich in Preußen zwischen ihm und dem preußischen König entwickelt hatte, als Grundlage durchzusetzen; der König von Bayern, Ludwig II., muss allerdings mit einer hohen Summe bestochen werden, bis er als Primus unter den Fürsten Wilhelm die Kaiserkrone anträgt.

ner erkennbaren frühen politischen Sozialisation, die uns nähere Aufschlüsse über seine Überzeugungen und sein Werk erlauben würden?

Zur Beantwortung dieser Frage müssen wir wieder zurück auf die politischen Verhältnisse im Königreich Württemberg vor und nach der Reichsgründung werfen, denn sie bilden die Kontexte für Hesses politisch-gesellschaftliche Sozialisation.

Das Königreich Württemberg unter König Karl und König Wilhelm II.

1870, kurz vor Kriegsbeginn, ist Deutschland nach dem deutsch-österreichischen Krieg von 1866 eine etwas ungefüge Konstruktion, in dem der „Norddeutsche Bund" unter Führung Preußens die deutschen Staaten nördlich der Mainlinie vereinigt, während die größeren süddeutschen Staaten (Sachsen, Bayern, Hessen, Württemberg, Baden) unabhängig bleiben. Aus der historischen Distanz heraus erscheinen die Entwicklungen der Zeit vor allem von dem Wunsch nach politischer Souveränität geprägt zu sein: Die Länder besitzen zumeist eigenes Militär, eigene Gesandtschaften, eigene Währungen, Tarife, Maßeinheiten, Verfassungen und Institutionen, die aus dem Geist historistischer und konservativer Traditionen nicht aufgegeben werden sollen. Tatsächlich aber handelt es sich um das Bestreben, die unmittelbare dynastische Herrschaftsmacht zu erhalten, die allerdings vor allem in Baden und Württemberg in einem festen Verfassungsrahmen liberalen Tendenzen und persönlichen Freiheitsrechten einen Spielraum bieten, der in Preußen nur schwer vorstellbar ist. Dazu kommt als ein entscheidender Punkt die politisch-gesellschaftliche Atmosphäre in den Südstaaten, die durch größere Geschmeidigkeit der sozialen Umgangsformen, ausgeprägtere Höflichkeit, stärkere Zurückhaltung und allgemein einen zivileren Habitus geprägt ist. Der militärisch-arrogante Befehlston, das starre, durch ein prononciert vorgetragenes Adelsvorurteil verschärfte Beharren auf verwaltungstechnischen Anforderungen und eine bis zur Verachtung reichende Herablassung der preußischen Institutionen und ihrer Vertreter sorgen immer wieder für Auseinandersetzungen zwischen dem übermächtigen preußischen Königreich und den süddeutschen Staaten. Preußen selbst ist dabei allerdings genau so traditionalistisch eingestellt wie die anderen Länder, das irritierende Moment liegt in seinem Bestreben nach größerer Macht in einem geeinten Deutschland unter seiner Führung. Dies ist für die süddeutschen Staaten eine Horrorvorstellung, in der die meisten essenziellen Traditionen, die aus ihrer individuellen Geschichte stammen, aufgehoben werden und der spezifische Charakter der einzelnen Länder verloren zu gehen droht. Es ist deshalb kein Wunder, dass es im gesamten deutschsprachigen Gebiet eine lange und markante anti-preußische Bewegung gibt, die sich auch politisch erfolgreich organisieren kann und die keineswegs mit der Reichsgründung verschwindet, ganz im Gegenteil bleibt das oft stark antipreußische Sentiment südlich der Mainlinie sehr lebendig – bis heute. Dieser Tendenz zu einem gemütlichen konstitutionellen Partikularismus steht allerdings eine in ihren Anfängen linke, liberal und demokratischorientierte Forderung nach einem einheitlichen deutschen Nationalstaat entgegen, die aus den Befreiungskriegen gegen das napoleonische Frankreich stammt. Dieser unitarische Gedanke bildet dementsprechend den Gegenpol gegen den Partikularismus, wodurch eine zweite ordnungspolitische Achse entsteht, die quer zur Achse anti- und pro-preußisch steht, denn vor allem Bismarcks strategische und taktische politische Geschmeidigkeit erlaubt es ihm, vor und nach der Reichsgründung ganz unterschiedliche Bündnisse einzugehen, so dass die Unterstützer der Reichseinheit sowohl auf der linken wie auch auf der konservativen Seite zu finden sind, ebenso wie Anti-Preußen unitarisch oder partikularistisch denken können. Eine weitere Antinomie betrifft schließlich die Konfessionen, denn Protestanten und Katholiken sind noch bis weit ins 20. Jahrhundert weit voneinander entfernt, wobei die Katholiken eine sehr starke Milieuverhaftung zeigen. Da die einzelnen Staaten ganz unterschiedliche konfessionelle Verhältnisse kennen, stellt sich ihnen das Problem in je unterschiedlicher Art und Weise: In Österreich verbünden sich Staat und Kirche nach der Niederschlagung der Revolution von 1848 und setzen eine Reihe von ‚Reformen von oben' zum Teil auch gegen den Adel durch, so dass die Kirche als politische Institution an Macht gewinnt.[5] Für Bis-

[5] „Die fünfziger Jahre gehören […] zu den bedeutsamen Reformphasen in der Geschichte Österreichs, das erst jetzt die ‚Revolution von oben' nachholte, die Preußen zu Beginn des 19. Jahrhunderts in Angriff genommen hatte. […] Es war aber eine gegen den politischen Liberalismus gerichtete Liberalisierung in Gesellschaft und Wirtschaft, durchgesetzt vom Staat, gestützt auf Heer, Polizei und katholische Kirche, die im Konkordat von 1855 aus ihrer Position der josephinischen Staatskirche herauswuchs und zu einer Institution mit eigenem kirchlichen Recht und weitreichenden Kompetenzen im gesamten staatlichen Bildungswesen wurde." (Langewiesche: *Liberalismus*, S. 73) Bismarck erkennt intuitiv, dass der Einfluss der katholischen Kirche, der im protestantisch dominierten Preußen undenkbar ist, die Entwicklung Preußens zur führenden Macht in Deutschland verhindern würde; gleichzeitig ist ihm bewusst, dass die rheinländischen preußischen Provinzen, zusammen mit Westfalen ein bedeutsames katholisches Zentrum im Westen, das tragende Element der preußischen Wirtschaftsmacht darstellt, das zukünftig der Garant preußischer Durchsetzungsfähigkeit sein wird. Eine autonome, gezielt anti-katholische Politik, die nicht mehr in die Konfrontation mit Österreich einbegriffen ist, wird sich allerdings erst nach der Reichsgründung im ‚Kulturkampf' manifestieren. Der starke Einfluss der katholischen Kirche in Österreich legt in der zweiten Hälfte des Jahrhunderts dann tatsächlich auch einen bedeutenden Teil von Kunst und Wissenschaft lahm, weil die religiöse Zensur selbst Kant, Schiller und Goethe neben allen modernen philosophischen und gesellschaftswissen-

marck verbindet sich diese Entwicklung mit der schwersten politischen Niederlage Preußens in der zweiten Hälfte des 19. Jahrhunderts vor der Reichsgründung, der Olmützer Punktation, die die preußische Initiative für eine kleindeutsche ‚Union' nachhaltig unmöglich macht und Preußen gezielt demütigt. Österreichs dezidierter Anti-Konstitutionalismus, der von den preußisch-protestantischen Altkonservativen um die Brüder Leopold und Ernst Ludwig Gerlach unterstützt wird, führt schließlich zum Kollaps der österreichischen Staatsfinanzen, die am modernen Kapitalmarkt nicht mehr umfassend und nachhaltig finanziert werden können. Olmütz ist für Habsburg ein gefährlicher Pyrrhus-Sieg, und Bismarck macht das den verbündeten Österreichern auf eine fast komische Art und Weise als preußischer Geschäftsführer bei der Frankfurter Bundesversammlung überdeutlich, indem er systematisch und aggressiv das symbolische Zeichensystem der Machtprivilegien attackiert und subversiv unterwandert.

Württemberg hat dabei ein ausgeglichenes Verhältnis zwischen den Konfessionen, so dass die Zentrumspartei, die im Reich kurz nach der Reichsgründung entsteht, sich hier erst 1894 etabliert.[6] Die politische Landschaft Württembergs ist also übersichtlich und um 1870/71 noch nicht stark von festen Organisationsstrukturen der Parteien geprägt – der Name ‚Partei' darf überwiegend nicht im heutigen Sinn verstanden werden, denn die konservative ‚Regierungspartei' des bedeutendsten württembergischen Politikers Hermann Mittnacht (1825–1909) existiert ebenso wenig als ‚Partei' im modernen Sinne einer Mitgliederpartei mit ihren Institutionen und einer eigenen Parteiorganisation wie diejenige der „Deutschen Partei" mit deren Vertretern er erfolgreich zusammenarbeitet. Wie auch bei den Vertretern anderer Parteien, die zumindest eine ‚Komitee'-Struktur besitzen, die jeweils vor Wahlen auflebt, ist er als Einzelkandidat von einem Wahlkreis für das gewählte Abgeordnetenhaus gewählt worden und vom König in sein Amt berufen. Mittnacht zählt wie die meisten Abgeordneten zu der Gruppe von lokalen Honoratioren, die sich zu einer politischen Tendenz nur unbestimmt bekennen, weil Parteipro-

schaftlichen Entwicklungen unterdrückt. Ein paradoxes Resultat der katholischen Zensurpolitik, die nicht wenige Wissenschaftler zur Mathematik und den Naturwissenschaften leitet, ist die Verwissenschaftlichung der Philosophie, die sich in den Arbeiten Bolzanos, Brentanos und der Wiener Schule manifestieren, vor allem aber in der Ausarbeitung einer mathematisierten Volkswirtschaftslehre (Carl Menger, Gossen), die sich dem historistischen Ansatz Schmollers, Sombarts und der preußischen Schule, die noch das volkswirtschaftliche Denken Max Webers dominiert, erfolgreich entgegenstellen.

[6] Das ist nicht unwichtig, da reichsweit die katholische Bevölkerung zu 80% das Zentrum wählt, umgekehrt gelingt es dem Liberalismus nicht, nennenswerte katholische Wählerschichten zu mobilisieren: Die Liberalen sind weit überwiegend protestantisch. Siehe dazu Langewiesche, *Liberalismus*, S. 125f. u. S. 133ff.

gramme im heutigen Sinne vor der Reichsgründung nicht existieren; sie müssten von den Parteimitgliedern außerhalb der Wahlkämpfe bei Parteitagen verabschiedet werden, doch Mitgliederparteien entwickeln sich erst langsam, politische Positionen verändern sich manchmal abrupt und formen sich oft situationsabhängig. Die Konservativen sind und bleiben in diesem Kontext die unorganisierteste Kraft, sie vertrauen ganz auf ihre lokalen Wahlkreisvertreter, denen keine belastbare politische Programmatik abseits eines partikularistischen Monarchismus, der sich im Süden Deutschlands zumeist anti-preußisch manifestiert, zur Verfügung steht. Die Sozialdemokratie und das Zentrum sind dagegen als Milieuparteien Vorreiter eines modernen Parteienwesens, während die Liberalen, die die Politik bis 1878 dominieren, zwar außerordentlich viele Vertreter haben, die sich programmatisch äußern, aber keine dauerhaften und festen Strukturen entwickeln: Es entstehen Grundtendenzen und -positionen, die als Referenzpunkte für die vor allem auf Reichsebene zahlreichen Sezessionen und Neugründungen dienen können, die nicht selten das Resultat unterschiedlicher Bewertungen von Einzelfragen wie etwa der ‚Indemnitätsvorlage' sind und sehr verkürzt entweder als regierungsnah, kompromissbereit und primär wirtschaftspolitisch oder aber als regierungskritisch, primär verfassungspolitisch und grundsätzlich demokratisch beschrieben werden können. Auf Reichsebene gelingt es Bismarck zunächst, die unterschiedlichen Tendenzen der Liberalen für seine Zwecke zu nutzen, wobei er sich nicht scheut, auch Unterstützern zu vertrauen, die er noch kurz zuvor bekämpft hatte, oder alte Verbündete zu opfern, während sich in Württemberg mit der Deutschen Partei, die reichsweit den Nationalliberalen entspricht, und der Württembergischen Volkspartei, die der Demokratischen Volkspartei zugeordnet werden kann, zwei grundständige Partner für den Ministerpräsidenten anbieten. Mittnacht leitet die Geschäfte der Regierung seit 1870 bis zu seiner freiwilligen Demissionierung 1900 aus Altersgründen unter König Karl (1823–1891), der von 1864 bis zu seinem Tode 1891 regierte, und unter König Wilhelm II. (1848–1921), der von 1891 bis zur Revolution 1918 regierte.

Wenn Hermann Hesse nun an seine Landesregierung oder allgemein an die ‚Obrigkeit' denkt, wird er aber weniger den regierenden Monarchen Karl vor Augen haben als den Ministerpräsidenten und Außenminister Mittnacht, der mit den vom König auf seinen Vorschlag hin ernannten Ressortministern die Geschicke des Landes lenkt. Mit der Inthronisierung König Wilhelms II. 1891 ändert sich die Situation markant, denn einerseits ist der neue Monarch überaus volksnah, verantwortlich, kompromissbereit und verfassungsreformistisch gesinnt, andererseits bleibt er außerhalb Stuttgarts zunächst weitgehend unsichtbar, wenngleich er später im ganzen Land eine Popularität genießt wie wohl kein vergleichbarer deutscher Monarch seiner Zeit. Sein Vorgänger und Onkel, der, öffentlichkeitsscheu und zurückgezogen, am liebsten außerhalb Stuttgarts lebt, kann einerseits seinen extrem ausgeprägten anti-preußischen Affekt, der sich durch die Mediatisierung im Zuge der Reichsgründung noch verstärkt, nicht unterdrücken, andererseits fällt es ihm immer schwerer, seine Homosexualität, die ihn in eine politisch und gesellschaftlich ruinöse Affäre mit einem amerikanischen Schwindler treibt, der ihn nicht nur kompromittiert, sondern auch finanziell ausbeutet, zu kontrollieren. Karl lebt oft monatelang in Nizza und ist für Mittnacht fast unerreichbar, der praktisch alle Staatsgeschäfte übernimmt und oft verzweifelt versucht, den Monarchen dazu zu bringen, wichtige Dokumente zu unterzeichnen. Diese Missstände enden abrupt mit König Wilhelm, der in jeder Hinsicht selbst von erbitterten politischen Gegnern respektiert wird.

Die Reichsnormierung

Wir dürfen annehmen, dass Hesse als Kind von all dem im Elternhaus, durch die weitere Verwandtschaft und die zahlreichen Gäste ganz zufällig und unsystematisch Kenntnis erhält. Nach der Maulbronner Katastrophe weitet sich sein sozialer Horizont dann nolens volens, und er trifft auf zahlreiche Menschen in seinem Umfeld, die auch politische Diskussionen führen, so dass wir annehmen dürfen, dass er trotz seiner auf sich selbst und seine Probleme zentrierten Weltsicht einen umfassenden, wenngleich fragmentierten Blick auf die politische Verfassung seiner Heimat angeboten bekommt. Wir dürfen ebenfalls annehmen, dass sich seine Bewertungen und politischen Stellungnahmen über die Zeit hinweg ändern: Der noch kindliche Knabe wird alterstypisch die konservativen Meinungen des Elternhauses und des engeren sozialen Kreises weitgehend übernehmen, was in diesem Fall eine lutherisch begründete entschiedene Distanz zum politischen Leben bedeutet, die sogenannte ‚Zwei-Reiche-Lehre'. Das heißt aber nicht, dass dieser Gesellschaftsbereich ausgeklammert oder gar tabuisiert wird, denn allein schon die äußerst umfassende verlegerische Tätigkeit von Hermann Gunderts Calwer Missionswerk erfordert eine umsichtige und auf vielerlei äußere Interessen und staatliche Überwachung Rücksicht nehmende enge Vertrautheit mit den lokalen, landesherrschaftlichen und auch nationalen Institutionen. Wer auch immer predigt, nach innen und außen missioniert und Schriften in großer Anzahl publiziert, ist überall im Reich automatisch Gegenstand der staatlichen Kontrolle, aber auch der besonderen Überwachung durch Kritiker und Konkurrenten. Religion ist und bleibt in einem erheblichen Maße Politik. Dementsprechend sind die Mitglieder der Familien Gundert, Isenberg und Hesse zunächst einmal daran interessiert, keine Konflikte mit der

Obrigkeit entstehen zu lassen; ihre politische Grundhaltung darf als staatstreuer Konservatismus württembergischer Prägung angesehen werden: königstreu, loyal und inhaltlich unspezifisch, im Wesentlichen auf die pragmatische Bewältigung der dringenden Aufgaben ausgerichtet. Quer zu dieser Grundachse stehen allerdings die genannten Grunddichotomien: das Verhältnis zu Preußen, das sich mehr und mehr an der Person Bismarcks festmacht, und die damit verbundenen Orientierungen reichsunitarisch oder partikularistisch. In diesen Fragen gibt es in der Familie anscheinend keine völlig einverständliche Position, denn auch in der Gesellschaft geraten die Dinge nach der Reichsgründung in Bewegung. Mit der Etablierung des Kaiserreichs sollten dann die partikularistischen Positionen weitgehend obsolet werden, und man sollte erwarten, dass sich das auch in der politischen Meinungsbildung niederschlagen würde. Tatsächlich aber verstärkt sich jedoch in ganz Süddeutschland nach einer Phase nationaler Begeisterung die partikularistische und anti-preußische Tendenz, die ihr hauptsächliches Ziel in der möglichst weitgehenden Bewahrung aller Formen der Eigenstaatlichkeit und der Behinderung und Zurückdrängung reichsunitarischer preußischer Normierung sieht. Auf der anderen Seite stehen diejenigen, deren Wunsch nach einem einheitlichen Nationalstaat überwiegt und die nicht selten in Bismarck den politischen Genius erblicken, der allein dazu fähig war, das Reich zu schaffen – beide Haltungen finden sich auch im Umfeld Hermann Hesses, der sein Leben lang anti-preußisch bleiben wird.[7] Da Hesse seine Heimat über die politischen Grenzen hinaus mit dem Bereich des Alemannischen verbindet, erscheinen ihm staatlich festgelegte Strukturen und Abgrenzungen von Anfang an fragwürdig, wenngleich er sich, quasi als Abschluss seines ersten großen Lebensabschnitts, am Anfang des ersten Weltkriegs noch ganz national äußert – eine Haltung, die sich dann schnell ändert, obgleich er seiner deutschen Heimat, die er mit dem Umzug von Gaienhofen nach Bern 1912 dauerhaft verlässt, in aufopferungsvoller Weise bis zum Kriegsende die Treue hält.[8] Das alles zeigt, dass Hesse den Impuls einer aus der Treue zum König stammenden Loyalität als konservatives Element lange beibehält und auch nach der Wandlung 1919 in veränderter Form als Treue zu sich selbst weiterentwickelt, was ihm um so leichter fällt, als er mit der liberal-konservativen Verfassung der Schweizer Konföderation weitaus weniger Probleme hat als mit derjenigen des preußischen Kaiserreichs.

[7] Interessanterweise ist dem später linksliberalen Autor die Sozialdemokratie wahrscheinlich durch ihre strikten programmatischen Zwänge und ihre preußische Grundordnung dauerhaft unsympathisch, und ihre Haltung in der deutschen Novemberrevolution 1918 empfindet Hesse als Verrat an demokratischen Idealen; einzelnen Mitgliedern begegnet er allerdings ohne Vorurteile.

[8] Hesse wird erst im Zuge seiner Heirat mit Ruth Wenger Schweizer Staatsbürger.

Mit der Maulbronner Krise ändert sich das Bild entschieden, aber nur vorübergehend, denn sein jugendlicher Anarchismus, der sich in wüsten Zerstörungsphantasien äußert, ist eine aus Verzweiflung geborene Attrappe, die sich schnell verflüchtigt – statt Bakunin liest er Brentano und Novalis, statt Marx Mörike und Keller, und der Höhepunkt seiner Radikalität besteht in der Lektüre von Schopenhauer und Nietzsche. Was allerdings aus dieser Phase bleibt, ist eine tiefsitzende Animosität gegen Institutionen, deren Urbild die pietistische Mission und die protestantische Kirche abgibt. Von nun an ist ihm jede Art der Fremdbestimmung, sei es als unerwünschte Belehrung darüber, wie er sein Leben zu führen habe, sei es als offene politisch-programmatische Agitation oder moralisierende Manipulation ein Gräuel; seine viel spätere ‚Zustimmung' zum Sozialismus und Kommunismus erwächst dabei hauptsächlich aus spezifischen Diskussionszusammenhängen und ist als Bewertung von Idealkonstruktionen gemeint; allein sein dauerhaftes Bekenntnis zu einem pragmatischen Pazifismus, den er mehr als philosophische Erkenntnis aus fernöstlichen Weisheitslehren denn aus westlichen politischen Konzepten entwickelt, kann zusammen mit seinem engagierten kulturellen Europäertum als eine fundamentale Überzeugung gelten. Ist Hermann Hesse um 1900 also ein wertekonservativ geprägter, leicht exzentrischer Non-Konformist mit nicht ganz kontrollierbaren Neigungen zu einem diffusen Radikalismus und einem ausgeprägten Hang zu einer natur- und heimatverbundenen Romantik? Oder gibt es vielleicht nicht doch einen Schlüssel, der uns diese wilde Mischung aus teils flammender Ablehnung alles Konventionellen und der tröstenden Aneignung konservativ-traditioneller romantisch-mittelalterlicher Symbolik im Verbund mit Auffassungen der europäischen Décadence etwas plausibler macht? Um diese Frage zu beantworten, müssen wir erneut in die Darstellung der historischen Fakten zurück, denn nur dort finden wir den Ursprung seiner politischen Sozialisation, deren Ergebnis ganz unspektakulär und bekannt ist – nur eben nicht als Kategorie des Politischen.

Das Königreich Württemberg wird mit dem Jahresbeginn 1871 neben den anderen 24 Staaten und dem ‚Reichsland' Elsaß-Lothringen[9] ein regulärer Bundesstaat des Deutschen Reichs, das ein Konglomerat von föderalen und unitarischen Elementen darstellt. Die vier Grundsäulen der Verfassung des Kaiserreichs sind der Reichsmonarch (Kaiser), der Bundesrat, der Reichskanzler und der Reichstag; der wohl bedeutsamste und mächtigste Einzelakteur, das Königreich Preußen und dessen Landesregierung, verbirgt sich dabei hinter dem Bundesrat. Preußen umfasst zwei Drittel des Reichsgebiets und etwa auch ebenso viel wirtschaftliche Macht; vor

[9] Später treten noch die Kolonien dazu.

allem besitzt es eine eingespielte, effektive und erstklassig ausgebildete Schicht an Verwaltungsbeamten mit allen traditionellen Ministerien samt der jeweiligen Ministerialbürokratie, die ihren Kollegen aus den Einzelstaaten fachlich durchweg überlegen sind.[10] Das führte dazu, dass der Bundesrat, die Länderkammer, zu einem wirkungsvollen Instrument Bismarcks im Rahmen der politischen Willensbildung in der Auseinandersetzung mit dem Bundestag wird, denn Gesetzesinitiativen können vom Parlament nicht ausgehen. Die Gliedstaaten wirken dabei einerseits durch ihre jeweiligen Bundesratsbevollmächtigten und die bei den Bundestagswahlen gewählten Mitglieder dieses Gremiums, die zumeist aus den Reihen der politischen Parteien der Einzelstaaten kommen:

> Die Einzelstaaten hatten ihre eigene Hoheit, auch wenn sie nicht mehr souverän waren, ihre eigenen Aufgabenbereiche und Zuständigkeiten und ihre eigenen Institutionen. Sie waren [...] Träger der Verwaltung, einschließlich des Justiz- und des Schulwesens, sie stellten darum das Verwaltungspersonal, regelten die Verwaltungsorganisation, sie führten die Reichsgesetze durch ihre Vorschriften „verwaltungsmäßig" – und darum verschieden – aus, sie prägten den Stil der Verwaltung im Umgang auch mit der Bevölkerung. [...] Vor allem behielten die Bundesstaaten die Zuständigkeit für ihre eigene politische Ordnung, für ihre Verfassung und ihr Wahlrecht und also auch für deren Reform. [...] Die dynamischen neuen, einheitlichen Gesetze, die das Rechts-, Wirtschafts- und Sozialwesen betrafen, die die Welt und das Leben jedes einzelnen mobilisierten oder die, wie Militär- und Zollgesetze, den einzelnen belasteten, das öffentliche Interesse und den öffentlichen Streit auf sich konzentrierten, waren die Gesetze des Reiches. Sie standen im Zentrum der Aufmerksamkeit, die Ländergesetze traten dagegen zurück.[11]

Das unmittelbare und für die gesamte Bevölkerung spürbare Resultat der Reichsgründung sind also zwei sich ergänzende und begründende Momente: der Verlust großer Teile der zentralen landesspezifischen Gesetzgebung einerseits und andererseits die Einführung reichsweit geltender Gesetze, die nicht selten tief in den Alltag der Bevölkerung eingreifen.[12]

[10] Weder der Bundesrat noch der Bundestag oder der Reichskanzler besitzen Ministerstellen; erst später werden im Reichskanzleramt Fachminister eingesetzt, die aber nicht dem Parlament verantwortlich sind, d.h. sie können nicht durch einen Beschluss des Bundestages abberufen werden, und auch die politische Zentralgestalt des Reichskanzlers ist nur vom König abhängig, der ihn beruft und auch entlässt

[11] Nipperdey, *Deutsche Geschichte*, S. 85, 86, 87 (meine Hervorhebung).

[12] „Wichtiger noch ist ein systemischer Zusammenhang, der sich in allen westlichen konstitutionellen Staaten über kurz oder lang ausgewirkt hat. Ist erst einmal die Gesetzgebung in einer modernisierenden Gesellschaft einem [...] Parlament ganz wesent-

Der Einfachheit halber nenne ich diesen Prozess der Vereinheitlichung Reichsnormierung, die die altgewohnten traditionellen Kategorien, Konzepte, Maßstäbe und Verhaltensweisen durch neue Normen ersetzt und durch die zusätzlich notwendig werdenden gesetzlichen Regulierungen und Verwaltungsnormen überformt. Konkret bedeutet das, dass eine Flut von neuen Gesetzen und Vorschriften die Oberflächenstrukturen des gesellschaftlichen Lebens neu definiert, ohne dass jedoch die Tiefenstrukturen der Staatsverfassungen angetastet werden: Württemberg behält seine aus preußischer Sicht progressive Landesverfassung, verliert aber eine ganze Anzahl von Eigenrechten zugunsten der Reichsnormierung, die von der süddeutschen Bevölkerung trotz ihrer unbestreitbaren Vorteile beharrlich als eine unangenehme Zumutung angesehen wird, an erster Stelle vom württembergischen Königspaar. König Karl urteilt: „Die württembergischen Einrichtungen beruhten auf langer Erfahrung und ‚passten dem Volk auf den Leib‘. Die Preußen seien jedoch gegenüber den Süddeutschen 40 Jahre im Rückstand.“[13] Der Monarch sträubt sich von Beginn an, wie große Teile der Bevölkerung, gegen die Zwänge, die von der Reichsnormierung ausgehen und die Repräsentationsmacht seiner persönlichen und souveränen Landesmacht beeinträchtigen. Noch im Prozess der Reichsgründung veranlasst er seine Vertreter, die Vertragsverhandlungen zu stoppen, um zusammen mit Bayern bessere Bedingungen in militärpolitischer Hinsicht zu erreichen. Da Bayern nicht darauf eingeht und weiterverhandelt, erreicht es dann das, was Württemberg durch seine Blockade entgeht.

Dieses Beispiel ist in doppelter Hinsicht charakteristisch, denn es zeigt nicht nur, dass es den süddeutschen Monarchen zentral um Militärfragen geht und nicht um vermeintliche Freiheitsrechte, sondern auch, dass das Militär für das feudale Selbstverständnis von unersetzbarer Bedeutung ist, weil es den größten gesellschaftliche Bereich symbolischer feudaler Repräsentation von Souveränität darstellt.[14] Die Ausgaben für die Armeen der größeren Einzelstaaten verschlingen sichtbarlich den weitaus größten

---

lich übertragen, steigt mit der zunehmenden Komplexität des sozioökonomischen und politischen Lebens auch die Menge der regelbedürftigen Materien steil an. Immer häufiger muß das Parlament, da die Gesetzeslegitimation von seinem geordneten Verfahren abhängt, legislative Entscheidungen fällen. Mit ebendieser sprichwörtlichen „Gesetzesflut“ dehnt sich aber auch die Entscheidungskompetenz des Parlaments stetig weiter aus, und mit innerer Notwendigkeit [...] wächst währenddessen sein politisches Gewicht an. Mit anderen Worten: Durch den Säkularprozeß der Ausdehnung der modernen Staatsfunktionen werden im konstitutionellen System das Parlament und die Parteien kontinuierlich aufgewertet.“(Wehler, *Gesellschaftsgeschichte*,S. 358f.).

[13] Sauer, *Württemberg*, S. 38.

[14] Zudem macht es schlaglichtartig deutlich, dass mangelnde Kooperationsbereitschaft mit dem preußischen Hegemonialstaat schnell und hart bestraft werden kann.

Teil der staatlichen Haushalte, denn das Militär bietet der herrschenden Adelsklasse die einzige Plattform zur Konstitution ihrer Identität: Monarch und Adel nutzen die Dimension des Militärischen als Ausdrucksform ihrer sozialen Existenz, ihrer Vorrechte und ihrer Dominanz. Diese Funktionalisierungen werden jedoch durch Reichsnormierungen erheblich beeinträchtigt, wenn die militärischen Ausbildungs- und Organisationsformen nach preußischem Muster durchgesetzt und auch die Uniformen reichsweit angeglichen werden. Das Oberkommando über die Armee geht in Kriegszeiten ohnehin unmittelbar auf den Reichsmonarchen und dessen Militärverwaltung über; nur in Friedenszeiten ist das Militär unter der Kontrolle der Landesregierungen bzw. der Landesfürsten.[15]

Dem Königreich Württemberg entsteht aber durch die politischen Extravaganzen des Königs[16] kein Nachteil, denn der außerordentlich befähigte Ministerpräsident Mittnacht etabliert ein persönlich-vertrauensvolles Verhältnis zu Bismarck, und es gelingt ihm, mit Hilfe der Deutschen Partei[17] und ihrer führenden Politiker, vor allem Julius Hölders, die anti-preußischen Strömungen im Land zu kontrollieren und einen erfolgreichen Mittelkurs zu verfolgen:

---

[15] Es gibt in Friedenszeiten kein Reichsheer, dessen Stelle wird von der Gesamtheit der militärischen Kräfte im Kaiserreich eingenommen, die dominante preußischen Armee mitsamt ihrer Armeeverwaltung fungiert aber praktisch als eine Form von Reichsheer, das im Ernstfall durch die übrigen deutschen Truppenverbände ergänzt wird. Schon unter Kaiser Wilhelm I. beginnt der Aufbau einer Militärverwaltung, der allerdings unsystematisch und oft widersprüchlich verläuft, weil der gesamte Bereich des Militärischen völlig autonom neben der politischen Verwaltung existiert und nur dem Reichsmonarchen rechenschaftspflichtig ist. Faktisch verschlingt dabei der militärische Komplex viermal soviel Geld wie die Zivilverwaltung, was das Selbstverständnis und das Machtbewusstsein der Militärkaste deutlich bestimmt: Ihre Arroganz und Verachtung gegenüber dem zivilen Bereich wird vor allem in Preußen manifest und ist der Ausgangspunkt für zahlreiche verhängnisvolle Fehlentwicklungen, die später von Wilhelm II. energisch befördert werden.

[16] König Karl ist notorisch soziophob, er verweigert sich schon früh, soweit es möglich ist, allen Repräsentationspflichten politischer und sozialer Art; vor allem vermeidet er Treffen mit anderen Standesgenossen und Fürsten. Diese Haltung verschärft sich im Laufe der Zeit und geht mit einer fast unüberwindbaren Ablehnung aller Regierungspflichten bis zum Skandal einher.

[17] Das bedeutendste politische Thema im württembergischen Landtag bleibt dabei über lange Zeit die umstrittene Verfassungsreform, die das antiquierte Zwei-Kammer-System ersetzen soll – es ist unwahrscheinlich, dass Hesse keine Kenntnis von dieser Thematik hatte, gleichermaßen unwahrscheinlich ist es, dass er sich dafür interessierte, während es wahrscheinlich ist, dass er ein demokratisch legitimiertes Ein-Kammer-System nach den Vorstellungen der Deutschen Volkspartei der deutlich demokratisch orientierten Liberalen unterstützt hätte.

> Im Sommer 1881 stellt Hölder fest, es gebe zwischen der Deutschen Partei und der sogenannten Regierungspartei in ihren politischen Grundanschauungen allenfalls noch geringfügige Unterschiede. Hier finde sich zusammen, was nicht den extremen Richtungen der Volkspartei, der Sozialdemokratie, der Ultramontanen und Reaktionären angehöre.[18]

Eine derart angenehme Situation findet Bismarck im Berliner Reichstag nicht lange vor, denn mit seinem grundlegenden Wechsel von einer Freihandels- zu einer Schutzzollpolitik verliert er 1878/79 die Unterstützung der Nationalliberalen, und es beginnt eine langanhaltende Phase des Regierens mit situativ wechselnden Mehrheiten. Die großen reichsweiten Gesetzgebungen zur Sozialpolitik, die schon bald als maßstabsetzend auch für das Ausland angesehen werden, sind durch die erbitterten Kämpfe mit der Sozialdemokratie (Sozialistengesetz) und dem politischen Katholizismus (Kulturkampf) begleitet, die den Handlungsspielraum des Kanzlers ebenso begrenzen wie die Intrigen der Hofkamarilla um Kaiserin Augusta, eine flammende Gegnerin Bismarcks, und die zahllosen Angriffe von Konkurrenten, die seine politischen Projekte scheitern lassen wollen, nicht selten, um sich selbst für die Position des Kanzlers zu empfehlen.

Hesses Schweizerische Sozialisation und der Einfluss Jacob Burckhardts

Bis etwa 1905 richtet sich Hesses Aufmerksamkeit nur in oberflächlicher Art und Weise auf diese Landes- und Reichspolitik; vor allem während seines zweiten Basler Aufenthalts von 1899 bis 1904 ist er schließlich nicht nur geographisch, sondern auch atmosphärisch dem Deutschen Reich entrückt. Er lebt in einer vom Bürgertum dominierten Stadt,[19] die zwar auch zahlreiche soziale Zwänge und ein sehr differenziertes System von einschneidenden Verhaltensvorschriften kennt, die zu einem großen Teil religiös begründet sind, aber die sozialen Ex- und Inklusionsmechanismen sind nicht wie im Kaiserreich primär feudal kodiert. Daher weht in Basel ein anderer Wind, eine frischere, nicht von Adelsvorurteilen verpestete Luft, die von internationaler Kenntnisnahme und Toleranz und einem

[18] Sauer, *Württemberg*, S. 69. „Die Deutsche Partei und die Volkspartei wetteiferten um die Stimmen des bürgerlichen Mittelstands. Während jedoch die Deutsche Partei ihren Rückhalt vor allem in der bürgerlichen Oberschicht in den Städten und in der höheren Beamtenschaft hatte, stützte sich die Volkspartei auf das Kleinbürgertum in den Städten und Landgemeinden, auf den bäuerlichen und gewerblichen Mittelstand." (Sauer, *Württemberg*, S. 66)

[19] Siehe dazu Lionel Gossmann: *Basel in der Zeit Jacob Burckhardts. Eine Stadt und vier unzeitgemäße Denker*. Basel 2005.

großzügigen kulturellen Ambiente gekennzeichnet ist.[20] Es ist nicht zu übersehen, dass mit der Übersiedlung nach Basel die Schweiz immer häufiger der Handlungsort seiner Texte[21] wird, die sich auch ganz speziell auf schweizerische kulturelle Eigenheiten richten. Wir haben es also hier mit einer der politischen Einflusssphäre des Kaiserreichs entgegengesetzten Dimension zu tun: ein in vernünftigen Grenzen wirksames Gewährenlassen und Fördern, nicht ohne Kleinlichkeit im Einzelnen, aber ohne das unangenehm falsche Kaiser-Pathos Wilhelms II. Hesse sieht die Grenzen des helvetischen Modells sehr genau, und er thematisiert sie auch, aber er fühlt sich auf Schweizer Boden freier und unabhängiger[22] – nicht zuletzt auch, weil er sich mit dem Überschreiten der Landesgrenze endgültig von den Zumutungen der Familie weiter befreien kann.[23] Auch die Erinnerungen an die kindlichen Erfahrungen in der Stadt wirken in diesem Kontext positiv, ohne dass er sich gezielt mit der politischen Ordnung und den

---

[20] Es darf aber der Gerechtigkeit halber nicht vergessen werden, dass die Schweiz durchaus auch unter einem teilweise erdrückenden patriarchalischen Honoratiorenhochmut litt, der es mit dem preußischen Beamtendünkel aufnehmen konnte. Diese Konstellation wird oft mit Abseits, Außenseitertum oder Enge beschrieben; vgl. dazu die klassische Studie von Karl Schmid: *Unbehagen im Kleinstaat. Untersuchungen über Conrad Ferdinand Meyer, Henri Frédéric Amiel, Jakob Schaffner, Max Frisch, Jacob Burckhardt.* Zürich, Stuttgart 1963 und den Aufsatz von Sabine Haupt: *„Ich habe ein Leben wie ein Hund." Die Schweizer Literatur der Zwischenkriegszeit und die These vom ‚Abseits'.* In: Heinz Ludwig Arnold (Hg.): *Literatur in der Schweiz.* München 1998, S. 28–41 (*Text und Kritik* 9/1998). Hesses ungute Erfahrungen mit der Schweizer Bürokratie knüpfen sich zumeist an seine Kontakte mit der Fremdenpolizei und den städtischen und kantonalen Verwaltungen, die ihm seine Unterstützung der Geflüchteten und Exilanten oft bis zum Überdruss erschweren.

[21] Hesses Werke werden mit einer Ausnahme nach der von Volker Michels herausgegebenen Gesamtausgabe mit der Sigle SW und Bandangabe zitiert: Hermann Hesse: *Sämtliche Werke.* 20 Bde. Frankfurt/M. 2001–2005; Hermann Hesse: *Eigensinn. Autobiographische Schriften.* Hg. v. Siegfried Unseld. Frankfurt/M. 1972 wird mit der Sigle E zitiert.

[22] Er konzediert aber, dass „in Basel die Selbstkritik und die dem Schweizer sonst völlig fremde Selbstironie längst gediehen sind." (SW 16, S. 486)

[23] Dennoch muss er sich Ermahnungen anhören, die darauf abzielen, dass er seine Wohnung, die er unter anderem mit dem befreundeten Architekten Heinrich Jennen teilt, dessen moralische Standards der Familie suspekt sind, verändern möge. Da in Basel das kontinentale Hauptquartier des englischen Missionswerks angesiedelt ist, für das die Gunderts und Hesses arbeiten, besitzt die Familie enge Kontakte, die sie zur Überwachung Hermanns nutzen kann. Erst in Gaienhofen kann er sich endlich selbständig und unkontrolliert fühlen. Siehe dazu Christine Christ-von Wedel u. Thomas K. Kuhn (Hg.): *Basel Mission: People, History, Perspectives 1815–2015.* Basel 2015.

konkreten Problemen in Basel auseinandersetzen muss, obgleich schon frühe Texte eine gewisse Vertrautheit damit andeuten.[24]

Der vielleicht bedeutendste ‚politische' Einfluss, der sich mit der Stadt verbindet, ist aber mit einem Intellektuellen assoziiert: Der schon zu seiner Zeit über die Grenzen Basels hinaus berühmte (Kunst-)Historiker und Kulturwissenschaftler Jacob Burckhardt (1818-1897) darf als ein äußerst wichtiger Anreger für Hermann Hesse gelten, dem er, wie er mehrmals eingesteht, zahlreiche gedankliche Einflüsse verdankt und den er zu seinen wichtigsten Gewährsmännern zählt:

> Ich erinnere mich der Zeit, da ich als Jüngling, kurz vor 1900, nach Basel kam, voll Begierde auf den Geist dieser Stadt, die für mich vor allem die Stadt Nietzsches und Jacob Burckhardts war [...]. Als ich damals nach Basel kam, war er erst wenige Jahre tot, und ich fand das geistige Basel ganz voll und ganz geprägt und gezeichnet von seinem Geist und Einfluß; es nahm damals eine Wirkung ihren Anfang, die sich bis heute stetig in mir befestigt und verstärkt hat, so daß ich wohl sagen kann: außer Goethe hat wohl kein anderer Geist so stark auf mich gewirkt wie Nietzsche und Burckhardt, und im Laufe der Jahrzehnte ist mir mehr und mehr Burckhardt der wichtigere und fruchtbarere geworden. Seine Wirkung ist auch heute [1936, AS] noch nicht auf ihrem Höhepunkt, die Größe und Weisheit dieses Geistes hat ihre erzieherische Wirkung nur erst begonnen.[25]

Burckhardt zählt sich zu den Schülern Leopold Rankes[26], des Begründers des Historismus und einer der Portalfiguren des geistigen 19. Jahrhun-

---

[24] Etwa in *Zukunftsland* (SW 1, S. 503–530), in dem sein Mitbewohner, der junge Architekt Jennen, in fiktionaler Form auftritt und Opfer von politisch-bürokratischen Intrigen wird.

[25] Hermann Hesse: *Neue deutsche Bücher VI.* In: SW 20, S. 207. Es sollte auch nicht vergessen werden, dass er ihn als Pater Jakobus im *Glasperlenspiel* verewigt. Hesse verehrt Burckhardt, weil er „[...] der denkbar edelste Vertreter einer Geisteshaltung ist, der wir Heutigen viel tiefer verpflichtet und verschuldet sind, als wir meistens wissen und zugeben." (SW 20, S. 57)

[26] In Hans Trogs gerade im Verlag seines späteren Baslers Arbeitgebers Reich erschienen Burckhardt-Buches findet Hesse noch in Tübingen erste umfangreiche Informationen, die er dankbar benutzt, wie er auch mehrfach dokumentiert; siehe Hans Trog: *Jakob Burckhardt. Eine biographische Skizze.* Basel 1898; im Folgenden mit Verfassernamen und Seitenangabe zitiert. „Dr. Hans Trog, Redakteur der ‚Allgemeinen Schweizer Zeitung' [...] öffnete ihm [...] den Kulturteil seiner Zeitung, deren Redaktion sich im selben Haus befand, in dem der junge Buchhändler beschäftigt war." Volker Michels: *Vorwort.* In SW 16, S. 10f. Zu Burckhardts Ranke-Verehrung bemerkt Trog: „Von all diesen Lehrern aber sind es zwei vor allem, denen Burckhardt sich zu bleibendem Dank verpflichtet fühlte: Ranke und Kugler, der Geschichtschreiber und der Kunsthistoriker." (Trog, S. 18) Er zitiert dazu Burckhardts Bemerkung: „Am meisten

derts, auf dessen Berliner Lehrstuhl er berufen wird. Der eingefleischte Basler Gelehrte lehnt den Ruf aber ab, um in dem vergleichsweise unbedeutenden Basel seine Wirkung so entwickeln zu können, wie es ihm in Berlin nicht möglich geworden wäre. Hier interessiert uns ganz spezifisch eine der Maximen des Historismus,[27] der postuliert, dass alle Epochen gleich nah zu Gott sind, mit anderen Worten, dass es zwar eine Entwicklung in der Geschichte gibt, dass aber jede Epoche und alles, was ihren Geist konstituiert, in sich ein Ganzes darstellt, das mit anderen Epochen zwar verglichen, aber nicht in einem absoluten Sinn (Gott) bewertet werden kann. Der Wert des Einzelnen ergibt sich demnach nicht aus dessen individueller Perfektion und Effizienz, sondern aus seiner Funktion für das Ganze im gegebenen Moment. Mit Ranke lehnen Burckhardt, Schopenhauer,[28] Nietzsche und Hesse die Geschichtsphilosophie Hegels und implizit diejenige des Marxismus ab. Die großen philosophischen Systeme des deutschen Idealismus, die in Hegels Apotheose des preußischen Staats kulminieren, sind ihnen durch ihren absoluten Geltungsanspruch und die Marginalisierung des Einzelnen, des Details, des Kleinen und scheinbar Unbedeutenden[29] unsympathisch. Für Hesse und Burckhardts ist der Bas-

---

aber wünsche ich mir Glück dazu, daß mir in der Geschichte als Lehrer der über alles Lob erhabene Leopold Ranke beschieden war [...].“ (Trog, S. 18)

[27] Zum Historismus allgemein siehe Annette Wittkau: *Historismus. Zur Geschichte des Begriffs und des Problems*. Göttingen 1992 und Friedrich Jäger u. Jörn Rüsen: *Geschichte des Historismus. Eine Einführung*. München 1992. Zu Burckhardts Stellung im Historismus siehe Jörn Rüsen: *Konfigurationen des Historismus. Studien zur deutschen Wissenschaftskultur*. Frankfurt/M. 1993, S. 276–328, Herbert Schnädelbach: *Geschichtsphilosophie nach Hegel. Die Probleme des Historismus*. Freiburg, München 1974, S. 48–76 und Heinz Schlaffer: *Jacob Burckhardt oder das Asyl der Kulturgeschichte*. In: Hannelore Schlaffer u. Heinz Schlaffer: *Studien zum ästhetischen Historismus*. Frankfurt/M. 1975, S. 72-111; die Literatur zu Burckhardt selbst ist kaum zu überblicken, als Einleitung kann die ältere Arbeit von Karl Löwith: *Jacob Burckhardt*. Stuttgart 1984 (*Sämtliche Schriften*, Bd. 1) dienen, die Löwiths Arbeiten zu Burckhardt versammelt.

[28] Hesse rezipiert Schopenhauer intensiv parallel zu seiner Nietzsche-Lektüre, und der scharfzüngige Hegelkritiker vermittelt dem jungen Dichter einen intensiven Eindruck davon, wie fernöstliche Weisheitslehren und westliche Philosophietradition sich fruchtbar ergänzen können. „Ich hatte keinen anderen Wunsch, als wieder nach Basel zu kommen; es schien dort etwas auf mich zu warten, und ich gab mir alle Mühe, als junger Buchhandlungsgehilfe eine Stelle in Basel zu finden. [...] Ich war kein Kind mehr und glaubte mit dem Basel der Kindheit und dem Missionshaus und seiner Atmosphäre nichts mehr zu tun zu haben; ich hatte schon ein kleines Heft Gedichte veröffentlicht, hatte Schopenhauer gelesen und war für Nietzsche begeistert. Basel war für mich jetzt vor allem die Stadt Nietzsches, Jacob Burckhardts und Böcklins.“ (SW 12, S. 79f.)

[29] Rankes, von Trog zitierte Bemerkung „Meine Herren, Sie müssen den Sinn für das Interessante in sich entwickeln“ (Trog, S. 18) deutet die Gegenposition zu dem übertriebenen Geltungsanspruch der deutschen Systemphilosophie an, indem hier die oft

ler Stadtkosmos ebenso wichtig und wertvoll wie die ‚großen' Gegenstände von Burckhardts historischen Werken, die allesamt sehr viel mehr als nur die Aufreihung von Regierungsakten, Diplomatiegeschichte, Krieg und Frieden sind, denn sie wollen das ganze ‚Leben' der Menschen an einem Ort und in ihrer Zeit und Kultur erfassen: *Die Zeit Constantins des Großen*, *Die Kultur der Renaissance in Italien*, und die *Griechische Kulturgeschichte* entwerfen alle ihren Gegenstand als eine in sich schlüssige, wenngleich auch nicht widerspruchsfreie Kultureinheit, in der sich das materielle und geistige Leben der Menschen in allen Aspekten manifestiert; wäre der Begriff des ‚Geistes' nicht so problematisch, hätte Burckhardt auch vom ‚Geist' der Renaissance oder der griechischen Antike sprechen können – oder vom ‚Geist' Basels, der den jungen Hermann Hesse so fasziniert.

> [E]s gibt tatsächlich eine [B]asler Kultur, die des Kennens wert ist; es gibt einen eigenen *[B]asler Geist*, der sich in Sprache, Leben, Politik und Familie mit durchgebildeter Eigenart äußert und dem kleinen Staatswesen eine wirkliche kulturelle Bedeutung gibt. [...] Dagegen möchte ich davon erzählen, daß Basel sich neuerdings auf sich selber zu besinnen beginnt. [...] Basel ist am Erwachen, es tut den Schritt vom Dasein zum Denken, vom Schlaf zum Bewußtsein [...].[30]

Die Stadt ist in ihrer geschichtlichen Form im Kontext der Confoederatio Helvetica, die sie im 19. Jahrhundert erreicht hat, ebenso Ausdruck eines Geistes wie Athen und Florenz als repräsentative Orte der griechischen und italienischen Kultur, und das gilt in etwas verkleinertem Format natürlich auch für Calw und Gaienhofen, dessen Geist sicher weniger auf Elemente einer intellektuellen Kultur als auf dem Geist des pietistischen Protestantismus, des Handwerks, der Landschaft und der Natur beruht.[31] Hesse weist an vielen Stellen auf sein besonderes, identifikatorisches Ver-

---

nur leicht verschlüsselte symbolische Bedeutung des Kleinen hervorgehoben wird. Dieser Gedanke erinnert sicher nicht zufällig an das berühmte neutestamentliche Gleichnis von dem Stein, den die Bauleute verworfen haben, der sich als Eckstein erweist (*Matt.* 21,42; 1 *Petr.* 2,7; *Mark.* 12,10; *Apg.* 4,11; *Ps.* 118,22). Ranke hat sich nur selten zu theoretischen Fragen geäußert, zu den bekanntesten und eingängigsten seiner diesbezüglichen Werke zählen zwei kürzere Schriften aus den Jahren 1833 und 1836: Leopold von Ranke: *Die großen Mächte. Politisches Gespräch*. Hg. v. Ulrich Muhlack. Frankfurt/M. 1995.

[30] SW 16, S. 487f. (meine Hervorhebung, AS).

[31] Hesse bewundert Burckhardt als „[...] einen großen Gelehrten und Lehrer, [...] der [...] sein kleines Basel neben dem glänzenden Berlin der Hegelzeit und neben dem geliebten Italien beinah verächtlich ansieht, um dann diese seine Vaterstadt und ihrer Universität vier Jahrzehnte lang mehr und mehr lieben zu lernen und sich ganz und gar in ihren Dienst zu stellen." (SW 20, S. 207) Siehe dazu auch: SW 15, S. 650; SW 20, S. 202f.; SW 12, S. 70.

hältnis zu Basel hin, unter anderem in *Basler Kultur* (1910) und in seinen *Basler Erinnerungen* (1937), in denen es heißt:

> Eine schöne Stadt mit alter Tradition und einer gebildeten höheren Bürgerschaft, einer kleinen Universität, einem schönen Museum usw. mochte es auch anderswo geben. [...] Aber den Geist, von dem das damalige gebildete Basel [...] beherrscht war, hätte ich nirgends sonst in dieser Reinheit angetroffen. [...] ich lebte, ein lernbegieriger und aufnahmebereiter junger Mensch, inmitten eines Kreises von Menschen, deren Wissen und Interessen, deren Lektüre und Reisen, deren Denkart, Geschichtsauffassung und Konversation von nichts und niemand so stark beeinflußt und geformt waren wie von Jacob Burckhardt. Die Sage von mehreren seiner Vorlesungen und Vortragszyklen, namentlich der „Weltgeschichtlichen Betrachtungen", erreichte mich in diesem Kreise zu einer Zeit, als seine posthumen Werke noch nicht erschienen waren,[32] und als ich im Jahre 1901 meine erste italienische Reise antrat, hatte ich nicht nur seinen Cicerone im Köfferchen, sondern es war die ganze Reise, ihre Stimmung und Tendenz, der Kreis dessen, wonach ich suchte und worauf es mir ankam, in einem Maße von ihm beeinflußt, das ich erst viel später voll erkannte.[33]

Aber Burckhardt wird noch auf einem anderen Gebiet zu einem Führer, denn er kann Hesses schon früh erwachtes Interesse an der Kunst mit seinen Werken anregen, unterstützen und erweitern – vor allem in der Stadt Böcklins, dessen Werk er bewundert:

> Von Tübingen kam ich, zweiundzwanzigjährig, im Herbst 1899 nach Basel, und dort erst geriet ich in ein ernsthaftes, lebendiges Verhältnis zur bildenden Kunst [...], ging mir in Basel auch das Auge auf, ich wurde ein aufmerksamer und bald auch ein wissender Betrachter von Architekturen und Kunstwerken. Der kleine Kreis von Menschen in Basel, der mich damals aufnahm und bilden half, war ganz durchtränkt vom Einfluß Jacob Burckhardts [...].[34]

---

[32] Das ist missverständlich: Gemeint sind diejenigen Werke, die er bei Lebzeiten nicht publiziert hatte und die erst nach seinem Tode, also posthum, ediert wurden. Sensu strictu kann es keine ‚posthumen Werke' geben; zu den bekanntesten darunter zählt die *Griechische Kulturgeschichte*, die während Hesses ersten Jahren in Basel 1898 bis 1902 erscheint, wie auch die *Weltgeschichtlichen Betrachtungen*, deren Thesen seit den späteren 1860er Jahren mehrfach vorgetragen wurden und weit über die Stadtgrenzen hinaus Betrachtung fanden, unter anderem bei Nietzsche. Burckhardt wollte sie in der vorliegenden Form nicht veröffentlichen, so dass sie aus den Vorlesungsmanuskripten erstmals 1905 verlegt wurden – ihr Inhalt war allerdings in den Grundzügen ‚stadtbekannt'.

[33] SW12, S. 81f.

[34] SW 12, S. 137.

Hesses Reisen nach Italien, seine Begeisterung für die Kunst der italienischen Renaissance[35] und des späten Mittelalters, die er verschiedentlich zu dieser Zeit als sein Hauptinteresse bezeichnet und die zu seinen Studien über den heiligen Franziskus und Boccaccio führen, sind ohne Burckhardts einführende und kommentierende Werke, die *Kultur der Renaissance in Italien* und wichtiger noch den *Cicerone* nicht denkbar. Der Basler Maler Böcklin und seine Zeitgenossen, die in den Museen, Sammlungen und an öffentlichen und privaten Orten repräsentiert sind,[36] ist ihm für die Stadt so prägend und wichtig wie die die Künstler und Gelehrten für Florenz.

Die eindrucksvollen und oft wiederholten Bekenntnisse zu Burckhardt und seinem gedanklichen Kosmos werden von dem Autor allerdings nur selten konkret, nur an wenigen Stellen deutet er an, welche spezifischen Inhalte ihn interessieren. Die historische Tatsache, dass Burckhardts Auffassungen mündlich weit verbreitet sind und auch aus zweiter Hand Bekanntheit erreicht haben, lassen eine genaue Referenz auf Inhalte womöglich überflüssig erscheinen, aber es gibt ein weiteres Motiv, das hier auf den jungen Dichter wirkt: Es ist die menschliche Haltung des verehrten

---

[35] Hesse ist älter als die meisten der bedeutenden kunsthistorischen Renaissanceforscher des frühen 20. Jahrhunderts (Warburg, Klibansky, Panofsky, Kristeller u.v.m.), die er aber auch später nicht mehr wahrnimmt; dagegen ist er durch eigene Anschauung mit Burckhardts Nachfolger auf seinem Basler Lehrstuhl, Heinrich Wölfflin (1864-1945), gut bekannt. Wölfflin wird für ein breites Publikum, aber vor allem die Literaturwissenschaft nach der Jahrhundertwende von großer Bedeutung, weil er in *Kunstgeschichtliche Grundbegriffe. Das Problem der Stilentwicklung in der neueren Kunst*. München 1921 [zuerst 1915] und in *Renaissance und Barock. Eine Untersuchung über Wesen und Entstehung des Barockstils in Italien*. Hg. v. Hubert Faensen. Leipzig 1985 [zuerst 1888] ein formales Analysemodell zur Stilbestimmung unterschiedlicher Epochen entwickelt, das breit rezipiert wird und auch in der Germanistik eine starke Wirkung entfaltet, wobei er mit fünf Gegensatzpaaren (Lineares-Malerisches, Fläche-Tiefe, geschlossene und offene Form, Vielheit-Einheit, Klarheit-Unklarheit) arbeitet. Seine Überlegungen werden von zwei bekannten Germanisten übernommen, die Hesse ebenfalls gut bekannt sind: Fritz Strich und Oskar Walzel. Das bislang unerforschte Gebiet der Bekanntschaft Hesses mit Literaturwissenschaftlern und anderen zeitgenössischen Geisteswissenschaftlern (Frauen kommen dabei kaum vor) kann hier nicht erörtert werden. Am Rande sei nur angemerkt, dass auch der berühmte Komparatist Ernst Robert Curtius mit seinen typologischen Arbeiten in diese Tradition gehört; Curtius, den Hesse sehr schätzt, verletzt den empfindlichen Autor durch einen späten Aufsatz, der ihm als beleidigend erscheint; ein weiterer Germanist, mit dem er korrespondiert, ist Harry Maync.

[36] Siehe dazu den Brief an seinen Halbbruder Karl Isenberg vom 16.1.1900 in *„Ich gehorche nicht und werde nicht gehorchen!“ Hermann Hesse. Die Briefe*. Bd. 1: 1881–1904. Hg. v. Volker Michels. Berlin 2012, S. 350; im Folgenden als B 1 mit Angabe der Seitenzahl zitiert.

Lehrers, den er persönlich allerdings nie erlebt hat. Anlässlich einer Würdigung von dessen *Kultur der Renaissance* schreibt er:

> Wenn es auch heute noch unter den Lehrern und Autoren inmitten der großen Kulturdämmerung Geister gibt, welche ihre *Mission und Pflicht* darin sehen, eine unbestechliche, vom Aktuellen her unbeeinflußbare, lediglich von der eigenen Verantwortlichkeit abhängige Geistigkeit als vorbildliche Haltung über die Erschütterungen und Verführungen des Tages hinweg den Nachkommen zu vererben – wenn die Unabhängigkeit, die Nichtkäuflichkeit und das Gewissen auch heute noch gültige Ideale für die geistige Leistung sind, so verdankt unsre Zeit das vorbildlichen Geistern wie Burckhardt. Gewiß, seine herrlichen Werke wären undenkbar ohne sein gewaltiges Wissen, seine riesige Belesenheit, und ohne den starken Einschuß von Künstlertum in seinem ganzen Wesen und Werk; aber *die Grundlage von allem ist doch sein Charakter, die strenge, beinah asketische Form seiner intellektuellen Sittlichkeit.*[37]

Diese Charakterisierung des bedeutenden Basler Gelehrten fasst in nuce das politische Vademecum zusammen, das Hesse sich während seiner Jahre in Basel erwirbt; es ist, nicht überraschend, nicht mit einer politischen Partei oder Tendenz, mit keiner sozialen oder weltanschaulichen Bewegung verbunden, sondern bezieht sich auf die persönliche Haltung des Individuums. Das Individuum als Unteilbares ist der Kern des Humanismus, der neuen Philosophie vom Menschen, die unter dem Eindruck der wiederentdeckten Texte der griechischen Antike von der italienischen Renaissance entwickelt wird. Weil Burckhardt als einer der ersten Gelehrten diesen neuen intellektuellen Kosmos präzise und verständlich beschreibt,[38] wird er zu Hesses Gewährsmann in diesen grundlegenden Fragen von Individualität und Gesellschaft, von Geschichte und Natur. Hesse findet bei dem Historiker eine kulturwissenschaftliche Grundlegung des Individualismus im Spannungsfeld von Staat, Religion und Kultur, die seinen eigenen, intuitiven Überlegungen einen Legitimationsrahmen bieten, der die Einschränkungen des Pietismus überwindet und sich nicht in systemphilosophischer Abstraktion verliert. Die Kategorie der „Haltung" als

---

[37] SW 20, S. 57f. (meine Hervorhebung)

[38] In Burckhardts *Kultur der Renaissance* finden sich u.a. die folgenden Kapitel: ‚Entwicklung des Individuums' (2. Abschnitt), ‚Die Entdeckung der Welt und des Menschen' (4. Abschnitt), ‚Die Geselligkeit und die Feste' (5. Abschnitt) sowie ‚Die Wiedererweckung des Altertums' (3. Abschnitt) und ‚Sitte und Religion' (6. Abschnitt). Hesses Äußerungen umfassen offenbar nahezu alle Inhalte von Burckhardts Werk, nur der erste Abschnitt ‚Der Staat als Kunstwerk', der in den *Weltgeschichtlichen Betrachtungen* völlig ausdifferenziert wird, findet keine Berücksichtigung. In dem letzteren Werk findet sich allerdings auch ein Kapitel über ‚Das Individuum und das Allgemeine'.

geistig-seelischer und intellektuell-künstlerischer Habitus, der das gesamte Leben organisiert und leitet, wird für ihn prägend, nicht nur weil er Maßstäbe setzt, die Kunst und Leben miteinander im Sinne einer *vita activa* verbinden, sondern auch weil er sich undogmatisch für grundsätzlich alle Erkenntnisse öffnet, die der Freiheit des Menschen dienen.

Die negativen Seiten der Kulturkritik bei Hesse, wie sie sich im *Peter Camenzind* manifestiert, führt allerdings nicht zu konstruktiven Konsequenzen, denn sie bleibt im Modus der Negativität befangen, weil das kulturell-literarische Medium aus sich selbst keine positiven Ziele formulieren kann, so dass Camenzinds Bemühungen um ein erfülltes Leben vorläufig ins Leere laufen. Sein großes literarisches Projekt, das Panorama einer vom Menschen befreiten Natur, soll die Probleme der modernen Gesellschaft überwinden und durch die Beschreibung der Natur ersetzen; allerdings stockt die Arbeit an diesem Projekt und wird ganz aufgegeben, als der Held auf den körperlich beeinträchtigten Boppi trifft, der den weiter- und zu Ende gedachten Vorstellungen Burckhardts eine Stimme verleiht. Boppi lebt seine Identität dabei weitaus umfassender und überzeugender als Camenzind, denn seine Individualität gründet in der Annahme seines Schicksals als Natur durch ein umfassendes Mitleid mit den Benachteiligten, den Erniedrigten und Marginalisierten. Sein Mitleiden und seine tätige Barmherzigkeit gegen andere verbindet sich mit einer klaren Erkenntnis der Wirklichkeit auf der Grundlage der Würde des Unscheinbaren, der Egalität des Großen und des Kleinen vor der letzten richtenden Instanz. Die Natur bleibt die Wiederholung des Immergleichen des sich selbst reproduzierenden Lebens, erst die Berücksichtigung aller humanen Dimensionen des Lebens erreicht die Möglichkeit des vom Zwang des Überlebens befreiten Handelns in der Form von Begebenheiten, die sich zuerst zu Geschichten und dann schließlich zur Geschichte ordnen. Seine *vita activa* als Bergwirt trägt deshalb mehr Potenzial in sich als seine vorhergehende Existenz als journalistischer Intellektueller, auch wenn damit die Möglichkeiten des Dichtertums nicht erledigt sind – wären sie es, hätte der Autor nichts weiter mehr geschrieben. In diesem Sinne dürfen wir Hesses ersten Roman auch als ein Zeugnis seiner politischen Sozialisation durch Burckhardt verstehen.

Hesses journalistische Tätigkeit vor dem ersten Weltkrieg

1904 erreicht Hesse mit dem *Camenzind* einen vorläufigen Abschluss seiner indirekten politischen Sozialisation, die sich dann in den Jahren seit 1906 durch die Mitarbeit als Autor und teilweise auch als Herausgeber des *Simplicissimus* und des *März* schließlich direkten politischen und gesellschaftlichen Themen zuwendet, so dass es scheint, als ob er die Lehren

Boppis nun in einer ernsthaften und praktischen schriftstellerischen Arbeit umsetzen will. Das zu erkunden und genau zu beschreiben, kann hier nicht geleistet werden, denn die Arbeit für die beiden Zeitschriften ist bis zum Kriegsausbruch 1914, der dann eine tiefgreifende Wende in der Art der politischen Auseinandersetzung herbeiführt, zu vielgestaltig, um kurz zusammengefasst zu werden; zudem gilt es zu beachten, dass der Autor in diesen Jahren mit großem Engagement neben der Arbeit an den bedeutenden frühen Erzählungen und der wichtigen Kurzprosa mehrere große Projekte verfolgt. Er widmet sich der literarischen Aufarbeitung der Maulbronner Krise in *Unterm Rad*, er entwirft in *Gertrud* ein modifiziertes Liebeskonzept, um seine unerfüllte Liebe zu Elisabeth LaRoche zu verarbeiten, während er mit *Roßhalde* den persönlichen Problemkomplex um die Möglichkeit von Beziehungen als Thema der Künstlerliebe formuliert. Schließlich etabliert er in der Alltagsrealität für seine schon früh heraufziehende Ehekrise einen Bewältigungsmechanismus, der darin besteht, sich seiner Familie immer wieder durch fluchtartige lange Wanderungen und Reisen zu entziehen, wodurch schließlich auch ein weitausgreifendes Netz von beruflichen und persönlichen Freundschaften entsteht, das ihm sehr wichtig werden wird. Wir können allerdings in seinen literarischen Arbeiten der Vorkriegszeit fast keine eindeutig-offenen politischen Tendenzen aufzeigen, allenfalls die Briefe dieser Jahre bringen einige Aufschlüsse.[39]

Bis zur Wende von 1914 wiederholt Hesse seine Politikferne mehrfach, so in einem Brief an Paul Ilg vom 29. Januar 1903:

> Daß ich vom politischen Denken und Wirken völlig unbefleckt bin, versteht sich von selbst; ich habe nie eine Zeitung gelesen.[40]

Doch bei näherer Betrachtung zeigen sich einige Auffälligkeiten, so die formelhafte Verachtung von Zeitschriften, die ihn nicht daran hindert, an weltanschaulich deutlich positionierten Publikationen jahrelang mitzuarbeiten, wie auch ein gewisser Stolz auf seine Zeitungsabstinenz. Der religiöse Begriff des „Unbefleckten“ deutet allerdings in eine bestimmte

---

[39] *„Aus dem Traurigen etwas Schönes machen.“ Hermann Hesse. Die Briefe. Bd. 2: 1905–1915*. Hg. v. Volker Michels. Berlin 2013, im Folgenden als B 2 mit Seitenangabe zitiert; aber auch *„Von Poesie und Politik.“ Hermann Hesse – Conrad Haußmann: Briefwechsel 1907–1922*. Hg. v. Helga Abret. Berlin 2011. Die bedeutenden Briefe Hesses an seine Kinder setzen erst später ein, um hier noch behandelt zu werden, siehe Hermann Hesse: *„Mit dem Vertrauen, daß wir einander nicht verloren gehen können.“ Briefwechsel mit seinen Söhnen Bruno und Heiner*. Hg. v. Michael Limberg in Zusammenarbeit mit Silver und Simon Hesse. Berlin 2019 und Hermann Hesse: *„Mein lieber Brüdi!“ Briefwechsel mit seinem jüngsten Sohn Martin*. Hg. v. Gunnar Decker u. Sibylle Siegenthaler-Hesse. Berlin 2023.

[40] B 1, S. 438.

Richtung seiner Überzeugungen, denn er bemüht sich schon seit einigen Jahren darum, sich von „Unreinem“ fernzuhalten. Damit ist aber keineswegs eine Art pietistischer Askese gemeint, ganz im Gegenteil ist gerade sie es, die seine ablehnende Haltung auslöst und begründet, denn zu seinen frühesten Grunderfahrungen gehört die schockhafte Erfahrung der Diskrepanz von Sein und Schein pietistischer Existenz. Seit der Maulbronner Krise erfährt er die Glaubensüberzeugungen der Eltern überwiegend als Frömmigkeitsideologie, die in einem starken Gegensatz zu ihren tatsächlichen Handlungen steht. Im Laufe der Zeit legt er sich ein Schema zurecht, in dem er seine Zuneigung zu den Eltern dadurch erhalten kann, dass er ihre Handlungen einerseits als Ausdruck unmittelbarer und wahrhafter Menschlichkeit in christlicher Verkleidung begreift, andererseits aber in ihnen auch Handlungen sieht, von denen er zutiefst verletzt wird und die er nicht aushalten kann[41] und die er der Macht der pietistischen Ideologie zuschreibt.[42] Der grundlegende Mechanismus dieser Ideologisierung scheint ihm dabei die Rhetorik zu sein, die er als Kunst des Überzeugens mit unredlichen Mitteln und als Technik der Manipulation begreift. Darin folgt er Platons Rhetorikkritik, wie sie paradigmatisch im *Gorgias* niedergelegt ist, den er bereits drei Jahre zuvor liest und der ihn „ungemein anzieht.“[43] Diese Rhetorikkritik wird zur dauerhaften Grundlage seiner Werke etwa ab 1900 und sie entfaltet einen großen Einfluss als Grundlage der vor allem in Gaienhofen entstehenden Werke, in denen die Natur und die einfachen und kleinen Dinge des Alltags als Ausdruck der Demut vor den Dingen und der Schöpfung gefordert wird. Die dahinter kaum verborgene strukturbestimmende Kategorie ist diejenige der Aufrichtigkeit oder Authentizität,[44] die auch als Leitkategorie für seine Zeitschriftenarbeit dient.

Hesses politische Sozialisation im Königreich Württemberg und in Basel resultiert nicht in der Unterstützung oder der Kritik an konkreten Parteien und politischen Programmen: Weder in seinen Essays noch in seiner Erzählprosa oder der Lyrik, und auch nur selten in den Briefen vor 1914

[41] Das betrifft vor allem die unabänderliche Ablehnung seiner dichterischen Existenz durch die Eltern.

[42] Später wird sich zeigen, dass er hier noch weiter differenziert, denn seine intensiven Studien zur schwäbischen protestantisch-pietistischen Frömmigkeitsgeschichte belegen, dass er den Missionspietismus seiner Zeit als eine potenziell bösartige Entartung des ursprünglichen pietistischen Grundgedankens versteht, denn den pietistischen ‚Urvätern‘ bringt er durchaus einige Sympathie entgegen.

[43] B 1, S. 367.

[44] Siehe dazu Veronica Alina Buciuman: *„Sinceritas“: Der poetologische Begriff in Hermann Hesses Prosawerk*. Frankfurt/M. 2010 und Andreas Solbach: *Die Entwicklung der Literaturauffassung beim jungen Hermann Hesse (1892–1902)*. In: HHJb 14 (2022), S. 129–152.

finden sich offene Hinweise auf seine eigenen Überzeugungen, die allerdings existieren und die einerseits als passive Übernahme vorhandener Positionen erkennbar sind, und die sich andererseits in der *künstlerischen Programmatik* nur leicht verdeckt niederschlagen, wie in der zivilisationskritischen Dualität von scheinhaftem rhetorischen Feuilletonismus und der gefühlten und wirklichen Begegnung mit dem Leben in und durch die Natur im *Camenzind*. Seine Mitarbeit am *Simplicissimus*, vor allem aber die Mitherausgeberschaft am *März*[45] gründen dagegen auf einem offenen Einverständnis mit den Mitherausgebern, das deutliche politische Positionen zumindest zeitweise markiert. Hesse erinnert sich 1926 an den *Simplicissimus*:

> Vom ersten Tage seines Erscheinens an habe ich seinerzeit den „Simplicissimus" gelesen. Er hat damals, in der zweiten Hälfte der neunziger Jahre, in meinem Leben eine gewisse Rolle gespielt, indem ich, politisch sonst vollkommen uninteressiert, durch ihn kritisch gestimmt und revolutioniert wurde. […] Dann war es die Kampfansage gegen das Muckertum und am allermeisten der konsequente und flott geführte Kampf gegen die Person des Kaisers, die mir den „Simplicissimus" vom ersten Anfang an so lieb machten. Denn diese Person war auch mir stets unheimlich und tief unsympathisch.[46]

Am 6. Mai 1906 schreibt Ludwig Thoma an Conrad Haußmann:

> Wir haben keine kleinen Ziele und Absichten. Wir wollen in Politik, Literatur, Kunst und Wissenschaft alles sammeln, was in Süddeutschland etwas weiß und kann. Süddeutschland – nicht so, wie man es in Berlin abgrenzt, sondern die alten süddeutschen Kulturländer, also Österreich und Schweiz auch ohne Bülows Genehmi-

[45] Die zentrale Stelle wird dabei durch die Freundschaft Hesses mit Conrad Haußmann bezeichnet: „Für mich war Haußmann stets vor allem Schwabe […]. Zu diesem schwäbischen Geist gehört […] ein Stück Poesie, ein gutes Stück Phantasie und Warmblütigkeit, dazu eine Freude am Einfachen und Stillen, *ein gewisser heimlicher dauernder Protest gegen Berlin*, es gehört weiter dazu Humor und Kunstsinn […]." (SW 12, S. 310, meine Hervorhebung, AS). Dazu siehe Katharina Osterauer: *Der „März" – Geschichte und Profil einer Rundschauzeitschrift. Ein Beitrag zur Kulturpublizistik des Deutschen Kaiserreichs.* München 2015, Annette Kym: *Hermann Hesses Rolle als Kritiker. Eine Analyse seiner Buchbesprechungen im „März", „Vivos voco" und „Bonniers Litterära Magasin".* Bern 1984, Sigrid Bauschinger: *Hesse im „März". Der Dichter als Redakteur und Rezensent.* In: *Hermann Hesse. Politische und wirkungsgeschichtliche Aspekte.* Hg. v. Sigrid Bauschinger u. Albert Reh. Bern 1986, S. 135–153, *„Von Poesie und Politik." Hermann Hesse – Conrad Haußmann Briefwechsel 1907–1922.* Hg. v. Helga Abret. Berlin 2011 und vor allem Gerd Depenbrock: *Literatur und Politik in der Wilhelminischen Ära. Hermann Hesse als Mitherausgeber der Zeitschrift „März".* In: HHJb 14 (2022), S. 153–189; im Folgenden als Depenbrock mit Seitenangabe zitiert.

[46] SW 12, S. 314f.

> gung wieder in Deutschland einbegriffen, Tendenz: nur Positives bringen, und freiheitlich sein. Politisch keiner Partei dienen, aber ungefähr die Stimmung der guten 48er halten. Keine Polemik mit dem Neuberlinertum, keine Phrasen, aber soviel Gutes bringen, daß die germanischen Wenden ihre Superklugheit hinunterfressen müssen.[47]

Und in seinen *Erinnerungen an Conrad Haußmann* beschreibt Hesse, wie sich der Geist des *März*, ausgehend vom *Simplicissimus*, fassen lässt:

> [W]enn ich auch als Mitarbeiter nur dichterische Beiträge gab, so spürte ich doch den Geist der Kritik, des Spotts und oft der Erbitterung, welche sich [...] ganz besonders gegen das Berlinertum, gegen die Einseitigkeit und den Hochmut des preußischen Militarismus, und gegen die Person des Kaisers Wilhelm richtete. Diese drei Feinde waren auch die meinen, hier konnte ich auch politisch mitfühlen, hier sah ich Schäden und Entartungserscheinungen des kulturellen und Volkslebens eng mit politischen zusammenhängen. Aus dieser Stimmung, deren Grundton das Bedürfnis süddeutscher Selbstbehauptung gegen preußische Vorherrschaft war, wurde im Jahr 1905 [...] die Zeitschrift „März" begründet.[48]

Die neue Zeitschrift soll sich also einerseits von bestehenden Konkurrenten wie dem *Simplicissimus* und den *Süddeutsche Monatsheften* durch eine eigene Akzentsetzung erfolgreich abgrenzen, andererseits erkennt man deutlich süddeutsche politische Positionen wieder: Ablehnung der kleindeutschen nationalen Einheit und der Reichsnormierung, dagegen Anti-Preußentum und ein auf die 1848er Ideale zurückgehender demokratischer Liberalismus. Thoma verkörpert dabei den kulturpolitischen süddeutschen Regionalismus, während Haußmann als erfolgreicher DVP-Politiker[49] für Demokratie und Parlamentarismus steht.[50] Das herausragende Gegenbild der *März*-Gründer ist ganz offen der preußische Wilhelminismus und der nivellierende Untertanengeist mit dem Kaiser als Symbol der Ablehnung und Verachtung, obwohl die explizite Kritik in Satire und Groteske dem *Simplicissimus* überlassen bleibt. Tatsächlich ist der

[47] Zitiert nach Depenbrock, S. 153.

[48] SW 12, S. 311.

[49] Zuerst für die Deutsche Volkspartei von Friedrich Payer, ab 1910 für die Freisinnige Volkspartei.

[50] „Es waren zweierlei Geister, die das Blatt schufen und stark machten. Der eine war international, aufklärerisch, pazifistisch, dabei kultiviert und etwas genießerisch – dieser an Paris geschulte Geist wurde durch Albert Langen repräsentiert. Der andere Hausgeist, dargestellt durch Ludwig Thoma, war national, voll Freude am Heimatlich-Volkstümlichen, künstlerisch oft urteilslos, aber gesund, froh, jugendlich, kraftvoll, stets geneigt zu Impertinenzen gegen alle Autoritäten, aber auch zu bloßem Krakeelen." (SW 12, S. 315)

März von Beginn an in den politischen und den feuilletonistischen Teil gespalten: Hesses Leitlinie der ausschließlich positiven Kritik mit dem Ziel, durch die Qualität der abgedruckten Texte von der Eigenständigkeit und dem Niveau der süddeutschen Literatur zu überzeugen, bleibt weitgehend wirkungslos, denn das ausgewählte Material ist überwiegend durchschnittlich und es bildet sich keine markante Linie heraus.[51] Gleichzeitig erscheint der linksliberale Grundton der politischen Beiträge trotz der Vielzahl an bedeutenden und bekannten Autoren mehr und mehr als eingeschränkt und zeitfern,[52] ebenso wie die literarischen Beiträge, die stark auf ‚deutsche' Themen und Erzählstrukturen ausgerichtet sind.[53] Bauschinger resümiert: „Erstaunlicher als alles, was an literarischen Beiträgen im *März* erschienen ist, ist jedoch das, was dort nicht vertreten war."[54] Im direkten Münchener Umfeld Frank Wedekind sowie Heinrich und Thomas Mann, die gesamte Wiener Moderne („Jung Wien"), „die poetischen Müdigkeiten und tapetenhaften Dekorationskünste der Wiener Literaturjuweliere,"[55] wie Hesse sie nennt; in den Besprechungen und den Abdrucken fällt fast der gesamte Bereich des Theaters und, noch erstaunlicher, der der modernen Lyrik aus, eine Praxis, die erst 1910 etwas gelockert wird. Auch bleibt der Expressionismus, den Hesse später sehr wohl wahrnimmt,[56] vollends aus der Zeitschrift ausgeschlossen.

---

[51] Später bringt der von Hesse wenig geschätzte Wilhelm Herzog eine Reihe von bedeutenden Beiträgern, die allerdings das süddeutsche Bekenntnis unterlaufen, und führt die Zeitschrift schließlich durch enorm gestiegene Ausgaben an den Rand des finanziellen Ruins.

[52] Tatsächlich forciert Haußmann neben der deutsch-französischen Verständigung innenpolitisch die Abstimmung mit der Sozialdemokratie, denn der Liberalismus ist auf Reichsebene längst keine bestimmende Kraft mehr, und diejenigen gesellschaftlichen Gruppen, die sich für eine ‚progressive' Politik engagieren, verfolgen langfristig Ziele, die mit vielen liberalen Grundvorstellungen nicht vereinbar sind.

[53] Siehe dazu Depenbrock, S. 155. Sigrid Bauschinger weist in ihrem oben (FN 45) angegebenen Artikel auf Hesses durchgehend stark konservative Literaturauffassung nach 1902 hin, die sich nahtlos in das feuilletonistische Profil der Zeitschrift einpasst, das in der Ankündigung im Börsenblatt für den deutschen Buchhandel 73, Nr. 294 (1906) vom 19. Dezember 1906 auf der Umschlagseite so beschrieben wird: „Besonders will er die deutsche Erzählkunst pflegen, soweit sie nicht rein artistische Wege geht, sondern eine Beziehung zum Leben des deutschen Volkes hat. [...] Wenn der „März" das Wort ‚deutsch' in seinem Untertitel führt, so geschieht das aus der Überzeugung heraus, daß jede neue Kultur auf nationalem Boden erwachsen muß [...]. Daß die Keime zu ihr [der deutschen Kultur, AS] vorhanden sind, wird aus tausend kleinen Anzeichen klar; sie zu einem Strome zu sammeln, ist die große Aufgabe, die sich der „März" gestellt hat." (Zitiert nach Depenbrock, S. 155)

[54] Bauschinger, S. 141.

[55] SW 17, S. 116.

[56] Siehe dazu Marco Schickling: *Hermann Hesse als Literaturkritiker*. Heidelberg 2005, S. 63–86.

Hesse selbst nennt unter den Ausgeschlossenen Schnitzler, Bahr, Wassermann, und Bauschinger fügt George, Rilke und Musil hinzu und schließt: Es „war schließlich zu erkennen, daß Hesse schon durch seine Auswahl ein Urteil fällen wollte. Was er nicht nannte, war es nicht wert.“[57] Tatsächlich aber stellen sich seine eigenen literarischen Vorlieben zu dieser Zeit als wenig zugkräftig heraus: Alfons Paquet, Wilhelm Scholz und Franz Karl Ginzkey wirken wie die beliebteren Freunde des Autors Emil Strauß und Ludwig Finckh eher auf ein konservativeres Publikum, das zwar Ludwig Thomas volkstümelnde anti-preußische ‚Impertinenzen‘ schätzt, aber die intellektuelle Integration von Haußmanns linkem Liberalismus mit dem, „was Hesse selbst bevorzugte und ‚Schollenkunst‘ nannte“[58] nicht leisten konnte. „Der Begriff des Völkischen, der im *März* eine wichtige Rolle spielte, stand ja bereits hinter der Ankündigung der Zeitschrift im Jahre 1906.“[59] Auch Hesse, der sich schon bald mit den zuständigen Literaturredakteuren streitet, bemerkt die Probleme und die programmatischen Widersprüche der Zeitschrift, die aber nur eine essenzielle Neuausrichtung des Blatts beheben könnte und die, wichtiger noch, seine eigene Mitarbeit infrage stellen müsste, wie es dann ja auch schon vor 1914 passiert. Dabei ist Hesse in gewissem Sinne der ideale Leser des *März*, denn dessen auseinanderstrebenden Tendenzen finden sich auch in seiner künstlerischen Persönlichkeit repräsentiert: Einerseits eine markante Tendenz zur Obrigkeitskritik, zur Auflehnung gegen die Zumutungen der preußischen Reichsnormierungen aus dem Geist eines prononciert süddeutschen Kulturpartikularismus, der allerdings auf dem konservativen ordnungspolitischen Ideal eines deutschen Reichs ohne Monarchie gründet, andererseits die Sehnsucht nach dem Einfachen, dem Verborgenen und dem Zufälligen, nach der Demut des Kleinen, dem Detail, dem Unpassenden und dem Anstößigen, das sich dem Denken und Empfinden in großen Systemen entzieht. Diese Antinomie findet sich auch in der Kunst und der Literatur, dort ist es das Natürliche, das Beschauliche und das Heimelige der kleinen Heimat, deren erste Formen die Beschreibung und die Idylle sind. Hier herrscht die Aufrichtigkeit, keine Ironie erschüttert die Zeichenstruktur des Textes: Was gut ist, ist auch schön, und das Gute ist wirklich gut, ebenso wie das Böse ernsthaft böse ist. Die Menschen sind in ihrer Schwäche und Mangelhaftigkeit in diese Spannung gestellt, in der sie sich bewähren sollen, was aber nur selten gelingt. Es gibt aber auch eine Kunst der Rhetorik, ein gezieltes Spiel mit sprachlichen Techniken, das Doppelsinnigkeiten und Unsicherheiten erzeugt, die ästhetisch wirksam sind und faszinieren können; letztlich jedoch ist ihre unkontrollierte

[57] Bauschinger, S. 145.
[58] Bauschinger, S. 150.
[59] Bauschinger, S. 150.

Macht schädlich und unmoralisch. Dennoch und gerade deswegen müssen diese gefährlichen künstlerischen Strategien eingebunden werden – im eigenen Leben, indem die Lebenswelten des Künstlers und des Bürgers miteinander verbunden werden und die Möglichkeit einer erfüllten Liebesbeziehung aufscheint, in Politik und Gesellschaft, indem demokratische Verhältnisse zum Besten aller Bürger beitragen, und in Kunst und Literatur, indem die klassische und romantische Tradition sich mit dem Neuen zu einer vielgestaltigen Moderne verbindet.

Hesses frühe politische Sozialisation bietet ihm nun einen Schlüssel, ein Instrument, das es ihm ermöglichen soll, diese Ziele zumindest anzusteuern, es ist seine Auffassung des *Eigensinns*, geboren aus den Leiden eines Knaben, genährt vom Willen zur Welt und gekräftigt in den Kämpfen gegen Unverständnis, mangelnde Anerkennung und Unterordnung. Der Eigensinn ist für den Autor und seine Figuren ein Mittel gegen die Zumutungen der Welt, ihre Banalität, Oberflächlichkeit, Trug, Schein und Wahn, gegen die geschminkten Lügen, die Rhetorik der Verführung und die Brutalität des Zwangs, gegen sinnwidrige Ordnungen und verletzende Normen. Vor allem aber ist sie ein *pharmakon*, eine *medicina mentis*, eine Therapie für das beschädigte, erniedrigte und gedemütigte Individuum, dem Anerkennung und Respekt versagt wird, dessen Leiden pathologisiert werden und das, an den Rand der Welt verbannt, Trost, Hilfe und Unterstützung nur in sich zu finden meint. Hesse findet in seinen frühen Krisen nicht sofort zu diesem Mittel, zunächst greift er zu etwas Verwandtem, das allgemein als Eigensinn angesehen wird, wohl auch ein Teil davon ausmacht, aber nur einen Teil, es ist der Trotz. In ihm konzentriert sich die ganze seelische Kraft des Menschen, der sich in einer Auseinandersetzung auf Leben und Tod wähnt und sich gegen den Versuch wehrt, seinen Willen zu brechen. Der Begriff Eigensinn hat in den klassischen Sprachen (*idiotismos*, *pertinacia, obstinatus*), vor allem aber im Französischen (*obstination*) und Englischen (*stubborness*, *obstinacy*) die Konnotation der Starrsinnigkeit, der Dickköpfigkeit, der Verstocktheit und Halsstarrigkeit, der Sturheit und der Bockbeinigkeit, während Franzosen die Abwandlung des Begriffs ins Eigensinnige auch noch mit der Vorstellung des Kapriziösen verbinden können. Im Kern aber bleibt der Trotz als totale Mobilisierung aller Kräfte gegen eine die eigene Identität bedrohende Instanz bestehen, und in diesem Sinn ist er tatsächlich der Hauptgegner der pietistischen religiösen Didaxe im 19. Jahrhundert, die ihre Macht dem Kind und dem erwachsenen Menschen gegenüber durchsetzen muss, denn ihre Frömmigkeitsvorstellungen gründen in der Unterwerfung unter den Willen Gottes, wie sie ihn verstehen. Aus dieser Quelle speist sich der Keim von Hesses Eigensinn, aber nach den wilden Jahren seines trotzigen Widerstands findet er in ihm Mitte der 1890er Jahre eine Formel, die es ihm erlaubt, durch *teilweise Anpassung ohne Überzeugung* den erwünschten Frieden mit den Eltern zu erreichen, gleichzeitig aber seinen eigenen Lebensplan zu verfolgen: Der Trotz wird eingehegt, und der Eigensinn gewinnt über die Jahre hinweg eine ganz besondere Bedeutung, indem er sich mit vielen anderen Momenten seiner Erfahrung anreichert. Der vielleicht wichtigste Bereich ist dabei derjenige der politischen Sozialisation in Württemberg und in Basel: das dauerhafte Bestreben, das Eigene, historische Gewachsene und durch die Alltagspraxis Bewährte zu erhalten, die kleinen und großen Details des gesellschaftlichen Lebens, auch die Skurrilitäten und Arabesken des historischen Charakters einer sozialen und natürlichen Landschaft zu pflegen und die eigene innere charakterliche Haltung zur Geltung zu bringen, ist der Kern des Eigensinns bei Hesse, der nicht stur und starrsinnig die zufälligen idiosynkratischen Vorlieben des Einzelnen als sein Eigentum setzt, sondern der eine sich aus vielen historischen Quellen speisende Haltung bezeichnet, die sich als das Eigene des Individuums, seines Dämons nach antiker Vorstellung, zu erweisen hat. Der Eigensinn wehrt nicht nur Bedrängungen ab und verteidigt die individuelle Identität, sondern er äußert sich in einer eigenen Haltung in der Gesellschaft, die sich aktiv durch Sorge um den Anderen von der Familie über Befreundete bis in die Gesellschaft hinein manifestiert, die hart kritisiert, aber auch tätig Hilfe leistet und sich so ihrer eigenen Menschlichkeit versichert. Er verwandelt sich sogar in ein künstlerisches Prinzip, das die emotionalen, kognitiven und ästhetischen Erfahrungen der Menschen in eine Figurenwelt transponiert, um der Leserschaft Möglichkeiten der Problembewältigung spielerisch anzubieten, auch indem ihr Scheitern vorgeführt wird. Im Zentrum dieser Verfahren steht aber immer die menschliche Liebe als das Größte, das verworfen werden muss, um zum Schlussstein zu werden.

Vortrag im Rahmen des 19. Internationalen Hermann-Hesse-Kolloquiums 2024 in Gaienhofen.

„Wo Hermann Hesse, da Volker Michels – Der Herausgeber und Wegbereiter eines zeitlos aktuellen Schriftstellers“ im Museo Hermann Hesse Montagnola, 30.3.2024–2.2.2025

Werkstattgespräch mit Volker Michels anlässlich dieser Ausstellung

Herzlich willkommen, liebe Gäste, hier in Montagnola und in den gefilmten Räumen des Hermann-Hesse-Editionsarchivs, das Volker Michels im Verlauf der 40 Jahre seiner Lektoratstätigkeit in den Verlagen Suhrkamp und Insel, neben seinen sonstigen Aufgaben gemeinsam mit seiner Frau, der Lektorin und Übersetzerin Ursula Michels-Wenz in Zusammenarbeit mit Hermann Hesses Sohn Heiner Hesse in Offenbach am Main aufgebaut hat.

Wie kamen Sie zu Hermann Hesse?

Erzählungen dieses Autors las ich schon als 14-jähriger Schüler, angeregt durch Passagen aus seiner 1903 entstandenen Internatsgeschichte *Unterm Rad*, die im Deutschlesebuch für Untertertianer abgedruckt waren. Darauf wünschte ich mir das Buch zu Weihnachten und konnte – selber in einem Internat, ähnlich dem von Hesse geschilderten einstigen Zisterzienserkloster Maulbronn – das ganze Ambiente dieses Romans Zeile für Zeile wiedererkennen. Nicht nur das monastische Umfeld der Architektur und der süddeutschen Landschaft, auch die Naturelle der Mitschüler, die gruppendynamischen Verhaltensweisen und Spannungen zwischen ihnen waren dieselben. Und vollauf konnte ich mich mit den beiden Hauptgestalten der Geschichte, Hans Giebenrath und Hermann Heilner identifizieren, in welchen der Autor sich selbst und die damaligen Kraftproben dargestellt hat.

Er schildert darin den Untergang eines gutwilligen und begabten Schülers, den das Geltungsbedürfnis seines kleinbürgerlichen Vaters zu Leistungen antreibt, die er selber nie erbracht hat. Sein begabter und gutwilliger Sohn Hans beugt sich dieser Dressur und nimmt ein tragisches Ende, während sein aufmüpfiger Freund Hermann Heilner keineswegs eine künftige Laufbahn als Kleriker im Sinn hat. Er flieht aus dem theologischen Seminar, wie auch der 14-jährige Hesse aus Maulbronn, wo er zur Fortsetzung der Familientradition seiner im Dienst der evangelischen Heidenmission tätigen Vorfahren ausgebildet werden sollte. Denn schon damals hatte er sich in den Kopf gesetzt, dass er „entweder ein Dichter oder gar nichts werden wolle". Diese schon in der Schulzeit einsetzende Abwehr gegen alles, was mit seinen Anlagen nicht vereinbar war, gegen den Anpassungsdruck an das Übliche, Durchschnittliche und Gewinnbringende samt den damit verbundenen Konflikten, durchzieht wie ein roter Faden Hesses ganzes künftiges Verhalten, sein Leben und schriftstellerisches Werk. Und eben dessen Ermutigung zu einem sinnvoll selbstbestimmten Leben ist es auch, die ihm inzwischen weltweit in jeder jungen Generation stets wieder neue Leser gewinnt.

Welchen Eindruck hatten Sie von seinen Texten?

Hesses Werke lesen sich mühelos. Sie sind klar und unmissverständlich. Nichts wird verschlüsselt in entlegenen, schwer deutbaren Metaphern. Es sind lebensnah und naturverbunden anschauliche Schilderungen und mit einem beneidenswert reichen Wortschatz vorgetragene Versuche, zeitgeistbedingte persönliche Krisen durch ihre Darstellung zu bewältigen. Man könnte sie auch als Autotherapien, als Selbstrettungsversuche bezeichnen, die von Lesenden aller Altersgruppen, Herkunft und Bildung nachvollzogen werden können, weil es unsere eigenen sind.

Sie haben einmal gesagt, Hesse sei leicht zu lesen, doch schwer zu leben. Wie meinen Sie das?

Weil das Gewissen sein wichtigster Kompass war. Das kann ziemlich geschäftsschädigend sein. Denn es stört beim Geldverdienen, widersetzt sich bequemen Kompromissen und macht uns zu Außenseitern. Dafür ermöglicht es uns im Einklang mit uns selbst zu bleiben, immun gegen die Gefahren der Fremdbestimmung. Nicht zuletzt auch durch politische Machthaber, wenn sie aus Geltungsbedürfnis und Aquisitionslust ihre Ziele mit Gewalt erreichen wollen und dabei, wie leider jetzt wieder beim Versuch sich die Ukraine einzuverleiben, Kriege mit der Vernichtung unzähliger Menschenleben, Ortschaften und Kulturgüter in Kauf nehmen. Denn Gewalt kann nur Gegengewalt provozieren, eine unabsehbare Spirale der Vernichtung mit verheerenden Folgen. Doch unbelehrbar wie wir sind, muss diese Erfahrung offenbar von Generation zu Generation wiederholt werden.

Hat Hermann Hesse ein besonderes Gespür für altersspezifische Herausforderungen und Interessen?

Ja, dieses Gespür durchzieht sein ganzes Werk. Alle altersbedingten Licht- und Schattenseiten sind dort dargestellt. Sei es nun die noch unbegrenzte Aufgeschlossenheit der Kindheit (für ihn ist jeder Erwachsene ein umgebrachtes Kind in Erzählungen wie *Aus Kinderzeiten*, *Kinderseele*). Oder die Kraftproben der Adoleszenz und Pubertät in *Unterm Rad* und *Demian*, Erziehungs- und Bildungsfragen im *Glasperlenspiel*, die Schwierigkeiten der Partnerfindung, der Liebe und Ehe in Romanen wie *Gertrud* und *Roßhalde*, die der Midlifekrisis im *Steppenwolf*. Schließlich die Vorgänge des Alterns in den Betrachtungen *Vom Wert des Alters*, mit ihrem angstfreien und erwartungsvoll positiven Verhältnis zum Tod. All das autobiografisch fundiert in anschaulich geschilderten Begebenheiten und stets mit hilfreichen Schlussfolgerungen.

Wie kam es zum Briefwechsel mit dem Autor?

Was mir schon als Schüler imponiert hat, ist seine Ermutigung des Individuellen, des Eigensinns. Für Hesse ist jeder Mensch ein Unikat. Und dass die meisten Zeitgenossinnen nicht mehr als Originale, sondern als Kopien des jeweiligen Zeitgeistes enden, die Ursache von vielen Übeln, Unglück und Krankheiten. Nur was wir im Einklang mit unseren genetisch überkommenen Anlagen gut und gerne tun, hat Aussichten auf Zufriedenheit und Erfolg und wird dank Hesses Schriften aktiviert. Für diesen Zuspruch, habe ich dem damals schon über 80-Jährigen, nach der elektrisierenden Lektüre von *Unterm Rad* gedankt. Heute bedaure ich diese Zudringlichkeit, nachdem ich inzwischen weiß, welche Mengen an Zuschriften der Dichter zu bewältigen hatte, deren Beantwortung ihn zunehmend hinderte, seine eigenen Projekte zu realisieren. Entsprechend knapp mussten, im Vergleich zu seinen Antworten auf Briefe aus früheren Jahrzehnten, seine Entgegnungen auf meine Zuschriften ausfallen. Aber dass er überhaupt darauf eingegangen ist und sich, selbst bei einem beliebigen Schüler wie mir, verantwortlich fühlte für die Wirkungen seiner Bücher, dass er die Anliegen ernst nahm, die ihn erreichten, ist ja keineswegs selbstverständlich. Und dass er im Verlauf seiner vier letzten Lebensjahre mir darüber hinaus auch noch Typoskripte von damals neu entstandenen Gedichten und Privatdrucke seiner letzten Rundbriefe geschickt hat, war schon eine nachhaltige Erfahrung.

Was haben Hesses Antworten bei Ihnen ausgelöst?

Bewirkt haben sie natürlich die Begierde, alles mir Erreichbare von ihm kennenzulernen und gleichzeitig einen Zorn auf die in den unseren Medien vorherrschende Arroganz, Hesse als einen eskapistischen Innerlichkeits-Autor abzuqualifizieren, wie auch auf die bei Philologen weitverbreitete Neigung, beliebte Werke als Trivialliteratur abzutun.

Welche Bedeutung hatte die damals publizierte Titelgeschichte des tonangebenden Nachrichtenmagazins Der Spiegel *für Sie?*

Das Heft erschien im Juli 1958, also etwa gleichzeitig mit Hesses Antworten auf meine an ihn gerichteten Briefe. Der anonyme Verfasser bagatellisierte ihn zu einem anachronistischen Kleingärtner, einem Gartenzwerg unter den Nobelpreisträgern, mit dem zu befassen unter der Würde jedes Intellektuellen sei, der für voll genommen werden wollte. Mit einem geharnischten Leserbrief, der von der Redaktion natürlich unterschlagen wurde, habe ich darauf reagiert. Doch diese in millionenfacher Auflage verbreitete, besonders bei Intellektuellen beliebte Zeitschrift blieb leider nicht folgenlos und hat in Deutschland noch auf Jahrzehnte hinaus sowohl an den Universitäten wie in den Medien eine substanzielle Beschäftigung mit Hesse und seinem Werk verhindert. Von unseren Hochschulen ist er daraufhin als weltfremder Realitätsflüchtling diskreditiert und unterschlagen worden. Als er 1962 etwa gleichzeitig mit der Schauspielerin Marilyn Monroe starb, waren unsre Medien voll von ihrem Tod, während die Nachrufe auf ihn sich Prognosen erlaubten wie „Mit Hermann Hesse ist kein Blumentopf mehr zu gewinnen» (*Die Zeit*) oder die Münchner *Süddeutsche Zeitung* sprach gar von einem „Autor des individuellen Katzenjammers“, um den es nicht schade sei.

Wie haben Sie darauf reagiert?

Damals, im Jahr vor dem Abitur, war da noch nichts auszurichten. Aber sieben Jahre später, als ich 25-jährig als Lektor in den Suhrkamp Verlag eintrat, ergaben sich schon eher Möglichkeiten. Zwar glaubte mein Chef, der Verleger Siegfried Unseld, damals noch nicht recht, dass ausgerechnet jetzt, in Zeiten der von Rudi Dutschke angeführten Studentenrevolte der 1968er-Jahre, die mit Ho Chi Minh-, Che Guevara- und Mao-Parolen gegen die Große Koalition und den Vietnam-Krieg demonstrierte, für einen vom deutschen Kulturbetrieb so tabuisierten Autor wie Hesse noch etwas auszurichten sei. Aber die dann plötzlich aus den USA herüberdringenden und von unseren Medien mit ungläubigem Staunen meist abfällig kommentierten Nachrichten über die Hesse-Begeisterung der dortigen Vietnamkriegs-Gegner und Hippies sollten sich als hilfreich erweisen. Um das Gerücht vom mit der Aufzucht von Tomaten beschäftigten Innerlichkeitsautor zu widerlegen, konzipierte ich für den Verleger aus Hesses mir bis dahin bekannten zeitkritischen Äußerungen ein Bändchen mit „Politischen Betrachtungen", die zusammen mit ähnlichen Themenbänden von Bertolt Brecht, Thomas Mann und Hermann Broch in der Bibliothek Suhrkamp erschienen. Sie wurden so beachtet, dass sie in der 1970 erschienen ersten Taschenbuch-Werkausgabe Aufnahme fanden. Damit war zunächst einmal beim Publikum das Eis gebrochen. Denn die 12 Bände mussten bald mehrfach nachgedruckt werden. Damit begann sich auch hierzulande wieder eine neue Generation für diesen Autor zu interessieren und die Platzanweiser in den Medien und Hochschulen eher zögerlich. Daran hat sich bis auf den heutigen Tag noch wenig geändert.

Worauf führen Sie das zurück?

Zunächst einmal auf die Inflexibilität des Kulturbetriebs, der bei älteren Autor:innen gerne eingefahrene Gleise und überlieferte Etikettierungen übernimmt, weil sie den von der Novitätenflut überschwemmten Tonangebern Arbeit und Neuorientierung ersparen. Nicht zu unterschätzen dabei war auch der obsessive Widerstand des Kritikerpapstes Reich-Ranicki, der es nicht ertragen konnte, dass sich Hesses Popularität der seines Favoriten Thomas Mann inzwischen weltweit anzugleichen drohte. Denn auch Hesses Bücher sind weltweit mit mindestens 150 Millionen Exemplaren in mehr als 80 Sprachen verbreitet, also global längst vor der Globalisierung.

Wie war das zu erreichen?

Anfangs habe ich mich, zunächst nur in der Freizeit, mit dem Nachlass Hesses befasst, überrascht davon, dass mehr als die Hälfte seiner in Zeitungen und Zeitschriften publizierten Beiträge nicht in Buchform vorlagen, ganz zu schweigen von den zahlreichen noch unveröffentlichten Manuskripten aus seinem Nachlass. Bei diesen Recherchen erwies sich sein Sohn Heiner als besonders behilflich, mit dem ich ab 1970 mehr als drei Jahrzehnte bestens zusammengearbeitet habe. Er war es auch, der seines Vaters über 3000 Buchbesprechungen und Essays recherchiert hat, die seit dem Jahr 1900 in über 60 verschiedenen Journalen erschienen sind. Daraus habe ich damals unter dem Titel *Eine Literaturgeschichte in Rezensionen und Aufsätzen* einen Auswahlband mit etwa dem fünften Teil dieses Materials konzipiert. Es reicht vom babylonischen *Gilgamesch* (3000 v.Chr.) bis zu Gegenwartsautoren wie Peter Weiss. Und endlich im Jahr 2007 konnte ich dann den kompletten Bestand seiner Lektüreempfehlungen in die 20-bändige erste Gesamtausgabe einbeziehen, die doppelt so umfangreich ist wie die vom Autor selbst 1957 vorgelegten *Gesammelten Schriften.*

Die Filmaufnahmen zeigen Ihre Werkstatt, das Hermann Hesse-Editionsarchiv.

Ja, das ist im Verlauf der letzten 50 Jahre in Zusammenarbeit mit meiner Frau und Heiner Hesse zustande gekommen, weil im Verlag kein Platz dafür war und auch nicht genügend Sicherheit für all die seltenen Bücher und Dokumente. Zunächst sehen Sie hier die wertvollen Erstausgaben seiner Publikationen und die vielen von ihm herausgegebenen Werke anderer Verfasser.

Blick auf die 100 Ordner mit Hesses Briefen von 1881 bis 1962:

Sie enthalten die wohl spannendsten Ergebnisse unsrer Recherchen: den inzwischen auf etwa 24.000 Schreiben angewachsenen Bestand von Antworten des Dichters auf Zuschriften und Fragen seiner Leserinnen, meist Kopien der in aller Welt verstreuten Originale. Denn von den wenigsten seiner insgesamt mehr als 44.000. Antworten hat Hesse Durchschläge oder Abschriften aufbewahrt. Inzwischen konnten wir aus den von uns in einem halben Jahrhundert recherchierten Korrespondenzen etwa ein Zehntel seiner inhaltlich wichtigsten Antworten veröffentlichen. Denn diese Briefe sind nicht weniger gehaltvoll als seine Publikationen, autobiografisch und als ergiebige Quelle für Hesses Stellungnahmen zu allen lebenswichtigen Fragen in den unterschiedlichsten Themenbänden.

Blick auf die biografisch-chronologische Kartei zur Datierung der vielen undatierten Schreiben:

Die Datei mit den Entstehungs- und Publikationsdaten seiner Veröffentlichungen. • Die Datenkartei zu Kontaktpersonen und Orten. • Die an Volker Michels gerichteten Antworten namhafter Autor:innen über deren Beziehung zu Hesse und ihre Beiträge zu den Sammelbänden mit Augenzeugenberichten und *Über Hermann Hesse.* • Der Brief Heiner Hesses an den Verleger Siegfried Unseld, um nach den vielen illustrierten Themenbänden endlich das von Volker Michels initiierte Projekt der 20-bändigen Ausgabe von Hesses *Sämtlichen Werken* in Angriff zu nehmen. • Das Inventar mit den Reproduktionsvorlagen von mehr als 1000 Hesse-Aquarellen. • Das Material zur Konzeption des reichhaltigsten Hermann Hesse-Museums in seiner Geburtsstadt Calw und seinen Aufruf „Rettet die Casa Camuzzi!» zu einer Hesse-Gedenkstätte in Montagnola. • Die von ihm, seiner Frau und vom Verlag angeregten Themen- und Briefbände

- Bilder und Porträt-Büsten, Veranstaltungsplakate seiner Vorträge und Ausstellungen, zum Calwer Hesse-Museum, das 1989 von ihm konzipiert und eingerichtet wurde.

Blick in die Bibliothek:

In diesem Raum sehen Sie eine Sammlung der etwa 3000 Bücher, die Hesse in seinen Rezensionen besprochen und empfohlen hat, darunter fast keine Verrisse, denn nur das Fördernswerte war ihm wichtig. Das Bloßstellen von Schwächen und Fehlern hielt Hesse für Klatsch und hat darauf verzichtet, sich daran zu beteiligen.

Volker Michels

Das Hermann Hesse-Editionsarchiv

Liebe Freunde des Dichters und Malers Hermann Hesse

Offen gestanden beschämt es mich etwas, hier erstmals Proben aus jenem Teil meiner Arbeit, der auf Hermann Hesse entfällt, ausgestellt zu sehen. Denn verglichen mit der Leistung des Dichters, ein so vielseitiges und reichhaltiges Werk in die Welt zu setzen, sind meine Bemühungen, es zu erschließen, ja eher beiläufig und eigentlich selbstverständlich. Doch war es einem Katalysator wie mir, dem alles Exhibitionistische widerstrebt, einfach nicht möglich Herrn Dr. Marcel Henry und seine Mitarbeiterin Céline Burget zu enttäuschen, die nach ihrem Besuch in meiner Werkstatt, von der Idee beseelt waren, auch Sie, liebe Besucher des Hesse-Museo, in ein Laboratorium blicken zu lassen, das nur eines bezweckt: das Ansehen eines allzu lang unterschätzten Autors zu mehren, und die Beachtung zu fördern, die ihm zukommt. Wie kam es zu dem auf ihn fokussierten Editionsarchiv und womit begann mein Einsatz für ihn?

Als ich im August 1969 zunächst als Volontär in das Lektorat der damals noch in Frankfurt am Main ansässigen Verlage Suhrkamp und Insel eintrat, konnte von einer solchen Institution noch lange nicht die Rede sein. Zwar verdankte der Verlag Hermann Hesse seine Existenz. Denn Hesse war es, der nach Peter Suhrkamps Kündigung seitens der emigrierten Erben des S. Fischer Verlags ihrem vom NS-Regime in Konzentrationslagern fast umgebrachten Statthalter in Deutschland 1950 die Gründung eines neuen Verlages ermöglicht hatte. Doch wurden nach Suhrkamps Tod 1959 dort wie auch im Kulturbetrieb der Sechziger Jahre eher jüngere Schriftsteller wie Bertolt Brecht, Max Frisch, Uwe Johnson, Martin Walser und Peter Weiss favorisiert. Spezielle Lektorate oder Archive für Stammautoren wie Brecht und Hesse, obwohl sie die Existenz des Unternehmens ökonomisch sicherten, gab es erst Jahrzehnte später.

Meine Aufgabe in den ersten Verlagsjahren war es, gemeinsam mit wenigen anderen Kollegen, das Mittelgebirge der zahllosen unverlangt zugesandten Manuskripte (es sind jährlich etwa 3000) abzutragen, d.h. sie zu prüfen, die überzeugenden mit einem Gutachten dem Verleger weiterzuleiten, die meisten jedoch mit einer plausiblen Begründung den Verfassern zurückzusenden. Doch weil in meinem Einstellungsgespräch mit Peter Suhrkamps Nachfolger Siegfried Unseld (1924–2002) auf dessen Frage nach den mir liebsten Autoren seiner Verlage auch der Name Hermann

Hesse gefallen war, wollte er wissen, welche Aspekte seines Werkes meiner Meinung nach heute noch attraktiv seien und somit neue Beachtung und Absatzchancen versprechen würden. Ich nannte den politischen Weitblick des Dichters, seine dezidierte bereits im Ersten Weltkrieg einsetzende Distanzierung von den Machthabern in Deutschland und sein übernationales, konfessionsübergreifend auch die asiatischen Kulturen einbeziehendes Weltbild.

Doch damals, inmitten der von Rudi Dutschke angeführten Protestbewegung der 68er-Jahre gegen die Notstandsgesetze der Großen Koalition und gegen den noch bis 1975 tobenden Vietnamkieg, mit Parolen ihrer Idole Mao und Hồ Chí Minh sowie des damals einsetzenden Terrors der RAF, schien es auch dem Verleger sehr zweifelhaft, ob mit einem von unsren Tonangebern als weltfremd marginalisierten Innerlichkeitsautor wie Hermann Hesse noch etwas anzufangen sein würde. Doch dann kam uns das denkwürdige Phänomen zu Hilfe, dass immer nach Kriegen, wie schon beim Ersten und Zweiten Weltkrieg, Hesses Bücher besonders gefragt waren. Dasselbe nun erstmals auch in den USA, wo vietnamkriegsverweigernde Hippies, unter Berufung auf Hesse, ihre Wehrpässe verbrannten und es schließlich erreichten, dass dort 1973 die Militärpflicht abgeschafft werden musste. Die Nachricht von der plötzlichen Hesse-Renaissance jenseits des Atlantiks traf Deutschlands Meinungsmacher so unerwartet, dass sie auf diesen neuesten Spleen der Amerikaner zunächst nur mit ungläubigem Staunen, wenn nicht mit Spott reagierten. Nun galt es also, sie eines Besseren zu belehren.

Damals kannte ich Hesses progressive weltanschauliche und politische Haltung nur aus der noch recht lückenhaften, 1964 von seiner Frau Ninon (1895–1966) besorgten Edition jener Antworten des Dichters auf Leserzuschriften, die sie sich seit1930, seit ihrem Zusammenleben mit ihm gelegentlich abgeschrieben und 1951 publiziert hatte. Ebenso unvollständig waren auch Hesses zeitkritische unter dem Titel *Krieg und Frieden* nachgedruckten Aufrufe. Doch enthielten auch sie schon so viele alternative, dem Eurozentrismus, Militarismus und nationalistischen Kleingeist entgegen gesetzte Positionen, dass es mir lohnend erschien, das noch Fehlende zu ermitteln.

Als ich ein halbes Jahr später Heiner Hesse, den Sohn des Dichters, kennenlernte, dem 1966, nach Ninon Hesses Tod die Verwaltung des Nachlasses anvertraut war, kamen die Dinge ins Rollen. Hatte sich Ninon vor allem dem sensationellen Fund der aufmüpfigen Jugendbriefe des Dichters gewidmet (publiziert in den beiden umfangreichen Bänden *Kindheit und Jugend vor 1900*), interessierte sich sein Sohn Heiner besonders für den kulturkritischen Einsatz des Vaters, also für dessen etwa 3000 seit dem Jahr 1900 veröffentlichten Empfehlungen lesenswerter Bücher.

Die hatte er seit Ninons Tod recherchiert und brachte mir 1970 diese Ausschnitte aus annähernd 60 verschiedenen Journalen in einem zentnerschweren Koffer nach Frankfurt. Das war eine fesselnde und ungemein instruktive Lektüre, die meine bisherige Vorstellung von diesem Schriftsteller auf verblüffende Weise erweiterte. Umgehend habe ich Siegfried Unseld darüber berichtet und dem Verleger vorgeschlagen, diese überraschende und ungeahnte Ausweitung des Blickfeldes in einer fünf umfangreiche Bände umfassenden Ausgabe zu erschließen. Doch dazu kam es erst viele Jahre später, als durch unsere Bemühungen um eine optimale Präsenz von Hesses Schriften erstmals in Taschenbüchern, auch dafür ein Interesse geweckt war. Immerhin überzeugte ihn mein Enthusiasmus für die weitblickenden und zukunftsorientierten Sichtweisen des Dichters, dass er vorschlug, aus dem bisher zugänglichen Material zunächst eine Sammlung *Politischer Betrachtungen* zusammenzustellen. Das 165 Seiten umfassende Bändchen erschien 1970 mit einem Nachwort des Verlegers neben solchen von Brecht, Thomas Mann und Hermann Broch in der Bibliothek Suhrkamp und wurde noch im selben Jahr in die 12bändige Taschenbuch-Werkausgabe einbezogen, die es unter Verwendung der zu Hesses 80. Geburtstag publizierten *Gesammelten Schriften* zu konzipieren galt. Im Gegenzug gewährte er mir für die Werkausgabe zwei Bände Neusatz mit *Schriften zur Literatur* und akzeptierte meinen Vorschlag, aus der Fülle von Hesses unbekannten Lektüreempfehlungen den Auswahlband *Eine Literaturgeschichte in Rezensionen und Aufsätzen* zu generieren.

Meine damals noch experimentierende Beschäftigung mit diesem Autor lief bis etwa 1976 parallel zu anderen Aufgaben im Verlag und hatte in der Freizeit zu geschehen. Doch wider Erwarten bewirkte die neue, rasch nachgedruckte Werkausgabe nun auch im deutschen Sprachraum ein so kontinuierlich wachsendes Interesse an Hermann Hesse, dass auch für 1977, dem Jahr seines 100.Geburtstages ein erhebliches Echo zu erwarten war. Deshalb wurde ich zur Vorbereitung der für das Jubiläum vorgesehenen Publikationen, obenan die 1500 Seiten umfassende Edition *Politik des Gewissens* erstmals weitgehend von anderen Aufgaben freigestellt und konnte nachmittags mit den inzwischen deutlich angeschwollenen Beständen aus dem Nachlass des Dichters arbeiten. Weil sie aus Platz- und Sicherheitsgründen im Verlag nicht mehr unterzubringen waren, ist im Lauf der folgenden Jahre durch einen Anbau in unserem Offenbacher Haus das vom Verleger tolerierte, finanziell jedoch nicht geförderte Editionsarchiv entstanden, wo ich Werkausgaben auch anderer und künftiger Verlagsautoren wie Ernst Penzoldt, Hans Carossa, Robert Walser und Ernst Weiß erarbeiten konnte.

Gemeinsam mit Hesses hoch motiviertem und hilfreichen Sohn Heiner, meiner unersetzlichen, 2012 verstorbenen Frau, der Übersetzerin, Lektorin und Autorin Ursula Michels-Wenz, haben wir zuerst Hermann Hesses ins Deutsche Literaturarchiv Marbach und ins Schweizerische Literaturarchiv Bern gelangten Nachlass gesichtet und weitere Archive konsultiert, soweit sie Manuskripte und Korrespondenzen des Dichters bewahrten, das Unbekannte kopiert, alles Handschriftliche transkribiert und nach den unterschiedlichen Gattungen thematisch und chronologisch geordnet mit dem freilich noch in weiter Ferne liegenden Ziel einer möglichst vollständigen Gesamtausgabe. Wichtiger und einträglicher für den Verlag als dieses erst in den Jahren 2001 bis 2007 realisierbare Großprojekt waren die mehr als hundert Themen- und Materialienbände, als Grundlage zu einer übersichtlichen Erschließung von Hesses facettenreichem Werk, dazu die wichtigste Sekundärliteratur.

Anfangs unübersehbar war auch die weitläufige und inhaltlich ähnlich ergiebige Korrespondenz des Dichters: zehntausende Antworten auf Zuschriften und Fragen von Lesern, die sich selbst, ihre zeitgeschichtlichen und sonstigen Sinnkrisen in seinen Büchern wieder erkannten und Beistand von ihm erhofft hatten. Längst nicht alle diese von seinen Werken ausgelösten Schreiben hat er aufbewahrt und nur die besonders charakteristischen der Landesbibliothek in Bern, dem Schiller-Nationalmuseum in Marbach und befreundeten Mäzenen zugeführt. Neuesten Berechnungen zufolge sind es annähernd 44 Tsd. an ihn gerichtete Schreiben, die er behalten und mit Sicherheit auch beantwortet hat, doch leider nicht seine Erwiderungen. Zwar waren von Hesses Briefen jene etwa 400 Antworten vorhanden, die seine dritte Frau Ninon sich seit ihrem Zusammenleben 1930 gelegentlich abschrieb, zumal sie ihm die Post, seines Augenleidens wegen, oft auch vorlas. Aber gemessen an der Gesamtmenge machen diese Abschriften nur etwa den hundertsten Teil dessen aus, was er beantwortet hat.

Nach dem Fehlenden galt es nun zu fahnden, wobei sich wieder sein Sohn Heiner als besonders hilfreich erwies, der ja viele Freunde des Vaters, auch aus der Frühzeit noch kannte. Dabei bestätigte es sich, dass seines Vaters Briefe nicht weniger gehaltvoll und ergiebig sind wie dessen Werke, weil sie die Erfahrungen und Konflikte, die ihm zu schaffen machten, noch im gegenwartsbezogenen Aggregatzustand wiedergeben, bevor sie in seinen Werken fiktional thematisiert, ausgetragen und bewältigt wurden.

Natürlich mussten wir damit rechnen, dass viele dieser Schreiben in den beiden Weltkriegen oder durch andere Missgeschicke vernichtet und abhanden gekommen waren. Gleichwohl sind in den fünf Jahrzehnten unserer Recherchen bis auf den heutigen Tag immerhin etwa 24 Tsd. Antworten Hesses zum Vorschein gekommen und im kontinuierlich erweiterten Editionsarchiv erfasst worden. Die 2012 begonnene und auf 10 umfangreiche Bände konzipierte Ausgabe der Briefe speist sich daraus. Es werden wohl auch in Zukunft aus Nachlässen, bei Händlern, in Auktionen oder im Internet noch viele bisher unbekannte Schreiben auftauchen, die es wenigstens in Kopien oder Abschriften für das Archiv zu erfassen gilt. Bereits die bis heute ermittelten Korrespondenzen erlauben eine so dichte, manchmal auf den Tag genaue Rekonstruktion seines Lebens, der Begebenheiten, Begegnungen, der Lichtblicke wie auch die Widerstände und Herausforderungen, die ihm zu schaffen machten, dass mit biographischen Überraschungen wohl kaum noch zu rechnen ist. Stattdessen werden sie weiterhin eine unerschöpfliche Quelle sein für Einschätzungen von Künstlerkollegen, Stellungnahmen zu existenziellen Fragen, dazu über die Menschen, Orte und Einflüsse, die in den mehr als acht Jahrzehnten seines Lebens eine Rolle gespielt haben. Viele der in den Themenbänden überlieferten Erkenntnisse über Politik, Religion, Pädagogik, Psychoanalyse, Musik, Natur, Humor, die Liebe, das Glück, das Lesen, die Licht- und Schattenseiten des Alters oder über die Gegenden, die er bewohnt und die Reisen, die Hesse unternommen hat, stammen oft auch aus seinen Briefen, dazu die Auskünfte über die Entstehungs- und Wirkungsgeschichte seiner Romane, Erzählungen, Märchen und Gedichte.

All das wie auch die Lebensdaten seiner Freunde und Korrespondenzpartner galt es nach und nach zu ermitteln, zusammenzuführen, alphabetisch und chronologisch nach Themenbereichen zu ordnen und auszuwerten, nicht als Selbstzweck, sondern aus purer Arbeitsökonomie. Denn nur so waren und sind die fast täglich eintreffenden Anfragen von Forschern aus aller Welt zu beantworten, die sich mit Teilaspekten von Hesses Werken befassen, was mit möglichst geringem Zeitaufwand nur bei übersichtlicher Strukturierung des Archivs zu bewerkstelligen ist.

Neben den Einzelantworten auf Fragen seiner Leser waren natürlich auch ganze Korrespondenzen mit Kollegen wie Thomas Mann, Stefan Zweig, Romain Rolland, Rudolf Jakob Humm, Emmy und Hugo Ball, Peter Weiss, Malern wie Alfred Kubin, Hans Purrmann und Gunter Böhmer, Freunden wie seinem Analytiker Josef Bernhard Lang, seinen Frauen und Söhnen von Interesse. Einiges davon konnte mittlerweile in kompletten Sonderpublikationen vorgelegt werden, manches steht noch bevor.

Abgeschlossen dagegen ist seit 2007 endlich auch das Großprojekt der *Sämtlichen Werke*, welches auf 14 Tsd. Seiten in 20 Bänden und einem umfangreichen Registerband das komplette schriftstellerische Œuvre Hermann Hesses überliefert und erschließt. Etwa die Hälfte dieser Texte sind Neuland. Denn der Dichter selbst hatte in der 1957 anlässlich seines 80. Geburtstags veröffentlichten siebenbändigen Ausgabe seiner *Gesammelten Schrifte* nur etwa halb soviel in Buchform erfasst.

Hinzu kam noch ein anderer, allzu lange kaum beachteter Bereich von Hesses Schaffen. Dieser betrifft sein bildnerisches Werk, das erst 1917 im Verlauf der durch den Weltkrieg verursachten schweren Lebenskrise auf Anraten von Hesses Psychoanalytiker Dr. J.B. Lang eingesetzt hat. Nach anfangs eher unbeholfenen Versuchen, dem Arzt seine Träume auch illustrativ zu veranschaulichen, glückte es Hesse ab 1919, seit seiner Übersiedlung hierher in die farbenfrohen Regionen der Südschweiz, mit dem Zeichnen und Aquarellieren eine beglückende zusätzliche Ausdrucksform zu gewinnen und in Bildern zu perfektionieren, denen er selber keinen artistischen Wert beimaß. Denn auch hier wie bei all jenen Schriften, die er nicht für würdig erachtete in Buchform überliefert zu werden, ist seine selbstkritische Bescheidenheit rekordverdächtig. So fanden sich nach seinem Tod Mappen mit etwa 3000 Aquarellen und Federzeichnungen, die posthum zu gleichen Teilen an seine drei Söhne vererbt wurden. Viele dieser vordem unbekannten Arbeiten, inspiriert durch die expressive Darstellungsweise seiner Freunde der Maler der „Brücke" und des „Blauen Reiter", sind so geglückt, dass sie sich inzwischen ähnlicher Beliebtheit erfreuen und auf Kalendern, Postern und Kunstpostkarten, ja selbst japanischen Telefonkarten große Verbreitung finden.

Auch diese Talentproben galt es zu sichten, von den gelungensten Blättern möglichst originalgetreue Reproduktionsvorlagen zu erstellen, deren mehr als tausend Farbnegative inzwischen zu einem der meistfrequentierten Bestandteile des Editionsarchives geworden sind. Mit Leihgaben der Originalaquarelle konnte unser Archiv seit 1973 zahlreiche in- und ausländische Ausstellungen bestreiten, die stets viele tausend Besucher anziehen. Auch das 1990 von mir in Zusammenarbeit mit Heiner Hesse und dem Designer Heiko Rogge für Hesses Geburtsstadt Calw konzipierte bisher reichhaltigste der drei dem Dichter gewidmeten Museen konnte größtenteils mit Exponaten aus den Beständen des Editionsarchivs bestückt werden.

Seit Jahrzehnten werden diese Ressourcen von Forschern besucht und benutzt. Benannt ist das Editionsarchiv nach seiner Hauptfunktion: das Werk Hermann Hesses publizistisch immer differenzierter zu erschließen, um somit den Rang sichtbar zu machen, der diesem Autor zukommt und um uns, seinen Lesern, einen Zuwachs an Lebensqualität zu verschaffen.

So war summa summarum der Einsatz für diesen allzu lange vom Literaturbetrieb der deutschsprachigen Länder unterschätzten Autor der dominante Bereich meiner Aktivitäten, übrigens auch für andere vordem vernachlässigte Schriftsteller. Mit ähnlicher Motivation bemühte ich mich, das Werk und konstruktive Weltbild des kosmopolitischen Stefan Zweig wieder Geltung zu verschaffen, und den anfangs widerstrebenden S. Fischer Verlag zu einer Werkausgabe mit vielen der jahrzehntelang vergriffenen

Publikationen Zweigs und seiner zeitgeschichtlich ebenso ergiebigen, wie künftig hilfreichen noch unveröffentlichten Schriften zu veranlassen. Auf ähnliche Weise versuchte ich dem Werk von Robert Walser nach schwierigen Verhandlungen mit dem Schweizer Kleinverleger Helmut Kossodo und der Züricher Carl-Seelig-Stiftung im Suhrkamp Verlag überregionale Wirkung zu verschaffen, wo neben der von Jochen Greven komplettierten ersten Taschenbuch-Gesamtausgabe dann auch Walsers nachgelassene Mikrogramme in einer 6bändigen Ausgabe erschlossen wurden. Hinzu kamen die von mir betreuten Werkausgaben des auch von Thomas Mann hochgeschätzten Autors und Malers Ernst Penzoldt, des bedeutenden emigrierten Schriftstellerarztes Ernst Weiß, der sich 1940 beim Einmarsch der deutschen Truppen in Paris das Leben genommen hat, dazu eine vielbändige Ausgabe des Œuvres von Martin Beheim-Schwarzbach und eine noch bevorstehende Edition der Werke von Manfred Hausmann.

Danken wir nun dem neuen Leiter des hiesigen Museums und seinen nicht weniger motivierten Mitarbeitern für die Mühe, die sie sich gemacht haben, um auch bei räumlich beengten Gegebenheiten das hier Mögliche zu vermitteln.

„Damit das Mögliche entsteht muss immer wieder das Unmögliche versucht werden." Diesen Wink Hermann Hesses sollten künftig auch wir beherzigen.

Rede anlässlich der Eröffnung der Ausstellung „Dove c'è Hermann Hesse, c'è Volker Michels – Wo Hermann Hesse, da Volker Michels" am 30.3.2024 im Museo Hermann Hesse in Montagnola.

Abdulaziz Qosimov

Bild der menschlichen Psyche in den Werken und rezeptive Besonderheiten von Hermann Hesse Die Hesse-Rezeption in Usbekistan

Als der antike griechische Philosoph und Enzyklopädist Diogenes (412 v.Chr. –323 v.Chr.) die Idee vertrat, dass „Ich ein Weltbürger bin[1]", meinte er natürlich Weltdenker, die in allen Ländern Aufmerksamkeit und Anerkennung erlangten.

Die Zugehörigkeit von Hermann Hesse zu den Weltdenkern hängt mit der Qualität seiner Werke, den Aspekten der menschlichen Psyche, die er beleuchtet und, kurz gesagt, mit seinen inneren Erfahrungen und seiner Hymne auf den Menschen zusammen.

Rund zehn Jahre nachdem Hesse den Nobelpreis erhalten hatte, im Jahr 1957, stellt Karl-Heinz Deschner in seinem Buch *Kitsch, Konvention und Kunst* fest: „Daß Hesse so vernichtend viele völlig niveaulose Verse veröffentlicht hat, ist eine bedauerliche Disziplinlosigkeit, eine literarische Barbarei." [2]

In den folgenden Jahren reagierten Literaturkritiker auf Hesses Werk auf der Grundlage der genannten Bewertung, und seine Werke wurden als Kitsch bezeichnet. Die Rezeption von Hermann Hesse war in keinem stabilen Zustand. In den 1960er Jahren führte aber das zunehmende Interesse an Hesses Schaffen in den Vereinigten Staaten zum Hesse-Boom, und sein *Steppenwolf* wurde ein internationaler Bestseller. Schon zu dieser Zeit nannte sich in Amerika eine Rockband „Steppenwolf".

Hermann Hesse, ein deutscher Schriftsteller, Dichter und Künstler, wurde am 2. Juli 1877 in Calw in der Familie von Johannes Hesse, einem Mitarbeiter der Basler Mission, geboren. Hesses Eltern hatten zuvor als Missionare in Indien gewirkt. Ab 1873 arbeitete der Vater als Angestellter des Verlagsvereins in Calw, später als Vorstandsmitglied und Leiter des Verlags.

Zur Rezeption und Auseinandersetzung mit Hermann Hesse in Usbekistan wurden viele wissenschaftliche Artikel verfasst. Insbesondere Professor Shavkat Karimov hat diesbezüglich umfangreiche Untersuchungen durchgeführt. Der Schwerpunkt der usbekischen Forschung lag auf den li-

---

[1] Manfred Pawlak, *Zitate von A – bis Z*, Albatros GmbH, 1989, S. 512.

[2] Deschner, Karlheinz: *Kitsch, Konvention und Kunst. Eine literarische Streitschrift.* München: List 1957, S. 168.

terarischen Beziehungen zwischen West und Ost, der Lektüre und dem Studium von Werken, die aus der deutschen Sprache übersetzt und von usbekischen Leserinnen und Lesern gelesen wurden. Die Meinungen usbekischer Literaturwissenschaftler sind so, dass man, zunächst den Kern der Idee, die der Autor vertreten möchte, und den Schreibstil seiner literarischen Werke verstehen muss.

Am Ende des Zweiten Weltkriegs eroberte Hermann Hesse, der für „seine inspirierende Verfasserschaft, die in ihrer Entwicklung neben Kühnheit und Tiefe zugleich klassische Humanitätsideale und hohe Stilwerte vertritt“[3], 1946 den Nobelpreis erhielt, einen Platz in den Herzen nicht nur deutschsprachiger Menschen, sondern auch von Liebhabern der Weltliteratur. Hesse, ein anthropologischer Schriftsteller, beschreibt religiöse Toleranz, menschliche Eigenschaften, die Welt der Fantasie, das Bild der Natur, die Schönheit von Daten, philosophische Ansichten, innere Spannungen, Freuden und Sorgen auf eine Weise, dass er die Hand des Lesers halten und dieser ihm folgen kann und seine Werke das menschliche Herz berühren können. Als Beweis meiner Meinung gilt der 1927 anlässlich des 50. Geburtstags des Schriftstellers veröffentlichte Roman *Der Steppenwolf*, der als psychologisches Werk gilt und in dem es um Selbstanalyse und Bemühungen zur Überwindung ungelöster spiritueller Konflikte geht. Laut Thomas Mann habe ihn dieses Werk „seit langem zum erstenmal wieder gelehrt, was Lesen heißt“[4].

Die Werke des Autors wie *Unterm Rad*, *Narziß und Goldmund* und *Demian*, die die Konflikte ihrer Ära zum Ausdruck bringen, warnen ihre Leser vor dem moralischen und spirituellen Verfall der Gesellschaft. Obwohl er den größten Teil seines Lebens im Ausland verbrachte, waren dem Schriftsteller die Ereignisse in seinem Heimatland nicht gleichgültig und er liebte es mit großem Herzen.

> Zwischen Bremen und Neapel, zwischen Wien und Singapore habe ich manche hübsche Stadt gesehen, [...] Die schönste Stadt von allen aber, die ich kenne, ist Calw an der Nagold, ein kleines, altes, schwäbisches Schwarzwaldstädtchen.[5]

---

[3] Janina Gesche: *Stockholmer literarische Entscheidungen. Zu den Ausleseprozessen bei der Vergabe des Nobelpreises für Literatur am Beispiel deutschsprachiger Kandidaten – von Theodor Mommsen bis Hermann Hesse*. Berlin [et al.]: Peter Lang 2021, S. 249.

[4] *Hermann Hesse – Thomas Mann, Briefwechsel*. 3., erweiterte Ausgabe, hrsg. von Anni Carlsson und Volker Michels. Frankfurt/Main: Suhrkamp Verlag und S. Fischer Verlag 1999, S. 54.

[5] *Heimat*. In: Hermann Hesse: *Sämtliche Werke*. Hrsg. v. Volker Michels. Frankfurt/M.: Suhrkamp 2001-2007. Band 12, S. 76 – Im Weiteren zitiert als SW mit Bandangabe und Seitenzahl.

> Wenn ich als Dichter vom Wald oder vom Fluß, vom Wiesental, vom Kastanienschatten oder Tannenduft spreche, so ist es der Wald um Calw, ist es die Calwer Nagold, sind es die Tannenwälder und die Kastanien von Calw, die gemeint sind, und auch Marktplatz, Brücke und Kapelle, Bischofstraße und Ledergasse, Brühl und Hirsauer Wiesenweg sind überall in meinen Büchern.[6]

Diese Hingabe und Liebe ist in allen seinen Werken zu spüren. Darüber hinaus wollte der Schriftsteller aus Respekt vor seiner Muttersprache, dass diese in seinen Werken eine herausragende Rolle spielt, und sagte:

> Es ist ein Fluch, in einem Volk als Dichter zu leben, das seine eigene Sprache nicht kennt, nicht liebt, nicht pflegt, nicht schützt.[7]

Trotz seines komplexen Stils ist Hermann Hesse einer der meistgelesenen Schriftsteller Deutschlands. Hermann Hesse, ein bedeutender Vertreter der Erzählkunst des 20. Jahrhunderts, dessen Werke in mehr als 100 Millionen Exemplaren in 55 Sprachen veröffentlicht wurden, ist auch in Usbekistan beliebt. „Der erfahrene Übersetzer Mirzaali Akbarov hat *Der Steppenwolf* – sowie eine vom Verlagshaus ‚Usbekistan' im Jahr 2012 veröffentlichte Sammlung von Erzählungen und Kurzgeschichten *Die Nürnberger Reise*, nicht wegen der Popularität von Hermann Hesse übersetzt, sondern „nicht vom Weg der Pflicht gehend, sonst auf dem Weg der Liebe laufend" usbekisiert und selbst sehr „genossen"[8]. Hesse sagte in seinem Essay *Eine Bibliothek der Weltliteratur*: „Sich zum Lesen irgendeines Meisterwerkes zu zwingen, nur weil es so berühmt ist und weil man sich schämt, es noch nicht zu kennen, wäre sehr verkehrt."[9]

Inhaltlich wirkt der Reisebericht *Die Nürnberger Reise* als ein erster Versuch, über die persönlichen Probleme des Autors, über die Konflikte zwischen Seele und Körper, über Konflikte zwischen Individuum und Gesellschaft, nicht durch die üblichen künstlerischen Texte, sondern in Form einer autobiografischen Geschichte zu berichten. *Die Nürnberger Reise* und die Kurzgeschichte *Kurgast* sind Werke, die vom Privatleben des Schriftstellers erzählen. In beiden Texten steckt etwas „Neues und Einzigartiges", wie der Autor selbst sagte. Die mit aufrichtigem Geist geschrie-

---

[6] Ebd., S. 240.

[7] Brief an Erich Adriani, Anfang März 1930. In: *„Ich bin ein Mensch des Werdens und der Wandlungen" Hermann Hesse. Die Briefe, Band 4, 1924–1932*. Hrsg. v. Volker Michels. Berlin: Suhrkamp 2016, S. 383f.

[8] Usbekische Übersetzung: Hermann Hesse *Die Nürnberger Reise.* Ҳесse, Ҳерманн. Нюрнбергга саёҳат: сафарнома: қисса ва ҳикоялар/ Ҳ.Ҳесse; таржимон М. Акбаров; муҳаррири Ф. Норматов. (сўзбоши: Шавкат Каримов "Ҳерманн Ҳесse Ўзбекистонда"). – Тошкент: O'zbekiston, 2012. – 192 б. 3-6 бетлар

[9] SW14, S. 397f.

benen Werke werden mit ihrer Fülle an scharfen Phrasen, subtiler Ironie und besonderem Witz die Aufmerksamkeit jedes Lesers auf sich ziehen.

Der Übersetzer Mirzaali Akbarov konzentriert sich besonders auf die einzigartigen Aspekte des Romans *Der Steppenwolf*. Tatsächlich gilt dieser Roman als ein Meisterwerk in Hesses Schaffen. Der Schriftsteller arbeitete von 1924 bis 1927 an diesem Werk und es wurde erstmals im Sommer 1927 im Fischer-Verlag veröffentlicht – als der Autor 50 Jahre alt wurde. Die Entstehung des Romans steht im Zusammenhang mit seiner spirituellen Krise in den zwanziger Jahren des letzten Jahrhunderts. Das Scheitern der Ehe mit Ruth Wenger, die erzwungene Einstellung seiner schöpferischen Tätigkeit, die schwierige Situation im Zusammenhang mit der Währungsabwertung und anderen wirtschaftlichen Schwierigkeiten dieser Zeit sowie die politische Lage in Deutschland – all das führt den Autor in einen deprimierten Zustand, eine Sackgasse. Er beginnt sich einsam, müde und erschöpft zu fühlen, wie ein „Steppenwolf".

Es ist jedoch erwähnenswert, dass die Erkenntnisse, die *Der Steppenwolf* hinterlässt, nicht nur „pathologische Korrespondenz" eines isolierten neurotischen Patienten sind, sondern dass es sich um ein Dokument einer bestimmten Zeit handelt, einer „Krankheit der Epoche", also „eine von der Haller-Generation befallene Neurose" (Dr. Abdulaziz Qosimov). Hesse analysiert die Symptome dieser Krankheit gründlich und entlarvt sie gnadenlos. Im Nachwort zur Schweizer Ausgabe des *Steppenwolf* schrieb Hesse 1942:

> Ich kann und mag natürlich den Lesern nicht vorschreiben, wie sie meine Erzählung zu verstehen haben. Möge jeder aus ihr machen, was ihm entspricht und dienlich ist! Aber es wäre mir doch lieb, wenn viele von ihnen merken würden, daß die Geschichte des Steppenwolfes zwar eine Krankheit und Krisis darstellt, aber nicht eine, die zum Tode führt, nicht einen Untergang, sondern das Gegenteil: eine Heilung (SW4, S. 208).

In *Der Steppenwolf* werden westliche und östliche Ideen, westliche und östliche Philosophie sowie die fröhliche und zurückhaltende Haltung eines Menschen gegenüber seinem komplexen „Ich", Selbsterkenntnis und -verständnis sowie das Konzept der Selbstfindung anschaulich beschrieben. Dies ist auch ein Beweis für Hesses Hingabe und Respekt für den Osten, die östliche Philosophie und deren Traditionen. *Der Steppenwolf* ist ein psychologisches Werk voller Tiefgang und tiefer philosophischer Beobachtungen. Die Sprache kann als entsprechend kompliziert bezeichnet werden, was den Leser jedoch nicht daran hindert, das Werk leicht und flüssig zu lesen.

> Ich lernte das deutsche Schrifttum eines Jahrhunderts in einer Vollständigkeit kennen, wie es kaum ein gelehrter Fachmann kannte, und aus den zum Teil zopfigen und kauzigen Büchern wehte mir doch der Atem einer Sprache entgegen, meiner lieben Muttersprache, die gerade während jenes Jahrhunderts ihre klassische Blüte vorbereitete. Ich habe in jener Bibliothek [meines Großvaters], in jenen Almanachen, in jenen staubigen Romanen und Heldengedichten Deutsch gelernt,

schreibt Hesse in seiner Abhandlung *Eine Bibliothek der Weltliteratur* (SW14, S. 420)

Timothy Leary (1920–1996), ein ehemaliger Harvard-Professor und Forscher über den Einfluss von Hesses Literatur auf die menschliche Psyche, sagte: „Der letzte Teil des *Steppenwolfs* ist ein unschätzbares Lehrbuch.“[10]

Während wir die Meinungen von Professor Shavkat Karimov und dem Übersetzer Mirzaali Akbarov über Hermann Hesse vergleichen, der von westlichen Kritikern als „der letzte Romantiker“[11] bezeichnet wurde, äußert der usbekische Schriftsteller Nazar Eshankul bei seiner Analyse von Hermann Hesse Ansichten über dessen Persönlichkeit und eine Reihe seiner Werke. Der Autor hält es zunächst für zulässig, folgende allgemeine Aspekte von Hermann Hesse zu erwähnen[12]:

- Einer der Begründer der intellektuellen Prosa;
- Meister der psychologischen Symbolik;
- Mann des Buches – weil er aus Büchern die Wahrheit über die Welt und das Leben erfährt;
- Ein im Westen geborener orientalischer Schriftsteller – aufgrund der orientalischen Herangehensweise an seinen kreativen Stil;
- Der Roman *Der Steppenwolf* – der Prozess des Untergangs der Kunst, die Erfahrungen, Ansichten und Konzepte des Werkhelden Harry Haller – stammen von Hermann Hesse;
- *Der Steppenwolf* – als Kind der Natur;
- Der Roman *Das Glasperlenspiel* ist der Höhepunkt von Hesses Schaffen;
- Hermann Hesse ist der meistgelesene Schriftsteller.

---

[10] *Materialien zu Hermann Hesses „Der Steppenwolf“*. Hrsg. von Volker Michels. Frankfurt/M.: Suhrkamp 1972. S. 352.

[11] https://lyrikpoemversgedicht.wordpress.com/2014/02/04/dem-letzten-romantiker-hermann-hesse/

[12] Назар Эшонкул Германн Гессе. www.ziyouz.uz сайти 2017 йил 29 март / Nazar Eshankul Hermann Hesse. www.ziyouz.uz Website 29. März 2017

Hermann Hesses Œuvre umfasst so bedeutende Werke wie *Peter Camenzind*, *Unterm Rad*, *Gertrud*, *Demian*, *Siddhartha*, *Der Steppenwolf*, *Narziß und Goldmund*, *Die Morgenlandfahrt* und *Das Glasperlenspiel.* Daher präsentierte der Schriftsteller Nazar Eshonkul 2022 seine Beobachtungen, Literaturstudien, Beziehungen und Ansätze der Weltliteratur und Kunst durch eine Sammlung von Artikeln und Essays unter dem Namen „Bücherfan" der Öffentlichkeit. Die Analysen zu den Romanen *Der Steppenwolf*[13] und *Das Glasperlenspiel*[14] dienen unmittelbar der Reduzierung der ästhetischen Distanz aus der Sicht einer rezeptiven Ästhetik für den Leser. Darüber hinaus bestätigt es den erwarteten Horizont eines bestimmten Lesers oder stellt aus einer ganz anderen Perspektive fest, ob der Leser implizit oder explizit ist.

Hesses Werke sind eine künstlerische Darstellung der menschlichen Psyche. Nazar Eshankul, der in Hesses Werk sah, dass „die Schönheit, Schwingungen und Emotionen der Seele, die den Geist erobert haben, übertrieben und akzentuiert sind"[15], beschreibt seine Analyse zunächst wie folgt:

Die meisten Werke Hesses basieren auf den Erfahrungen, Leiden der Helden, die innerlich mit kaltem Geist und kaltem Fortschritt kämpfen; Die Charaktere in seinen Werken sind die Talismane ewiger Schönheit: Sie sind die Talismane der Musik, der Poesie, der Schönheit der Natur und des Universums;

In Hesses Helden ist der Wunsch nach einem romantischen Ideal, der Harmonie von Licht und Universum, der Integrität von Körper und Universum, wie bei den östlichen Dichtern, deutlich zu spüren.

Hesse, der als „Meister der geistigen Werke" galt, leistete mit seinen Werken, die den Kampf zwischen Gefühl und Vernunft, Licht und Schatten, Licht und Dunkelheit, Schönheit und Hässlichkeit, Güte usw. schilderten, einen großen Beitrag zur Entwicklung der Weltliteratur.

„Wenn ein Mensch sich selbst nicht versteht, wird er zum Sklaven und Werkzeug verschiedener Ideen, Lehren, Theorien und politischer Ideologien."[16] Ein Mensch, dessen Herz und Verstand nicht ihm gehören, kann leicht kontrolliert werden. Herz, Verstand, Kunst und Literatur dienen als Grundlage für die Bildung des menschlichen Denkens. Wenn das Gleich-

---

[13] Назар Эшонқул Китоб бандаси [Матн]: мақолалар, эсселар / Назар Эшонқул. – Тошкент: „Akademnashr", 2022. – 416 б., 62-66-бетлар

[14] Назар Эшонқул Китоб бандаси [Матн]: мақолалар, эсселар / Назар Эшонқул. – Тошкент: „Akademnashr", 2022. – 416 б., 62-66-бетлар

[15] Назар Эшонқул Китоб бандаси [Матн]: мақолалар, эсселар / Назар Эшонқул. – Тошкент: „Akademnashr", 2022. – 416 б., 62-бет

[16] Назар Эшонқул Китоб бандаси [Матн]: мақолалар, эсселар / Назар Эшонқул. – Тошкент: „Akademnashr", 2022. – 416 б., 64-бет

gewicht von Herz und Verstand gestört ist, werden die Prinzipien der Menschheit versagen. Im Roman *Der Steppenwolf*[17] geht es um:

- den Prozess der Kunstbildung;
- Hesses Ziel, Schönheit und Kunst zu bewahren und daraus ein Mittel zur Rettung des Menschen zu machen;
- Dass die Helden des Werkes entschlossen sind, gegen eine Entwicklung ohne Spiritualität zu kämpfen, um Schönheit und Kunst zu retten;
- Widerstand der Helden des Werkes gegen falsche Kunst, falsche Kultur, falschen Humanismus;
- Im Umfeld des Kampfes sind die Helden des Werkes einsam, isoliert, getrennt, von der Gesellschaft und der Masse entfremdet, werden zu „einsamen Wölfen" in der Gesellschaft und kämpfen erbittert gegen den „Wolfsmenschen" in ihnen.
- Es spiegelt sich wider, dass diese Helden in einem wechselseitigen Konflikt mit der Umwelt und sich selbst stehen und dass sie sich auf ihre Gefühle und Instinkte verlassen, um Harmonie mit der Welt aufrechtzuerhalten, und mit „Steppenwölfen" verglichen werden, die alleine gehen.

Da Hermann Hesse durch die Bilder seiner Werke die Welt anders sehen wollte, zeichnet er sich durch seinen Stil, die Handlung und die Komposition seiner Werke aus. Im 20. Jahrhundert steht die rasante Entwicklung der Technologie im Widerspruch zur Natürlichkeit und Schönheit, da sie an manchen Stellen im Widerspruch zum menschlichen Wesen und zur Natur steht.

Insbesondere am Ende des Romans *Der Steppenwolf* erleben wir die Situation, in der Kunst und Literatur dazu beitragen, die verblassten Wünsche eines depressiven Menschen zum Leben zu erwecken. Hesse beruft sich dabei auf Goethe und Mozart, die Genies der ewigen Schönheit und Kunst, um den Helden des Werkes zu ermutigen und ihm Lebenskraft zu verleihen.[18]

Viele Forscher halten Harry Haller, den Helden des Romans *Der Steppenwolf*, für den Prototyp von Hermann Hesse. Tatsächlich beschreibt Hesse seine Haltung gegenüber öffentlichem Egoismus und Fake, seine Ansichten über das Leben in der Sprache des Romanhelden. Deshalb ziehen im Roman *Der Steppenwolf* Hesses geistige und spirituelle Welt, Sze-

---

[17] Назар Эшонкул Китоб бандаси [Матн]: мақолалар, эсселар / Назар Эшонқул. – Тошкент: „Akademnashr", 2022. – 416 б., 64-бет

[18] Назар Эшонкул Китоб бандаси [Матн]: мақолалар, эсселар / Назар Эшонқул. – Тошкент: „Akademnashr", 2022. – 416 б., 65-бет

nen seiner inneren Wandlungen, seines „Ich“ und seiner ganzen Statur, Einstellung zur Zeit, sowohl äußerer als auch innerer Rebellion gegen Krieg und Tyrannei die Aufmerksamkeit des Lesers auf sich.

Die Verleihung des Nobelpreises für Literatur an Hermann Hesse gab dem Schriftsteller neue Aufmerksamkeit und Anerkennung.

Tatsächlich erregten Handlung und Charaktere der Werke Hermann Hesses die Aufmerksamkeit der breiten Öffentlichkeit, weil sie eine bestimmte Epoche oder Figur sowie die dringendsten Probleme und Ansichten dieser darstellten. Denn Hesse bevorzugte, ebenso wie der russische Schriftsteller Anton Tschechow, „Co-Autoren-Leser“, die mit dem Autor mitdenken, Anspielungen und Metaphern verstehen und mit dem denkenden Autor in der Fantasie argumentieren. Er ermutigte auch seine Leser, dasselbe zu tun.

Der Roman *Das Glasperlenspiel*, der eher einem philosophisch-künstlerischen Essay als einem Belletristikroman ähnelt, stellt den Höhepunkt des Schaffens Hermann Hesses und ein Paradebeispiel für die Strömung des Surrealismus dar und erschien 1943 in zwei Bänden in Zürich als letztes umfassendes Werk des Schriftstellers. Der vollständige Name des Werkes lautet *Das Glasperlenspiel: Versuch einer Lebensbeschreibung des Magister Ludi Josef Knecht samt Knechtshinterlassenen Schriften*. „Hermann Hesse beschreibt auf fantasievolle und metaphorische Weise die spirituelle Landschaft der Zeit, in der er lebte, und zieht ein Fazit.“[19]

Dieses letzte große Werk von Hermann Hesse spielt in einer zukünftigen Welt, in der sein Held Magister Ludi Josef Knecht lebt. Das Suffix „Magister Ludi“ ist ein Wortspiel, denn das lateinische Wort ludus bedeutet sowohl „Schule“ (Magister Ludi ist historisch gesehen ein Schulmeister) als auch „Spiel“ (dieser Titel wurde später zu „Meister der Spiele“). In der von Hesse geschaffenen Welt etablieren sich Wissenschaftler in der „pädagogischen Provinz“ Kastilien in einer streng organisierten Ordnung – einer idealen, isolierten Welt der intellektuellen Elite, die von Universalität und Harmonie lebt. Diese Schicht sieht ihre Aufgaben im Bildungssystem und in der Verbesserung von Wissenschaft und Kunst, insbesondere in der Synthese beider Bereiche, im Perlenspiel.

Es ist ein Versuch, alle Disziplinen auf künstlerische und ästhetisch ansprechende Weise zu vereinen, eine universelle Sprache zu schaffen und alle Bereiche der Wissenschaft in einer größeren Einheit zu verbinden. Die genauen Regeln dieses Spiels werden nur angedeutet und sind so komplex, dass sie nicht einfach beschrieben werden können. Das Spiel hat bereits einen rituellen Charakter angenommen. Ziel ist es, tiefe Verbindungen

[19] Назар Эшонкул Китоб бандаси [Матн]: мақолалар, эсселар / Назар Эшонкул. – Тошкент: „Akademnashr“, 2022. – 416 б., 66-бет

zwischen scheinbar voneinander unabhängigen wissenschaftlichen Bereichen herzustellen und die theoretischen Parallelen zwischen den Künsten und den Wissenschaften aufzuzeigen. Beispielsweise ist ein Bach-Konzert mit einer mathematischen Formel verknüpft. Der Erfolg des Werkes wird sowohl durch musikalische Klasse als auch durch mathematische Raffinesse erreicht.

Das Glasperlenspiel erhielt seinen Titel von den ursprünglich verwendeten abakusähnlichen Spielsteinen. (Hesse wollte ursprünglich Karten als Spielzeug für sein Spiel nutzen; erst später entschied er sich für „Glasperlen"). Das Konzept der Glasperle/des Perlen-Spiels scheint den in der „historischen" Einleitung erwähnten Vorstellungen von Leibniz über eine universelle wissenschaftliche Formensprache (Universalsprache) zu ähneln.

Die strenge Bildungszivilisation, in der das Glasperlenspiel etabliert wird, wird als eine neue kulturelle Blüte nach der früheren „feuilletonistischen Ära" beschrieben, die mehr an oberflächlicher, gebildeter Mittelschichtsunterhaltung interessiert war. Allerdings gibt es im Roman einen kulturellen Zustand an sich, in dem nichts Neues, Aufregendes oder Abenteuerliches mehr entdeckt und geschaffen wird, sondern nur noch mit dem „gespielt" wird, was bereits vorhanden ist – im wahrsten Sinne des Wortes ein „Glasperlen/Perlen-Spiel". Die Schaffung eines solchen Kulturstaates beunruhigte viele Intellektuelle in der ersten Hälfte des 20. Jahrhunderts. Einen solchen Kulturstaat hat Thomas Mann mit seinem *Doktor Faustus* ähnlich wie *Das Glasperlenspiel* geschaffen.

Im Roman *Das Glasperlenspiel* hat Hermann Hesse offenbart: die Integrität von Religion, Wissenschaft, Philosophie, Musik, Kunst als Beispiel für ein Gedankenspiel; und im Leben das Bedürfnis die Harmonie, gemeinsame Verbindung zwischen verschiedenen Beobachtungen, Dingen, die auf unterschiedliche Weise betrachtet, angegangen und interpretiert werden, zu finden und ihre miteinander kompatiblen Formen und Wege zu entdecken[20].

Der Schriftsteller Nazar Eshankul hat ausdrücklich betont, dass Hesse im *Glasperlenspiel* in der Zeit spiritueller Krisen drei Möglichkeiten zur Bewahrung der inneren Kultur, des inneren „Ich", des Menschenbildes analysiert hat:

Der erste Weg besteht darin, sich in die eigene Welt zurückzuziehen, sich von sozialen Beziehungen zu isolieren,

Der zweite Weg besteht darin, dass Künstler die Realität meiden und den Weg der „reinen Kunst" wählen.

---

[20]Назар Эшонқул Китоб бандаси [Матн]: мақолалар, эсселар / Назар Эшонқул. – Тошкент: „Akademnashr", 2022. – 416 б., 68-бет

Der dritte Weg besteht darin, sich hinter ewigen Wahrheiten und ewigen Ermutigungen zu verstecken und ihnen nachzugeben.

Selbst wenn Hesse als Autor zögert, versucht er, die problematischen Punkte zu überwinden, indem er zum Helden des Werkes wird. Ein weiteres einzigartiges Merkmal von Hermann Hesse ist, dass er immer auf dem Weg des Lernens ist, das heißt, er faulenzt nie. Der Reichtum an Lebensbildern in seinen Werken beruht darauf, dass Hesse neben den Ereignissen des Werkes mit den reifen Wortkünstlern seiner Zeit ins Gespräch trat.

Die Werke von Hermann Hesse sind besonders wichtig, weil sie die Kraft haben, zur philosophischen Beobachtung anzuregen. Kurz gesagt, egal welche Art von Werk Hesse schreibt, er benennt nicht nur die Gefühle seiner Figuren, sondern versteht deren Erfahrungen, nimmt sie in sich auf und beschreibt sie dann mit großem Geschick.

II Besprechungen

Katharina Lange: *„Aus demselben Empfinden her". Hermann Hesses Doppelbegabung als Schriftsteller und bildender Künstler im kunstwissenschaftlichen Kontext.* Baden-Baden: Rombach Wissenschaft 2023.

Die Kunstwissenschaftlerin Katharina Lange beleuchtet in Ihrer Studie *„Aus demselben Empfinden her." Hermann Hesses Doppelbegabung als Schriftsteller und bildender Künstler im kulturwissenschaftlichen Kontext* Hesses Malerei und Dichtung im Vergleich, wobei die Malerei den Schwerpunkt bildet. Da es bislang keine umfassende Darstellung von Hesses künstlerischem Schaffen gibt, betritt die Autorin in mancherlei Hinsicht Neuland. Umfassend und gut belegt gibt sie einen Überblick über Hesses Malerei, listet Bilder und Skizzen samt ihren Quellen auf und entwickelt chronologisch Hesses künstlerischen Werdegang von ersten Skizzen in jungen Jahren bis zu den späten Bilderhandschriften. Besonders richtet die Autorin dabei ihr Augenmerk auf die wechselnden Motive und Techniken des Künstlers sowie auf das Zusammenspiel von Bild und Text.

In einem biografischen Abriss wird deutlich, wie Hesse sich bereits während seiner Buchhändlerlehre in Tübingen mit ästhetischen Fragen und kunstwissenschaftlichen Theorien befasste und durch die Begegnung mit dem Kunsthistoriker Heinrich Wölfflin in Basel seine künstlerischen Interessen weiter vertiefte. Besonders die Bilder Arnold Böcklins faszinierten ihn in ihrer außergewöhnlichen Farbigkeit. Seine Reisen nach Italien und besonders sein wiederholter Besuch der Uffizien in Florenz bestärkten wenig später seine Wertschätzung der Renaissancekunst. Aber auch den jungen Expressionisten und ihrer Begeisterung für exotische außereuropäische Impulse brachte Hesse Verständnis entgegen, wie seine Rezensionen und Würdigungen zeigen.

Hatte Hesse bereits in jungen Jahren Künstlerfreundschaften gepflegt, etwa mit dem Grafiker Max Bucherer, so entstanden nach seinem Umzug nach Gaienhofen am Bodensee Freundschaften mit den Malern und Grafikern Otto Blümel und Ludwig Renner. Auch in Hans Sturzeneggers Anwesen in Schaffhausen, einem Künstlertreffpunkt, war Hesse gern zu Gast, ebenso wie in Albert Weltis Haus in Bern und auf Schloss Bremgarten, das der Kunstmäzen Max Wassmer 1918 erwarb und in dem sich Künstler wie Cuno Amiet und Louis Moilliet trafen, die zu Hesses Freunden zählten und die ihm Zugang zum Künstlerkreis um den Blauen Reiter, vor allem zu Paul Klee und August Macke ermöglichten. Katharina Lange widmet ein eigenes Kapitel ihres Buches diesen Künstlerfreundschaften im Tessin und dem Einfluss, den diese Kontakte auf Hesse als

Maler sehr wahrscheinlich hatten. Besonders die Schweizer Malerin Anny Bodmer, mit der er Malausflüge unternahm und mit der er 1920 auch gemeinsam in Basel ausstellte, beeinflusste wohl Hesses Schaffen, wies ihm den Weg zunehmender Abstraktion und stärkte ihn durch ihre Anerkennung. Auch Gunther Böhmer, Grafiker, Illustrator und Maler, gilt ab den frühen 1930er Jahren als enger Freund Hesses. Beide Künstler wählten ähnliche Landschaftsmotive und hielten sie in Aquarellen fest, fasziniert von den Farben und dem Licht des Südens. Es ist anzunehmen, dass Hesse den jungen Böhmer im beinahe täglichen Umgang entscheidend prägte. Böhmer allerdings attestierte Hesse seinerseits „echte künstlerische Naivität“ (S. 234) und sprach ihm jegliche Professionalität ab.

Neben Karl Hofer, Ernst Kreidolf und Julia Ponten von Broich war vor allem der Schweizer Maler Louis Moilliet für Hesses künstlerische Entfaltung maßgebend. Über Moilliet kam Hesse in Kontakt mit Mackes und Klees malerischen Techniken, vor allem der kubischen Formensprache und der Anordnung komplementärer Farbfelder.

Während Hermann Hesse zunächst in Basel damit begann, Buchstaben zu kolorieren und Muster auf Briefen und Prosatexten als Schmuckelemente einzusetzen, skizzierte er ab 1916 im Rahmen seiner psychoanalytischen Behandlung bei J.B. Lang wiederholt seine Träume. Aus dieser Zeit sind Bleistift-, Buntstift- und Federzeichnungen erhalten sowie Arbeiten in Gouache oder Aquarell. Bald begann er, unterschiedliche Techniken auszuprobieren und sich mit künstlerischem Anspruch in malerischen Techniken fortzubilden, um, wie er betont, vergängliche Eindrücke und Erinnerungen festzuhalten. Dabei empfand er sich durchaus als eigenständiger bildender Künstler, dessen Bilder in Ausstellungen präsent waren und von befreundeten Malern geschätzt wurden.

Kleine Formate wie Brief- und Gedichtillustrationen durchziehen Hesses gesamtes künstlerisches Schaffen und weisen wie die großformatigeren Bilder eine stilistische Weiterentwicklung auf. Vielfältige Motive, von der Interieurskizze über Häuser, Dörfer und Landschaften, werden zunächst vor Ort in großformatigen Aquarellen oder Zeichnungen entworfen, um später vereinfacht und in kleinerem Format Gedichte und Briefe zu illustrieren. Oftmals allerdings zeigen diese Illustrationen kaum eine inhaltliche Verbindung zum jeweiligen Text, sondern wollen als eigenständige Kunstwerke wahrgenommen werden.

Ganz anders manifestiert sich die Verbindung von Dichtung und Malerei in drei Text-Bild-Kompositionen, die Katharina Lange eingehend interpretiert: *Wanderung* (1917/18), *Gedichte des Malers* (1919/20) und *Piktors Verwandlungen* (1922).

Wanderung, entstanden 1917/18 im Tessin, zeigt 14 kleine aquarellierte Federzeichnungen in zarten Farben und einfachen Formen, die jeweils die

Stimmung der sie begleitenden Gedichte und kurzen Prosatexte widerspiegeln. Darüber hinaus aber nehmen die Bilder durch die Texte eine metaphorische Bedeutung an, wie etwa in der Erzählung *Rotes Haus*. Hier wird das durch einen Zaun vom Betrachter abgegrenzte Haus zum Sinnbild für die Sehnsucht nach Heimat.

Die *Gedichte des Malers* verschränken ebenfalls Text und Bild. Die Bilder sind flächig gemalt in klaren Farben, sie bilden wie so oft in Hesses Malerei eine vom Menschen gestaltete Kulturlandschaft ab – ein Telegrafenmast ragt ins Bild – und werden von einfachen gereimten Gedichten begleitet. Die Vermenschlichung von Pflanzen und Gebäuden, die sich in Hesses Werk wiederholt zeigt, ist hier bereits sichtbar.

Hesses Bildermärchen *Piktors Verwandlungen*, das die durch Metamorphose und Entwicklung erreichte Einheit der Gegensätze thematisiert, spielt mit Jungschen Symbolen und Bildern. Eng sind hier Bild und Text zu einer Einheit verwoben. Die Bilder dynamisieren das Geschehen, die Texte vertiefen Emotionen und Gedanken. In einigen Ausgaben ist auf ein und derselben Buchseite das Bild sogar vom Text umgeben. Katharina Lange sieht hierin einen Anklang an mittelalterliche Buchmalerei, die Hesse kannte und schätzte.

In allen drei Text-Bild-Kompositionen, *Wanderung, Gedichte des Malers* und *Piktors Verwandlungen* steigert das Zusammenspiel der unterschiedlichen künstlerischen Zugänge die Aussagekraft der Werke.

Neben Illustrationen und Traumbildern nehmen Landschaftsdarstellungen einen breiten Raum in Hesses künstlerischem Schaffen ein. Bereits 1917 hält der Dichter die schroffe Berglandschaft des Engadin unter anderem in Aquarellansichten fest. Aber erst im Tessin, ab 1919, entfaltet sich seine Landschaftsmalerei mit ihrer Akzentuierung von Linie und Farbe. Hinzu kommen jene Komponenten, die den Eingriff des Menschen in die Natur signalisieren: Straßen, Häuser, Zäune, Wege, Mauern.

Überzeugend führt Lange die Bedeutung der Kontur in Hesses Schaffen auf den Einfluss japanischer Holzschnittkunst zurück. Man denke etwa an den berühmten, und zu Hesses Zeit bereits bewunderten, Holzschnittzyklus 53 Stationen des Tokaido von Utagawa Hiroshige (1797–1858). Aber auch der von Hesse geschätzte Vincent van Gogh könnte ihn dazu angeregt haben, dieses Gestaltungsmittel einzusetzen.

Die größte Werkgruppe, zu der zudem Hesses bekannteste Bilder zählen, umfasst die Tessiner Landschaftsaquarelle. Katharina Lange betont, dass der Künstler hier zunächst darauf bedacht war, die Realität möglichst genau abzubilden. Später jedoch gewannen Farbe und Form die Oberhand. Einerseits malt Hesse kubistisch anmutende Kompositionen mit klaren Formen und Linien, andererseits expressionistisch geprägte, durch Paul Klee und August Macke beeinflusste Aquarelle in intensiver Farbigkeit. Damit löst er sich nach und nach von der realistischen Abbildung der Wirklichkeit und geht, wie er selber schreibt „nicht der naturalistischen, sondern der poetischen Wahrheit“ nach (S. 143). Obwohl der Künstler in diesen Landschaftsdarstellungen nicht selten innere Befindlichkeiten zum Ausdruck bringt, betont die Autorin den mitunter detailgetreuen Realismus der Bilder und resümiert: „Dennoch überwiegt die dokumentarisch-ästhetische die emotionale und psychologisch motivierte Annäherung an das Bildmotiv“ (191).

Dieser Auffassung muss man nicht zustimmen, zumal Hesses eigene Äußerungen in eine andere Richtung weisen, wenn er schreibt: „Es wäre mir ganz unmöglich zu sagen, ob dieser bewölkte [...], vielfältige Himmel sich in meiner Seele spiegelt, oder umgekehrt, ob ich von diesem Himmel nur das Bild meines Innern ablese“ (S. 143). Ebenso lässt sich Hesses Darstellung der Natur und der Landschaft auch in seinem dichterischen Werk überwiegend als Innenraum der Personen interpretieren, ohne dass die Darstellung dadurch an konkreter Anschaulichkeit verliert.

Auch die Einschätzung der Autorin zu Hesses fast ausschließlicher Vorliebe für menschenleere Bilder überzeugt wenig. Sie argumentiert, Hesse habe sich bewusst entschieden, „sich in seinem schriftstellerischen Werk auf die Betrachtung des Menschen und in seinem bildnerischen Schaffen auf die Darstellung der Landschaft zu konzentrieren“ (S.84). Ein solcher Entschluss würde aber im Umkehrschluss bedeuten, dass im dichterischen Werk die Landschaft unbedeutend wäre, was, wie wir wissen, nicht zutrifft. Viel wahrscheinlicher ist die banalere Erklärung, dass Hesse sich mit der Darstellung von Menschen überfordert fühlte und sie deshalb vermied. So schreibt seine zweite Frau Ruth in einer rückblickenden Anmerkung zu *Piktors Verwandlungen*: „Hesse hatte wohl erkannt, dass er keine Menschen malen konnte, und verwendete in dem Piktor von Ostern 1923 das Mädchen [die Protagonistin des Märchens] sehr sparsam“ (207). Und der Dichter selber schreibt an seinen Malerfreund Cuno Amiet am 4.7.1922: „Ich liebe die schöne Natur [...] bei ganz einfachen landschaftlichen Motiven, weiter scheine ich nicht mehr zu kommen. Wie schön das andere alles ist, Lüfte und Tiere, bewegtes Leben und gar das Schönste, die Menschen, das sehe ich wohl, oft ergriffen und fast bestürzt, aber malen kann ich es nicht“.

Ein eigenes Kapitel des Buches gilt der Rolle Hesses als bildender Künstler in der Öffentlichkeit: Engagiert und geschäftstüchtig sorgte er – oft mit Hilfe von Freunden – dafür, dass sein malerisches Werk in Ausstellungen präsent war und er auch Aufträge für Bildhandschriften und gelegentlich Illustrationen bekam. Die Rezeption indes zeigt eine Diskrepanz zwischen der Anerkennung von Künstlerkollegen und der eher geringen Wertschätzung in der Öffentlichkeit sowie in der Presse. Die Akzeptanz ist zwar im Laufe der Jahrzehnte merklich gestiegen, jedoch wird Hesses Malerei nach wie vor im Vergleich mit seiner Dichtung als zweitrangig angesehen.

Katharina Langes Ansätze zur Erforschung der bildenden Kunst in Hesses schriftstellerischem Werk konzentrieren sich, neben einigen kleineren Arbeiten, auf den Malerroman *Roßhalde* und die Erzählung *Klingsors letzter Sommer*, die sich beide auf dem Hintergrund autobiografischer Erlebnisse lesen lassen und zugleich Hesses Erfahrung als Maler spiegeln. Auch *Narziß und Goldmund* sowie *Die Morgenlandfahrt* und *Das Glasperlenspiel* finden Beachtung. Nicht erwähnt werden dagegen etwa der Schweizer Maler Giovanni Segantini, den Hesse schätzte und dessen Wolkenbild im *Peter Camenzind* eine Rolle spielt, oder Dante Gabriel Rossetti, dessen Beata Beatrix als Vorbild für Emil Sinclairs Porträtbild im *Demian* gilt. Resümierend betont die Autorin in Anlehnung an die Forschung den großen Einfluss der Malerei auf Hesses bildhafte Sprache und die Übersetzung visueller in sprachliche Bilder.

Neben den Reproduktionen zahlreicher Bilder in schwarz-weiß enthält das Buch einen Anhang mit farbigen Bildern sowie ein detailliertes Ausstellungsverzeichnis und ein Verzeichnis der Ausstellungkataloge. Bei der Fülle des Materials wäre hier ein Register hilfreich gewesen.

Insgesamt besticht Katharina Langes Studie durch eine umfassende Kenntnis des bildnerischen Werkes Hermann Hesses und eine sorgfältige, detailreiche und differenzierte Darstellung. Gerade durch die Berücksichtigung der vielen weniger bekannten Bilder und Skizzen und ihrer Interpretation ergänzt sie unser Wissen um wesentliche Aspekte. Wir begreifen den Maler Hermann Hesse einerseits vor dem Hintergrund der zeitgenössischen Malerei, sehen aber andererseits auch die Wechselwirkungen zwischen Malerei und Dichtung in einem klareren Licht.

Helga Esselborn-Krumbiegel

III Mitteilungen

Isabel Götz

Mitteilungen aus der Gesellschaft 2024

Das Jahr 2024 brachte der Internationalen Hermann Hesse Gesellschaft neben gewohnten Formaten in der gewohnt ausgezeichneten Qualität eine ganz neue und zeitgemäße Ergänzung: Auf dem Hermann-Hesse-Portal gibt es jetzt ein Hermann-Hesse-Forum. Dieses erlaubt den Mitgliedern der IHHG, sich in einem geschlossenen Kreis über Hermann Hesse auszutauschen, Lektüreeindrücke zu teilen, über Reisen zu berichten, Bilder und Gedichte zu zeigen – kurzum, alles, was Leserinnen und Leser persönlich an Hermann Hesse wichtig geworden ist. Ergänzt wird dies durch eigene Veranstaltungen in Form von „Hesse-Talks", bei dem sich die Teilnehmerinnen und Teilnehmer auf einer Video-Plattform über bestimmte Themen austauschen. Den Anfang machte z.B. ein Talk über „Hesse und die Religion". Gerne können Sie sich beteiligen – es ist ausdrücklich ein Format, an dem alle mitmachen können, die sich davon angesprochen fühlen. Möglich wurde dieses Forum durch das Engagement der Sparkassen-IT, unserem verlässlichen Partner für den digitalen Auftritt, und allen, die inhaltlich daran mitarbeiten. Vielen Dank!

Neue Impulse und neue Erkenntnisse zum Thema „Liebe und Freundschaft bei Hermann Hesse" brachte der Mainzer Literaturwissenschaftler Prof. Dr. Andreas Solbach bei seinem Festvortrag im Rahmen der Mitgliedertagung im Mai 2024 ein.

Ganz neu und frisch zeigte sich auch die Matinée zur Mitgliedertagung mit einem Poker-Kartenspielset mit Steppenwolf-Motiven, das von Studierenden der Hochschule für Design München unter der Leitung von Dr. Andreas Belwe gestaltet wurde. Die Studentin Caroline Schedlbauer erläuterte den Entstehungsprozess. Er lässt erkennen, wie sich die Studierenden auf das nach wie vor aktuelle Werk von Hermann Hesse einließen und immer tiefer in die „Steppenwolf-Welt" eintauchten. Auf dem Podium diskutierte sie anschließend mit Dr. Belwe, Prof. Dr. Andrea Bartl und Prof. Dr. Andreas Solbach über Zugänge junger Menschen zu Hermann Hesse.

Unter den zahlreichen Veranstaltungen, an denen Referenten der Internationalen Hermann Hesse Gesellschaft teilnahmen, seien besonders die Silser Hesse-Tage im Engadin unter dem Titel „Kraftquelle Natur" erwähnt.

Das 19. Internationale Hermann-Hesse-Kolloquium in Gaienhofen widmete sich einer breiten Palette von Themen, angefangen vom Verhältnis zwischen Hermann Hesse und dem Verleger Siegfried Unseld und dem Maler und Zeichner Gunter Böhmer, weiter über die Themen Malerei und Landschaften bis hin zum Königreich Württemberg. Die Vorträge von bekannten Hesse-Experten wurden abgerundet durch verschiedene Veranstaltungen, darunter Lesungen im Mia- und Hermann-Hesse-Haus. Organisiert wurde die Tagung von der Gemeinde Gaienhofen unter der Leitung von Dr. Yvonne Istas, der Leiterin des Hermann-Hesse-Museums in Gaienhofen.

Die Internationale Hermann Hesse Gesellschaft möchte sich an dieser Stelle bei allen Mitgliedern bedanken, die die Gesellschaft unterstützen und sich im Geiste Hermann Hesses und für die Kenntnis seines Lebens und Werks einsetzen.

Besonderer Dank gilt der Sparkasse Pforzheim Calw, die die IHHG insbesondere beim Druck dieses Jahrbuchs unterstützt.

Herzlichen Dank möchten wir auch Michael Limberg für die Herausgabe des vorliegenden Jahrbuchs aussprechen. Ihm verdanken wir, dass viele wunderbare und tiefgehende Artikel einer breiten Öffentlichkeit zugänglich werden und immer wieder nachgelesen werden können.

Die Autoren dieses Bandes

Maren Bohm, (Dr. Birthe Kreibohm) Düsseldorferstraße 61,
28327 Bremen.
E-Mail: bohmmaren@gmail.com

Prof. Dr. Ingo Cornils, Senior Lecturer in German, School of Languages, Cultures and Societies, University of Leeds, Leeds LS2 9JT, UK,
E-Mail: I.Cornils@leeds.ac.uk

Dr. Helga Esselborn-Krumbiegel, An der Ronne 84, 50859 Köln.
E-Mail: esselborn@schreibzentrum-koeln.de

Isabell Götz, Salzgasse 13, 75365 Calw.
E-Mail: igoetz@calw.de

Michael Kleeberg, lebt in Berlin.

Prof. Dr. Karl-Josef Kuschel, Sandäckerstr. 2, 72070 Tübingen,
E-Mail: karljosef.kuschel@uni-tuebingen.de

Katharina Lange, lebt in Kappelrodeck.

Michael Limberg, Dechenweg1, 40591 Düsseldorf.
E-Mail: m-limberg@gmx.de

Dr. Volker Michels, Friedrichstr. 16, 65016 Offenbach.
E-Mail: uvmichels@gmx.de

Dr. Abdulaziz Qosimov, Regional Office Tashkent: Afrosiyob Street 6, Mirabad District, 100015 Tashkent / Uzbekistan.
E-Mail: Abdulaziz.Qosimov@sparkassenstiftung.de

Prof. Dr. Rüdiger Safranski, Schloßplatz 4, 79410 Badenweiler.
E-Mail: safranick@t-online.de

Prof. Dr. Andreas Solbach, Deutsches Institut, FB 05, Johannes Gutenberg-Universität Mainz, 55099 Mainz.
E-Mail: solbach@uni-mainz.de

Jule Spindler, Neuenreuth am Main 33, 95512 Neudrossenfeld